D1731682

HERBERT FORD

FLUCHTWEGE

JEAN HENRI WEIDNER
ALS LEBENSRETTER

ADVENT-VERLAG

Titel der amerikanischen Originalausgabe: Flee the Captor
© 1994 by Review and Herald Publishing Association (USA)
Projektleitung: Sandra C. Wieschollek
Übersetzung: Ilse Rottach
Redaktionelle Bearbeitung: Friedhelm Klingeberg
Korrektorat: Ulrike Gaedt, Erika Schultz, Reinhard Thäder
Einbandgestaltung: Studio A Design GmbH, Hamburg
Titelfoto: Studio A Design
Schwarzweißfotos Einband und Anhang entnommen dem Buch
„Flee the Captor"
Satz: rimi-grafik, Celle

Die Bibelzitate sind – falls nichts anderes vermerkt – der Bibelübersetzung Martin Luthers (Revision 1984) entnommen.

© 2001 Advent-Verlag GmbH, Lüner Rennbahn 16, D-21339 Lüneburg
Internet: www.advent-verlag.de, E-Mail: info@advent-verlag.de
Gesamtherstellung: Grindeldruck GmbH, D-20144 Hamburg
ISBN 3-8150-1849-8

Inhalt

Widmung

Dieses Buch sei in aller Ehrfurcht jenen Männern und Frauen
des Netzes „Holland-Paris" gewidmet, die aufgrund ihrer
unendlichen Wertschätzung des menschlichen Lebens unbewaffnet
durch das besetzte Europa des Zweiten Weltkrieges zogen, um
Hunderte von Menschen vor dem Tode zu retten.

Die Aspekte dieser Geschichte

Ein Vorwort von Dr. W. A. Visser't Hooft,
von 1938 bis 1966 Generalsekretär des Weltkirchenrates

Zugegeben, meine erste Reaktion auf dieses Buch war von erheblicher Skepsis geprägt. Würde ein Autor, dessen heutige Existenz sich so gänzlich vom Europa der Kriegsjahre unterscheidet, in der Lage sein, die Lebensumstände der damaligen Zeit wirklich zu begreifen und realistisch wiederzugeben? Würde er dem heutigen Leser einen Begriff dieser einzigartigen Erfahrung von Kameradschaft vermitteln können? Eine Kameradschaft, die durch ihre totale Hingabe an eine höchst bedeutungsvolle Sache zum Charakteristikum der Widerstandsbewegung wurde und jene Zeit trotz aller Leiden und Fehlschläge zu „den schönsten Jahren unseres Lebens" gemacht hat? Und wie würde schließlich mein Freund Jean („John" wurde er nur in den USA genannt) dargestellt sein – als Fantasieheld eines James-Bond-Films oder als der Mensch, der er wirklich war?

Meine anfängliche Skepsis wich jedoch bald, nachdem ich angefangen hatte zu lesen. Die Art der Erzählung führte mir sofort wieder jene tief greifenden Erfahrungen der Kriegsjahre vor Augen. Natürlich nutzte der Autor das Privileg des historischen Romans, indem er Ereignisse und Gespräche einfügte, von denen es keine genauen oder wörtlichen Quellen gibt. Und obwohl ich hier und da vielleicht einige Korrekturen anzubringen hätte, bin ich der Meinung, dass das Gesamtbild, das hier gezeichnet wird, grundsätzlich der Wahrheit entspricht und die historische Realität widerspiegelt.

Dies trifft in besonderem Maße auf die Charakterisierung von Jean Weidner zu. Der Autor bringt zum Ausdruck, dass Jean auf eine außergewöhnliche Weise das tat, was für einen Christen eigentlich völlig normal sein sollte: nämlich jedem Notleidenden helfen, der ihm über den Weg lief. Genau diese uneingeschränkte Bereitschaft, Mitmenschen zu dienen, ohne an die Folgen zu denken, überzeugte mich gleich beim ersten Zusammentreffen mit Jean davon, dass dieser Mann jedwede Unterstützung verdiente, die ich ihm gewähren konnte. Damals ahnte ich noch nicht, zu welch außergewöhnlichen Ergebnissen unsere Zusammenarbeit führen würde. Meine Aufgabe war damals der Aufbau der Swiss Road, einer Organisation, die den Kontakt zwischen der niederländischen Exilregierung in London und der Widerstandsbewegung in den Niederlanden aufrecht erhalten sollte. Hierfür suchte ich einen sehr findigen und mutigen Mann, der die Leitung des Kurierdienstes durch die besetzten Gebiete übernehmen konnte.

Jean zögerte nicht einen Augenblick, diese äußerst riskante Aufgabe zu übernehmen. Schon bald gehörte er zu den wichtigsten Mitgliedern unserer Organisation. Die Dokumente, die er beförderte, enthielten Informationen aus allen Lebensbereichen unter der deutschen Besatzung in den Niederlanden. Auf diesem Wege erhielten Königin Wilhelmina und ihre Regierungsmannschaft wertvolle Entscheidungshilfen sowohl für die Unterstützung des Widerstandes als auch für die Vorbereitung der Wiedergeburt ihres eigenen Staates nach dem Ende des Krieges.

Die vorliegende Erzählung beinhaltet aber noch einen weiteren Aspekt. Warum nahm Jean diese großen Risiken so bereitwillig auf sich? Warum machte er sich auf diese gefahrvollen Reisen – von denen jede einzelne seine letzte hätte sein können –, als träte er einen Urlaub an? Wer je mit ihm zusammengearbeitet hat, kann diese Fragen leicht beantworten. Er besaß einen klaren, schlichten Glauben, der ihm das Bewusstsein vermittelte, jederzeit in den Händen eines liebenden Gottes geborgen zu sein. Er sprach selten darüber, reagierte aber bisweilen überaus erstaunt, wenn man ihm erklären wollte, das Leben in der Widerstandsbewegung sei eine unsichere Sache. Unsicher? Nicht für jemanden, der seine Bibel las und sich göttlicher Fürsorge sicher war! Und genau dieser Aspekt in Jeans Leben war auch der Grund dafür, dass er als Siebenten-Tags-Adventist und ich als reformierter Pastor uns gegenseitig nicht nur als Kameraden im allgemein menschlichen Sinn betrachteten, sondern auch als Nachbarn im himmlischen Jerusalem.

Genf, im April 1966

Die Entdeckung dieser Geschichte

Ein Vorwort von Haskell Lazere
Vorsitzender des Stadtrats von New York und des American Jewish
Congress (AJC)

Der historische Roman „Fluchtwege" stellt keineswegs eine bloße
Danksagung dar. Ohne dieses Buch lägen die Fakten über die Aktivitäten eines großen Menschenfreundes nämlich immer noch in
den offiziellen Archiven der alliierten Regierungen. Sie böten dort
zwar reiches Forschungsmaterial für Historiker, blieben aber den
Millionen verborgen, die von Jean Weidner gehört haben sollten.
Er trug seine heldenhaften Taten, seinen Mut und seine Orden
nicht zur Schau. Es ist Herbert Ford deshalb hoch anzurechnen,
dass es ihm gelungen ist, Jean Weidners Bescheidenheit zu durch-
dringen und die Erlebnisse dieses faszinierenden Menschen während der Kriegszeit so meisterhaft in gedruckte Worte zu fassen.

Im Jahre 1963, während meiner Amtszeit als Direktor des American Jewish Congress, einer jüdischen Bürgerrechtsorganisation,
planten wir zum Gedenken an den Geburtstag des verstorbenen
Gründers Dr. Stephen S. Wise eine Veranstaltung, bei der mehrere Bürger aus dem Raum Los Angeles/Kalifornien geehrt werden sollten, die im Zweiten Weltkrieg Flüchtlinge vor den Nazis
gerettet hatten. Um die Betroffenen ausfindig zu machen, veröf-
fentlichte der AJC sein Anliegen in allen möglichen Zeitungen.
    Der in Pasadena/Kalifornien ansässige Norman Rosen, ein
Kunde von Jean Weidners Reformhaus, las von dieser Aktion und
schrieb uns einen langen Brief. Er listete die Heldentaten Jean
Weidners im Einzelnen auf und behauptete, dieser habe während
der Nazi-Besatzung in Frankreich 800 Juden, mehr als 100 Flieger
der Alliierten und zahlreiche andere Verfolgte gerettet. Laut Rosen hatte Weidner demnach insgesamt etwa 1000 Menschen vor
dem Tod bewahrt. Als ich den Brief gelesen hatte, war mein erster
Gedanke: ‚Wie kann ein solcher Mann in der Umgebung von Los
Angeles leben, und niemand weiß von ihm? Wie konnte ein einziger Mensch bloß so viele andere retten und vor den Augen der
Nazis samt deren Sympathisanten so vielfältig agieren? Was hatte

ihn dazu veranlasst? War er tatsächlich der Heilige, als den Rosen ihn beschrieben hatte?‘

Ich verabredete mich mit Jean Weidner und traf auf einen völlig normalen Menschen: lichtes Haar, durchschnittliche Größe und Statur. Einzig auffallend war sein deutlicher französischer Akzent. Er war freundlich, charmant und interessant, wirkte aber sehr besonnen. Niemand hätte sich auf der Straße nach ihm umgedreht. Und vermutlich konnten die meisten seiner Kunden sich kaum vorstellen, dass er infolge seiner Untergrundaktivitäten eine Zeit lang einer der meist gesuchten Männer Frankreichs gewesen war.

Um für den Abend, an dem wir ihn ehren wollten, einige anerkennende Zuschriften für ihn zu bekommen, wandte ich mich an Personen, die Jean Weidner erwähnt hatte und mit denen er zusammengearbeitet oder die er gerettet hatte.

Allerdings, so muss ich zugeben, wollte ich auf diesem Weg auch einige der Geschichten, die er mir nur zögerlich anvertraut hatte, auf ihren Wahrheitsgehalt prüfen. Denn ich konnte es einfach nicht fassen, dass ein derart sanfter Mensch jener Fuchs gewesen sein sollte, der der Nazigewalt so viele Opfer entreißen konnte.

Nachdem bekannt wurde, dass wir Jean Weidner entdeckt hatten, erschien seine Geschichte weltweit in allen Zeitungen. Mitteilungen erreichten uns von Botschaftern, ehemaligen Mitarbeitern Jeans im Untergrund und von Leuten, die er gerettet hatte. Eine Dame, die er mit ihrer Familie in die Schweiz gebracht hatte, erzählte eine bewegende Episode. Sie berichtete, die Nacht sei sehr kalt gewesen und sie habe bemerkt, dass Weidner keine Socken trug. Auf ihre Nachfrage antwortete er ausweichend. Erst als sie sich bei seinen Mitarbeitern in der Schweiz über ihn erkundigte, erfuhr sie, dass er gar keine Strümpfe mehr besaß, weil er alles bis auf die Kleider, die er am Leibe trug, den Menschen geschenkt hatte, die er gerettet hatte.

Ich habe Jean Weidner gefragt, warum er immer wieder sein Leben aufs Spiel gesetzt hat, um so viele Menschen zu retten. Seine Antwort war kurz und bündig: „Sie waren Gottes Kinder; sie waren seine Geschöpfe.“

Der American Jewish Congress hat im März 1963 auf bescheidene Weise versucht, Jean Weidner seinen Dank auszusprechen. Lee J. Cobb überreichte ihm eine Plakette in Form einer aufgeschlagenen Bibel mit einem Schriftwort als Widmung. Bei der Übergabe formulierte Cobb: „Eine alte chassidische Legende erzählt, dass Gott für jede Generation 36 weise, fromme und gerechte Männer erschaffen hat, von denen das Überleben der Welt abhängt. Sie werden ‚Lam-ed Vovniks' genannt. Niemand außer Gott kennt ihre Identität, doch ich werde das Gefühl nicht los, dass wir uns heute Abend in der Gegenwart eines dieser 36 befinden."

In einem Brief vom 11. März 1963 bemerkt Helene M. Cornelisse, die heute in Houston/Texas (USA) lebt, über Jean Weidner: „Man sollte über diesen Mann ein Buch schreiben ... und was ich von ihm über das Dienen gelernt habe und mittlerweile selbst praktiziere – wie gering erscheint dies doch im Vergleich zu seinem Vorbild. Er rettete das Leben meiner Eltern [sic]; er rettete mein Leben; er rettete so vielen Menschen das Leben. Viele von ihnen waren Juden; aber er hat noch mehr getan: Er besorgte uns Schutz und Nahrung, er sprach uns den Mut zu, den wir bitter nötig hatten. Vor allem aber war er ein lebendiges Beispiel für opferbereite und selbstlose Nächstenliebe."

Die Darstellung Jean Weidners ist Herbert Ford hervorragend gelungen. Im Lauf der Erzählung kommt klar zum Ausdruck, dass man Gott am besten dient, indem man seinem Nächsten dient. „Fluchtwege" ist eine wirklich großartige Geschichte der Liebe und des echten Abenteuers.

New York City, im Mai 1966

Einleitung

So schockierend die zahllosen Grausamkeiten auch sein mögen, mit denen sich die Menschen im Verlauf des Zweiten Weltkrieges gegenseitig gequält haben, – die versuchte Ausrottung der in Europa lebenden Juden durch die Kriegsmaschinerie der Nazis wird durch nichts übertroffen. Das Ausmaß und die Methoden dieser Massenvernichtung finden kaum Parallelen in der Geschichte.

Niemand wusste genauer als die Juden selbst, dass sie von den Nazis zum Tode verurteilt waren. Viele dieser geschlagenen Menschen lebten wie Tiere, nur um ihrem tödlichen Schicksal wenigstens vorläufig zu entkommen. Zu Hunderten durchzogen sie die geheimen Schlupfwinkel der ländlichen Gegenden, erbettelten oder stahlen irgendetwas Essbares. Wenn es nichts anderes gab, aßen sie Wurzeln und Baumrinden und tranken den Tau der Blätter. Tausende verkrochen sich tagsüber auf engen Dachböden oder in Bunkern. Vom regungslosen Warten steif geworden, wagten sie sich ausschließlich im Schutz der Nacht wieder ins Freie. Dennoch konnten die Verfolgten kaum etwas tun, um sich selbst zu helfen.

Im Namen der Menschlichkeit fand sich jedoch unter den ungefähr 300 Millionen Menschen, die unter dem Nazi-Regime in Europa lebten, eine Gruppe Unerschrockener, die ihre Angst unterdrückte und den Juden Beistand leistete. In den meisten Fällen ging der erste Schritt zur Hilfestellung von Einzelpersonen aus. Zwar fürchteten auch sie die Konsequenzen ihres Handelns, aber noch schlimmer wäre es für sie als aufrechte Menschen gewesen, zukünftig mit dem Gedanken leben zu müssen, nicht geholfen zu haben.

Jene hilfsbereiten Menschen verhielten sich anfangs in ihren Bemühungen oft noch ungeschickt. Dennoch leuchten ihre unvollkommenen Taten hell in der Chronik des Menschen als seines Bruders Hüter: Da war jene schmächtige Witwe, die ihren wertvollen Arier-Ausweis einer jüdischen Mutter in die Hand drückte und dann geradewegs in das Gewehrfeuer lief, das jener Jüdin gegolten hätte; der Viehhändler, der öffentlich gehängt wurde, weil er 35 Juden versteckt hatte, oder die Frau eines Nachtwächters, die gutgläubig ihrem antisemitischen Bruder zuflüsterte, dass ihr

Ehemann im Dachgeschoss eines nahe gelegenen Bürohauses Juden verbarg.

In Frankreich lebten 1939 etwa 300.000 Juden. Ein Jahr später waren zusätzlich zwischen 40.000 und 50.000 jüdische Flüchtlinge aus Belgien und den Niederlanden ins Land gekommen. Nach der Niederlage der französischen Armee Anfang Juni 1940 wurde die Nation in zwei Sektionen aufgeteilt. Der nördliche Teil wurde von den Deutschen besetzt; die südlichen Gebiete erlangten unter Marschall Henri Philippe Pétain, dessen Hauptquartier sich in Vichy befand, einen vermeintlich unabhängigen Status.

Die jüdischen Flüchtlinge aus Belgien und den Niederlanden mussten sich auf abenteuerlichste Weise ihren Weg in den Süden, in die „freie Zone" suchen. Ihre Heimat war von der gepanzerten Nazi-Gewalt unterworfen worden, und ihr Leben war der Vernichtung durch die grausame Verfolgung aller Juden preisgegeben. Die meisten Fliehenden waren in Südfrankreich fremd. Nur wenige hatten Freunde, denen sie vertrauen konnten; kaum jemand kannte einen Zufluchtsort, an dem er auf Dauer bleiben konnte. Die Flüchtlinge glichen den in der Fremde umherziehenden Vertriebenen aus biblischer Zeit, nur dass sie kein verheißenes Land erwartete. Das Beste, worauf sie noch hoffen konnten, war ihr nacktes Überleben.

Die Pétain-Regierung wies die unzähligen Einwanderer in verschiedene Lager ein, wo sie außer Dach und Bett wenig vorfanden. In gewissem Sinne waren diese Unterkünfte für die Juden natürlich ein Segen. Andererseits stellten sie doch nur Meilensteine auf dem Weg in die Todeslager der Nazis dar. Auf der Basis ihrer kooperativen Verbindung zu den Deutschen hatte sich die Pétain-Regierung dazu verpflichtet, der Gestapo jederzeit Zutritt zu den Lagern zu gewähren, um jüdische Flüchtlinge zur Abschiebung zu verurteilen. Zunächst wurde noch der Eindruck vermittelt, dass nur Juden mit „politischem" Hintergrund abtransportiert würden. Bald änderte sich aber die Taktik, sodass nun auch „fremde" Juden gefasst werden durften. Im weiteren Kriegsverlauf gab man allerdings jede Zurückhaltung auf, und unpolitische Juden wurden genauso ergriffen wie politische; die „fremden" Juden aus Belgien, den Niederlanden und anderen besetzten Ländern traf es auf die gleiche Weise wie die französischen.

Mitte 1940, als jene Gewaltszenarien der Angst und des Todes ihren Anfang nahmen, trat Jean Henri Weidner in Erscheinung. Als eifriger junger Patriot, der seine Dienste schon zweimal der niederländischen Armee angeboten hatte, kannte Weidner den Preis der Freiheit besser als die meisten seiner Mitmenschen. Sein Wunsch, seinem Heimatland zu dienen, wurde nämlich nur deshalb zurückgewiesen, weil er etliche Jahre in Frankreich gelebt hatte. Die Regierung der Niederlande wollte nicht das Risiko eingehen, dass einige ihrer im Ausland lebenden Bürger sich als Spione für Deutschland an die Nazis verkauft haben könnten.

Der überzeugte Siebenten-Tags-Adventist Weidner erinnerte sich lebhaft daran, dass sein Vater, der Pastor gewesen war, jahrelang jede Woche für einen ganzen Tag in ein Schweizer Gefängnis gehen musste, weil er seinem Gewissen gefolgt war und den jungen Jean an Samstagen nicht in die staatliche Schule geschickt hatte. An diesem Tag feiern Siebenten-Tags-Adventisten ihren Gottesdienst.*

Jeans innere Wurzeln in Sachen Gewissensfreiheit reichten zurück bis zu seinem Großvater, der als Pastor der Reformierten Kirche in den Niederlanden eine beeindruckende Karriere gemacht hatte. Sein Vater erzählte ihm oft von der Liebe zur Freiheit, die den Großvater antrieb. Zehn Jahre lang war der „alte Weidner" als Kaplan im größten niederländischen Gefängnis 's-Hertogenbosch tätig gewesen. Hier kämpfte er für Recht und Lohn, die den Gefangenen seiner Meinung nach zustanden. Später ging er als Pastor seiner Kirche nach Belgien. Wo auch immer er auftrat, verkündete er die Liebe als Grundlage jeder wahren Religion und die Freiheit als das unantastbare Grundrecht jedes Menschen.

Als junger Mann studierte Jean die Geschichte der Niederlande, deren außergewöhnliche Rolle als Wiege der Freiheit ihn stark beeindruckte. Als Nation der Kämpfer hatten die Niederländer jahrhundertelang mit der übermächtigen Nordsee gerungen, um ihren habgierigen Fluten wertvollen Boden zu entreißen. Im 16. Jahrhundert hatte sich Jeans Vaterland gegen die spanische Inquisition mit ihrem religionspolitischen Terror zur Wehr setzen müssen, was das niederländische Volk in allen Bereichen empfindlich traf.

Jean lernte auch, dass die englischen Pilgerväter auf der Suche nach religiöser Freiheit zuerst in die Niederlande geflohen waren. Seine Heimat hatte schon immer unterdrückten und politisch oder religiös verfolgten Menschen Zuflucht gewährt. Und es war

---

* Heute wird Siebenten-Tags-Adventisten und anderen Religionsgemeinschaften in der gesamten Schweiz uneingeschränkte Gewissensfreiheit gewährt.

sein Land gewesen, welches tatkräftig die Freiheiten hochgehalten hatte, die Gott der Menschheit mitgegeben hat.

Aufgrund dieser freiheitsbewussten Herkunft und der tiefen Glaubensüberzeugung, die seinen Alltag prägte, konnte Jean Weidner angesichts der Dinge, die sich im Laufe des Jahres 1940 in Südfrankreich zu entwickeln begannen, nicht einfach die Hände in den Schoß legen. Eigentlich war er nach Lyon gekommen, um dort ein Textilgeschäft zu eröffnen. Kurz nach seiner Ankunft wurde er jedoch mit hilflosen jüdischen Flüchtlingen konfrontiert, die ohne jeden Grund in Internierungslagern zusammengepfercht worden waren. Sein ganzer Lebenshintergrund forderte ihn nun innerlich dazu auf, diesen Menschen auf jede ihm nur mögliche Weise zu helfen. Dass er dabei bald sein eigenes Leben riskieren sollte, ließ er völlig außer Acht. „Man kann nicht nur dann helfen, wenn es einem selbst nicht schadet", begründete er seine Einstellung. „Wenn man Menschen in Not helfen will, kann man nicht fragen, ob die Hände dabei schmutzig werden oder ob man sich dadurch in Gefahr begibt. Notleidenden zu helfen kennt keine Grenzen außer jener des Lebens selbst."

Der Albtraum, den Jean Weidner in den Jahren von 1940 bis 1944 durchlebte, um Juden, Fliegern der Alliierten und anderen gefährdeten Personen Hilfe zu leisten, mag manchem als ein recht hoher Preis erscheinen. Für ihn selbst aber war sein Handeln nur der natürliche Spiegel dessen, was er von seinem gütigen Vater und seiner geliebten Mutter gelernt hatte. Selbst die Prügel in Cruseilles, die Folter in Lyon und die Aussicht auf die Hinrichtung in Toulouse nahm Jean als Teil des Schicksals an, dem er in seinem Verlangen, den Todgeweihten zum Leben zu verhelfen, folgen musste.

„Der Pfad des Wohltäters ist nicht immer geebnet", erklärte er sein Handeln. „Sehr wenige der Menschen, die auf dieser Welt große Leistungen für andere vollbracht haben, konnten dazu einen angenehmen Weg wählen. Gewöhnlich begegnen einem viele Prüfungen, wenn man etwas wirklich Gutes tun möchte."

Während jener vier qualvollen Jahre kam es für ihn darauf an, selbst der hinterhältigen Zusammenarbeit der französischen Polizei mit der deutschen Gestapo zu entkommen, gleichzeitig aber anderen größtmögliche Hilfe zu leisten. Jean Weidner war sich indessen immer sicher, ein Mann Gottes zu sein, der den Auftrag seines himmlischen Vaters ausführte. Bei etlichen Gelegenheiten, so erinnerte er sich, „konnte es nur Gottes Hand gewesen sein, die mich aus den Situationen, in die ich hineingeraten war, wieder herausgeholt hat. Ich bin voll und ganz davon überzeugt, dass Gott mich durch diese Jahre der Flucht, Gefangennahme, Folter und Furcht geführt hat."

Wer Jean Weidners Geschichte liest, wird schwerlich leugnen können, dass Gott auf seiner Seite war. Und es gibt kaum einen Zweifel daran, dass der Schöpfer des Universums tatsächlich jenen seine besondere Führung und Bewahrung schenkt, die ihm wie Jean Weidner rückhaltlos vertrauen.

1 Der Berg

Nur langsam kam Jean Henri Weidner in dem dichten Unterholz voran. Übermüdet vom pausenlosen Einsatz kämpfte er sich auf dem schmalen Fußpfad weiter. Hinter ihm lagen drei Tage und Nächte in überfüllten Zugabteilen, und zuvor hatte er in Paris vier Tage lang Fluchtpläne ausgearbeitet. Sein Weg führte ins Salève-Massiv, und zwar in die Gegend zwischen Annecy, St. Julien und Genf. Bald verließ er den Fußpfad nach links und kletterte einen steilen Berghang hinauf. Denn weiter rechts, an der Straße, die über die Passhöhe führte, lag eine Wachstation. Die dortigen Grenzpolizisten durften ihn auf keinen Fall erwischen, jedenfalls nicht mit dieser Liste jüdischer Flüchtlinge in der Tasche. Die Aufstellung war für einen Freund bestimmt, der im Schweizer Immigrationsbüro arbeitete. Es war äußerst wichtig, dass sie nicht in die falschen Hände geriet.

Jean hielt kurz inne, um wieder zu Atem zu kommen. Unter ihm lagen grüne Hügel und Täler, vor ihm die steile Wand des Salève. Der Anblick erfüllte ihn mit Freude, denn dies war „sein" Berg. Er kannte alle seine Geheimnisse. Die rauen Abhänge und friedlichen Täler waren ihm so vertraut wie seine Westentasche.

Er stieg so lange aufwärts, bis man ihn von der Grenzstation an der Straße nicht mehr sehen konnte. Von hier aus waren es noch sechs Kilometer bis zu dem einsamen Bergdorf La Croisette, dem Ausgangspunkt seiner Marschroute zur französisch-schweizerischen Grenze. Rasch überwand er den Hang zu seiner Linken und steuerte auf den flachen Grat zu, der ihn bis zum Dorf bringen sollte. Wieder machte Weidner eine Pause, diesmal um den Blick von der anderen Seite des Berges auf die Schweiz zu genießen.

Irgendwo unter ihm lag die Grenze, versteckt in einem dichten Waldteppich. Etwas weiter entfernt, wie Diamanten auf einem grünen Kissen, funkelten die Kirchturmspitzen und Hochhäuser Genfs in der Nachmittagssonne. Das glitzernde Gebäude des Völkerbundes stach aus der grünen Umgebung wie weißer Marmor hervor. Zur Rechten schimmerte tiefblau der Genfer See. Dahinter erstreckte sich langsam ansteigend die Genfer Ebene bis zu den schroffen Jurabergen, und ganz weit rechts erhob sich der schneebedeckte Gipfel des Mont Blanc, die höchste Bergspitze Europas.

Nur das leise Knirschen seiner Wanderschuhe durchdrang die Stille dieses Nachmittags, als er sich wieder La Croisette zuwandte. Im Augenblick blieb ihm keine Zeit, den geliebten Salève richtig zu genießen. Andere Dinge hatten jetzt Vorrang. In der Nähe der adventistischen Schule in Collonges, am Fuß des Salève, wartete eine Gruppe jüdischer Flüchtlinge. Sie hatten sich schon einige Tage dort versteckt gehalten und mussten noch in dieser Nacht über die Grenze gebracht werden – mochte Jean auch noch so müde sein. Die Gestapo und die französische Polizei hatten die Grenzbewachung verschärft. Jeans Freunde waren in großer Sorge, denn sie fürchteten, die in einem Bauernhaus versteckten Flüchtlinge könnten entdeckt werden. Außerdem musste ja die Liste in seiner Tasche allerspätestens am nächsten Tag in Genf sein.

Jacques Rens war bereits mit einem weiteren Flüchtlingstrupp von Paris aus unterwegs. Wenn die Namen auf Weidners Liste nicht vor deren Ankunft in das Verzeichnis des Genfer Immigrationsbüros gelangten, würden die Schweizer Grenzposten sie nach Frankreich zurückschicken – direkt in die Arme der Gestapo!

Gleich bei seiner Ankunft mit dem Zug in Annecy hatte er am Morgen von der Anordnung verstärkter Kontrollen an allen Grenzübergängen erfahren. Der Oberbefehlshaber des gesamten Gebiets war zur Inspektion unterwegs, und so wurden entlang des gesamten Grenzverlaufs besondere Vorkehrungen getroffen. Deshalb hatte sich Jean entschieden, zu Fuß über den Salève zu gehen, statt wie gewohnt den Bus über St. Julien nach Collonges zu nehmen. Die wertvolle Liste mit den vollständigen Namen der Flüchtlinge wäre ein gefundenes Fressen für die Gestapo und für ihn eine garantierte Fahrkarte ins nächste Gefängnis gewesen.

Kaum hatte er jedoch den Bergkamm erreicht, ließ ihn eine Stimme zusammenfahren. Augenblicklich wandte er sich um und sah einen schwarz gekleideten SS-Offizier auf einem nahe gelegenen Hügel in sein Megaphon brüllen: „Halt!" Dahinter konnte Jean einen grünen deutschen Mannschaftswagen erkennen, der in etwa 500 Meter Entfernung an der Straße stehen geblieben war.

„Halt!", dröhnte erneut der Befehl aus der Ferne. Jean konzentrierte sich jetzt auf den Wagen und konnte beobachten, wie ein SS-Trupp mit Hunden heraussprang. Die Nachmittagssonne fing sich auf den Gewehrläufen, die nun auf ihn gerichtet waren.

Blitzschnell spielte Weidner in Gedanken seine Möglichkeiten durch. Er hatte etwa 15 Deutsche gezählt, die Hunde fingen schon an zu bellen, und die erste Gewehrkugel bohrte sich krachend in den nächsten Baum.

„Wenn ich mich ergebe, können sie mir nicht viel anhaben", rechnete er sich aus, „meine Papiere sind in Ordnung. Aber was wird aus der Liste und den Flüchtlingen, die in Collonges warten? Die SS wird mich kaum wieder auf freien Fuß setzen. Und ich muss doch die Flüchtlinge noch heute Nacht in die Schweiz bringen."

Jetzt stürmten die SS-Leute auf ihn zu, hielten die Hunde aber an der Leine, statt sie frei laufen zu lassen. Augenblicklich machte er kehrt und verschwand im Unterholz. Währenddessen überlegte er: ‚Auch wenn sie in der Überzahl sind – den Berg kenne ich besser. Und wenn ich durchhalte, kann ich auch die Felsen hinunterklettern.'

Schnell vergrößerte sich der Abstand zwischen ihm und seinen Verfolgern. Es ging über Stock und Stein, während die Kugeln an ihm vorbeipfiffen. Im Hasten überlegte er, welcher Weg der beste war. Er entschied sich, einen Bogen in Richtung La Croisette zu machen, das Dorf aber zu umgehen, um dann zu versuchen, die hinter den Häusern abfallenden Felsen hinunterzuklettern. Hier würde es für seine Verfolger mit den Hunden sicher schwierig werden.

Aber noch lag La Croisette über drei Kilometer entfernt, und Weidner begriff, dass er mit seinen Kräften haushalten musste. Damit der Abstand zu den SS-Leuten konstant blieb, zählte er seine Schritte, um gleichmäßig zu laufen.

Plötzlich teilten sich die Soldaten in drei Gruppen. „Sie wollen mir den Weg abschneiden", dachte er. „Ich muss schneller vorwärts kommen." Die bellenden Hunde im Ohr, merkte er, dass einer der Trupps ihm bereits dicht auf den Fersen war. Um sich von seiner zunehmenden Erschöpfung abzulenken, fing Jean an, die Entfernung bis zu den Häusern von La Croisette zu zählen: „300 Meter, ... 200 Meter, ... 150 Meter."

Endlich brach er durch das Geäst der Bäume und sah sich unvermittelt den sechs oder acht Häusern des kleinen französischen Dorfes gegenüber. Etwa 100 Meter hinter den Gebäuden ragten weiße Kalksteinbrocken aus dem grünen Dickicht: Hier befand sich der Einstieg in die Felsen.

In diesem Moment hatten einige der SS-Männer ihn schon bis auf 250 Meter eingeholt. Rasch drückte er sich an den Häusern vorbei und erreichte die Felsen sogar schneller als vermutet. Jetzt zählte jede Sekunde. Mit den Nazis im Rücken galt es, so schnell wie möglich die vertraute Scharte an der Oberseite des Kalk- und Granitgesteins ausfindig zu machen. Jean hielt kurz inne, ließ seinen Blick blitzschnell über die Felsoberfläche schweifen, und schon erspähte er seinen Weg nach unten. Der tiefe Spalt versprach dem erfahrenen Kletterer genügend Halt für Hände und Füße, und sofort ließ er sich in die schmale Schlucht hinabgleiten. Loser Schiefer bröckelte ihm ins Gesicht, wenn seine Hand in dem Gestein nach einem festen Halt suchte. Weit unten, fast senkrecht unter sich, konnte er den grünen Flecken ausmachen, wo er als Student so viele glückliche Tage verbracht hatte: den friedlichen Campus des Colleges in Collonges. „Wird es jemals wieder so friedliche Zeiten geben wie damals?", dachte er und klammerte sich an den Felsen.

Schließlich erreichte er sein Versteck, einen zugewachsenen Überhang, der sich über 30 Meter die fast senkrechte Felsfläche hinunterzog. Beim Anblick der unter ihm gähnenden Leere von 150 Metern wünschte sich Weidner erschöpft: „Hätte ich bloß jetzt eine richtige Bergsteigerausrüstung! Ich werde auf keinen Fall wieder hochsteigen können, weil die Soldaten mit Sicherheit dort auf mich warten werden, vielleicht sogar die ganze Nacht. Eigentlich bräuchte ich richtige Bergstiefel, Kletterhaken und ein Seil für den Abstieg. Aber ich muss es riskieren."

Zunächst jedoch musste er absolut regungslos verharren, denn das leiseste Geräusch hätte den Deutschen verraten, dass er noch am Leben war. Über sich konnte er das wütende Knurren der Hunde hören, und als die SS-Männer dem vor ihren Augen verschwundenen Fremden unwillig hinterherbrüllten, schienen sich die Geschosseinschläge drastisch zu vermehren. Doch Jean hatte unter seinem Felsvorsprung einen sicheren Platz, sodass die Kugeln einfach im weichen Kalkstein stecken blieben oder pfeifend an harten Granitstellen abprallten. Um seine erschöpften Glieder ein wenig ausstrecken zu können, schmiegte er sich noch dichter an die Felswand.

Nach einigen Minuten der Entspannung bemerkte er, dass das Feuer nachgelassen hatte. Auch das Hundegebell klang entfernter, als ob sie den Ausreißer jetzt woanders suchten. Allmählich hüllte sich der Salève in die Dämmerung. Über sich hörte er, wie zwei Soldaten miteinander sprachen, und Jeans Deutschkenntnisse kamen ihm wieder einmal zugute. „Er ist wahrscheinlich den Felsen hinuntergestürzt und längst tot. So rasant wie der da runtergeklettert ist, gibt es gar keine andere Möglichkeit. Laut Befehl müssen wir aber hier bleiben, bis wir abgelöst werden."

Weidner wandte den Blick von seiner kleinen Plattform nach unten. Der Weg sah gefährlicher aus als ihm lieb war. Während er noch die felsige Böschung nach einem geeigneten Abstieg absuchte, verloren sich seine Gedanken wieder in den alten Zeiten auf dem Salève. Wie oft war er hierhergekommen, um das Klettern zu üben – gemeinsam mit all jenen, die um die höchsten Gipfel wetteiferten. Vor dem Krieg waren jede Woche unzählige Bergsteiger aus Genf und dem französischen Umland angereist, um hier für schwierigeres Gelände zu trainieren.

Während Jean die Abenddämmerung abwartete, erwachten auch wieder die Erinnerungen an seine früheren Zeiten in Collonges. Sein Vater war damals als Lehrer für Griechisch und Latein an das College berufen worden. Natürlich entdeckte der Junge gleich, dass dieser Berg einen unerschöpflichen Vorrat an Abenteuern versprach. Zwar war ihm verboten, in den gefährlichen Schluchten und Spalten des Salève herumzuklettern, aber welcher Bursche gehorchte da schon freiwillig? Oft schlich er sich vom Schulgelände, um einen neu entdeckten Pfad auszuprobieren oder gemeinsam mit ein paar Freunden eine schwierige Felswand zu erklimmen.

Im Alter von 15 Jahren erlebte er den Albtraum eines jeden Bergsteigers: Er hing im Felsen, und es ging nicht mehr weiter, weder rückwärts noch vorwärts. Der einzige Ausweg schien eine etwas abseits herausragende Felsspitze zu sein. Falls der Sprung dorthin misslang, würde er unweigerlich auf dem nackten Felsboden tief unter ihm landen. Wie schon oft in Notsituationen oder auch aus Dankbarkeit schloss er in diesem Moment die Augen und betete zu Gott. „Himmlischer Vater, die nächsten Augenblicke entscheiden über mein Leben. Ich brauche jetzt deine Hilfe. Führe du meine Hände." Im Vertrauen auf Gott sprang der Junge dann auf das Felsstück zu und bekam es sicher zu fassen!

Kehrte Jean nach seinen jugendlichen Kletterübungen dann abends mit am Felsen zerrissenen Kleidern und aufgeschabten Schuhen heim, kam stets die unvermeidliche Frage seines Vaters: „Warst du schon wieder auf dem Salève, mein Sohn?" Zu bedingungsloser Ehrlichkeit erzogen, musste der Junge zugeben, dass er tatsächlich beim Bergsteigen gewesen war. Die Strafe folgte unverzüglich. „Ich habe für meine Kletterei auf dem Salève mehr Prügel eingesteckt als ich mich entsinnen kann", gab er Jahre später zu. „Mein Vater hatte guten Grund, mich zu versohlen. Der

Berg war an einigen Stellen sehr gefährlich, und ich war noch ein Kind und manches Mal sogar allein auf Klettertour. Heute verstehe ich ihn, denn an seiner Stelle hätte ich mir auch Sorgen gemacht."

Zermürbend langsam schleppten sich jetzt die Stunden dahin. Nur hin und wieder unterbrachen ein paar deutsche Sätze die Stille. „Bleib du hier, während ich die Hunde wegbringe", hörte Jean einen der SS-Soldaten sagen. „Wenn der Kerl da unten noch lebt, glaubt er, wir sind gegangen, wenn er die Hunde nicht mehr hört. Dann kommt er wieder rauf, und du schnappst ihn dir."

Als es endlich ganz dunkel geworden war, entschloss sich Jean, an der gefährlichen Seite des Berges hinunterzusteigen. Vorsichtig streckte er sich auf der kleinen Felsplatte aus und spannte seine Muskeln an. Durch diese Bewegung rutschten Schiefer- und Felsbröckchen prasselnd in die Tiefe. Jean erstarrte – doch als er von oben keine Reaktion vernahm, wagte er es, sich vorsichtig zu erheben.

Dabei blickte er hinaus in Richtung Genf, und das Funkeln der unzähligen Lichter schien ihm überraschend nah. Vom Schulgelände nahm er jedoch kaum mehr als ein schwaches Glimmen wahr.

„Wie ist es bloß möglich, dass nur wenige Kilometer von diesem Lichterglanz entfernt so vielen Menschen so großes Leid zugefügt wird?", fragte sich Jean, als er sich bereit machte, seinen bescheidenen Unterschlupf aufzugeben. „Da vorne, nur ein paar Kilometer entfernt, liegt Genf. Dort wartet keine Gestapo, keine Ausgangssperre, kein Tod, kein Flüchtlingselend!" Langsam richtete er sich auf dem kleinen Steinvorsprung auf und flüsterte: „Bald bin ich in Genf. Wartet auf mich, ihr hellen Lichter und friedlichen Straßen; wartet auf mich. Ich komme bald."

Äußerst behutsam ließ er sich von der schmalen Felsbank zurück in die Scharte gleiten. So gefährlich es auch sein mochte, aber dieser Spalt im Gestein war für ihn der einzige Weg nach unten. Nur zentimeterweise wagte er sich vorwärts.

Jean erkämpfte sich mit Sorgfalt seinen Weg nach unten. Die Lichter unter ihm schienen schon greifbar nahe zu sein, aber auch hier lauerte eine Gefahr des Berges, die er gut kannte. Die glasklare Atmosphäre um den Salève ließ nämlich Lichtpunkte, die noch ein gutes Stück entfernt waren, erstaunlich nahe wirken. Bald nahmen seine Kräfte spürbar ab. Immer wieder drückte er sich fest an den Felsen und hielt inne, um sich kurz auszuruhen.

Unvermittelt spürte Jean schließlich festen Boden unter den Füßen und ließ sich erst einmal einfach fallen. Der Erschöpfung näher als er zuvor wahrhaben wollte, blieb er wie ein zusammengerolltes Bündel liegen. In diesem Augenblick konnte er sich sicher fühlen. Wenn er jetzt noch das letzte Stück schaffte, konnte er die Flüchtlinge abholen und sie auf sicherem Weg in die Schweiz bringen. In einer so tiefschwarzen Nacht wie dieser würde es an der Grenze keine Probleme geben.

Während er am Fuße des Salève Kraft schöpfte, dachte er über die weitläufigen Auswirkungen seiner Verstrickungen in das Kriegsgeschehen nach. Seine Arbeit war noch komplizierter geworden, seit er seine Helfer in Gruppen eingeteilt hatte, um die schwierigeren Aufgaben zu lösen. Zu Beginn des Krieges hatte er noch alle Fäden selbst in der Hand gehabt. Damals hatte er aber auch alle Risiken übernommen und brauchte nur für sich selbst zu sorgen. Das war nun anders geworden, denn jetzt gab es auch die anderen: Jacquet in Lyon, Moen in Toulouse, Laatsman in Paris und nicht zuletzt die treue, stets hilfsbereite Marie-Louise Meunier in Annecy. Um jene zu retten, deren Todesurteil die Nazis längst gefällt hatten, musste er den Einsatz seiner Freunde gut vorausplanen, gleichzeitig aber genau überlegen, wie er sie vor der Gestapo schützen konnte.

Es war so typisch für Jean, gerade dann an andere zu denken, wenn sein eigenes Leben in großer Gefahr war. Er verfügte über eine gesunde, robuste Natur, gutes Reaktionsvermögen und hatte für seine 29 Jahre eine hervorragende Kondition. Oft genug war er zum Bergsteigen, Skifahren oder Wandern in den schweizerischen und französischen Alpen oder im Umland unterwegs gewesen. Und als er sich jetzt am Grund des Felsens aufraffte und den Weg zu dem Bauernhaus einschlug, wo die Flüchtlinge auf ihn warteten, war er dankbar, dass er bisher gesund gelebt und regelmäßig trainiert hatte, denn derartige Bergtouren waren nichts für Schwächlinge!

Auf der Landstraße, die ihn zu den Wartenden bringen sollte, verlor sich Jeans Müdigkeit allmählich wieder. Es war schon beinahe Mitternacht, und die frische Nachtluft schien ihm neue Kräfte zu verleihen. Noch zehn Minuten strammer Marsch, dann stand er endlich vor der kleinen Hofsiedlung und pochte im vereinbarten Rhythmus an eine der Türen.

„Du bist aber spät dran", bemerkte der schmächtige, finster wirkende Bauer, als er Weidner eintreten ließ und hinter ihm hastig den schwarzen Vorhang wieder zuzog. „Wir hatten schon befürchtet, du wärst von der Gestapo geschnappt worden. Überall in dieser Gegend verstärken sie die Kontrollen."

„Beinahe hätten sie mich auf dem Salève auch erwischt, aber diesmal bin ich ihnen entkommen", antwortete Jean.

„Gut, gut!", murmelte der kleine Bauer vor sich hin.

Weidner folgte ihm schweigend durch das Haus, um es durch die Hintertür gleich wieder zu verlassen. Die Flüchtlinge waren auf dem Heuboden einer Scheune untergebracht. Um die Schweiz auch bestimmt noch vor dem Morgengrauen zu erreichen, weckten die beiden Männer die Schlafenden sofort auf und machten sich mit ihnen auf den Weg in die kühle Frühlingsnacht. Der Pfad hinter der Scheune führte die kleine Kolonne zwischen Feldern hindurch direkt an einen Waldrand, der sich parallel zur Grenze an der Hauptstraße entlangzog. Im Schutz der Bäume gönnten sie sich eine kurze Verschnaufpause.

„Ich werde die Straße kontrollieren und mir den Grenzzaun ansehen", erklärte Jean und verließ die Gruppe. „Bring die Leute bis zur Fahrbahn, aber bleibt nur ja hinter den Bäumen bis ich euch ein Zeichen gebe."

Die Straße war frei: weder französische Polizei noch Gestapo ließ sich blicken. Zudem hatte die schützende Dunkelheit der Nacht inzwischen ihren Höhepunkt erreicht, denn man konnte kaum die andere Straßenseite erkennen. Jean huschte über den Asphaltstreifen und den flachen Abhang hinunter zu dem mächtigen Stacheldrahtzaun, der die Schweiz von Frankreich trennte. „Zum Glück haben sie diesen Abschnitt noch nicht elektrifiziert", dachte er erleichtert, während er behutsam anfing, die untersten Stränge voneinander zu trennen. Schließlich war der Spalt breit genug, dass er hindurchkriechen konnte. Konzentriert beobachtete er noch einmal die Böschung, die Stelle der Überquerung sowie den Straßenverlauf in beiden Richtungen. Alles blieb ruhig. Dann stieß er einen dumpfen Pfiff aus. Der erste Flüchtling verließ in geduckter Haltung mit ängstlichem Gesicht das Dunkel der Bäume. Ihm folgte eine alte Frau, dann ein junges Mädchen, danach noch eins und ein alter Mann.

Jean stemmte seinen Fuß gegen den untersten Drahtstrang und zog die anderen nach oben. „Schnell, schnell; beeilt euch", flüsterte er den grauen Gestalten zu, die durch die Öffnung schlüpften. „Lauft weiter. Ich hole euch später ein. Bleibt nicht stehen. Macht schnell! Beeilt euch! Weitergehen!" Es folgte ein weiterer alter Mann, dann ein Junge. „Ich bin der Letzte", raunte der Jugendliche, als er unter den Drähten hindurchglitt. Ein dumpfer

Pfiff kam von der anderen Straßenseite: Der Bauer bestätigte, dass er alle Flüchtlinge herübergeschickt hatte.

„Auf Wiedersehen, guter Freund", antwortete Jean flüsternd dem Pfiff, obwohl er natürlich wusste, dass der Bauer ihn nicht hören konnte. „Ich gehe jetzt in die Freiheit, in die kostbare Freiheit der Schweiz. Aber nur für eine Weile – ich komme zurück."

Er ließ den Stacheldraht hinter sich und eilte den Fliehenden nach. Den breiten, leergefegten Streifen Niemandsland vor Augen, den die Schweizer nutzten, um „Grenzspringer" aufzulesen, überkam Jean plötzlich ein Gefühl innerer Freude. Als er den Flüchtlingstrupp eingeholt hatte, zog er ihren Anführer neben sich auf den Erdboden. Völlig erschöpft ließen sich auch die anderen fallen.

„Wir brauchen uns jetzt nicht mehr so zu beeilen", erklärte ihnen Jean. „Wir sind in der Schweiz. Es wird das Beste sein, hier zu warten, bis uns die Schweizer Grenzposten finden. Wenn wir weitergehen, schießen sie vielleicht auf uns, damit wir stehen bleiben. Es ist nicht nötig, es darauf ankommen zu lassen. Lasst euch nieder und ruht euch aus; wir befinden uns in einem freien Land."

Neben ihm brach die alte Frau zusammen und fing an zu schluchzen. „Ist schon in Ordnung", dachte Jean bei sich. „Weine nur, wenn es dir gut tut, Mütterchen. Weine nur, was auch immer dich bewegt: deine Freiheit, deine Familie in Frankreich, dein Bruder im Konzentrationslager oder was sonst – deine Tränen werden dir helfen. Komm, lass sie ruhig fließen ..."

Schon zwei Jahre lang nahm er nun an diesem Krieg teil, überlegte Jean. Zwei Jahre der Brutalität und des Leides – wie das jener alten Frau, die auf dem harten Erdboden kauerte und weinte. Zwei Jahre der Flucht solcher armen Geschöpfe, von denen es Tausende gab. Wie sehr wünschte er, dieses sinnlose Spiel des Fliehens wäre endlich vorbei! Warum waren die Menschen überhaupt so kaltblütig? Wussten oder bedachten sie denn nicht, dass ihr grausames und böses Handeln vor Gott nicht verborgen blieb?

„Wenn diese beiden Jahre doch anders verlaufen wären!", sinnierte Jean. „Wie gerne würde ich zu jenem sonnigen Nachmittag des Jahres 1940 in Paris zurückkehren und von da an alles anders machen."

Es war tatsächlich jener Frühlingstag in Paris gewesen, der den Stein ins Rollen gebracht hatte – damals auf dem Boulevard de l'Hôpital ...

2 Aufbruch aus Paris

An jenem Nachmittag im Juni 1940 wimmelte es in den sonnen-
durchfluteten Straßen von Paris nur so von Menschen. Sie waren
alle Hals über Kopf auf der Flucht in den Süden. Hoffnungslos
überfüllte Züge und Busse, ins Astronomische gestiegene Auto-
preise und nahezu unbezahlbar gewordenes Benzin zwangen sie
zu den abenteuerlichsten Transportmitteln.

Das Büro der Franco-Belgischen Union der Siebenten-Tags-Adventisten lag am Boulevard de l'Hôpital. Hier, vor dem Haus Nr.
130, stand Jean Weidner an eine schwarze Acht-Personen-Limou-
sine gelehnt und sprach mit ein paar Freunden, die gerade damit
beschäftigt waren, Dokumente und Akten aus den Verwaltungs-
räumen der Glaubensgemeinschaft in dem Wagen zu verstauen.
Als sie fast fertig waren, hielten sie inne und beobachteten die
vorbeiströmenden Menschenmassen. Manche Familien zogen
Handkarren hinter sich her, um wenigstens noch ihre wichtigste
Habe aus der Stadt schaffen zu können. Ein Gefährt hatten sie sogar aus alten Fahrradreifen zusammengeschustert, und obenauf
hockte ein Kind, das in der Hitze des späten Nachmittags dem
Chaos entgegenschrie.

Auf der anderen Straßenseite heftete ein Ladenbesitzer gerade
ein neues Schild an seine Tür: „Die gesamte Ware zum halben
Preis!" In ganz Paris sanken die Preise für Zucker, Kaffee und
Kleidung – alles, was man nicht unbedingt für eine Flucht benötigte – stündlich. Alle Händler versuchten ihre Ware noch in bare
Münze umzusetzen, bevor die Deutschen in der Stadt Einzug
hielten.

Der Aufbruch in Richtung Süden war an jenem Juni-Nachmit-
tag allerdings kein ganz ungewohntes Bild. Schon seit Tagen waren Flüchtlinge aus Belgien durch die Stadt gezogen. Sie hatten
haarsträubende Berichte über die deutschen Panzerdivisionen
verbreitet, die in ihr Land eingedrungen waren und vor den Toren Frankreichs standen. Aber in Erinnerung an den Ersten Weltkrieg waren die Pariser davon überzeugt gewesen, dass die französische Armee die Deutschen ein gutes Stück vor der Stadtgrenze
aufhalten würde. Das hatte schon einmal geklappt, warum sollte
es nicht auch ein zweites Mal gelingen? Also waren sie in Paris ge-

blieben und hatten den bedauernswerten belgischen Flüchtlingen zugesehen.

Doch jetzt standen die Nazis kaum 200 Kilometer vor der Stadt, und die Pariser hatten begriffen, dass irgendetwas schief gelaufen war. Die Deutschen schienen erbarmungslos näher zu rücken, und in der französischen Armee gab es erste Anzeichen des Zusammenbruchs. Jetzt ergriffen die Pariser die Flucht, erst nur wenige, dann zu Tausenden. „Die Nazis werden bestimmt kurz hinter Paris aufgehalten", hieß es überall, während die Menschen ihre Habseligkeiten zusammenpackten. „Wir gehen für ein paar Wochen nach Südfrankreich, und wenn die französische Armee angefangen hat, die Deutschen in Richtung Belgien zurückzudrängen, kommen wir wieder nach Paris zurück." Diese Meinung teilte auch das kleine Team, das gemeinsam mit Jean Weidner den unzähligen Vorbeihastenden auf der Straße zusah.

Pastor Oscar Meyer, der Vorsteher der Franco-Belgischen Union der Siebenten-Tags-Adventisten, stand neben dem vollgepackten Auto. Er war zwar davon überzeugt, dass die Deutschen entlang einer Linie südlich von Paris aufgehalten werden würden, doch die meisten seiner Gemeindeglieder befanden sich bereits auf dem Weg nach Südfrankreich. Also sollte man das Verwaltungsbüro der Union auch besser dorthin verlegen, schlussfolgerte er. Jeans ältere Schwester Gabrielle arbeitete als Sekretärin in Pastor Meyers Büro, wurde also dort gebraucht, wo sich dessen Arbeitsplatz gerade befand. Im gleichen Boot wie Gabrielle saßen Elise Pache und Marthe Abgrall, die beide als Sekretärinnen für leitende Mitarbeiter der Gemeinschaft tätig waren. Bereit, seiner Gemeinde in den Süden zu folgen, um ihr dort zu dienen, war auch Pastor Antoine Mathy, der Prediger der Adventgemeinde Paris. Neben ihm stand Madame Girou, die als einfaches Gemeindeglied ihr Fahrzeug für die bevorstehende Reise zur Verfügung gestellt hatte. Und da Jean der einzige Besitzer eines gültigen Führerscheins war, sollte er das Steuer übernehmen.

Der Gedanke an die nahenden Nazis ließ ihn erschaudern, denn er hatte schon Erfahrung mit diesen Leuten. Die anderen in der Gruppe hatten lediglich Angst vor der Aussicht auf ein Leben in einem besetzten Land, Jean jedoch konnte sich noch genau an die Gräueltaten der Deutschen in Brüssel erinnern, wo er als Kind während des Ersten Weltkriegs gelebt hatte. Entsetzliche Bilder standen ihm vor Augen. Die Eindringlinge hatten seinen Vater fast verhungern lassen und grausam misshandelt. Hätte Gott nicht einen Engel in Gestalt einer jungen französischen Krankenschwester geschickt, wäre er sicherlich gestorben. Davon war Jean überzeugt.

„Ich will mit diesen Wahnsinnigen nichts mehr zu tun haben", erklärte er seinen Freunden. „Allein kann ich hier in Paris nicht viel tun, um die schrecklichen Dinge abzuwenden, die sie Frankreich und den Niederlanden antun werden. Aber wenn ich es bis nach Südfrankreich schaffe, kann ich mich dort vielleicht nützlich machen."

Da die anderen bereits einiges über die deutsche Militärmacht gehört hatten, wurden sie ganz still, als Jean seine Erfahrungen mit den Besatzern erzählte. Jeder hatte plötzlich das Gefühl, als könnten die Dinge womöglich doch nicht so verlaufen, wie sie es sich erhofften – als könnten die Deutschen unter Umständen doch nicht gleich hinter Paris aufgehalten werden.

Nachdem Pastor Meyer das Gebäude sorgfältig verriegelt hatte, sammelte sich die kleine Schar neben dem abfahrbereiten Auto, um mit dem Prediger zu beten. In einfachen Worten bat er Gott um Schutz und Fürsorge, nicht nur für sich und seine Gruppe, sondern auch für all jene, die sich an diesem Tag auf die Flucht in Richtung Süden begaben. Anschließend nahmen alle ihre Plätze ein. Die Sonne war schon fast untergegangen, als Jean sich vorsichtig mit dem großen Auto durch die überfüllte Straße tastete. Es war Sonntag, der 10. Juni 1940.

Jean war sowohl zum Chauffeur als auch zum „Pfadfinder" für diese Reise in den Süden ernannt worden, weil er eine Menge Schleichwege kannte, auf denen sie schneller vorwärts kommen würden. Die Nationalstraße 20 war, ebenso wie die anderen großen Ausfallstraßen aus Paris, völlig verstopft. Handkarren, Motorräder, Autos und sonstige Gefährte blockierten sie auf der ganzen Linie. Man konnte schon froh sein, in dieser Panikstimmung zwei oder gar drei Kilometer pro Stunde vorwärts zu kommen. Jeans Nebenstraßen-Route sollte über einige miteinander verbundene südliche, östliche und westliche Landstraßen und sogar Feldwege führen. Geduldig lenkte er das Auto aber zunächst bis zur Abzweigung der ersten Seitenstraße im Schneckentempo durch die Massen. Die hereinbrechende Dunkelheit kam seinem Reiseplan sehr zugute, denn tagsüber belegten die Deutschen einige der Schnellstraßen, die er benutzen wollte, im Tiefflug mit Dauerfeuer. Verständlicherweise hatte er keine Lust, am helllichten Tag unter Maschinengewehrbeschuss zu geraten.

Pastor Meyer hatte beschlossen, zunächst die Kleinstadt Dammarie-les-Lys in der Nähe von Melun, 50 Kilometer südlich von

Paris, anzusteuern, um dort mit Mitarbeitern des französischen Verlagshauses der Siebenten-Tags-Adventisten ein Gespräch zu führen. Kurz vor Mitternacht parkte Jean den Wagen vor dem Verlagsgebäude. Noch in der Nacht besprach Pastor Meyer mit den Verantwortlichen eventuelle Maßnahmen, falls die Deutschen auch Dammarie-les-Lys erreichen würden.

Am nächsten Tag machten sich Weidner und seine Begleiter auf den Weg nach Lamotte-Beuvron – eine Strecke von etwa 150 Kilometern. In dem kleinen Städtchen Briare gerieten sie in eine Kontrolle. Von dort wurden sie nach einer gründlichen Befragung auf eine weiträumige Umfahrung des Ortes geschickt. Unzählige Soldaten, Militärfahrzeuge und Beamte standen zur Bewachung der ganzen Ortschaft Briare an einem Kontrollpunkt bereit. Der Grund für dieses Aufgebot lag in einer höchst brisanten Konferenz, die hier gerade stattfand: Der britische Premierminister Winston Churchill und der französische Ministerpräsident Paul Reynaud saßen sich in einer der letzten Konsultationen der beiden Nationen vor der Niederlage Frankreichs gegenüber.

In Lamotte-Beuvron angekommen, erkundigte sich die kleine Reisegesellschaft gleich nach dem Haus von Yvonne Dufau, einer guten Freundin von Jeans Schwester. Hier fanden die Erschöpften auch eine Bleibe für die Nacht. Bevor sie am folgenden Morgen nach Lyon aufbrachen, besprachen sie in aller Frühe ihre weiteren Pläne.

„In den Nachrichten heißt es, die Deutschen nähern sich Paris", gab Pastor Meyer zu bedenken, „das heißt, hier ist es für einen längeren Aufenthalt nicht sicher genug. Von Lyon aus können wir vielleicht unsere Schule in Collonges erreichen und uns dort provisorische Büros einrichten. Falls das nicht ratsam ist, haben wir die Möglichkeit, weiter südlich in Anduze das geräumige Haus von Paul Badaut zu benutzen. Er ist ein guter Freund von uns und hat uns seine Hilfe angeboten. Dort auf dem Lande können wir sicherlich unserer Arbeit für die Gemeinden eine ganze Weile ohne Ärger mit den Deutschen nachgehen. Aber vielleicht sollten wir mit der endgültigen Entscheidung warten, bis wir in Lyon angekommen sind."

Die Neuigkeiten, die sie dann auf dem Weg nach Lyon erfuhren, nahmen ihnen die Entscheidung bezüglich des provisorischen Sitzes der Gemeinschaftsverwaltung ab. Italien war inzwischen als Verbündeter Deutschlands in den Krieg eingetreten, und die italienischen Truppen standen schon zur Besetzung des gesamten französisch-italienischen Grenzgebiets bereit. Somit lag der kleine französisch-schweizerische Grenzort Collonges, in dem sich die Schule der Siebenten-Tags-Adventisten befand, nun in einem Areal, das unvermittelt zum Kampfgebiet werden konnte.

Die Fahrt durch das Gewirr der Nebenstraßen dauerte geraume Zeit, doch endlich erreichte Jean die Nationalstraße Nr. 7. Obwohl diese zu den Hauptrouten in Richtung Süden zählte, hielt sich die Verkehrsdichte hier in Grenzen, zumindest im Gegensatz zu den Straßen, die direkt aus Paris herausführten.

Acht Stunden nach der Abfahrt in Lamotte-Beuvron erreichte die Gruppe schließlich Lyon.

Während Pastor Meyer seinen Bruder Paul besuchte, der als Prediger die Adventgemeinde Lyon betreute, erkundigten sich Gabrielle und die anderen nach ihren Freunden. Jean machte sich allein auf den Weg zu Gilbert Beaujolin.

Weidner hatte Gilbert als Student in Collonges kennen gelernt. Gleich vom ersten Tag an hatte er gewusst, dass es sich um einen außergewöhnlichen Menschen handelte. Gilbert war forsch und hatte sich seine Erfolge selbst erkämpft. Dennoch war er sehr einfühlsam geblieben und hatte jederzeit ein offenes Ohr für die Bedürfnisse anderer. Später war Jean als studentischer Buchevangelist für die Siebenten-Tags-Adventisten nach Lyon gegangen. Dort hatte er eines Tages völlig unerwartet Beaujolin wiedergetroffen. Gilbert bestand damals darauf, ihn bei sich zu Hause zu beherbergen, solange er in der Stadt zu tun hatte. So lernte Jean auch die liebevolle Mutter seines Freundes und dessen ältere Schwester Annie kennen. Die vier wurden während der Zeit, die der junge Weidner als Gast im Hause Beaujolin verbrachte, gute Freunde.

1935 entschloss sich Jean, ins Textilgeschäft einzusteigen. Deshalb kehrte er nach Lyon zurück und arbeitete dort als Lehrling in einem Handelsbetrieb. Beaujolin, der in der Textilbranche bereits erfolgreich war, gab ihm viele Tipps, die ihm halfen, sein Metier schnell zu beherrschen. Auch nachdem Jean 1938 in Collonges sein eigenes Geschäft eröffnet hatte, blieben die beiden in freundschaftlichem Kontakt. Nun trafen sie sich wieder zu einem Zeitpunkt, an dem für beide entscheidende Veränderungen bevorstanden. Als Jean eintrat, begrüßten ihn neben Gilbert auch dessen Schwester Annie und ihr Ehemann Joseph Langlade.

In Lyon hatte man weitgehend die gleiche Einstellung zum Krieg wie in Paris: Die Deutschen werden südlich der Hauptstadt aufgehalten! Eine Gegenoffensive wird die Invasoren dann aus dem Land verdrängen. „Wie sollten wir verlieren?", fragte Gilbert während des Gesprächs in den Raum. „Die Engländer sind eine gewaltige Militärmacht, und die Amerikaner können ebenfalls Druck machen. Man munkelt sogar schon, dass uns die Russen demnächst unterstützen werden. Nein, die Deutschen werden in Frankreich nicht weit kommen. Dafür stehen zu viele auf unserer Seite!"

An diesem Abend saßen die Freunde noch lange zusammen und unterhielten sich. Um Mitternacht versprachen sie sich gegenseitig, stets in enger Verbindung zu bleiben, was auch immer geschehen würde. Vor allem aber waren sie sich darin einig, ein Leben unter deutscher Besatzung nicht freiwillig zu akzeptieren.

Am folgenden Tag wogen Jean und seine Mitreisenden ab, ob sie noch versuchen sollten, nach Collonges zu gelangen oder ob es besser war, sich gleich mit Zielpunkt Anduze in Richtung Süden zu orientieren. Da der Eintritt der italienischen Streitkräfte in den Krieg Collonges in die Nähe einer zweiten Front gerückt hatte, entschieden sie sich für Anduze. Sofort gab Jean seine neue Adresse an Beaujolin weiter, damit sie Kontakt halten konnten. Auf der Fahrt in die Provinzstadt hörten sie im Autoradio die Meldung, dass die Deutschen Paris eingenommen hatten, und dass ihre gepanzerte Angriffsspitze in Richtung Angoulême, das fast 400 Kilometer weiter südlich lag, unterwegs war.

Als die kleine Gruppe am Abend des 14. Juni 1940 ihr Ziel erreichte, entdeckte sie sogleich auf einem Hügel über grünen Weinbergen den ansehnlichen Badaut-Landsitz. Jean empfand den Kontrast zwischen dem geschäftigen, kriegs-nervösen Paris und dem friedlichen Anduze als äußerst wohltuend. In den nächsten Tagen würde er Pastor Meyer helfen, hier die neuen Verwaltungsbüros der Gemeinschaft einzurichten. Aber er hoffte auch, Zeit für Wanderungen und für ein paar gemütliche Schwätzchen mit den Einwohnern der kleinen Ortschaft zu finden.

Die Radiosender berichteten von Massen französischer Soldaten und Zivilisten, die verzweifelt versuchten, vor den Deutschen in Richtung Süden zu fliehen. Da die französische Armee auf ihrem Rückzug die Loirebrücken gesprengt hatte, war nun von Norden her ein Flüchtlingsrückstau von 75 Kilometern entstanden. Mit Luftangriffen fegten die Deutschen die Straßen leer, sodass ihre gepanzerten Marschkolonnen rasch vorwärts kamen.

Schon zwei Tage nachdem die Gruppe in Anduze angekommen war, brauste Gilbert Beaujolins Wagen hinauf zum Badaut-Landsitz. „Jean, es sieht nicht so aus, als ob die Deutschen aufgehalten werden könnten", berichtete Gilbert seinem Freund mit stockender Stimme. „Sie haben Paris eingenommen! Nichts hält sie davon ab, ganz Frankreich zu kassieren! Die französische Armee steht kurz vor dem totalen Zusammenbruch. Warum versuchen wir beide nicht einfach, noch aus Frankreich rauszukommen, bevor die Deutschen da sind? Vielleicht können wir ja auch von England aus unseren besetzten Ländern nützlich sein."

Jean war sofort damit einverstanden, denn er hatte bereits zuvor den Entschluss gefasst, sich um eine Schiffspassage nach England zu bemühen, sobald die neuen Büros der Gemeinschaftsleitung eingerichtet worden waren.

„Gilbert und ich werden nach Sète fahren und versuchen, an Bord eines englischen Schiffes zu gelangen", teilte Weidner Pastor Meyer und Gabrielle mit. „Es müsste eigentlich ein englischer Frachter dort im Hafen liegen. Ich denke, wir können den Kapitän dazu überreden, uns nach England mitzunehmen." Jean bat seine Schwester, dafür zu sorgen, dass ihre Eltern in den Niederlanden von seinem Vorhaben erfahren. „Und sei auf der Hut, wo auch immer du in der nächsten Zeit hingehst. Bete für mich um Gottes Führung, damit ich nur Dinge tue, die zu seiner Ehre sind. Und ich werde dafür beten, dass er dich leitet und beschützt."

Dann fuhren die beiden jungen Männer mit Beaujolins Auto in die kleine Hafenstadt Sète an der Südküste Frankreichs. Auf dem Weg durch die Stadt zu den Hafenanlagen spürten sie, dass eine gewisse Spannung in der Luft lag. Es war, als ob jedermann wusste, dass Sète unerwartet zu einem der letzten Tore in die Freiheit geworden war. Ungewöhnlich viele französische Polizisten waren auf den Straßen zu sehen, und eine große Anzahl Menschen schien auf die gleiche Möglichkeit zu warten, nach der Jean und Gilbert Ausschau hielten.

Es war gar nicht so einfach, einen Bootsbesitzer zu finden, der bereit war, sie auf der Suche nach einem englischen Schiff im Hafen herumzuschippern. Erst der Anblick einer gewissen Geldsumme in Jeans Hand überzeugte einen der Bootsmänner davon, dass die Tour ein lohnendes Geschäft werden würde. Zwischen Landungsstegen, Ankerplätzen und Ozeanriesen hindurch erspähten sie nach einer Weile am Heck eines großen grauen Frachtschiffes eine britische Fahne, die in der sanften Abendbrise flatterte.

„Das ist genau der, nach dem wir suchen", erklärte Jean dem Steuermann ihres kleinen Bootes. „Bring uns dort hin und warte auf uns, während wir mit dem Kapitän sprechen."

Der schmale Kahn glitt zu der Strickleiter, die längsseits des Schiffes herunterhing, und Jean und Gilbert kletterten an Bord.

Ein Matrose wies ihnen den Weg zur Kapitänskajüte. Schließlich pochten sie an die Türe des Mannes, der ihnen die Überfahrt nach England ermöglichen sollte.

„Ich bin mir gar nicht sicher, ob ich euch nach England mitnehmen kann", zögerte der Schiffsführer. „Es gibt kaum noch eine freie Ecke auf dem Schiff, weil wir bereits schwer geladen haben. Und außerdem habe ich in England keine Anweisungen bekommen, die mir gestatten würden, Leute wie euch in ausländischen Häfen an Bord zu nehmen. Schließlich könntet ihr ja auch deutsche Spione sein."

Jean war klar, dass sie irgendetwas unternehmen mussten, um die Meinung des Kapitäns zu ändern. „Wir haben gültige Pässe, und außerdem können wir die Überfahrt gut bezahlen", bat er inständig. „Geld ist kein Problem. Wir müssen unbedingt nach England. Und schließlich sind Sie doch Engländer, da sollten Sie wissen, dass unsere Dienste für Ihr Vaterland nützlich sein könnten. Sie würden England also eigentlich sogar einen Gefallen tun, wenn Sie uns mitnähmen. Die englischen Grenzbeamten werden dann schon feststellen, ob wir Spione sind. Sie haben dabei nichts zu verlieren."

Der Kapitän lehnte sich in seinem Sessel zurück und ließ sich die Sache noch einmal durch den Kopf gehen. „Tja, Mister Weidner, Sie sagen, Sie sind Niederländer, da wird es wohl kaum Probleme geben. Aber Ihren Freund, einen Franzosen, mitzunehmen – na, ich weiß nicht recht ..." Er schwieg einen langen Augenblick, seufzte dann und fuhr fort, „aber ihr beiden scheint zur anständigen Sorte zu gehören – ich werde es riskieren. Seid morgen früh wieder hier an Bord. Wir werden etwa um zwölf Uhr in See stechen. Aber seid pünktlich, denn die Nachmittagsflut wartet weder auf euch noch auf mich noch auf irgendjemanden sonst."

Glücklich und erleichtert kehrten die beiden Freunde wieder auf ihr kleines Boot zurück. „Er nimmt uns mit!", jubelte Gilbert, als sie sich auf den Rückweg zum Dock machten. „Stell dir vor, Jean, in einer Woche werden wir in England sein. Dann können wir gleich anfangen, dazu beizutragen, dass die Nazis dahin zurückkehren, wo sie hingehören."

Als nächstes überließen sie Gilberts Wagen der Obhut eines Werkstattbesitzers und schickten einen Satz Schlüssel mit den Autopapieren an Gabrielle in Anduze. Ein kurzer Blick auf die Reservierungslisten der Hotels verriet ihnen anschließend, dass sie wohl am Strand übernachten mussten – alle Zimmer waren ausgebucht.

Beim Abendessen in einem Restaurant erstarrten die beiden Männer schier vor Entsetzen bei den Worten des Radiosprechers: „Zwischen der französischen und der deutschen Regierung wurde soeben in Compiègne ein Waffenstillstand unterzeichnet. Weitere Einzelheiten über das Abkommen zur Feuereinstellung werden in Kürze erwartet."

„So, das war's also; wir haben kapituliert!", platzte Gilbert heraus, als er seine Sprache nach einer Weile wieder gefunden hatte. „Jetzt wird alles anders. Und alle werden Probleme bekommen. Unsere Entscheidung zu gehen, war bestimmt ein weiser Entschluss, Jean."

In der folgenden Nacht schliefen sie nur wenig. Die Meldung, dass Frankreich nun unter deutscher Besatzung stand, bereitete ihnen großes Kopfzerbrechen. Immer, wenn er aus seinem unruhigen Schlaf erwachte, dachte er über die vor ihnen liegende Reise nach. Ja, er wollte nach England, denn er glaubte, seinem Land von dort aus dienen zu können. Dennoch hatte er Gewissensbisse, Frankreich zu verlassen. Er liebte dieses reiche, schöne Land, das so gut zu ihm gewesen war. Doch die Entscheidung war getroffen; und jetzt, da Frankreich gefallen war, wusste er, es würde das Beste sein, was er tun konnte.

Am nächsten Morgen wollten Gilbert und Jean nach einem hastigen Frühstück am Strand den Kapitän des kleinen Bootes aufsuchen, der sie am Tag zuvor zu dem englischen Schiff hinausgebracht hatte. Als sie um die Ecke bogen, wo der schmale Kahn angebunden lag, staunten sie nicht schlecht, außer dem dicklichen Bootsmann auch mehrere blau uniformierte französische Polizisten anzutreffen.

„Was wollen Sie hier?", erkundigte sich einer der Beamten, als die beiden Freunde näher kamen.

„Wir sind auf dem Weg zu dem englischen Frachtschiff draußen im Hafen", antwortete Jean und machte sich Gedanken darüber, was die Frage wohl zu bedeuten hatte.

Der Gendarm warf einen raschen Blick in den Hafen und stellte fest: „Da liegt aber im Moment gar kein englisches Schiff. Der Frachter ist schon gestern Abend in See gestochen, als die Meldung vom Waffenstillstand hier bekannt wurde. Zur Zeit darf niemand das Land verlassen, bis die Regierung neue Regelungen erlassen hat.

Solltet ihr versuchen, mit anderen Kapitänen Kontakt aufzunehmen, werdet ihr verhaftet. Die werden nämlich alle von unseren Leuten überwacht. Ich gebe euch den guten Rat, fahrt sofort nach Hause und wartet weitere Anweisungen von der neuen Regierung ab!"

Das war für Weidner und Beaujolin ein harter Schlag! Die Worte des Polizisten, der nun vor ihnen stand, machten alle ihre Hoffnungen zunichte. Sie ließen ihre Blicke über den Hafen schweifen und mussten feststellen, dass ihr Schiff tatsächlich nicht mehr da war.

Todunglücklich trotteten sie zu der Werkstatt, in der sie am Abend zuvor ihr Auto untergestellt hatten und fuhren zurück nach Anduze.

Einige Tage später erfuhren sie von einer anderen Fluchtmöglichkeit. „Ihr solltet versuchen, nach Perpignan durchzukommen. Angeblich stellt der dortige spanische Konsul Visa zur Einreise nach Spanien aus", verriet ihnen ein Freund. „Von da aus könntet ihr dann nach Portugal gehen und dort ein Schiff nach England erwischen."

Am nächsten Morgen machten sie sich auf den Weg in die französische Grenzstadt an der Mittelmeerküste, etwa 100 Kilometer westlich von Sète. Aber sie kamen erst spät am Abend in Perpignan an. Gleich am nächsten Morgen marschierten sie los, um das spanische Konsulat ausfindig zu machen. Schließlich entdeckten sie es in einem der besseren Viertel der Stadt.

Die Türen waren fest verrammelt!

„Wo ist der spanische Konsul?", erkundigte sich Jean in einem benachbarten Laden.

„Ach, Sie wollen zum spanischen Konsul?", wiederholte der schmächtige Franzose, den sie angesprochen hatten. „Das wollten Hunderte vor Ihnen auch schon. Die sind alle in den letzten zwei Wochen hierher gekommen, und alle wollten nach Spanien. Offenbar ist dem Konsul bewusst geworden, dass noch weitere Tausende kommen werden. Jedenfalls hat er gestern Morgen hier alles verriegelt und ist nach Spanien abgezogen. Ich nehme an, er wird frühestens in einem Monat zurück sein."

„Sie meinen, er ist einfach verschwunden, ohne jemandem Bescheid zu geben?", fragte Jean ungläubig. „Er wird sicher bald wieder da sein. Wie kann er hier die Interessen seines Landes vertreten, wenn er einfach abhaut?"

Unbeeindruckt von Weidners Besorgnis, zuckte der kleine Händler mit den Schultern und wandte sich seinen wartenden Kunden zu.

„Tja, Jean, wir stehen schon wieder in einer Sackgasse", seufzte Beaujolin. „Diesmal sieht es aber so aus, als gäbe es keine Alternative mehr. Wenn alle Häfen und Grenzen geschlossen sind, können wir genauso gut nach Lyon zurückfahren und uns dort einen praktikablen Fluchtplan ausdenken."

Obwohl er es eigentlich nicht zugeben wollte, musste Jean Gilbert Recht geben – der Weg schien tatsächlich aussichtslos. Wären die beiden Männer mit der Durchführung illegaler Aktionen vertraut gewesen, hätten sie vielleicht ernsthafte Überlegungen angestellt, irgendwie zur Grenze durchzukommen und zu versuchen, die wenigen französischen und spanischen Posten, die in dieser Gegend Wache hielten, zu umgehen. Aber weder Weidner noch Beaujolin dachten in diesem Moment an solche illegalen Aktionen. Sie hatten Respekt vor dem Gesetz, und ihr Rechtsverständnis schloss schon den Gedanken an eine verbotene Grenzüberquerung aus. Wenn Jean schon damals in dem kleinen Laden in Perpignan gewusst hätte, dass er wenig später unzählige Male illegal Grenzen überqueren würde, hätte er vielleicht anders gehandelt.

Für die beiden jungen Männer gab es trotz ihrer Entmutigung noch einen, wenn auch schwachen, Trost: Der Waffenstillstand garantierte einigen Teilen des Landes noch gewisse Freiheiten. Die französisch-spanische Grenze war frei geblieben, und ein Teil der französisch-schweizerischen Grenze lag ebenfalls innerhalb der so genannten „unbesetzten Zone". Der große Hafen Marseilles war noch frei, und auch die Millionenstadt Lyon befand sich noch nicht im Herrschaftsbereich der Besatzer. In Vichy wurde das neue Hauptquartier der französischen Regierung aufgeschlagen. Die Demarkationslinie zwischen der besetzten und der unbesetzten Zone zog sich von den westlichen Pyrenäen östlich an Bordeaux vorbei in Richtung Norden bis südlich von Tours und verlief dann in unregelmäßigen Bögen nach Osten bis zur südwestlichen Schweiz.

Als die beiden den kleinen Laden in Perpignan verließen, musste Jean Gilbert insofern Recht geben, als ihre einzige Hoffnung, doch noch etwas Sinnvolles zu tun, darin lag, nach Lyon zu gehen. Für Jean gab es keine Möglichkeit mehr, in sein Textilgeschäft nach Paris zurückzukehren: Dort waren jetzt die Deutschen!

„In Lyon werden wir ein paar Freunde finden müssen, die uns bei der Ausarbeitung eines Plans helfen, den weder Hafenpolizisten noch geschlossene Konsulate vereiteln können", entschied Jean. „Fahren wir also zurück nach Lyon!"

3 Die Lager

Nach ihren fruchtlosen Bemühungen, nach England zu fliehen, konzentrierten sich Jean und Gilbert in Lyon wieder auf ihre aktuelle Situation. Um ihre Zukunft trotz der Veränderungen, die in ihrem Land stattgefunden hatten, einigermaßen erfolgreich zu gestalten, brauchten sie jetzt Geld, das war ihnen klar. Folglich wandten sie sich wieder der Textilbranche zu. Gilbert, der ja schon fest etabliert gewesen war, nahm einfach wieder die Zügel seiner florierenden Firma in die Hand. Für Jean jedoch bedeutete der Weg zurück, wieder ganz von vorn anzufangen, denn sein gesamtes Firmeninventar sowie alle Warenbestände in Paris waren ja den Deutschen in die Hände gefallen.

Vorläufig stand ihm innerhalb des riesigen Beaujolin-Unternehmens ein Büroraum mietfrei zur Verfügung. Gilbert half ihm auch bei der Kontaktaufnahme zu Freunden, die Jean einige Jahre zuvor kennen gelernt hatte, als er damals im größten Textilbetrieb Frankreichs eine Lehre absolviert hatte. Trotz zunehmender Einschränkungen durch die Vichy-Regierung gelang es ihm, sowohl neue Lagerbestände zu beschaffen als auch Abnehmer für seine Waren zu finden. Für alle „nicht lebensnotwendigen" Artikel galten in der Kriegszeit strenge Vorschriften. Deshalb waren viele Bekleidungshersteller und auch einige Kaufhausbesitzer ganz erpicht darauf, gute Qualitätsware zu ergattern. Und so begann Jeans Geschäft zu blühen.

Die beiden Freunde blieben weiterhin in engem Kontakt, während aus ein paar Wochen schnell Monate wurden. Annie und Joseph Langlade boten Jean an, bei ihnen zu wohnen. Sie unterhielten sich oft bis spät in die Nacht hinein mit ihm und Gilbert über ihre Pläne und Hoffnungen für die Zukunft. Als glühende Patrioten liebten die Langlades und Gilbert ihr Vaterland, als Christen lehnten sie die Philosophie der Nazis radikal ab. Auch mit dem Waffenstillstand, den Frankreich unterzeichnet hatte, waren sie absolut nicht einverstanden; ebenso wenig wie mit dem Staatschef der neuen französischen Regierung, Marschall Henri Philippe Pétain.

Sie setzten ihre Hoffnung auf den ehemaligen Offizier der Panzertruppen, der vor kurzem in London eingetroffen war – General Charles de Gaulle. Ihre Herzen schlugen höher, wenn er über den Londoner Radiosender sprach:

„Frankreich hat eine Schlacht verloren.
Aber Frankreich hat nicht den Krieg verloren!
Unser Land schwebt in tödlicher Gefahr.
Lasst uns alle um seine Rettung kämpfen!
Es lebe Frankreich!"

Bald investierten sie ihre Zeit in diverse Aktivitäten. Gilbert und seine Schwester interessierten sich mehr und mehr für die aufkeimenden Widerstandsbewegungen jener Franzosen, die fest entschlossen waren, ihrem geknechteten Land wieder zur Freiheit zu verhelfen. Jean orientierte sich ebenfalls neu, indem er wiederholt dem niederländischen Konsulat in Lyon seine Dienste anbot. Auf diesem Weg lernte er den Konsul, einen Mann namens Lambotte, sowie Arie Sevenster, den niederländischen Generalkonsul für das unbesetzte Frankreich, näher kennen, der häufig von Vichy nach Lyon kam.

Mittels einer äußerst strengen Überwachung der Vichy-Regierung nahmen die Deutschen immer stärkeren Einfluss in Südfrankreich. So brach schon kurz nach der Unterzeichnung des Waffenstillstands das Vichy-Regime unter dem Druck der Nazis die diplomatischen Beziehungen zur niederländischen Exil-Regierung in London ab. Die Niederlande baten daraufhin die neutrale schwedische Regierung, die Angelegenheiten ihrer Bürger in Frankreich wahrzunehmen. Bald darauf stornierte die Vichy-Regierung, wiederum unter nun noch massiverem deutschen Druck, auch die Vermittlerrolle Schwedens. Stattdessen wurde diese Aufgabe dem niederländischen Verwaltungsbüro innerhalb der Vichy-Beamtenschaft übertragen.

Männern wie Sevenster und Lambotte waren durch derartige Maßnahmen die Hände gegenüber den Hilfesuchenden gebunden. Kurz nach Inkrafttreten dieser Schikanen starb Lambotte, und sein Posten in Lyon wurde Maurice Jacquet übertragen – einem überzeugten Franzosen und unermüdlichen Helfer der Niederländer.

Im Laufe des Jahres 1941 besuchte Jean das Konsulat immer häufiger und erfuhr auf diesem Weg allerhand über den Fortgang des Krieges. Voller Entsetzen beobachtete er die Entwicklungen, die für Hunderte seiner geflohenen Landsleute – ob sie nun bereits in Internierungslager eingewiesen waren oder noch ziel- und hilflos in der Gegend herumirrten – nichts Gutes erwarten ließen. Mehr und mehr wuchs seine innere Anteilnahme an ihrem Elend.

Die Flüchtlingsflut in den Süden nahm 1941 in demselben Maß zu wie die Nazi-Verfolgung der Juden in Belgien und den Niederlanden. Das niederländische Konsulat in Lyon wurde der Masse der Vertriebenen nicht mehr Herr. Die Geldquellen, die Sevenster zur Verfügung standen, um wenigstens ihre finanzielle Not zu lindern, waren schnell erschöpft. Für die Geflohenen bestand täglich die Gefahr, in die Internierungslager eingewiesen zu werden. Um diesem Schicksal zu entgehen, suchten sie verzweifelt nach Fluchtwegen in sichere Länder wie die Schweiz oder England.

Wer Frankreich verlassen wollte, benötigte ein Ausreisevisum. Aufgrund der deutschen Restriktionen waren diese wertvollen Papiere aber extrem schwierig zu bekommen.

„Wie viele niederländische Bürger dürfen Frankreich verlassen?", erkundigte sich Jean Weidner bei Sevenster im Konsulatsbüro.

„Nicht annähernd so viele, wie wir gerne ausreisen sehen würden", war die Antwort. „Als Diplomaten können wir nur mit legalen Mitteln helfen. Aber leider werden unsere Bemühungen immer häufiger durch illegale Hindernisse blockiert. Denn selbst wenn wir absolut rechtmäßig vorgehen, werden auch für die bescheidensten Anfragen utopische Forderungen an uns gestellt. Die meisten dieser armen Geschöpfe sind hier völlig hilflos, und wir haben einfach keine Möglichkeit, etwas für sie zu tun. Wir brauchen dringend Geld für ihren Aufenthalt in Frankreich, und dann nochmal für ihre Ausreise, wenn wir es tatsächlich geschafft haben, ein Visum zu ergattern."

Jean wusste, wovon der Konsul sprach. Da die meisten Flüchtlinge Juden waren, hatte die Vichy-Regierung aufgrund des massiven antisemitischen Programms der Deutschen bereits ein spezielles Büro eingerichtet: die „Kommission für jüdische Belange". Xavier Vallat, der Leiter dieser neuen Dienststelle, verbreitete strenge Richtlinien für alle Juden, und ganz speziell für jüdische Flüchtlinge. Unter dem Deckmantel der Legalität ließen die Gestapo und die Beamten in Vichy schon bald Gefangene aus französischen Internierungslagern in deutsche Konzentrationslager verlegen.

Die Methode war simpel und fast täglich dieselbe: Die Gestapo meldete jener „Kommission für jüdische Belange", dass sie einen bestimmten Flüchtling aus einem der Lager brauchte – der Zweck war dabei ziemlich belanglos. Das angesprochene Büro beauftragte dann die Aufseher des Lagers, in dem sich der Gewünschte aufhielt, ihn zur französisch-deutschen Grenze zu bringen. Dort wurde er dann der Gestapo übergeben.

Solche erbärmlichen Szenen spielten sich bereits täglich in den Lagern in Vernet-les-Bains, Gurs oder Rivesaltes ab. Die niederländischen Konsulate hatten mittlerweile alle Rechte bis auf das ihrer formalen Existenz verloren und mussten dem gnadenlosen Todesmarsch ihrer Landsleute hilflos zusehen. In der Zeit vor dem Waffenstillstand wurden die Flüchtlinge, die in den Lagern in Südfrankreich ankamen, noch mit einigem Respekt behandelt. In den altertümlichen Gemäuern, die während des spanischen Bürgerkriegs der Aufnahme von Gefangenen gedient hatten, gewährte man den Auswanderern Schutz und bescheidene Mahlzeiten.

Viele von ihnen waren Tage oder auch Wochen unterwegs gewesen, um die relative Sicherheit des unbesetzten Frankreich zu erreichen. Doch seit der Unterzeichnung der Waffenruhe mit den Deutschen hatte sich dieses Minimum an Freundlichkeit in blanke Gefangenenlager-Abfertigung verwandelt.

Angefüllt mit Kriminellen, waren die Lager schon zuvor schlimm genug gewesen. Als sich jedoch die Gesinnung „fremden" Flüchtlingen gegenüber änderte, wurde die Situation gänzlich unerträglich. Vor dem Inkrafttreten des Waffenstillstands durften das Rote Kreuz und andere soziale Einrichtungen die kärglichen Rationen, die wie Almosen an die Flüchtlinge verteilt wurden, wenigstens noch durch zusätzliche Nahrungsmittel aufstocken. Mittlerweile galten auch für derartige Organisationen strengere Vorschriften, und nur noch wenige ihrer Mitarbeiter durften die Tore passieren. Die Lagerbewachung wurde ebenfalls verstärkt und die üblichen Gendarmen durch spezielle Regierungspolizisten ergänzt. Das Wohl und Wehe der Flüchtlinge hing nun ausschließlich vom guten Willen der Aufseher, der Polizei und der Lagerverwaltung ab.

„Manche Gefängnisbeamten behandeln unsere Leute ja noch ganz anständig, aber das sind die wenigsten", erfuhr Jean von Sevenster, als er wieder einmal in dessen Büro saß. „Einige Lagerleiter bemühen sich immerhin noch, freundlich zu sein, aber die meisten beugen sich der Politik der Vichy-Regierung, um es den Deutschen recht zu machen. Und die Nazis planen offensichtlich die völlige Vernichtung der Juden. Die Verpflegung in den Lagern ist sehr spärlich, und es gibt keinerlei medizinische Versorgung. Aber das Allerschlimmste ist, dass die Gestapo bestimmt, wer aus den Lagern entfernt wird. Haben die Gendarmen einen Flüchtling erst einmal weggebracht, hören wir nie wieder von ihm."

Arie Sevenster war Berufsdiplomat, von kräftiger Statur und physisch wie moralisch sehr stabil – und er hatte sich der Pflichterfüllung verschrieben. Er empfand tiefes Mitgefühl für die Juden in ihrer Zwangslage. Seit dem ersten Verschwinden eines jüdischen Flüchtlings hatte er unermüdlich daran gearbeitet, die grauenvollen Vorgänge zu unterbinden. Sevenster nahm nie ein Blatt vor den Mund und vergaß dabei völlig, dass seine Position und sein Leben aufgrund seiner Meinungsäußerungen in Gefahr geraten konnten.

„Die Behörden haben mich aufgefordert, die Juden zu vergessen und mich nur noch um die Niederländer in Frankreich zu kümmern. Das sei für alle Beteiligten besser", erzählte er Jean. „Aber alle Leute, die aus meiner Heimat hierher kommen, sind für mich einfach Niederländer", ereiferte er sich. „Ich mache da keinen Unterschied! Und ich muss ihnen helfen – jedem Einzelnen!"

Sevenster saß täglich viele Stunden an der schwierigen Aufgabe, für Flüchtlinge Einreisevisa nach Spanien zu beschaffen. Nur einer Hand voll Flüchtlingen war es bis November 1942 vergönnt, auf diesem mühseligen Weg nach Spanien zu entkommen. Dann besetzten die Nazis auch den südlichen Teil Frankreichs, und von da an bis zur Landung der Alliierten in der Normandie am 6. Juni 1944 kam kein Flüchtling mehr aus Frankreich heraus – es sei denn über den Untergrund.

Als sich im Laufe des Jahres 1941 die Situation immer mehr zuspitzte, weckte Gilbert Beaujolin eines Tages Jeans Verlangen, aktiv zu werden. „Wir müssen dringend etwas tun, um all diesen Menschen, die dem Tod ins Auge blicken, zu helfen", drängte er. „Wir brauchen eine richtige Organisation; die könnte effektiver arbeiten als ein einzelner Mann. Wir müssen uns mit Leuten zusammentun, die wissen, wie man die vielen Richtlinien umgehen kann, die Vichy erlässt, um die Befreiung der Flüchtlinge aus den Lagern zu verhindern."

Weidner war sofort einverstanden und unterstützte Beaujolin bei der Gründung einer solchen Organisation. „Um möglichst effektiv arbeiten zu können", erklärte Gilbert, „sind Vertreter verschiedener Konfessionen notwendig." Deshalb nahmen sie kurz darauf den sehr hilfsbereiten Jesuitenpater P. Chaillet und Pastor Roland DePury, einen warmherzigen protestantischen Geistlichen aus Lyon, in ihren Kreis auf. Gilbert wurde zum geschäftsführenden Vorsitzenden der neuen Organisation ernannt, und als offizielle Bezeichnung wählten sie „Die Christliche Freundschaft". Der katholische Priester, der protestantische Pfarrer und Jean Weidner saßen im Vorstand ihrer Vereinigung – zusammen mit Pastor Marc Boegner, dem Vorsitzenden der Föderation Protestantischer Kirchen in Frankreich, sowie Kardinal Gerlier aus Lyon.

Die Gruppe wuchs von vier auf sechs Mitglieder, dann auf zehn und zwölf. Sie hatten es sich zur Aufgabe gemacht, Menschen, die grausamen Qualen ausgesetzt waren oder denen der Abtransport aus einem Lager bevorstand, irgendwie zu helfen – ungeachtet ihrer Konfession oder ihres Glaubens. Ihre lebenswichtige Arbeit nahm die Organisation zunächst in kleinem Rahmen auf. Zur gleichen Zeit schlug Jean die Bildung einer weiteren Arbeitsgruppe vor, die ausschließlich für die Niederländer in den Lagern zuständig sein sollte. Der Konsul Maurice Jacquet und Louis Assher, ein berühmter jüdischer Diamantenschleifer, trugen gemeinsam mit einigen Freunden zur Gründung eines solchen Teams bei.

Als die Arbeit der beiden Gruppen in Gang kam, musste Jean seine Zeit zwischen seinem eigenen Büro, dem Konsulat und den Lagerbesuchen aufteilen.

Er konnte beobachten, dass die niederländischen Flüchtlinge im Allgemeinen besser behandelt wurden als diejenigen aus anderen Ländern. Die meisten Niederländer hielten sich im Lager von Châteauneuf-les-Bains bei Vichy auf. Einige waren sogar in Hotels untergebracht. Natürlich hatten sie die gleichen Probleme wie die anderen Flüchtlinge – vielleicht waren nur ihre Betten eine Spur weicher, ihre Mahlzeiten eine Nuance nahrhafter und ihre Fluchtmöglichkeiten einen Hauch günstiger. Aber was war ein gelungener Ausbruch wert, wenn man keine gültigen Papiere vorweisen konnte und nicht wusste, was man tun oder wohin man sich anschließend wenden konnte? An jeder französischen Straßenecke schien ein Gendarm zu lauern, der jedem misstraute, dessen Papiere nicht ganz in Ordnung waren, der mit einem ausländischen Akzent sprach oder anscheinend kein bestimmtes Ziel ansteuerte.

Während der aktiven Monate der „Christlichen Freundschaft" und der niederländischen Gruppe machte Jean Weidner eine Menge Erfahrungen. Er überredete französische Beamte, ihm einen Ausweis als Sozialarbeiter auszustellen, der ihm Zutritt zu den Lagern verschaffte; er stellte zur Ergänzung der kärglichen

Lagerverpflegung eine Liste von Nahrungsmitteln für die hungernden Gefangenen zusammen; er wandte sich an Freunde, die bei den für Reisegenehmigungen und Personalausweise zuständigen Behörden beschäftigt waren; er baute Beziehungen zu Familien auf, die in der Nähe der Lager wohnten, damit diese sich bereit erklärten, Häftlinge einzustellen, die Jean „herausgeholt" hatte. Es gab nämlich eine Richtlinie, nach der es einigen „unpolitischen" Insassen gestattet war, außerhalb der Gefängnismauern zu leben, sofern sie eine feste Anstellung nachweisen konnten. Wieder andere Leute brachte er dazu „politische" Gefangene aufzunehmen, denen man vielleicht zur Flucht verhelfen konnte. Er nahm Kontakt mit Anwälten auf, sprach mit Richtern, arbeitete mit Stadt- und Provinzbeamten zusammen. Und nicht zuletzt kämpfte er um finanzielle Unterstützung, denn seine eigenen Mittel hatte er bereits eingesetzt.

Allmählich fingen Jean und seine Freunde an, die Wachposten sowie die Mitarbeiter der Verwaltungen in jedem Lager entsprechend ihrer Bereitschaft zur Kooperation bei der Befreiung von Flüchtlingen in Klassen einzuteilen. Manche Aufseher zeigten sich für eine Zusammenarbeit sehr zugänglich. Andere verlangten für ihre Dienste einen gewissen Preis. Wieder andere hatten zwei Gesichter: Sie schienen zunächst zu kooperieren, berichteten dann aber alles, was sie sahen und hörten, ihren Vorgesetzten. Noch andere waren verbittert, weil ihr Land gerade einen Krieg verloren hatte, und neigten in jeder Hinsicht zu Brutalität und primitiver Denkweise.

Die Einteilung in die einzelnen Gruppen war ein langwieriger, aber grundlegender Teil der Arbeit für die Organisation. Denn eine falsche Annäherung an einen „doppelgesichtigen" Posten konnte mit der eigenen Festnahme enden. Und ging man einen verbitterten Aufseher um Hilfe an, so konnte der den Bittsteller unter Umständen gleich inhaftieren oder ihn umgehend der Lagerverwaltung ausliefern.

Eine der schwierigsten Aufgaben bestand darin, die französischen Bewohner der ländlichen Gegend rund um die Lager dazu zu bewegen, Gefangene einzustellen, von denen Weidner wusste, dass sie bald von der Gestapo aus den Lagern abgeholt werden sollten.

Die Einheimischen hatten aber bereits einiges von den Gräueltaten der Gestapo in anderen von den Nazis besetzten Ländern gehört und fürchteten sich auch vor den vielen neuen Regelungen, die ihnen auferlegt wurden. Deshalb verhielten sie sich natürlich sehr vorsichtig, um nicht mit den Besatzern in Konflikt zu geraten oder verhaftet zu werden.

Es war eine harte und oftmals undankbare Aufgabe, in die Weidner seine gesamten Kräfte und finanziellen Mittel investierte. Eine Zeit lang verteilte er regelmäßig jede Woche 25 bis 30 Lebensmittelpakete von je fünf Kilogramm Gewicht an jene Gefangenen, die dem Hungertod am nächsten waren. Ebenso bestritt er aus den Einkünften seines Textilgeschäftes die Gerichtskosten für die teuren Prozesse, um bestimmte Flüchtlinge aus den Lagern zu befreien.

Eines Tages traf Weidner bei einem seiner Besuche im Lager von Châteauneuf-les-Bains einen Insassen namens Sidney Rosenthal, der ihm schon vom niederländischen Konsulat empfohlen worden war. Sidney war ein Jude mit Frau und Kind, dem es strikt verboten war, das Lager zu verlassen. Der Abtransport in ein Konzentrationslager war also beschlossene Sache. Jean entschied sich, diesem Mann zu helfen.

Ein Gespräch mit Rosenthal im Lager überzeugte ihn von dessen Ehrlichkeit, denn er war sich über sein Schicksal im Klaren. Der Mann versicherte, bei jedem Fluchtplan mitzumachen, wenn er nur funktionierte.

Zurück in Lyon, dachte sich Jean folgenden Plan aus: Der Häftling sollte um Erlaubnis für einen Zahnarzttermin in Clermont-Ferrand bitten. Dort, etwa 30 Kilometer vom Lager entfernt, würde er mit Weidner zusammentreffen, und sie würden gemeinsam nach Lyon fahren, von wo aus er in Sicherheit gebracht werden konnte.

Da die Lagerbestimmungen für Frauen und Kinder nicht so streng gehandhabt wurden wie für Männer, sollte Frau Rosenthal sich eine Genehmigung besorgen, eine Freundin in der Nähe zu besuchen. Auf dem kleinen Bahnhof in Royat würde sie auf ein Mitglied aus Jeans Organisation treffen. Die beiden sollten von da aus in Richtung Vichy fahren, unterwegs aber einen Bogen nach Süden machen und auf den Ehemann treffen, der mit Weidner aus einer völlig anderen Richtung in Lyon ankommen würde.

Am Morgen der geplanten Flucht wurde Rosenthal am Ausgangskontrollpunkt des Lagers von einem Posten übernommen, den Jeans Leute noch nicht kannten. Weidners Pläne hingen jedoch zum Glück nicht von der speziellen politischen Einstellung dieses Gendarms ab. Gemeinsam fuhren der „Patient" und sein Aufpasser mit dem Bus nach Clermont-Ferrand.

Jean hatte Rosenthals Zahnarzt sehr bewusst ausgesucht. Er galt als Gegner der Deutschen und erklärte sich gern zur Kooperation bereit, wenn es darum ging, Leben zu retten und Frankreich von den Eindringlingen zu befreien. Aber der vielleicht wichtigste Vorzug dieses Mannes bestand darin, dass seine Praxis zwei Eingänge an verschiedenen Straßen hatte, die im spitzen Winkel aufeinander zuliefen. Die Patienten konnten von beiden Seiten hinein – und hinausgehen. Das wusste aber der Wachposten nicht, der Rosenthal begleitete. Da ihm nur eine Praxisadresse mitgeteilt worden war, konnte er nicht ahnen, dass das Gebäude an zwei Straßen lag.

Um sicherzugehen, dass nichts dazwischengekommen war, wartete Jean in der Nähe der offiziell angegebenen Hausnummer, und als er die beiden Männer das Gebäude betreten sah, beeilte er sich, um die Ecke zum anderen Eingang zu gelangen.

Im Inneren ließen sich Rosenthal und der Wachposten im Wartezimmer nieder, um die Zahnbehandlung abzuwarten. Zehn Minuten später bat der Gefangene um die Erlaubnis, auf die Toilette gehen zu dürfen. Diese lag am Ende des langen Flurs, der die beiden Eingänge der Praxis verband. Der Aufseher konnte von seinem Platz im Wartezimmer aus den Gang nicht überblicken. Außerdem befürchtete er keine auffälligen Aktionen seines „Schützlings" und stimmte deshalb dem Wunsch des Häftlings bereitwillig zu.

Weidner hatte Rosenthal einige Tage zuvor jeden einzelnen Schritt seines Plans genau erklärt. Also ging dieser zwar in die Toilette hinein, verließ sie aber sofort wieder und eilte zu dem zweiten Ausgang, wo Jean bereits wartete.

Draußen atmete der Geflohene erleichtert auf: „Mein Freund, du hast Wort gehalten, du bist tatsächlich gekommen! Wie kann ich dir danken?"

„Du brauchst dich nicht bei mir zu bedanken, zumindest jetzt noch nicht", antwortete Jean. „Wir haben noch einen langen Weg vor uns, und wir müssen uns beeilen. Hier sind deine Papiere. Wenn wir angehalten werden, tu so, als wäre das seit Urzeiten dein Ausweis gewesen, und außerdem stammst du aus diesem Teil Frankreichs, verstehst du? Was auch immer geschieht, verlier nicht den Mut, wir werden es schon schaffen. Wenn allerdings einer von uns verhaftet und verhört wird, darf er keinesfalls durchblicken lassen, dass er den anderen kennt. So bleibt wenigstens einer von uns frei. Bleib dicht hinter mir und tu so, als ob du dir deiner Sache ganz sicher wärst."

„Ich habe alles verstanden. Wenn du bereit bist, ich bin's auch", gab Rosenthal zurück.

Jean hatte den Zahnarzttermin für Rosenthal eine halbe Stunde vor die Abfahrt eines Busses gelegt, der von Clermont-Ferrand aus in das Städtchen Thiers fuhr. Da diese Route nicht dem üblichen Weg von Clermont-Ferrand nach Lyon entsprach und weil sie mit dem Bus statt mit dem Zug reisten, erhoffte er sich einen Vorsprung vor ihren Verfolgern, denn Weidner wusste, dass der Wachposten und die örtliche Polizei zuerst auf dem Bahnhof nach Rosenthal suchen würden.

Als die beiden Männer an der Haltestelle ankamen, war ihr Bus schon so gut wie voll. Da Jean aber bereits vorher Fahrscheine gekauft hatte, konnten sie sich noch unbemerkt hineinschmuggeln. Endlich verließ der Bus ratternd die Stadt, und Jean konnte aufatmen. Er hatte bei der Abfahrt keine Gendarmen bemerkt, und niemand schien sich für die beiden Mitreisenden zu interessieren.

Während der Fahrt ließ Jean sich den Rest der Strecke noch einmal durch den Kopf gehen. Der Bus wurde langsamer, denn Thiers war schon erreicht. ‚Hoffentlich verhält er sich genauso wie in Clermont-Ferrand', dachte Jean bei sich. ‚Unter Umständen patrouillieren hier Polizisten. Sie fragen aber nur nach den Papieren, wenn sie uns für verdächtig halten. Wenn Rosenthal also sicher auftritt, wird alles gut gehen.'

Absolut unbehelligt wechselten die beiden Männer in den Bus nach St. Etienne, und auch das Umsteigen in den Bus nach Lyon klappte einwandfrei. Kurz darauf feierten die Rosenthals in Lyon ein frohes Wiedersehen. Nachdem er die notwendigen Dinge geregelt hatte, begleitete Jean die Familie wenig später in die Schweiz, und somit in die Freiheit.

Jedes Mal, wenn Jean eine Flucht wie die der Rosenthals zu Ende geführt hatte, meldete sich hinterher sein Gewissen: „Ist es richtig, solche Dinge zu tun? Wir bewahren Menschen vor dem sicheren Tod, aber wir wenden illegale Mittel an, um ihre Freiheit zu erreichen. Wir fälschen Personal- und Reisedokumente; wir verleiten Wachposten dazu, gegen ihre Pflicht zu handeln, wenn sie uns helfen. Wir umgehen die Gesetze, sagen die Unwahrheit, überlisten die Behörden ... Kann ein Christ das alles verantworten?"

Während der gesamten Jahre seiner Untergrundaktivitäten stellte Jean sich immer wieder solche Fragen und machte sich ernste Gedanken über sein Handeln. Aber jedes Mal fand er eine

Antwort im Gebet, und er forschte tief im Inneren seiner Seele, um sicher zu sein, dass weder Hass noch persönlicher Gewinn die Motive waren, die ihn Tag und Nacht zum Weitermachen drängten. „Ich spüre, dass Gottes Hand mich leitet", bekannte er eines Tages. „Diese zahllosen Flüchtlinge sind auf die Hilfe eines mitfühlenden Freundes angewiesen. Sie bedürfen der Liebe Gottes gerade inmitten dieser Qualen und des Terrors dieses schrecklichen Krieges. Ich bin davon überzeugt, dass die Arbeit unserer Organisation aus jener Liebe erwächst, die nur ER schenken kann."

4 Die Grenze

Im Frühjahr 1942 wachte Jean eines Morgens mit einem Gedanken auf, der seiner Arbeit für die Flüchtlinge eine entscheidende Wende geben sollte. „Wir bemühen uns redlich, Gefangene aus den Lagern zu befreien und Arbeit oder Unterschlupf für sie zu finden", dachte er bei sich, „aber das ist doch bloß die halbe Miete. Überall stehen Gendarmen bereit, um diese Menschen wieder festzunehmen und sie in die Lager zurückzubringen. Hier in Frankreich werden sie sich nie sicher fühlen können, selbst wenn wir ihnen Quartiere draußen auf dem Land besorgen. In Sicherheit befinden sie sich erst jenseits der Grenzen, in der Schweiz oder in Spanien, wo die Gestapo keinen Zugriff hat. Um ganze Arbeit zu leisten, sollten wir die Verfolgten nicht nur aus den Lagern holen, sondern auch außer Landes bringen."

Gleichzeitig wurde Jean bewusst, dass er selbst sich sogar besonders gut dafür eignete, Flüchtlinge aus Frankreich in die Schweiz zu bringen. Nur wenige Menschen kannten sich in dem französisch-schweizerischen Grenzgebiet zwischen St. Julien, Collonges und Annemasse so gut aus wie er. Er hatte zwölf Jahre am College in Collonges verbracht, und kaum ein Tag war vergangen, an dem er nicht eine Wanderung unternommen hatte, entweder direkt über die Grenze oder auf den Salève, der entlang der Grenze hinter dem Schulgelände steil emporragte.

Das College lag nur eineinhalb Kilometer von der Grenzstation und viereinhalb Kilometer von Genf entfernt. Eine Straße führte durch die kleine Ortschaft Collonges (2000 Einwohner) direkt zum alten Zollgebäude. In der Regel besuchten etwa 200 Studenten aus zahlreichen europäischen Ländern das College, das von der Südeuropäischen Division der Siebenten-Tags-Adventisten unterhalten wurde.

‚Also, wenn ich müsste, könnte ich sie sogar mit verbundenen Augen über die Grenze schaffen', schlussfolgerte Jean, als er sich mit dem Gedanken vertraut machte, Flüchtlinge über die französisch-schweizerische Grenze zu führen. ‚Aber bevor ich damit anfangen kann, müssen noch ein paar Probleme gelöst werden.'

Die größte Schwierigkeit bei der Planung eines „regulären" Fluchtweges in die Schweiz bestand seines Wissens in einer neuen

Regelung, die für Fahrten in Grenznähe einer 75-Kilometer-Zone, eine spezielle Reiseerlaubnis erforderlich machte. Jean war klar, dass er ohne irgendeinen logischen Grund diese speziellen Reisepapiere auf keinen Fall immer wieder bekommen würde.

Nach kurzer Überlegung hatte er eine Idee: „Ich werde einfach in Annecy ein zweites Textilgeschäft eröffnen. Dann habe ich einen hieb – und stichfesten Grund, mich jederzeit im grenznahen Bereich aufhalten zu müssen."

Das hübsche und florierende Erholungsstädtchen Annecy schmiegte sich mit seinen 20.000 Einwohnern an das nördliche Ende des Sees von Annecy, knapp 45 Kilometer von der schweizerischen Grenze entfernt. Von hier aus gab es gute Zugverbindungen sowohl nach Lyon als auch in Richtung Süden nach Marseilles. Dieser Ort eignete sich ideal als grenznahe Sammelstelle für Flüchtlinge aus den verschiedensten Teilen Frankreichs. Das rege Geschäftsleben versprach Weidner zudem eine gesunde wirtschaftliche Basis für seine Arbeit im Untergrund.

Schon wenige Tage später hatte er in der Innenstadt ein passendes Gebäude für seinen neuen Laden gefunden. Unverzüglich engagierte er einige Mitarbeiter, die ihm auch bei der Kundensuche in den Savoyer Alpen, dem Gebiet um Annecy, unter die Arme griffen. Als nächstes besorgte sich Weidner die Papiere und Bestätigungen, die ihm uneingeschränkte Bewegungsfreiheit im gesamten Grenzsektor verschaffen würden.

Bereits eine Woche später begleitete er erstmals Flüchtlinge von Lyon nach Annecy. Dreimal kamen die Gendarmen durch die Zugabteile und kontrollierten die Papiere der Reisenden. Weidners Freunde im Passamt von Lyon hatten gute Arbeit geleistet, denn es gab keinerlei Schwierigkeiten.

Jean fand schnell heraus, worauf man bei der Durchschleusung von Flüchtlingen speziell achten musste. Aus allen Ausweispapieren niederländischer, belgischer oder anderer ausländischer Flüchtlinge musste hervorgehen, dass sie im französischen Elsass ansässig waren. Die Aussprache der dortigen Franzosen klang nämlich sehr ähnlich wie die der Deutschen auf dem gegenüberliegenden Rheinufer. Wenn nun ein Gendarm bei der Ausweiskontrolle eine elsässische Anschrift registrierte, kümmerte er sich nicht weiter um den Akzent des Inhabers, weil er das gebrochene französisch aus dem Elsass sowieso nicht verstand. Weidner wies die Flüchtlinge darüber hinaus stets an, so zu tun, als wären sie allein unterwegs – ihren jeweiligen Platznachbarn hatten sie also im Zug das erste Mal gesehen! Auf diese Weise brauchte immer nur eine einzelne Person überzeugend wirken. Wenn aber mehrere Beteiligte zugeben würden, sich untereinander zu kennen, konnten die Gendarmen sie gegeneinander ausspielen, um Geständnisse zu erzwingen.

Im Bahnhof in Annecy gab es einen kritischen Kontrollpunkt, den alle ankommenden Fahrgäste passieren mussten. Da bereits viele Flüchtlinge auf eigene Faust versucht hatten, die Grenze zu passieren, wurde hier jedem auch noch so geringen Verdacht äußerst gründlich nachgegangen. Auf seinen regelmäßigen Touren nach Annecy entdeckte Jean jedoch bald mehrere Möglichkeiten, diese ausführlichen Verhöre durch die Beamten zu umgehen. Das Bahnhofsrestaurant hatte einen Ausgang zur Straße, vor dem ein Wachmann postiert war, der sich von Zeit zu Zeit davonschlich, um eine Zigarette zu rauchen. Diese Gelegenheit nutzte Jean manchmal, um Flüchtlingen die strengen Verhöre am Hauptausgang des Bahnhofs zu ersparen.

Eine andere Fluchtstrategie bezog den Hauptausgang sogar mit ein. Hier befanden sich nämlich die beiden Kabinen des Fahrkartenkontrolleurs und des Wachpostens direkt nebeneinander. Wenn geraume Zeit nach der Ankunft eines Zuges anscheinend alle Passagiere den Bahnhof verlassen hatten, schloss der Fahrtenkontrolleur seine Sperre und ruhte sich bis zur Einfahrt des nächsten Zuges aus. Dann verdrückte sich oftmals auch der Wachposten für eine ganze Weile. Wenn er aufmerksam war, konnte Weidner kurz danach den Fahrkartenkontrolleur noch in der Nähe seines Häuschens davonschlendern sehen. Schnell lief er ihm dann mit den Flüchtlingen im Schlepptau hinterher und bat ihn, ihre Fahrkarten zu kontrollieren, damit sie rasch in die Stadt kämen. Da dieser Beamte ja nur für den Fahrpreis zuständig war, öffnete er bereitwillig die Schranke, nahm die Billets entgegen, und schon stand die Gruppe vor dem Bahnhof.

Bei anderen Gelegenheiten forderte Jean die Flüchtlinge auf, einzeln langsam den Bahnsteig hinunterzugehen, bis zu einem freien Gelände, das sich parallel zu den Bahngleisen erstreckte. Von dort ging es weiter bis zur ersten Straße, die die Schienen kreuzte. Hier sollten sie dann abbiegen und so lange weitermarschieren, bis sie sich außer Sichtweite des Bahnhofs befanden. Weidner holte sie dann etwas später wieder ein. Diese Methode wählte er allerdings nur sehr selten, denn den Bahnhof illegal zu verlassen war äußerst riskant.

Immer wenn er Flüchtlinge durch die Kontrollstellen schleuste, schärfte Jean ihnen vorher ein, den Wachposten gegenüber selbstbewusst aufzutreten. „Eure Papiere sind völlig in Ordnung", erklärte er ihnen. „Es gibt keinerlei Anlass, euch anders zu behandeln als eure Mitreisenden – außer ihr verhaltet euch auffällig. Bleibt ruhig, beantwortet alle Fragen so ehrlich ihr könnt, und zeigt euch niemals ängstlich oder hastig." Derartige Instruktionen machten sich bezahlt – auf seinen unzähligen Zugfahrten von Lyon nach Annecy wurde kein einziger „seiner" Flüchtlinge jemals verhaftet.

In Annecy brachte Weidner die Flüchtlinge normalerweise zunächst in sein Geschäft, wo sie über Nacht bleiben konnten. Manchmal waren es allerdings zu viele auf einmal. Für diesen Fall bot sich eine zierliche, bescheidene Dame an, die ein paar Häuser weiter einen Geschenkeladen führte. Sie nannte sich Marie-Louise Meunier und half leidenschaftlich gern Menschen, die in Not geraten waren. Diese kleine Frau mittleren Alters zögerte keinen Moment, als Jean sie um Hilfe bat. „Bring sie zu mir", wies sie ihn an. „Bring so viele du willst. Ich sorge dafür, dass sie unentdeckt bleiben, bis sie zur Weiterreise bereit sind. Im hinteren Teil meines Geschäftes ist Platz genug. Und niemand außer mir hat dort Zutritt. Bei mir werden sie in Sicherheit sein."

Sehr oft benutzte Weidner von Annecy auch frühmorgens den Bus, um Flüchtlinge über die Grenze zu bringen. Manchmal borgte er sich auch einen Wagen von Freunden, besonders wenn er die Kontrollen in Cruseilles, der Grenzstation zwischen Annecy und St. Julien, umgehen wollte. Auf verschiedenen Schleichwegen konnte er so die Ortsdurchfahrt vermeiden. Also musste er immer schon in Annecy entscheiden, welche Methode für den jeweiligen Grenzübertritt die günstigste war.

Eine der Möglichkeiten bestand darin, mit dem Bus bis zu einer Haltestelle zwei oder drei Kilometer vor der Kontrolle in Cruseilles zu fahren. Von dort brachte Jean seine Schützlinge unter dem Vorwand eines Besuches zum Bauernhof eines Freundes. Die Gruppe verließ dann kurz darauf das Haus durch die Hintertür und marschierte durch die Felder am Fuße des Salève weiter. Ihr Weg führte sie über den Berg direkt zu einer Stelle, die nur etwa drei Kilometer vom Grenzzaun entfernt lag. Die Route über den Salève war körperlich sicherlich am anstrengendsten, vermied aber die Begegnung mit Gendarmen und deutschen oder italienischen Wachposten, die an den Kontrollstellen saßen.

Eine andere Version bot die Busfahrt durch alle Kontrollstationen zwischen Annecy, Cruseilles und St. Julien bis zu dem Grenzposten, den Weidner für den Übertritt ausgesucht hatte. Natürlich musste man dabei mit genauen Befragungen durch die Wachleute an den Kontrollstellen in Cruseilles und zwei weiteren südlich bzw. östlich von St. Julien rechnen, denn die Straße von St. Julien über Collonges nach Annemasse verlief parallel zum Stacheldraht dicht an der eigentlichen Grenzlinie entlang. Diese Route benutzte Jean deshalb nur, wenn er vorher von Freunden die sichere Information erhalten hatte, dass die Wachen an den Kontrollstellen die Reisenden nur routinemäßig überprüften.

Zu einem anderen Zeitpunkt, wenn zum Beispiel hohe deutsche Beamte die Gegend inspizierten, waren äußerst penible Überprüfungen an den Kontrollpunkten vorprogrammiert. Jede noch so winzige verdächtige Bewegung veranlasste die Posten, stundenlang zermürbende Verhöre durchzuführen. Um für diese „Nervenkitzel-Route" geeignet zu sein, musste man als Flüchtling grenzenloses Vertrauen in Weidners Führung beweisen.

Die dritte Möglichkeit ähnelte im Wesentlichen der Busstrecke bis zur Grenze, nur dass Jean meistens einen Wagen benutzte. Kurz vor dem Kontrollposten in Cruseilles bog er von der üblichen Strecke Annecy-Cruseilles-St. Julien auf eine der drei oder vier kleinen Nebenstraßen ab, die nordwestwärts um die Wachstation herumführten und einige Kilometer später wieder auf die Hauptstraße stießen. So umging er die recht hinterhältigen Kontrollen bei Cruseilles und verringerte das Risiko einer Festnahme.

Hatte Jean die Grenze erst erreicht, hing die Vollendung seiner Aufgabe von etlichen Freunden ab, nämlich von Bauern, Lehrern, der Untergrundarbeit wohl gesonnener Regierungsbeamter, Ladenbesitzer und vielen anderen, die aus erster Hand Informationen über die aktuelle Lage an der Grenze liefern konnten. Sie alle spielten eine äußerst wichtige Rolle, wenn Jean in ihrer Umgebung aktiv wurde, denn sie konnten ihm mitteilen, ob in der Gegend neue Wachposten eingetroffen waren, ob die Patrouillen entlang der Grenze verstärkt worden waren oder ob die Deutschen die örtliche Bevölkerung besonders oft und intensiv ausgefragt hatten.

Am allerwichtigsten waren jedoch ihre Mitteilungen darüber, welche Abschnitte des Stacheldrahts neu elektrifiziert worden waren! Diese Freunde stellten darüber hinaus Drahtscheren, Leitern und andere Hilfsmittel zur Verfügung, die nötig waren, um die Grenzzäune in der Nähe ihrer Häuser zu überwinden. Da sie in der Fluchtzone wohnten, durften sie sich frei bewegen und konnten auch als Pfadfinder fungieren, während sich Jean mit den Flüchtlingen in ihren Heimen verbarg.

In den ersten Monaten des Jahres 1942 musste man sich bei französisch-schweizerischen Grenzübertritten im Savoyer Gebiet nur vor der französischen Polizei in Acht nehmen. Nach der deutschen Besetzung Südfrankreichs im November 1942 hatte man jedoch zusätzlich mit den italienischen, später auch mit den deutschen Truppen zu rechnen. Hinzu kamen die Gardes Mobiles (Bereitschaftstruppen der Regierung) und die Zollfahndung. Ab diesem Zeitpunkt wurden die Kontrollen innerhalb des Fluchtgebiets an der französisch-schweizerischen Grenze deutlich verschärft.

Wenn nur Italiener die Grenze zu bewachen hatten, war es mit der Sicherheit zeitweise nicht so weit her, denn viele von ihnen erweckten nicht gerade den Anschein, als würden sie den Krieg sehr ernst nehmen. Diese Einstellung spiegelte sich in der oft nachlässigen Art wieder, mit der sie ihre Pflicht erfüllten. In den Staatsverträgen zwischen dem italienischen Diktator Benito Mussolini und der Regierung Hitlers war zwar vereinbart worden, dass die Italiener die Franzosen wie Feinde zu behandeln hatten. Doch so mancher italienische Wachmann, der vor dem Krieg an der französisch-italienischen Grenze gelebt hatte, brachte es kaum fertig, dem lustigen Völkchen der Franzosen plötzlich feindlich gegenüberzustehen. Näherte sich Jean dann mit einem Flüchtlingstrupp der Grenze, so schickte er einige Male eine attraktive junge Dame voraus, die den italienischen Posten in ein Gespräch verwickelte. Zwangsläufig weckte das Mädchen bei dem Italiener größeres Interesse als eine Gruppe vorbeimarschierender Auswanderer.

Die Deutschen allerdings hatten die Grenzkontrolle jederzeit fest im Griff; und wenn sich ihre Inspektoren angekündigt hatten, wurden die Überwachungsmaßnahmen nochmals entsprechend verstärkt.

Die schwierige Aufgabe der Bewertung der Wachposten im Blick auf ihre Einstellung gegenüber der Untergrundarbeit blieb weiterhin ein wichtiger Bestandteil jeder Vorbereitung einer Grenzüberquerung, denn das undurchschaubare Kontrollgeflecht konnte für jeden Einzelnen zu jeder Zeit gefährlich werden. Wenn nämlich ein Gendarm in seinem Sektor einen Flüchtling über die Grenze entwischen ließ, konnte er nie sicher sein, dass dieser nicht zurückkehrte und sich als Gestapomann zu erkennen gab, der beauftragt war, die Korrektheit der Wachhabenden zu testen. Genauso wenig wusste ein italienischer Posten, ob der mit ihm am Kontrollpunkt diensthabende Gendarm nicht vielleicht alles, was der Gegner unternahm, um Flüchtlingen oder anderen illegal

Reisenden über die Grenze zu helfen, direkt an die deutschen Kommandeure weitergab. In diesem nervenaufreibenden „Spiel" gegenseitiger Bespitzelungen konnten Jean und seine Freunde kaum einem Wachposten wirklich trauen.

Täglich geriet Jean tiefer in die Verstrickungen dieser merkwürdigen, von Angst und Schrecken geprägten Aufgabe der illegalen Grenzüberquerungen hinein. Mehr denn je wurde ihm bewusst, wie unabdingbar Gottes Führung für sein Leben war. So oft wie möglich besuchte er am Samstagvormittag den Gottesdienst, und in jedem seiner Gebete flehte er um Trost und Kraft. „Vater im Himmel", betete er immer wieder, „hilf mir, freundlich denen gegenüber zu sein, denen ich zu helfen versuche. Wo sie nur Hass erfahren haben, hilf mir, ihnen Liebe zu geben. Und gib mir die Zuversicht, dass diese Arbeit der Aufgabe entspricht, die du für mich in dieser Welt vorgesehen hast."

5 Erste Kontakte

Jeden Morgen pünktlich um fünf Uhr verließ ein versiegelter Güterzug den kleinen Bahnhof im französischen Annemasse in Richtung Genf. Das war so sicher wie der Sonnenaufgang, und auf dieser geringen Entfernung kam es auch selten zu Unregelmäßigkeiten. Allerdings verlor der Zug durch die Kürze der Strecke nicht an Bedeutung – zumindest nicht für die französischen und schweizerischen Grenzposten, die ihn jedes Mal gründlichst zu kontrollieren hatten. Er war eines jener Relikte aus friedlichen Zeiten, die den Krieg bis dahin überlebt hatten. Die Schweizer wollten nämlich auf gewisse „Luxusartikel" nicht verzichten, die ihnen die Franzosen auch gerne lieferten. Ihrerseits hatten diese aber auch für Schweizer Produkte gute Verwendung, obwohl der Krieg eine tiefe Kluft zwischen den beiden Völkern geschaffen hatte.

Als Jean eines Tages in Lyon saß und über ein ganz spezielles Problem nachdachte, hatte er noch keine Ahnung von dem täglichen Ritual um jenen versiegelten Güterzug. Er musste dringend in die Schweiz gelangen und es bis nach Bern schaffen, ohne festgenommen zu werden. Natürlich hatte er jüdische Flüchtlinge schon oft genug über die französisch-schweizerische Grenze gebracht, aber nicht weiter ins Landesinnere. Die Grenzüberquerung selbst war deshalb das kleinere Problem. Die eigentliche Schwierigkeit bestand darin, anschließend nicht von den schweizerischen Posten aufgegriffen zu werden, denn diese hatten strengen Befehl, bestimmte Gruppen der illegal aus Frankreich Eingereisten umgehend wieder zurückzuschicken. Nur ganz alte Menschen und Familien mit kleinen Kindern fanden problemlos Zuflucht in der Schweiz.

Jean würde man sofort nach Frankreich abschieben, falls man ihn bei dem Versuch, in die Schweiz einzureisen, erwischte. Sein Wunsch, nach Bern durchzukommen, hatte genau deshalb einen ganz aktuellen Grund: Er benötigte einerseits dringend eine unbeschränkte Einreisegenehmigung in die Schweiz, andererseits musste er nach der Erledigung seiner jeweiligen Aufgaben aber auch jederzeit wieder unbehelligt nach Frankreich zurückkehren können.

Nach längerer Überlegung entschied sich Jean, einem guten Freund in Genf einen Brief zu schreiben und ihn zu bitten, seine Beziehungen zum dortigen französischen Konsulat für ihn spielen zu lassen. Die verschlüsselte Botschaft, die er als Antwort erhielt, war sehr hilfreich und weckte Jeans Interesse an jenem kleinen Güterzug, der zwischen Annemasse und Genf verkehrte.

In der Mitteilung hieß es, dass dieser Zug ausschließlich Güter transportiere. Außerdem werde er im Bahnhof von Annemasse durchsucht und versiegelt – also könne man keinesfalls dort zusteigen. „Aber der Lokführer ist ein Sympathisant der Widerstandsbewegung. Er hat sich bereit erklärt, den Zug eineinhalb Kilometer außerhalb von Annemasse ganz langsam über eine Brücke rollen zu lassen. Du müsstest an dem oben erwähnten Datum auf die Brückenbalken klettern, und wenn der Zug unter dir durchfährt, kannst du dich in den Kohlenwagen fallen lassen. Der Lokführer wird darauf achten, dass du dich bei der Landung nicht verletzt. Da diese Zugstrecke normalerweise nicht mit französischen oder deutschen Posten besetzt ist, kommst du sogar vermutlich bis in die Schweiz, ohne dass die Waggons durchsucht werden. Hinter der Grenze wird der Zug dann nochmals sein Tempo verringern, damit du noch vor der Schweizer Zollkontrolle in Eaux-Vives abspringen kannst. Von da aus gelangst du wahrscheinlich ohne Probleme bis nach Bern, um dir deine reguläre Einreisegenehmigung zu besorgen."

Der Plan gefiel Weidner – bis auf ein paar entscheidende Unwägbarkeiten: Weder kannte er den Lokführer, noch war er jemals auf dieser Brücke gewesen, von der er springen sollte. Außerdem war ihm nicht klar, wo er sich dann hinter der Schweizer Grenze befinden würde. Aber selbst in jenen Zeiten der Intrigen und des Terrors konnte man wirklich guten Freunden wie diesem in Genf noch trauen. Denn wenn es darum ging, Leben zu retten, hing alles vom Vertrauen untereinander ab.

Die Schweizer Zollkontrolle lag etwa vier bis fünf Kilometer innerhalb des Landes, sodass dem Lokführer genügend Zeit blieb, seinen blinden Passagier unbemerkt in der hügeligen Landschaft abzusetzen. Je länger Jean sich mit dem Plan beschäftigte, desto mehr war er davon überzeugt, dass er funktionieren würde. Von seinen Kameraden im Untergrund hatte er kurz zuvor erfahren, dass Dr. W. A. Visser't Hooft, der Generalsekretär des Weltkirchenrates in Genf, u.a. durch Nico Gazan von Jeans Flüchtlingsarbeit gehört hatte und bereit war, seine Arbeit bei Bedarf zu unterstützen. Ebenso hatte Johan Bosch van Rosenthal, Gesandter an der Niederländischen Botschaft in Bern, seine Hilfe angeboten.

Die Situation in Frankreich verschlimmerte sich täglich, und gleichzeitig wuchsen die Schwierigkeiten, vor allem die Geldnot, ins Unüberschaubare. Deshalb entschloss sich Jean, den Versuch einer illegalen Einreise in die Schweiz zu wagen, um dort Gespräche mit den verschiedenen Unterstützungswilligen zu führen. Das größte Risiko barg schließlich die Rückkehr nach Frankreich, und Weidner wusste genau, dass er ohne Hilfe von offizieller Seite kaum auf die Dauer ungeschoren davonkommen würde.

Wieder übermittelte ihm der dankbare Gazan ein Hilfsangebot: Wenn er es schaffen würde, über Genf nach Bern zu gelangen, ohne der Schweizer Obrigkeit in die Arme zu laufen, könnte van Rosenthal ihm spezielle Papiere besorgen, mittels derer das Problem des Grenzübertritts gelöst wäre. Außerdem hatte Gazan ein Gespräch mit einem gewissen Monsieur Demierre, einem Sicherheitsbeamten der Schweizer Regierung arrangiert, der ebenfalls zur Unterstützung bereit war.

Bei Sonnenaufgang balancierte Jean über die Eisenträger jener Brücke, auf der er den Güterzug abpassen sollte. Er ließ sich auf einem der Metallbalken direkt oberhalb des Schienenstrangs nieder, und während er in der kühlen Morgenluft wartete, stiegen bange Fragen in ihm auf: Wie langsam würde der Zug wohl fahren? Was würde passieren, wenn an der Grenze doch Posten standen? Würden sie auch den Führerstand kontrollieren, in dem er sich verbergen wollte?

Das Geräusch des herannahenden Zuges unterbrach seine zweifelnden Gedanken. Kurz darauf schoben sich die Waggons hinter der qualmenden Lokomotive um eine Kurve, die noch etwa einen guten Kilometer entfernt lag. Als die Güterwagen bereits beängstigend nahe waren, schwang sich Jean über den stählernen Querträger und machte sich für den Absprung bereit. Seine Augen suchten im Morgenlicht mühsam nach dem Kohlenwagen und dem Lokführer, der ihm angeblich irgendwie helfen sollte.

„Wo steckt dieser Kerl bloß?", Jean biss die Zähne zusammen während er den Träger umklammerte. Plötzlich entdeckte er ihn heftig gestikulierend in einer Ecke des Kohlenwagens hinter der heranfauchenden Lok. Der Zug hatte sein Tempo mittlerweile erheblich verringert, und eine sichere Landung schien jetzt möglich. In dem Moment, als er das Lokomotivdach direkt unter seinen

Füßen wahrnahm, ließ Jean sich auf die Kohle fallen. Dort spürte er sofort den kräftigen Arm des Lokführers, der ihn von den schwarzen Brocken herunterzog und in sein Führerhaus schob. „Ein guter Sprung", versuchte der Mann den Lärm seiner Maschine zu übertönen. „Du hättest auch auf dem Gesicht landen können, aber du hast nicht einmal deine Kleidung schmutzig gemacht. Komm rein, wir müssen das Ungetüm wieder in Fahrt bringen."

Als sie die ursprüngliche Geschwindigkeit wieder erreicht hatten, beobachtete Jean schweigend den Lokomotivführer. Dieser gab keinerlei Informationen über sich preis, und Weidner erkundigte sich auch nicht weiter. Beide Männer hatten ihre Aufgaben zu erfüllen, und Schweigen war in dieser Situation für beide das Richtige. Plötzlich merkte Jean, dass der Zug an Fahrt verlor. Er versuchte aus dem Fenster zu schauen, um den Grund zu erkennen.

„Zurück! Bleib unten!", warnte ihn der Lokführer schnell. „Wir haben heute Pech. An der Grenze vor uns stehen Posten. Normalerweise sind da keine. Wir werden zwar an ihnen vorbeifahren, aber vermutlich werden sie nach vorne zur Lok kommen, wenn sie mit der Kontrolle der Waggons fertig sind. Versteck dich in diesem Schrank da, wenn ich es dir sage." Er deutete auf eine kleine Kabine in der Ecke des Führerstandes. „Und bleib mucksmäuschenstill. Da ist nur meine Montur drin; da werden sie wohl nicht nachsehen. Wahrscheinlich werden sie in der Kohle herumstochern und dann verschwinden."

Jean duckte sich nieder, während der Zugführer die zischende Maschine etwa 70 Meter hinter den Grenzposten zum Stehen brachte und sofort seinen Kopf weit aus dem Kabinenfenster streckte, um die Wachen beobachten zu können.

„Sie untersuchen die Waggons heute Morgen äußerst gründlich", bemerkte er leise, während er das Ende des Zuges nicht aus den Augen ließ. „Hoppla – jetzt haben sie zwei Burschen erwischt. Die müssen sich schon seit Annemasse zwischen den Waggons versteckt gehalten haben. Jetzt kommen die Posten nach hier vorne; gleich sind sie da." Hastig zog er seinen Kopf zurück und riss die Schranktür auf: „Schnell! Geh da rein und beweg dich nicht. Ich sorge dafür, dass sie nicht reinschauen. Aber halt bloß still, wenn du sie kommen hörst."

Jean verschwand in dem schmalen Holzkasten, und der Lokführer sprang behände aus seiner Kabine, um die Kontrolleure abzufangen.

Neben der Lok begrüßte er die deutschen Grenzposten und fing sofort an, sie in ein Gespräch zu verwickeln, aber sie unterbrachen ihn mit dem Befehl, ihnen das Führerhaus zu zeigen. Wortlos begleitete er sie die Leiter hinauf in die Kabine. Die Wachmänner blickten sich gründlich um und stocherten dann mit ihren mitgebrachten, langen Stangen eine Zeit lang in der Kohle herum, bis sie davon überzeugt waren, dass sich unter den schwarzen Brocken niemand verborgen hielt. Schimpfend verließen die Deutschen schließlich die Lok. Der Zugführer kletterte rasch hinter ihnen her. „Darf ich weiterfahren?", erkundigte er sich.

„Ja, Sie können fahren", gab einer der Posten barsch zur Antwort.

Blitzschnell stieg der Lokführer die Leiter wieder hinauf, nahm seinen Platz ein und betätigte die Hebel. Der Zug rollte an und ließ die Grenze hinter sich. „Du kannst jetzt rauskommen", schrie der Lokführer in Richtung Schrank, als sie bereits wieder an Geschwindigkeit gewonnen hatten.

„Was haben sie gesagt?", wollte Weidner wissen als er sich aus dem Kasten schälte. „Es war so eng da drinnen, ich konnte nicht hören, was ihr geredet habt."

„Sie haben nur gefragt, ob ich beobachtet hätte, wie die beiden Männer, die sie gefasst haben, in Annemasse auf die Waggons geklettert sind. Ich habe ihnen gesagt, dass ich nichts gesehen habe – und das ist die Wahrheit. Die Jungs werden wahrscheinlich nach Annemasse zurückgebracht und dort eingesperrt. Seit Monaten waren das die ersten, die wieder einmal versuchten, zwischen den Waggons über die Grenze zu gelangen. Aber so kommt man nicht weit, jedenfalls nicht über die Grenze."

Als der Zug sich in einer langgezogenen Kurve zwischen den sanften Hügeln hinaufarbeitete, gab der Lokführer Jean ein Zeichen, sich an der Kabinentür zu postieren. „Wir werden durch diese Steigung an Geschwindigkeit verlieren, und am höchsten Punkt werden wir kaum noch mehr als 20 Stundenkilometer draufhaben. Dort springst du dann mit einem großen Satz weit aus der Kabine. Das klappt bestimmt. Viel Glück!"

Der Zugführer wandte sich wieder seiner Arbeit zu, und Weidner musste laut rufen, um seinen Dank für die empfangene Hilfe loszuwerden. Vorsichtig tastete er sich die Stufen der Leiter hinunter und verharrte auf der untersten Sprosse. Am Ende der Steigung stieß er sich mit aller Kraft ab und landete wohlbehalten im Laufschritt auf dem Erdboden. Nach wenigen Sätzen hatte er sich wieder unter Kontrolle und konnte in sicherer Entfernung vom vorbeiratternden Zug stehen bleiben. Der Lokführer schaute aus dem Kabinenfenster zurück zu der Stelle, an der Weidner abgesprungen war. Als er feststellte, dass dieser gut gelandet war, gratulierte er ihm per Handzeichen.

Weidner ließ die Gleise hinter sich und steuerte auf eine nahe gelegene Straße zu. Schon bald erreichte er die ersten Vororte von Genf. Von hier aus brachte ihn eine Straßenbahn direkt zu jenem Mann, der sich den Plan für die gerade hinter ihm liegende Grenzüberquerung ausgedacht hatte.

„Ich brauche ein paar Schweizer Franken, damit ich nach Bern fahren kann, um mir eine Aufenthaltsgenehmigung für euer Land zu besorgen", erklärte Weidner seinem Freund. „Sowohl in Genf als auch in Bern muss ich mit mehreren Leuten sprechen. Aber Bern ist zunächst wichtiger, weil ich die Genehmigung, die ich brauche, nur bei den dortigen Regierungsbehörden bekommen kann."

Jeans erste Anlaufstelle in der Schweizer Hauptstadt war das Büro von Johan Bosch van Rosenthal, dem Gesandten der Niederländischen Botschaft in Bern. Er traf den Regierungsbeamten zum ersten Mal und erstattete ihm ausführlich Bericht über die Arbeit, die seine Hilfsorganisation bisher für Juden und andere Flüchtlinge geleistet hatte. Darüber hinaus schilderte er die derzeitigen Aktivitäten von Jacquet, dem niederländischen Konsul in Lyon, sowie jene von Arie Sevenster, dem Generalkonsul in Vichy. Rosenthal hielt alle Informationen sorgfältig fest und ermutigte Jean, seine Arbeit für die Flüchtlinge fortzusetzen. Dann stellte er ihm eine Reiseerlaubnis für eine Woche aus und überreichte ihm weitere Geldmittel für den Aufenthalt in der Schweiz. Dankbar trat Weidner den Rückweg nach Genf an.

Dr. W. A. Visser't Hooft begrüßte Jean herzlich als Landsmann im Hauptsitz des Weltkirchenrats in Genf. Der vornehme Geistliche folgte Weidners Ausführungen über dessen bisherige Flüchtlingsarbeit mit außergewöhnlichem Interesse. Dann sagte er: „Ich möchte Ihnen mit allem, was mir zur Verfügung steht, helfen – Geld, Empfehlungsschreiben oder was auch immer. Ich bin fest davon überzeugt, dass Ihre Arbeit zunehmend an Bedeutung gewinnen wird, je länger dieser Krieg dauert. Und wir werden sicher noch Gelegenheit haben, auf die unterschiedlichste Weise zusammenzuarbeiten."

Visser't Hooft übergab Weidner 200.000 französische Francs. „Ich werde auf regelmäßige Nachricht von Ihnen warten. Falls ich irgendwann nicht erreichbar sein sollte, können Sie auch Nico Gazan ansprechen. Er wird dafür sorgen, dass ich so bald wie möglich von Ihren Bedürfnissen erfahre. Sie leisten eine gute Arbeit, Jean, Gott möge Sie auch weiterhin behüten."

An jenem Nachmittag reiste Weidner erneut nach Bern, um Freunde im Hauptsitz der Südeuropäischen Division der Siebenten-Tags-Adventisten zu besuchen. Außerdem wollte er mit den Predigern A. V. Olson und Walter R. Beach über die adventistischen Aktivitäten in Frankreich sprechen. Weil sich der Informationsaustausch zwischen der Divisionsverwaltung und Frankreich wegen der Besatzung schwierig gestaltete, waren die Gemeindeleiter an Informationen aus erster Hand sehr interessiert.

Nach der erfolgreichen Erledigung aller geplanten Besuche bereitete sich Weidner am Ende der Woche auf die Rückkehr nach Frankreich vor. Sein Freund in Genf hatte bereits Vereinbarungen mit den Schweizer Behörden getroffen. Jean sollte, wie alle anderen illegal aus Frankreich Eingereisten auch, in das Internierungslager Cropettes gebracht werden.

„Du wirst in das Lager eingeliefert, als ob du illegal aus Frankreich in die Schweiz gekommen wärst", erklärte ihm sein Freund. „Früh am nächsten Morgen wirst du dann gemeinsam mit anderen unerlaubt Eingereisten zur Grenze gebracht und wieder nach Frankreich zurückgeschickt. Du wirst selbst am besten wissen, wie du dann auf deinem weiteren Weg um die Grenzposten herumkommst. Unsere Leute werden dir helfen, so gut sie können."

Den Abend verbrachte er schon im Internierungslager, wo er mit einer eigenartigen Mischung aus Flüchtlingen und Kriminellen Bekanntschaft machte. Für die Geflohenen, die jetzt ernsten Konsequenzen ins Auge zu blicken hatten, empfand er tiefes Mitleid, aber die „Händler", die Waren über die Grenze geschmuggelt hatten, konnten kaum auf seine Sympathie rechnen. Durch sie wurde das Leid derjenigen, deren Überleben von einer Grenzüberquerung abhing, nur noch verschlimmert. Die Wachposten machten allerdings kaum einen Unterschied zwischen Verbrechern und Flüchtlingen.

Am nächsten Morgen um vier weckten die Aufseher ihre Gefangenen und schafften sie auf einem Lastwagen zum Abtransport in Richtung Grenze. Kaum dort angekommen, wurde der Laderaum geöffnet, die Freigelassenen sprangen heraus und stoben im Nu wie wilde Vögel auseinander. Natürlich hoffte jeder, den auf der französischen Seite patrouillierenden Gendarmen entwischen zu können, doch in ihrer Hast stolperten manche den

Posten direkt in die Arme und wurden in ein ungewisses Schicksal abgeführt. In dieser Situation kam Jean seine Erfahrung zugute. Er schlich zunächst vorsichtig bis ins nächstgelegene Unterholz. Gut versteckt, konnte er von dort aus das umliegende Grenzgebiet genauestens beobachten. Immer wieder hielt er inne, um jede Bewegung in seiner Nähe zu registrieren. Schon bald hatte er den Stacheldraht überwunden und jenseits der Grenze unter französischen Bäumen Schutz gefunden.

Mit einem Seufzer der Erleichterung erreichte er schließlich die vertraute Straße, die zum Schulgelände in Collonges führte.

6 Verhaftung in Genf

Die finanziellen Zuwendungen aus Genf erlaubten Jean Weidner, seine Aktivitäten im Untergrund beträchtlich auszuweiten. Sein Geschäft in Annecy diente mittlerweile als Versteck für immer größere Gruppen jüdischer oder anderer Flüchtlinge auf dem Weg in die Schweiz.

Je umfangreicher die einzelnen Aktionen wurden, desto problematischer gestaltete sich aber auch ihre Realisierung. In erster Linie wünschte sich Jean für seine Organisation ein dickeres Finanzpolster, außerdem einen reibungsloseren Informationsfluss für aktuelle Planungen, und schließlich sicherere Absprachen für den Grenzübertritt der Flüchtlinge. Ratlos entschied er sich eines Tages, angesichts der rapide wachsenden Schwierigkeiten eine weitere Reise nach Genf und Bern zu wagen, um dort mit den Förderern seiner Arbeit zu sprechen.

„Ich werde für ein paar Tage nach Genf fahren", teilte er kurz vor der Abreise seiner Sekretärin Raymonde Pillot mit. „Man hat von der Schweiz aus dafür gesorgt, dass ich an der Grenze bloß meinen Namen zu erwähnen brauche, und dann meinen Geschäften nachgehen kann. Dadurch werden solche Reisen in der Zukunft wesentlich einfacher für mich sein. Bleib während meiner Abwesenheit in engem Kontakt mit dem Konsul – für den Fall, dass sie dort einen besonderen Rat brauchen", instruierte Jean die junge Frau. Als er sah, wie sorgsam sie seine Anweisungen notierte, wurde ihm erstmals bewusst, wie wertvoll Raymonde für seine Untergrundarbeit geworden war. Er hatte sie in der Gemeinde der Siebenten-Tags-Adventisten in Lyon kennen gelernt, der sie beide angehörten. Sie arbeitete fleißig, war klug und vor allem verschwiegen, was die geheimen Informationen betraf, die er ihr anvertraute. Über die geschäftlichen Dinge in Lyon und Annecy unterrichtete Jean sie ebenso wie über die Entwicklungen in seiner Untergrundorganisation. Auch Botschaften an Mitglieder seiner Gruppe in Annecy hatte sie schon überbracht. Jean wusste, dass er sich jederzeit auf sie verlassen konnte, wenn er in einer speziellen Angelegenheit ihre Hilfe benötigte.

Im Zug in Richtung Grenze hatte Jean Zeit, über die Zahl der mittlerweile im Savoy-Gebiet zur Verfügung stehenden Fluchtwege nachzudenken. Kurz zuvor war noch eine enge unterirdische Wasserleitung bei St. Julien hinzugekommen. Diese kurze „Unter-Pflaster-Route" lag in der Nähe der Zollstation, in dessen Inspektor Jean einen neuen, sehr wichtigen Partner für seine Organisation gefunden hatte. Er hieß Arthur Charroin und nutzte schon bald seine offizielle Position, um Weidners Schützlingen den Weg in die Freiheit zu ebnen. Gemeinsam suchten die beiden Männer ständig nach neuen Methoden der Grenzüberquerung, denn die deutschen Patrouillen wurden speziell darauf trainiert, jene Schlupflöcher zu finden, die in der Vergangenheit am häufigsten als Fluchtwege benutzt worden waren.

Ein andere Geheimroute in die Schweiz, die Jean manchmal benutzte, lag weiter östlich in der Nähe der Stadt Thonon. Von hier aus schickte er gelegentlich einige Flüchtlinge per Boot über den Genfer See in die Freiheit. Aber das war ziemlich gefährlich, weil sowohl französische als auch Schweizer Polizeiboote auf dem See patrouillierten. Erfahrene Kapitäne schafften es dennoch, ihre Fahrgäste im Schutz der nächtlichen Dunkelheit sicher abzusetzen.

Das schmale Grenzflüsschen Arve diente ebenfalls ab und zu als Fluchtweg, wenn das Wasser tief genug war. Da dies eine äußerst ungewöhnliche Art der Grenzüberschreitung darstellte, gab es hier so gut wie nie Patrouillen.

Im Augenblick aber war Jean von Lyon aus mit dem Zug unterwegs, um Dr. Visser't Hooft und einige andere Beamte in der Schweiz zu treffen. Ohne besondere Vorkommnisse traf er in Annecy ein. Nachdem er sich kurz in seinem Geschäft gemeldet hatte, machte er sich sofort auf den Weg zur Grenze, die er noch am selben Abend in der Nähe von Collonges erreichte. Ein Freund hatte ihm versichert, dass die Stacheldrähte dort noch nicht elektrifiziert worden waren. So kroch er wie gewohnt unter den Metallsträngen hindurch und schon stand er im Niemandsland auf der Schweizer Seite.

‚Es ist doch sehr beruhigend, dass ich dank der neuen Regelung die Schweizer Posten nicht mehr zu fürchten brauche', dachte er und steuerte mit gleichmäßigen Schritten einen Pfad am Rande des unbewohnten Streifens an. ‚Es ist einfach zu anstrengend, für ein paar Tage Aufenthalt jedes Mal erst wegen dieser Sondererlaubnis nach Bern fahren zu müssen. Die neue Abmachung wird eine enorme Erleichterung für mich sein.'

Plötzlich tauchte aus dem Dunkel ein Schatten vor Jean auf.

„Halt – sofort stehen bleiben!"

Weidner wartete, bis die Umrisse näher kamen und die Gestalt eines Schweizer Wachpostens erkennbar wurde.

„Was suchen Sie hier?", wollte der Soldat wissen.

„Ich bin auf dem Weg nach Genf", erwiderte Jean. „Mein Name ist Jean Weidner. Man hat mir gesagt, dass ich nur meinen Namen zu nennen brauche, um unbehelligt zu bleiben und meinen Geschäften nachgehen zu können."

„Ich weiß nichts von einer solchen Vereinbarung", entgegnete der Posten, während er sein Gewehr auf Jeans Kopf gerichtet hielt. „Davon hat mir niemand etwas gesagt. Ich werde Sie in das Lager Cropettes bringen müssen."

„Aber man hat es mir fest versprochen", protestierte Weidner. „Warum fragen Sie nicht Ihren diensthabenden Offizier; ich bin sicher, dass er alles bestätigen wird."

„Das kann schon sein, aber es kann genauso gut auch nicht sein. Jedenfalls ist es jetzt sowieso schon zu spät, um heute Abend noch irgendwas zu unternehmen. Morgen früh werden wir weitersehen. Sie werden die Nacht im Lager verbringen. Also, gehen wir!"

Mit dem geladenen Gewehr im Rücken wagte Jean keinen weiteren Einwand. Er hatte keinerlei Zweifel, dass man ihn zu Dr. Visser't Hooft gehen lassen würde, sobald er am nächsten Morgen mit dem Offizier gesprochen hatte. Das Ganze war bestimmt nur auf eine Panne in der Verwaltung zurückzuführen.

Am folgenden Morgen holte der Soldat Jean aus seiner Zelle. „Kommen Sie mit! Jetzt wollen wir sehen, was der Offizier dazu zu sagen hat", murmelte er auf dem Weg zur Lagerverwaltung.

„Ich habe keine Ahnung von einer derartigen Absprache", stellte der Diensthabende fest, als Jean ihm vorgeführt wurde. „Sind Sie sicher, dass Sie mit Ihrer Geschichte nicht irgendetwas vertuschen wollen? Wir haben hier viele Burschen wie Sie. Die erzählen uns jedes Mal, wenn wir sie aufgreifen, eine andere Geschichte."

„Ganz bestimmt nicht", entgegnete der mittlerweile ziemlich irritierte Weidner. „Ich habe aus zuverlässiger Quelle erfahren, dass diese Regelung getroffen wurde, und dass sie rechtmäßig ist. Am besten, Sie bringen mich zu Dr. Visser't Hoofts Büro und lassen die Sache gleich dort klarstellen."

Die beiden Beamten ließen Jean kurzzeitig allein, während sie sich unter vier Augen berieten. „Vielleicht haben Sie ja Recht", meinte der Offizier, als sie zurückkamen, „aber wir müssen Ihre Geschichte prüfen."

Schon der Tonfall verriet Jean, dass man ihm nicht glaubte. Außerdem wurde ihm klar, dass sein Aufenthalt in Cropettes unter Umständen sehr lange dauern konnte, falls er nicht selbst etwas unternahm, um aus dem Lager herauszukommen. Als der Wachmann ihn zu seiner Zelle zurückbrachte, kreisten in seinem Kopf bereits diverse Ideen, aber seine Situation machte ihn gleichzeitig immer nervöser. Ursprünglich hatte er damit gerechnet, nur wenige Tage in der Schweiz zu verbringen, doch jetzt saß er im Gefängnis und hatte keinerlei Ahnung, wie lange das so bleiben würde. Daheim in Frankreich warteten Flüchtlinge, die von seiner Hilfe abhängig waren, um in die Freiheit zu gelangen. Je mehr er über seine Lage nachdachte, desto frustrierter wurde er.

Geistesabwesend steckte Jean seine Hand in die Hosentasche und bekam ein paar französische Geldscheine zu fassen. Plötzlich wusste er, was zu tun war. Er zog einige der Banknoten hervor, nahm ein Blatt Papier aus dem Notizblock, den er bei sich trug, und kritzelte darauf eine Nachricht für einen guten Freund, der in Genf wohnte. Die Botschaft war einfach: „Bitte sag' Dr. Visser't Hooft, dass ich im Lager Cropettes festgehalten werde." Er unterschrieb den Zettel, wickelte die Geldscheine um das Papier, sicherte das Päckchen mit einem Faden, den er gefunden hatte und warf es durch das Fenster seiner Zelle auf die belebte Straße. Jetzt konnte er nur hoffen und beten, dass irgendein guter Mensch es auflesen und weitergeben würde.

Früh am nächsten Morgen erschien Jeans Wachmann erneut. „Wir werden Ihnen Ihren Wunsch erfüllen", behauptete er beim Aufschließen der Zelle, „und jetzt Dr. Visser't Hooft besuchen."

Als Weidner mit dem Posten durch die Straßen von Genf marschierte, erwähnte er beiläufig, dass sie wenige Minuten später am Gefängnis St. Antoine, einer sehr bekannten Haftanstalt, vorbeikommen würden.

„Sie kennen St. Antoine?", fragte der Wachmann etwas verwirrt.

„Natürlich", erwiderte Jean. „Ich habe die meiste Zeit meines Lebens in Collonges gewohnt. Mein Vater und ich sind an diesem Gefängnis oft vorbeigegangen. Ich kenne mich in Genf ebenso gut aus wie in vielen französischen Städten."

Mittlerweile standen die beiden direkt vor dem Eingang des Gefängnisses. Der Wachmann packte Weidner blitzschnell und ohne Vorwarnung, stieß ihn brutal durch das Gefängnistor und erklärte ihn im selben Augenblick für verhaftet.

Entsetzt über diese unerwartete Wendung, legte Jean augenblicklich heftigen Protest ein: „Warum tun Sie das? Sollten Sie mich nicht eigentlich zum Büro von Dr. Visser't Hooft bringen? Sie haben doch behauptet, dass wir ihn aufsuchen würden. Warum haben Sie gelogen? Hier in St. Antoine kann ich überhaupt nichts beweisen. Was für eine Art von Rechtsprechung ist das eigentlich?"

Von diesen Einwänden ungerührt, war der Wachposten schnell verschwunden.

Völlig entmutigt ließ sich Weidner in seiner winzigen Zelle nieder und dachte über diese eigenartige Behandlung nach: ‚Wahrscheinlich ist mein Zettel nicht gefunden worden', vermutete er und überlegte, was er als nächstes tun konnte. ‚Solange sie mich hier festhalten, werde ich keine Chance haben, meine Geschichte zu beweisen.'

Doch Jeans kleine Geldpäckchen-Botschaft war nicht verloren gegangen. Ein Passant hatte sie aufgehoben, das Geld an sich genommen und den Notizzettel an Jeans Freund in Genf weitergegeben. Der hatte sofort das Büro von Dr. Visser't Hooft informiert und sich dann zum Lager Cropettes aufgemacht, um dort zu Jeans Gunsten vorzusprechen. Aber da hatte man Weidner schon nach St. Antoine verlegt.

Am selben Nachmittag betrat ein Schweizer Beamter das Büro von St. Antoine. „Ich nehme Monsieur Weidner mit", teilte er dem Gefängniskommandanten mit. „Um seinen Fall wird sich eine andere Behörde kümmern. Die Angelegenheit muss hier nicht weiter verfolgt werden." Jean wurde zum Büro von Leutnant Paul Rochat, einem Befehlshaber der Schweizer Armee gebracht.

„Wir bedauern sehr, dass Sie auf diese Weise festgehalten worden sind", entschuldigte sich der Offizier. „Das war natürlich ein Missverständnis. Die Schwierigkeiten sind entstanden, weil einem Teil der Armee im Grenzkontrollbereich bekannt geworden ist, dass Sie Flüchtlingen über die Grenze helfen. Das ist natürlich verboten, aber wir hier im Geheimdienst wissen, dass Sie diesen Menschen helfen, ohne dafür Geld zu nehmen – was die meisten tun. Wir haben die Abteilung Grenzkontrolle über Ihre Arbeit in Kenntnis gesetzt. Die wissen jetzt, dass Sie unter unserem Schutz stehen, und die getroffene Regelung ermöglicht Ihnen, die Schweizer Grenze jederzeit in beide Richtungen zu überqueren. Aber bewahren Sie Stillschweigen und verhalten Sie sich unauffällig, denn Spione gibt es überall. Und auch wenn unsere Sympathie den Alliierten gilt und wir eine Arbeit wie die Ihre befürworten, müssen wir doch offiziell Neutralität wahren."

Jean bedankte sich bei dem Leutnant und machte sich auf den Weg zum Generalsekretär des Weltkirchenrats. Die beiden Männer trafen sich im Privathaus von Dr. Visser't Hooft und diskutierten über die Entwicklungen in Frankreich sowie über Weidners genaue Funktion bei der zukünftigen Übermittlung von Informationen aus der Verwaltung des Rates an einzelne Mitglieder.

Außerdem besuchte Weidner erneut die Niederländische Gesandtschaft in Bern. Dort übergab er einen Brief von Dr. Jonkheer Loudon, der vor dem Krieg Leiter der Niederländischen Gesandtschaft in Paris gewesen war. Seit Beginn der Feindseligkeiten hatte man ihn in Cannes zur Untätigkeit verurteilt. Seine Botschaft an die niederländische Exilregierung in London beinhaltete nun die Bitte um finanziellen Beistand. Sie sollte zunächst verschlüsselt und dann nach Großbritannien weitergeleitet werden.

„Die Hilfe für die Flüchtlinge kann mittlerweile fast nur noch auf illegalem Weg erfolgen", erklärte Jean dem niederländischen Gesandten. „Die meisten Konsuln sitzen in Haft, und selbst die, die noch arbeiten dürfen, stehen täglich vor neuen Schwierigkeiten. Die Sicherheitsmaßnahmen werden überall verschärft. Jeder Versuch, Flüchtlingen zu helfen, bringt die Konsuln in Lebensgefahr."

Van Rosenthal fügte hinzu: „Wir haben der niederländischen Exilregierung in London von Ihrer Arbeit berichtet. Man ist dort von Ihren unermüdlichen Bemühungen, Ihrem Land zu helfen, stark beeindruckt. Sie können in Zukunft auf die Unterstützung dieses Büros zählen. Da die Lage in ganz Frankreich immer angespannter wird, werden wir für jede Hilfe dankbar sein, die Sie niederländischen Bürgern gewähren. Wir werden Ihnen unsererseits eine spezielle Unterstützung zukommen lassen, sobald wir über die entsprechenden Finanzmittel verfügen, und wir werden Ihre Arbeit mit großem Interesse verfolgen."

Der Rückweg über die Grenze klappte reibungslos. Bei seiner Ankunft in Lyon wurde Jean bereits von einem Besucher erwartet. Dieser stellte sich als Benno Nykerk vor, ein jüdischer Geschäftsmann aus Brüssel. Um Weidner seine Glaubwürdigkeit zu beweisen, nannte er die Namen einiger gemeinsamer Freunde.

„Ich habe mir darüber Gedanken gemacht, ob es wohl möglich wäre, eine komplette Fluchtroute von Holland über Brüssel nach Paris und weiter über Lyon in die Schweiz oder über Toulouse nach Spanien durchzuplanen", begann Nykerk. „Wir haben von

Ihrer Arbeit gehört. Man sagt, dass Sie in der Lage wären, eine solche Route aufzubauen. Ich könnte mit Ihnen zusammenarbeiten, indem ich Betroffene von Brüssel nach Paris bringe. Und ich kenne viele Leute, die uns helfen würden, den Weg von den Niederlanden nach Brüssel zu ebnen."

Die beiden Männer diskutierten etliche Stunden miteinander, und am Ende war Jean sowohl von Nykerks Zuverlässigkeit als auch von der Realisierbarkeit einer solchen Fluchtroute überzeugt.

„Ich werde mich hinsetzen und einen Plan ausarbeiten", erklärte er seinem Gast. „Sie können Ihren Bekannten mitteilen, dass die angebotene Hilfe bald nötig sein wird. Eines ist jedoch besonders wichtig: Besprechen Sie dieses Thema ausschließlich mit Menschen, denen Sie Ihr Leben anvertrauen würden. Denn darauf läuft es letztlich hinaus, verstehen Sie – Ihr eigenes Leben! Bevor Sie nach Brüssel zurückfahren, suchen Sie bitte noch Dr. Visser't Hooft in der Schweiz auf. Er wird Ihnen das volle Ausmaß der Arbeit erklären, die auf uns zukommt."

Als er wieder allein war, wurden ihm einmal mehr die wachsenden Dimensionen seiner Untergrundorganisation bewusst. Trotz der Vielzahl einzelner Aktionen und der Mithilfe einiger Personen seines Vertrauens lagen praktisch die gesamte Arbeit und alle Risiken immer noch allein auf seinen Schultern. Aber nachdem die Deutschen mittlerweile auch in Südfrankreich ihr Unwesen trieben und angesichts der überall verschärften Vorschriften würde er sich wohl in Zukunft mehr auf seine Freunde verlassen müssen.

‚Eines Tages werden sie mich verhaften', dachte er bei sich. ‚Wenn es so weit ist, sollen meine Mitarbeiter die Arbeit ohne Unterbrechung fortführen können. Jene bedauernswerten Flüchtlinge müssen einfach ihre Freiheit erlangen – und die sollte nicht von einem einzigen Menschen abhängen. Die Organisation muss auf einer soliden Basis stehen, zu deren Erfolg viele Menschen beitragen.'

7 Eine ganze Familie

Im Juli 1942 wurde es für den Juden Joseph Smit in seiner Heimatstadt Rotterdam allmählich zu gefährlich. Einmal hatte ihn die Gestapo sogar schon verhaftet, und immer häufiger wurden Freunde von ihm festgenommen. Und wenn sie einmal abgeholt worden waren, kehrten viele von ihnen nicht mehr nach Hause zurück, obwohl sie alle gutsituierte Geschäftsleute waren – wie er selbst. Eines Tages würde auch seine Stunde schlagen, das wusste Smit genau. Und wenn er nicht bald etwas unternahm, konnte es schnell zu spät sein.

Aber Smit lebte nicht allein: Seine Frau, seine Tochter Selma, sein Sohn Max, ein Teenager, und die beiden Säuglinge sowie die grauhaarige Großmutter Smit – sie alle gehörten zu seiner Familie.

‚Wenn es nur um mich allein ging, würde ich schon irgendwie durchkommen', dachte Joseph. „Aber man kann nicht davon ausgehen, dass unsere komplette Familie verschont bleibt, wenn die Gestapo täglich mehr Menschen verhaftet und stündlich neue Namen auf die Vollstreckungsliste setzt."

Er verabredete sich mit David, einem Freund, der Informationen über Fluchtmöglichkeiten gesammelt hatte.

„Ja, ja, ich kenne einen Fluchthelfer, der euch ins Ausland bringen kann", versicherte ihm David. „Aber, Joseph, das wird viel Geld kosten, sehr viel sogar! Diese Leute verlangen einen hohen Preis dafür, dass sie verzweifelte Menschen über die Grenze schaffen."

„Das macht nichts", erwiderte Smit rasch. „Hier sind wir in Lebensgefahr. Da kann kein Preis zu hoch sein. Sag mir, wo ich diesen Mann finde."

Keine Stunde später saß Joseph Smit bereits dem Fluchthelfer gegenüber, dessen Preis von 500 US-Dollar pro Person tatsächlich sehr hoch war. Doch Smit befand sich in einer aussichtslosen Lage, und der Fluchthelfer wusste das.

„Für dieses Geld werde ich euch bis in die Schweiz bringen", versicherte er dem Familienvater. „Zuerst werden wir die Grenze nach Belgien überqueren, dann geht es weiter nach Paris. Von da aus fahren wir in den Süden Frankreichs und organisieren dann die Einreise in die Schweiz. Das Unternehmen wird zwar einige Tage dauern und auch nicht ganz ungefährlich sein, aber Sie können sich darauf verlassen, dass ich Sie ans Ziel bringe. Den vereinbarten Betrag müssen Sie mir allerdings bar und im Voraus zahlen."

Drei Tage später trat Familie Smit ihre Reise ins Ungewisse an. Auf Schleichwegen marschierte sie am ersten Tag bis zu einem Bauernhof in der Nähe der niederländisch-belgischen Grenze. Dort regelte ihr Begleiter zunächst ihre Übernachtung und machte sich dann auf den Weg zu Leuten, die ihnen angeblich bei der Fortsetzung der Reise behilflich sein würden.

„Ich bin morgen früh rechtzeitig wieder da. Und dann sehen wir zu, dass wir schnell weiterkommen", versprach er den Zurückgelassenen.

Doch Joseph Smit misstraute dem Fluchthelfer – und er hatte Angst. Er verbrachte eine schlaflose Nacht, weil er um das Gelingen ihres Vorhabens fürchtete. Was könnte es für einen Grund geben, fragte sich Smit, dass ihr Führer sich nach anderen Leuten erkundigen musste, wenn sie doch noch gar nicht weit gekommen waren? Unwillkürlich musste er an einen seiner Freunde denken, der kurz zuvor in derselben Gegend einen Fluchtversuch unternommen hatte und hinterrücks erschossen worden war.

Bis zum Morgengrauen war der Familienvater vor lauter Angst und Sorgen fast hysterisch geworden. Es wurde sieben Uhr, dann acht, neun, sogar zehn, und der Fluchthelfer war immer noch nicht wieder da. Endlich, als die Panik unter den Wartenden bereits dramatische Ausmaße angenommen hatte, tauchte der Mann wieder auf.

„Ich habe alles geregelt", verkündete er stolz. „Mein Bekannter wird in Brüssel zu uns stoßen und eure Führung übernehmen. Er wird euch über die französische Grenze bringen und weiter bis nach Paris. Bis jetzt klappt alles hervorragend, genau nach Plan."

Joseph legte Protest ein, als er vernahm, dass der Fluchthelfer vorhatte, sie einem anderen Mann zu übergeben. „Ich dachte, Sie würden uns den ganzen Weg bis in die Schweiz begleiten. Und jetzt erzählen Sie uns, dass Sie in Brüssel schon wieder umkehren. Woher sollen wir wissen, dass wir diesem neuen Führer vertrauen können?"

„Sie können von mir nicht erwarten, dass ich Sie den ganzen Weg persönlich begleite", entgegnete der Mann. „Machen Sie sich keine Gedanken wegen des neuen Führers – er ist ein guter Mann. Er wird dafür sorgen, dass Sie den Weg sicher finden. Sie werden, wie vereinbart, in der Schweiz ankommen. Es ist nicht wichtig, wer mit Ihnen geht. Hauptsache, Sie erreichen Ihr Ziel."

Nachdem die beiden Männer ihre Diskussion beendet hatten, brachte der Fluchthelfer Smit und seine Familie in der folgenden Nacht ohne Zwischenfall über die Grenze, von wo aus sie weiter in Richtung Brüssel marschierten. Am Morgen stiegen sie dann in einen der Überlandbusse, die in ganz Belgien verkehrten. Während der bequemen Fahrt durch das kleine Land gönnte sich Vater Smit ein paar Augenblicke der Entspannung. ‚Wenn alles so reibungslos weiterläuft wie bisher', dachte er bei sich, ‚kann unsere Flucht am Ende doch noch gelingen.' Sekunden später bremste das Fahrzeug plötzlich, und zwei deutsche Wachposten stiegen ein. Da er von ihrem Führer keinerlei Reisedokumente oder sonstige Ausweise erhalten hatte, ließ der unerwartete Anblick der Soldaten Smit vor Angst schier erstarren. Zum Glück wollten die Kontrolleure aber gar keine Papiere sehen und verschwanden nach einem kurzen Rundblick gleich wieder. Zwei Stunden später erreichte die Gruppe den Stadtrand von Brüssel. Von dort aus machten sie sich auf den Weg zu einem Café an der Place de la Bourse. Dorthin hatte ihr Begleiter den Mann bestellt, der die Familie über die französisch-belgische Grenze bis nach Paris bringen sollte.

In diesem Café durchlitt Joseph Smit weitere Angstzustände. Drei Stunden waren bereits verstrichen, und der neue Führer war immer noch nicht aufgetaucht. Um fünf Uhr erhob sich der Fluchthelfer von dem Tisch, an dem alle gemeinsam gewartet hatten. „Ich gehe ihn jetzt suchen", informierte er die Smits. „Vielleicht ist ihm ja etwas zugestoßen. Sollte das der Fall sein, müssen wir eine andere Möglichkeit finden. In einer Stunde bin ich wieder da."

Smit bat den Fluchthelfer inständig, sie in dieser fremden und schrecklichen Situation nicht allein zu lassen. Dieser bestand jedoch darauf, dass er sich nach dem anderen Führer umsehen müsse. Nach etwa einer Stunde meldete er, sein Kollege sei verhaftet worden.

„Damit habe ich natürlich nicht gerechnet", gestand er. „Aber wir werden uns bis morgen früh etwas Neues ausdenken. Das wird schon klappen. Ich habe bereits einen anderen Freund hier in der Stadt angesprochen, bei dem ich über Nacht bleiben kann. Sie sollten mit Ihrer Familie in ein nahe gelegenes Hotel gehen", empfahl er Joseph. „Wir werden uns morgen früh hier im Café wieder treffen."

Ein paar Straßen weiter trug sich Familie Smit unter falschem Namen in einem kleinen Hotel ein. Wiederum zogen sich die Stunden der schlaflosen Nacht dahin, und niemand wusste, wie es am nächsten Tag weitergehen würde. Früh am Morgen traf Smit wie vereinbart den Fluchthelfer in dem Café. Der Mann hatte tatsächlich Ausweispapiere für sie dabei, die aber offensichtlich eilig und lieblos angefertigt worden waren.

„Ich weiß, sie sind nicht besonders gut", gab der Führer zu, als sie sich an einen der Tische setzten, „aber mehr konnte ich über Nacht nicht erreichen. Und ab hier brauchen Sie gültige Papiere zur Weiterreise. Jedenfalls haben Sie jetzt welche. So, jetzt aber zu Ihrer Route in die Schweiz: Ich sagte Ihnen ja bereits gestern Abend, dass mein Partner verhaftet worden ist. Aber ich habe einen anderen Mann aufgetrieben. Das Problem ist, dass er mehr Geld haben will, wenn er Sie begleiten soll."

„Aber wir haben Ihnen doch schon den kompletten Preis bezahlt – für die gesamte Reise", beschwerte sich Smit. „Sie sagten, da käme nichts mehr hinzu."

„Ja, aber ich hatte nicht mit der Verhaftung meines Helfers gerechnet. Das ist Pech, aber so ist das eben manchmal. Es gibt keine andere Möglichkeit. Entweder Sie bezahlen, oder Sie haben für den Rest der Strecke keinen Begleiter!"

Als Joseph Smit sich die neuerliche Forderung des Fluchthelfers anhören musste, wurde ihm klar, dass er es mit einem absolut unehrlichen Menschen zu tun hatte. Aber es blieb ihm keine andere Wahl: Er saß mit seiner Familie in einem fremden Land fest und war ganz und gar abhängig von diesem Betrüger. Der Fluchthelfer wusste genau, dass Smit noch mehr Bargeld dabei hatte, denn er hatte sich wohlweislich vor Antritt der Reise über die mitgeführten Wertgegenstände aufklären lassen. Schließlich wechselte der geforderte Betrag den Besitzer, und am Ende war Smit ein armer Mann. Dennoch war er überzeugt: „Wenn das der Preis für unsere Freiheit ist, war es den Einsatz wert."

Am Nachmittag lernte Familie Smit ihren neuen Führer kennen. Bei Anbruch der Dunkelheit machten sie sich auf den Weg zur französisch-belgischen Grenze. Hier nahm ihr Begleiter erst einmal Kontakt mit dem französischen Untergrund auf, um ihnen neue Ausweispapiere zu besorgen, die für die Fortsetzung der Reise in Frankreich notwendig waren. Später in Paris gewährte ein kleines Kloster der Gruppe für die Nacht Quartier. Am nächsten Morgen brachte der Führer wiederum neue Papiere mit, die den Smits den Übertritt vom besetzten in das unbesetzte Frankreich ermöglichen sollten. Dann begleitete er seine Schützlinge zum Bahnhof und setzte sie in den Zug nach Lyon.

Kurz vor der Abfahrt wandte sich der Mann an Joseph: „Ich steige nochmal kurz aus; ich muss noch schnell etwas besorgen. Aber ich bin zurück, bevor es losgeht. Es sind noch 15 Minuten bis zur Abreise, das schaffe ich leicht."

Ohne die Antwort des protestierenden Smit abzuwarten, verließ er eilig das Abteil. Als Joseph den Mann aus dem Zug springen und im Bahnhofsgebäude verschwinden sah, hatte er das Gefühl, seine letzte Hoffnung auf Rettung sei soeben zerronnen.

Der Fremde kehrte nie zurück.

Als der Zug ohne ihren Begleiter aus dem Bahnhof rollte, wurde es Smit heiß und kalt vor Angst. Vor ihnen auf der Strecke nach Lyon lag der strenge Kontrollpunkt zwischen der besetzten und der freien Zone Frankreichs. Dort drohten ihnen Befragungen sowohl durch die Franzosen als auch durch die Deutschen. Außerdem bestand während der gesamten Reise die Gefahr, dass sie von den Gendarmen und den deutschen Soldaten kontrolliert würden, die durch den Zug patrouillierten. Und schließlich wusste Joseph auch gar nicht, wo er mit seiner Familie in Lyon hingehen sollte – falls sie überhaupt jemals dort ankamen! Es waren grauenvolle Aussichten, aber es blieb ihm nichts weiter übrig, als die wertvollen Ausweispapiere, die sie für die Überquerung der Demarkationslinie in den unbesetzten Landesteil benötigten, fest an seinen zitternden Körper zu pressen.

Wider Erwarten kam Familie Smit wohlbehalten in Lyon an. Tapfer hatten sie mehrere Kontrollen durchgestanden, und niemand war ihnen gegenüber misstrauisch geworden. Als sie in Lyon aus dem Zug stiegen, zwang sich Joseph, seine Angst der letzten Tage zu überwinden. Nur so konnte er eine vernünftige Entscheidung treffen.

„Wir werden uns an das niederländische Konsulat hier in Lyon wenden", verkündete er seiner Familie. „Dort finden wir noch am ehesten Hilfe."

Im Büro des Konsuls erfuhren sie den Namen eines Mannes, der ihnen vielleicht weiterhelfen konnte: Jean Weidner.

„Die Smits sind gerade völlig mittellos in Lyon angekommen", erfuhr Weidner von Konsul Jacquet. „Betrügerische Fluchthelfer haben ihnen sämtliche Ersparnisse abgenommen. Jetzt haben sie auch kein Geld mehr, um die Fahrt zur Grenze fortzusetzen. In den Niederlanden werden sie aber mittlerweile von der Gestapo gesucht. Also müssen wir für sie tun, was wir können. Für eine

Nacht haben wir sie in einem kleinen Hotel untergebracht, aber es wäre besser, sie würden an einem sichereren Ort warten, bis sie zur Grenze weiterreisen können."

Ein besseres Versteck konnte Weidner sofort anbieten. Erst kurz zuvor hatte er in Lyon eine kleine Wohnung gemietet, in der Fliehende übernachten konnten. Appartements galten in der Stadt zwar als Mangelware, aber Freunde hatten ihm einen Tipp gegeben, weil sie wussten, dass er eine Bleibe für Flüchtlinge suchte.

Nachdem die Smits ihr Quartier bezogen hatten, beschrieb Jean dem Familienoberhaupt, was in den nächsten Tagen auf sie zukommen würde. „Heute Abend wird einer unserer Männer herkommen und von Ihnen allen Fotos machen", erklärte er. „Diese Bilder werden für neue Reisedokumente verwendet, damit Sie über Annecy in das französisch-schweizerische Grenzgebiet einreisen können. Die Ausweise dürften bis morgen Nachmittag fertig sein. Übermorgen früh können wir dann nach Annecy aufbrechen. Das ist günstig, weil dann dort Markt sein wird. An solchen Tagen halten sich viele Leute aus dem Umland in der Stadt auf, und die Züge sind so voll, dass die Posten die Fahrgäste gar nicht genau kontrollieren können."

„Und Sie machen das alles ohne Bezahlung?", erkundigte sich Smit ungläubig. „Die anderen haben alle Geld und noch mehr Geld verlangt, und als sie uns alles abgenommen hatten, machten sie sich aus dem Staub – und Sie verlangen gar nichts. Wenn ich noch irgendetwas übrig hätte, würde ich es Ihnen gerne geben, eben weil Sie es nicht darauf abgesehen haben."

„Natürlich kostet es Geld, Menschen über die Grenze zu bringen", gab Jean zu, „aber in vielen Fällen ist eben keins da. Und wenn wir Leute wie Sie aufgabeln, tun wir unser Bestes mit den Mitteln, die wir von anderen erhalten haben."

Unverzüglich begann Weidner, die Grenzüberquerung der Familie Smit vorzubereiten. In der Überzeugung, dass Raymonde wie immer alles bestens erledigen würde, wandte sich Jean anschließend den Pflichten seines Textilgeschäfts zu. Oft hatte er in der letzten Zeit die Nacht zum Tag machen müssen. Seine Untergrundaktivitäten schienen sich auf eigenartige Weise mit seinem Geschäftsleben zu vermischen. Ständig musste er auf der Hut sein, in Gesprächen mit seinen Kunden nicht etwa Geheimnisse aus dem Untergrund zu verraten.

In jener Zeit der schlaflosen Nächte tröstete sich Jean mit der inneren Überzeugung, nur sein Bestes zu tun, um Gottes Willen für sein Leben zu erfüllen. Immer wieder hielt er sich selbst einen bestimmten Bibeltext aus dem Lukasevangelium vor Augen: „Der Herr hat mich mit seinem Geist erfüllt. Er hat mich bevollmächtigt und mir den Auftrag gegeben, den Armen gute Nachricht zu bringen, den Gefangenen zu verkünden, dass sie frei sein sollen ... Den Misshandelten soll ich die Freiheit bringen." (Lukas 4,18 GN)

Zwei Tage später trafen sich Raymonde und Jean mit Familie Smit und den drei anderen Flüchtlingen auf dem Bahnhof von Lyon. Weidner nahm den einzelnen Mann und die beiden älteren Smitkinder unter seine Fittiche. Joseph Smit, seine Frau, die Großmutter und die beiden Säuglinge blieben bei Raymonde. Über Nacht hatten Untergrundhelfer, die im Passamt von Lyon arbeiteten, für alle Smits einwandfreie Ausweis- und Reisepapiere angefertigt.

Planmäßig waren die beiden Teams unterwegs nach Annecy – Jeans Truppe im vorderen Teil des Zuges und Raymondes Grüppchen ein ganzes Stück weiter hinten. Kurz vor der Ankunft suchte Jean noch einmal Blickkontakt mit seinen Schützlingen, um sie auf diese Weise vor dem strengen Kontrollpunkt zu beruhigen. Aber die feste Regel konnte nicht gebrochen werden – kein Gespräch zwischen dem Führer und den Flüchtlingen. Zu viele Verhaftungen hatte es schon gegeben, weil ein Gendarm oder ein deutscher Posten die Unterhaltung in einer fremden Sprache zwischen einem Fluchthelfer und illegal Reisenden mitangehört hatte.

‚Sie werden es schaffen', dachte Jean bei sich. ‚Die Smit-Teenager sind schlau genug. Und die anderen wurden darauf hingewiesen, was sie zu tun haben. Das wird schon klappen.'

Er sollte Recht behalten – bei der Kontrolle gab es keinerlei Probleme. Im Handumdrehen bogen sie in die vertraute Straße, die zu seinem Geschäft in Annecy führte. Nur wenige Minuten später traf auch Raymonde mit ihrer Gruppe dort ein. Ohne ein Wort mit seinen Angestellten im vorderen Teil des Ladens zu wechseln, führte Jean die Flüchtlinge in ihr Versteck.

„Wir werden hier nur den Nachmittag verbringen", erklärte er. „Zum Übernachten ist hier nicht genug Platz für alle. Deshalb werde ich später einige von euch in ein anderes Geschäft in der Nähe bringen. Ruht euch erst mal zwischen den Kisten aus; wir holen gleich etwas zu essen. Aber bleibt auf alle Fälle im Haus, und geht auch nicht in den vorderen Ladenteil. Ich werde kurz etwas Geschäftliches erledigen, bin aber bald zurück."

Als es in der Stadt dunkel geworden war, marschierte Jean mit einem Teil der Gruppe durch die düsteren Gassen zu Marie-Louise Meuniers Geschäft.

„Hallo, Jean", begrüßte sie ihn mit einem Lächeln, „hast du wieder ein paar Freunde mitgebracht? Natürlich können sie hier über Nacht bleiben. Wann immer du möchtest, kannst du Flüchtlinge herbringen. Weder die Deutschen noch die Franzosen beschatten meinen Laden. Hier sind deine Leute sicher."

Jean hatte den Eindruck, dass Mademoiselle Meunier die möglichen Konsequenzen der Tatsache, dass sie in ihrem Geschäft Flüchtlinge verbarg, mit einer fast schon kindlichen Unschuld betrachtete.

Bereits um sieben Uhr am nächsten Morgen saß Jean mit seiner kleinen Mannschaft im Bus von Annecy nach St. Julien. Raymonde würde mit den anderen etwa eine Stunde später nachkommen. Falls mit der ersten Gruppe irgendetwas schief gehen würde, blieb immer noch Zeit genug, jemanden zurückzuschicken, um Raymonde zu warnen. Sie vereinbarten, sich bei einem Bauernhaus außerhalb von Cruseilles in der Nähe des Salève wiederzutreffen.

Nachdem die anderen am Abend zuvor schlafen gegangen waren, hatten Jean und Raymonde alle in Frage kommenden Fluchtwege abgewogen. Schließlich waren sie übereingekommen, dass die sicherste Route über den Berg führte, denn mit so vielen Flüchtlingen auf einmal würde man an den Kontrollpunkten auf dem Weg zur Grenze nur Misstrauen erwecken.

Als der Bus an jenem kühlen Morgen der Kontrollstation von Cruseilles entgegenratterte, behielt Jean die Straße fest im Auge, um nicht die Stelle zu verpassen, an der er aussteigen wollte. Von Annecy bis zum ersten Kontrollpunkt waren es nur neun Kilometer, und er wollte den Bus unbedingt vorher verlassen.

Bald erkannte er die vertrauten Grenzsteine, die ihm verrieten, dass sie sich dem schmalen Feldweg näherten, der zu dem bewussten Bauernhof führte. „Könnten Sie uns bitte hier rauslassen", bat er den Busfahrer und wies auf eine kleine Kreuzung.

Jeans Leute stiegen aus, und eine Viertelstunde später saßen sie bereits sicher und entspannt in der guten Stube des Bauern.

Als die zweite Gruppe ankam, schickte Jean Raymonde gleich nach Annecy zurück. Sodann machte er sich gleich mit seinen zehn Schützlingen durch die Hintertür des Bauernhauses auf den Weg.

Tapfer erreichten sie mit nur wenigen Verschnaufpausen bereits mittags den Gipfel des Berges. Auch hier oben gönnten sie sich nur einen kurzen Augenblick, um die wunderbare Aussicht auf die weite Ebene der Schweiz zu genießen, die Jean so sehr liebte. Damit sie die Grenze auch wirklich bis zur Dämmerung erreichten, mussten sie wohl oder übel gleich weitergehen.

Als der schmale Pfad immer beschwerlicher durch die Felsen auf und ab führte, kam Großmutter Smit nicht mehr mit. „Ich kann nicht mehr", keuchte sie. „Ich bin nur eine alte Frau. Ich glaube nicht, dass ich das noch schaffe."

„Natürlich schaffen Sie das", beruhigte sie Jean. „Sie haben sich doch bisher wacker geschlagen. Wir haben schon ein gutes Stück geschafft. Gehen Sie einfach ganz ruhig weiter. Sie brauchen Ihr Tempo niemandem anzupassen. Gleichmäßige Schritte strengen nicht so an, und man kommt trotzdem schnell genug ans Ziel."

Eine Viertelstunde später bemerkte Jean, dass die alte Frau den Anschluss an die Gruppe verloren hatte und etwa zweihundert Meter zurückgefallen war.

„Das schaffe ich nie", jammerte sie. „Ich bin zu alt. Gehen Sie mit den anderen weiter. Lasst mich hier, lasst mich doch! Ich will lieber auf dem Berg sterben. Geht weiter und lasst mich in Ruhe!"

„Das werden wir nicht tun. Sie gehören zu unserer Gruppe. Wir werden nicht ohne Sie zur Grenze gehen. Und jetzt weiter; stützen Sie sich auf mich, ich werde Ihnen beim Gehen helfen. Bald geht es bergab, dann wird es viel leichter."

Weidner hatte bis jetzt schon abwechselnd mit den anderen Männern die Säuglinge der Smits getragen. Aber nun auch noch die strauchelnde Großmutter – das war fast zu viel. Er versuchte alles Mögliche, um sie anzuspornen, aber nichts schien zu helfen.

„Lasst mich sterben", flehte sie. „Es ist mein Leben. Ich will mich hier hinlegen und sterben. Ihr könnt auch ohne mich weitergehen; das macht doch keinen Unterschied."

Für Weidner kam das aber nicht in Frage. Seine Lebensphilosophie lehnte sich dagegen auf, eine alte Frau zum Sterben allein auf dem Berg zurückzulassen – ganz gleich, wie nutzlos sie sich auch fühlen mochte. Also schob er sie vor sich her; und als auch das nichts brachte, legte er ihren Arm um seinen Hals und schleppte sie mit sich. Bald wurden ihre Schritte wiederum merklich langsamer. Beim Anblick der allmählich sinkenden Sonne begann Jean sich Sorgen zu machen, ob das Licht für einen sicheren Abstieg zu dem Haus in der Nähe von Collonges, wo er Rast machen wollte, noch ausreichen würde. Entschieden packte er Großmutters Arm und steigerte sein Tempo.

Trotz dieser zusätzlichen Belastung kam die Gruppe beim Abstieg auf der anderen Seite des Berges gut voran. Mit dem letzten Tageslicht erreichten sie das Haus, in dem die Flüchtlinge warten sollten, bis Jean die Grenze in Augenschein genommen hatte.

„Wenn keine speziellen Patrouillen unterwegs sind, werden wir die Grenze heute Nacht überqueren können. Noch vor Mitternacht werdet ihr dann in der Schweiz sein", verkündete Weidner stolz.

Nachdem er sichergestellt hatte, dass seine Schützlinge gut versorgt waren, machte er sich auf den Weg nach Collonges. Dort hoffte er auf Hilfe von Roger Fasnacht, dem Verwalter der Schule.

„Roger, ich habe zehn Flüchtlinge dabei, die heute Nacht über die Grenze gebracht werden müssen", erklärte er seinem Freund, als sie sich auf dem Schulgelände begegneten. „Wir werden deine Dienste als Beobachter bei der Überquerung brauchen. Kannst du mitkommen und uns helfen?"

„Natürlich, Jean. Diese Nacht eignet sich gut. In der letzten Zeit ist es an der Grenze sehr ruhig gewesen. Die Leute, die direkt am Stacheldraht wohnen, erzählen mir, dass die Patrouillen jetzt scheinbar seltener kommen als noch vor ein paar Wochen."

Die ganze Gruppe war schon abmarschbereit, als die beiden Männer zurückkamen. Nach einem guten Essen und einer ausgiebigen Ruhepause wirkte selbst Großmutter Smit glücklich über die Aussicht, schon bald in der Schweiz zu sein.

Die Gruppe marschierte hinter dem Bauernhaus zwischen den Feldern entlang und verschwand dann in dem Wald, durch den sich die Grenzlinie zog. Zehn Minuten später standen sie bereits an der Stelle, die sich für den Übergang am besten eignete. Rogers Fähigkeit, auch in der schwärzesten Nacht treffsicher bestimmte Punkte im Grenzverlauf ausfindig zu machen, hatte sich wieder einmal bewährt. Er führte die Flüchtlinge die letzten zweihundert Meter bis zum Rand der Hauptstraße, die parallel zu den zwei Stacheldrahtzäunen verlief.

„Ihr solltet es hier versuchen", empfahl er, während sie im dichten Unterholz der Fahrbahnkante entgegenkrochen. „Lauft aber immer nur einer nach dem anderen über die Straße, damit ihr euch am Zaun nicht gegenseitig behindert. Denn falls doch eine Kontrolle vorbeikommt, sollten da nicht mehrere Leute stehen, die darauf warten, unter den Drähten hindurchzukrabbeln."

Jean nickte zustimmend und blickte in beide Richtungen der Straße. „Ich werde als erster hinüberlaufen und die Drähte von den Pfosten lösen", erläuterte er. „Wenn ich fertig bin, pfeife ich.

Dann kannst du sie herüberschicken. Fang am besten mit den Säuglingen an, denn sie sollten so schnell wie möglich ein Stück weit von der Straße wegkommen, damit man sie nicht hören kann, falls sie schreien. Wenn irgendetwas schief geht, werde ich zweimal pfeifen. Dann weißt du, dass ich diese Nacht nicht mehr zurückkommen kann."

Weidner duckte sich und spurtete über die Straße zu den ersten Drähten. Er beeilte sich, die unteren Stränge aufzuhaken, kroch dann gleich zur zweiten Einzäunung und machte sich auch dort an die Arbeit. Nachdem er genügend Stränge gelockert hatte, beobachtete er noch einmal die Landstraße in beide Richtungen. Dann gab er Roger das vereinbarte Pfeifsignal, damit dieser die Flüchtlinge losschicken konnte. Innerhalb weniger Minuten hatten alle den ersten Zaun hinter sich.

In dem Moment, als Jean sich von den Metallsträngen abwenden wollte, um den Flüchtlingen, die bereits jenseits der zweiten Einzäunung auf ihn warteten, letzte Anweisungen zu geben, vernahm er in der Ferne ein Motorengeräusch, das sich rasch näherte. Jean stieß zwei kurze, scharfe Pfiffe aus, um Roger zu warnen. Dann kroch er auf allen vieren zu dem zweiten Stacheldrahtzaun und schob sich schnell hindurch. „Seid ganz still", warnte er die Gruppe. Links von ihnen gab eine Lichtung im Wald auf einer Länge von etwa einem halben Kilometer stellenweise den Blick auf die Straße frei. Weidner beobachtete diesen Bereich ganz genau.

Als wenig später ein Lichtschein durch die Bäume brach, wusste Weidner, was los war. Mit solchen abgedunkelten Scheinwerfern waren nur die deutschen Patrouillen unterwegs.

„Los, vorwärts, Richtung Niemandsland", befahl er. „Wenn ich mich auf den Boden fallen lasse, legt ihr euch sofort neben mich. Macht euch ganz flach. Und jetzt lauft!"

Jean wusste, dass ihnen nur drei oder vier Minuten blieben, bis das Fahrzeug wieder auf ihrer Höhe sein würde. Auf Schweizer Boden befanden sie sich zwar in Sicherheit, aber er wollte vermeiden, dass die Patrouillen etwas von ihrer Grenzüberquerung an dieser Stelle bemerkten. Sollten sie die Gruppe im schweizerischen Niemandsland stehen sehen, würden sie sofort anhalten, nachforschen und die gelösten Metallstränge wieder befestigen. Die Folge waren dann erheblich verstärkte Kontrollen in den nächsten Tagen. Weidner wollte diesen Übergangspunkt aber noch möglichst oft benutzen. Die einzige Möglichkeit hierzu bestand darin, die Deutschen nicht wissen zu lassen, dass sich dort jemand an den Drähten zu schaffen gemacht hatte.

Jean tauchte in der Lichtung ab, und sofort legten sich die anderen flach auf den Boden. Er schlängelte sich vorwärts, damit er die Stelle der Straße im Auge behalten konnte, wo der Wagen vorbeikommen würde. Das Geräusch kam näher, und er nahm die schmalen Lichtschlitze wahr, die rasch vorbeiblitzten.

„Sie sind weitergefahren", flüsterte er der Gruppe zu. „Sie haben nichts Ungewöhnliches bemerkt. Ihr könnt euch jetzt entspannen."

8 Probleme

Anfang 1942 setzte in den Niederlanden die systematische Vernichtung der Juden ein. Das gnadenlose Todesurteil löste eine neue Flüchtlingswelle aus, die sich ihren Weg durch Belgien nach Frankeich bahnte. Die Juden betraten ein angsterfülltes Land, in dem schon viele ihrer Leidensgenossen in Lager gesperrt und dem Willen ihrer Peiniger ausgeliefert waren.

Bei Jean Weidner in Lyon stapelten sich bereits die Bitten um Hilfe. Seine Organisation hatte mittlerweile etliche Fluchtrouten aufgebaut, zum Teil über weite Strecken. Oft saß er bis tief in die Nacht über den Plänen für die Begleitung der verschiedenen Flüchtlingsgruppen.

Allmählich vergrößerte sich auch der Kreis der Freunde, denen er vertrauen konnte. Berthy Albrecht, ein zwar wichtigtuerischer, aber äußerst gutherziger Nachbar in Lyon, stellte den Flüchtlingen jederzeit einen sicheren Unterschlupf zur Verfügung. David Verloop und Paul van Cleeff waren Freunde in Belgien, auf die Jean sich blind verlassen konnte. Er lernte auch einige junge Frauen kennen, die eine besonders romantische Methode entwickelten, um anderen zur Flucht zu verhelfen. Jacqueline, Anita, Simone, Andrée und Okkie schlenderten häufig Arm in Arm mit einem Flüchtling oder Flieger nach Jeans Anweisung durch die Berglandschaft nahe der Grenze. Passanten oder Grenzposten hielten die beiden dann für ein junges Paar, das die Stille der Berglandschaft genießen wollte. Doch nach Einbruch der Dunkelheit verbargen sich die Helferinnen in einem Bauernhaus oder sprangen in ein an der Grenze bereitstehendes Auto, während ihre „Liebhaber" unter dem Stacheldraht hindurch in die Schweiz flüchteten. Die stille, fleißige Marie-France wusste die Flüchtlinge sehr behutsam auf der Route südlich von Paris zu begleiten. Eines Tages schickte Herman Laatsman, der Leiter der Organisation in Paris, eine junge Frau, die aus den Niederlanden geflohen war, zu Jean. Er empfahl sie als ausgezeichnete Botin, und binnen kürzester Zeit wurde sie tatsächlich zu einer unverzichtbaren Mitarbeiterin. Ihr Name war Suzy Kraay.

Durch die ständige Ausweitung der Aktivitäten innerhalb der enorm gewachsenen Organisation erkundigten sich immer häufiger amerikanische Flieger, die von einem zuverlässigen Helfer zum nächsten weitergereicht wurden: „Wie nennt ihr euch denn? Zu welcher Organisation gehört ihr? Wir möchten unseren Leuten in London von eurer phantastischen Arbeit berichten."

Jean wusste: Der sicherste Weg in die Arme der Gestapo war die Preisgabe des Namens auch nur eines einzigen Untergrundhelfers zum falschen Zeitpunkt an die falsche Person. Doch die Bezeichnung einer Organisation schien ihm geeignet, die Treue und Opferbereitschaft aller Mitglieder seines Verbandes zu würdigen. Die Verwendung eines Gruppennamens würde auch die neugierigen Fragen der Flieger beantworten.

Im Gespräch über dieses Thema schlug Laatsman Weidner vor: „In erster Linie arbeiten wir doch für Niederländer. Und in Paris laufen die Fäden unseres Fluchtsystems zusammen. Warum kombinieren wir nicht einfach die beiden und nennen unsere Gruppe ‚Holland-Paris'?"

Unter dem Namen „Netz Holland-Paris" wurde Jeans Organisation kurz darauf tatsächlich in die offizielle Liste der Widerstandsbewegungen aufgenommen.

Das System selbst funktionierte zwar einwandfrei, aber oft genug drohten merkwürdige Vorkommnisse seinen eigentlichen Sinn zu zerstören. So verhielten sich manche Menschen, denen man die Flucht ermöglichte, sehr egoistisch oder missbrauchten gar die hart erarbeitete Untergrundmaschinerie für einen „Spaß".

Es kam vor, dass Flüchtlingsjungen Jeans Mitarbeiter baten, sie in die Schweiz zu bringen. Kaum einer von ihnen befand sich aber tatsächlich in unmittelbarer Gefahr. Ihre Begründungen für die notwendige Ausreise erwiesen sich als blanke Lügen, es ging ihnen nur darum, ihre Abenteuerlust zu befriedigen. Nachdem Weidners Helfer einige Burschen, die sie über die Grenze gebracht hatten, später in derselben Gegend, aus der sie vorher „geflohen" waren, wieder angetroffen hatten, wo sie mit ihrem Abenteuer prahlten und Schweizer Schokolade verteilten, wurden schließlich strenge Tests eingeführt.

Eines Tages wurde Jean von einem Pastor gebeten, einem niederländischen Teenager zu helfen, nach Spanien zu fliehen. „Der Junge ist erst gestern hier angekommen und hat sich gleich an mich gewandt. Aber mehr weiß ich nicht über ihn", berichtete der Geistliche. Da Weidner jugendlichen Abenteurern mittlerweile mit äußerster Vorsicht begegnete, war er keineswegs bereit, den Jungen ohne gründliche Prüfung über den Pyrenäen-Fluchtweg zu schleusen. Deshalb traf er ihn zunächst vor dem Haus des Pastors.

„Also, mein Freund, du willst nach Spanien, nicht wahr?", erkundigte er sich und musterte den Jungen.

„Ja, das will ich! Und dann möchte ich nach England; von dort aus kann ich helfen, den Krieg zu gewinnen. Ich habe kein Geld und keine Freunde, aber ich muss unbedingt nach England. Meine Familie ist von den Deutschen misshandelt worden. Wir müssen sie aus unserem Land verjagen."

Jean hörte dem Jungen aufmerksam zu und registrierte, dass dieser angeblich keine Freunde und kein Geld hatte. „Wenn er ein Spion ist", dachte Weidner bei sich, „wird er irgendwo einen Fehler machen. Mit einer solchen Geschichte ist er sicher nicht nur auf Abenteuersuche. Wenn ich ihm jetzt sage, dass es Geld kostet, nach England zu gelangen, und er antwortet, dass er vielleicht welches auftreiben kann, dann weiß ich, dass er ein Lügner ist, denn vorher hatte er behauptet, er habe kein Geld und keine Freunde in dieser Gegend. Falls er vorschlägt, dass wir uns morgen wieder hier treffen und er dann Geld mitbringen will, sollte ich darauf besser nicht eingehen. Die Chancen sind groß, dass er dann mit der Gestapo zurückkommt."

„Es kostet aber Geld, nach Spanien zu fliehen. Weißt du das nicht?", bedrängte er den Jugendlichen. „Allein der Weg über die Pyrenäen kostet schon 10.000 Francs."

Angesichts der immensen Kosten seines Vorhabens wurde der Junge plötzlich ganz blass und still. Jean beobachtete ihn genau, und er blieb weiterhin misstrauisch, denn vielleicht handelte es sich ja doch um einen deutschen Agenten, der ihn hereinlegen sollte. Der Pastor hatte ja zugegeben, dass er den Burschen nicht kannte – er wollte ihm nur einen Gefallen tun.

Doch der Junge gab nicht auf. Er wagte noch einen zaghaften Versuch und flüsterte: „Aber ich muss doch nach England. Nur dort kann ich helfen. Ich habe ein Bündel Kleider bei mir. Meinen Sie, ich würde genug Geld dafür bekommen?"

„Natürlich nicht", fertigte Jean ihn ab. „Es sieht so aus, als würdest du nie nach Spanien kommen." Er machte auf dem Absatz kehrt und ging in das Haus des Pastors zurück. Dabei blickte er sich nicht einmal nach dem Bittsteller um, doch von innen spähte er sogleich durch die Fensterläden. Was er dann allerdings mit ansehen musste, trieb ihn sofort wieder vor die Türe. Der Jugendliche war vor dem Haus auf die Knie gesunken und schluchzte seinen Kummer auf die Pflastersteine.

„Du möchtest wirklich sehr gerne nach England, nicht wahr?", wollte Jean wissen, als er dicht neben dem Jungen stand. „Du sollst deine Chance haben. Komm mit, wir bereiten alles vor, für Spanien und für England."

Eines Tages wurde Jean eine jüdische Familie empfohlen, die sich angeblich in großer Not befand. Unmittelbare Gefahr drohe ihnen von den Deutschen, wurde ihm gesagt, und sie müssten Frankreich sofort verlassen.

„Wir sind arme Leute", erklärte der Vater. „Wir haben gehört, dass die Grenzüberquerung eine Menge Geld kostet, aber wir besitzen fast nichts."

Angesichts ihrer misslichen Lage arrangierte Weidner schnell die Flucht. Alle anfallenden Kosten finanzierte er aus eigener Tasche. Wenige Tage nachdem er sie sicher in der Schweiz abgeliefert hatte, versetzte ihm einer seiner Mitarbeiter einen Schock. „Du erinnerst dich doch noch an die Familie, die du neulich in die Schweiz gebracht hast, oder?", fragte ihn sein Freund. „Erinnerst du dich auch daran, dass sie einige Laibe Brot bei sich hatten?"

An die Brote konnte sich Jean noch gut entsinnen.

„Diese Brotlaibe enthielten Goldbarren. Die Familie verkaufte das Gold jenseits der Grenze. In Wirklichkeit waren es also sehr wohlhabende Leute."

Zum Glück ereigneten sich solche Fälle nur selten, doch Weidners Leute waren gewarnt und gingen deshalb dazu über, Hilfesuchende zunächst verhältnismäßig streng zu befragen.

Im weiteren Verlauf des Krieges flogen die Alliierten immer mehr Angriffe auf die besetzten Länder Europas. Viele ihrer Piloten, deren Maschinen von den Deutschen abgeschossen worden waren, retteten sich mit einem Fallschirmsprung in ländliche Gegenden. Nach der glücklichen Landung standen sie dann vor der schwierigen Aufgabe, irgendwie nach England zurückzugelangen. Mit der Zeit stießen solche Flieger mehr und mehr auch auf die Weidnerschen Fluchtrouten. Um diesen Leuten den Weg in die Freiheit zu ebnen, musste allerdings die Echtheit ihrer Identität geprüft werden.

Deutsche Spione verkleideten sich häufig als alliierte Flieger, um an Informationen über Untergrundaktivitäten zu kommen. Jeans Leute testeten daher auf verschiedene Weise die Echtheit der Piloten, von denen sie um Hilfe gebeten wurden. Eine dieser Methoden bestand darin, zwei Mitarbeiter aus Jeans Organisation als Männer der deutschen Gestapo zu maskieren. In Uniform, Sprache und Benehmen hielten sie sich streng an dieses Vorbild. Zuerst wurde ein der Spionage verdächtigter Flieger zu Jean oder einem seiner Helfer in einen separaten Raum gebracht.

Dort erfuhr er dann von angeblichen Plänen für seine bevorstehende Flucht. Nach wenigen Minuten platzten unvermutet die beiden vermeintlichen „Gestapo"-Offiziere herein und nahmen den Untergrundarbeiter und den Flieger fest. Der Helfer wurde angeblich zur sofortigen Hinrichtung abgeführt, und dann griffen die verkleideten Offiziere den Piloten an. „Sie sind im Begriff, einen Fluchtversuch zu unternehmen", beschuldigten sie ihn. „Wir haben Anweisung, Leute wie Sie sofort zu erschießen. Wir werden diesen Befehl draußen ausführen. Los jetzt, bringen wir es hinter uns!" War der Flieger tatsächlich ein Mitglied der alliierten Streitkräfte, konnte er in einer solchen Situation nur noch erfolglos protestieren und Namen, Rang und militärische Kennziffer angeben. Handelte es sich aber tatsächlich um einen deutschen Spion, offenbarte er seine Identität, nannte den Namen seines Auftraggebers und bat die unechten „Gestapo"-Offiziere, den Wahrheitsgehalt seiner Angaben zu überprüfen.

Mit erschreckender Regelmäßigkeit schickten die Nazis ihre Spione in die verschiedenen Untergrundorganisationen. Einige von ihnen waren sogar in den Vereinigten Staaten gewesen und hatten dort perfekt Englisch mit amerikanischem Akzent gelernt. Mit dem Namen und den Ausweispapieren eines in Deutschland inhaftierten Fliegers ausgestattet, erfüllten sie ihre Aufgabe sicher und unauffällig. Oftmals nahmen ihnen sogar echte alliierte Flieger ihre falsche Identität ab.

Amerikanische Flieger auf den etablierten Fluchtwegen durchzuschleusen, erwies sich oftmals als eine Mischung aus Witz und Horror. In Paris gabelten Jean und seine Freunde eines Tages die komplette Zehn-Mann-Besatzung eines Bombers auf, den die Deutschen abgeschossen hatten. Die Gruppe sollte zunächst nach Toulouse, und dann über die Pyrenäen nach Spanien gebracht werden. Jean teilte die Mannschaft für die Reise in drei Gruppen auf, die unabhängig voneinander unterwegs sein sollten. Sie vereinbarten ein heimliches Zusammentreffen in Toulouse, um dort weitere Einzelheiten für die Bergtour zu besprechen. Kurz vor dem vereinbarten Zeitpunkt begegneten sich zwei der Teilgruppen zufällig auf verschiedenen Straßenseiten. Plötzlich rief einer der Flieger in Jeans Truppe einem Freund, den er in der anderen Gruppe entdeckt hatte, laut zu: „Hallo Joe, alter Junge!" Sofort drehten sich natürlich in der belebten Straße unzählige Köpfe nach dem ausländischen Rufer um.

„Halt den Mund!", zischte Weidner den Mann an. „Falls hier Deutsche in der Nähe sind, stehen sie in einer Minute vor uns!"

Zum Glück tauchten weder Deutsche noch Gendarmen auf. Scheinbar hatte auch kein Kollaborateur den Ruf mitbekommen, denn Jean und seine Gruppe erreichten den vereinbarten Treffpunkt ohne weiteren Zwischenfall.

Die große Anzahl starker Raucher unter den Fliegern sorgte in Jeans Organisation ebenfalls für Aufregung. Da ihre Vorräte anscheinend nie zur Neige gingen, rauchten sie ihre Zigaretten immer nur bis zur Hälfte und warfen den Rest dann achtlos weg.

„Kein Franzose käme jemals auf die Idee, so viel von einer Zigarette übrig zu lassen", erklärte Jean einem der Piloten. „Wenn ihr schon rauchen müsst, dann achtet wenigstens darauf, dass alles verbraucht ist, bevor ihr die Kippe wegwerft. Eine so offensichtlich ausländische Angewohnheit muss die Deutschen ja aufmerksam machen."

Es war schon schwierig genug, den regulären Polizisten sowie den zusätzlichen Wachposten aus dem Weg zu gehen, wenn man mit fliehenden Juden und alliierten Fliegern im ganzen Land unterwegs war – doch das größte Problem stellte immer noch die nächtliche Unterbringung dar. Auf das Verstecken von Flüchtlingen stand die Todesstrafe.

Um auf Dauer aus diesem Dilemma herauszukommen, kontaktierte Jean die Besitzer mehrerer Hotels in verschiedenen französischen Städten. Reagierte ein Hotelmanager positiv auf die Widerstandsbewegung, bat er ihn, Flüchtlinge oder Flieger ohne namentliche Eintragung ins Hotelregister übernachten zu lassen, denn die Gestapo und die Gendarmerie forschten in Hotels ständig nach den Namen von gesuchten Leuten. Auch die Übereinstimmung von Gästebuch und Belegung der Zimmer wurde überprüft, um zu testen, ob die Hotelbesitzer ihre Gäste wahrheitsgemäß registrierten. Die Konsequenz für Hotelmanager, die einem Flüchtling Unterschlupf gewährten, war dieselbe wie für Privatpersonen: die Todesstrafe.

„Ich biete Ihnen einen zusätzlichen Betrag für jede Person, der Sie gestatten, in Ihrem Haus zu übernachten, ohne ihren Namen ins Gästebuch eintragen zu müssen – bis wir wieder abreisen", schlug Jean einem hilfsbereiten Hotelier vor. „Sie können stattdessen über Nacht einen Zettel mit falschen Namen einlegen – diese müssen natürlich mit den falschen Ausweispapieren übereinstimmen. Falls die Gestapo belegte Zimmer ohne namentliche Registrierung moniert, können Sie ihnen erzählen, Sie wären bei der Ankunft der Gäste so in Hektik gewesen, dass Sie darum gebeten hätten, die Namen nur schnell auf einem Stück Papier zu notieren und gleich die Zimmer zu beziehen. Machen Sie glaubhaft, dass Sie die Daten später vollständig in die Liste übertragen werden. Wenn die Zimmer nicht durchsucht werden, stehen die Chancen für diese eine Nacht gut. Falls doch genauer kontrolliert wird, sind Sie aber aus dem Schneider, da sich die Namen auf Ihrem Zettel mit den falschen Papieren decken. Selbst im Falle einer Inhaftierung der Gäste können Sie behaupten, Sie hätten keine Ahnung, dass die Ausweise gefälscht waren. Niemand kann Ihnen etwas anhaben."

Verschiedene Hotels wie das Ibis in Paris, das Panier Fleuri in Toulouse und das Novelty in Lyon gewährten Jeans Organisation in den Zeiten ihrer Hochkonjunktur diese äußerst wertvolle Unterstützung. Hunderte von Flüchtlingen fanden bei hilfsbereiten Hotelbesitzern Unterschlupf.

Von Natur aus aufgeschlossen, hatte Jean keine Probleme, Leute anzusprechen, wenn er seine Organisation erweitern und verbessern wollte. Dank seines selbstbewussten Auftretens gewann er viele wertvolle Helfer für seine Gruppe. Bis zum Jahr 1943 hatten sich die Aktivitäten seiner Untergrund-Gemeinschaft derart ausgeweitet, dass Jean immer häufiger unterwegs war, um die verschiedenen Kontakt- und Fluchtsysteme zu kontrollieren. Kurz nachdem er den Pyrenäenfluchtweg aufgebaut hatte, kehrte er auch dorthin zurück, um festzustellen, ob die Route reibungslos funktionierte.

Von Toulouse aus fuhr Jean über St. Gaudens Richtung Süden in den kleinen Badeort Barbazan, wo er auf einen Flüchtlingstrupp treffen sollte, der auf die Pyrenäenroute vorbereitet war.

Die Gruppe bestand aus vier amerikanischen Fliegern, mehreren anderen Flüchtlingen, einem katholischen Priester und zwei Führern. Die letzten Stunden des Wartens verbrachten sie bis ein Uhr morgens im lockeren Gespräch mit Jean.

Wie er im Laufe des Abends beobachten konnte, erfüllten sowohl die Führer als auch die anderen Helfer ihre Aufgaben hervorragend. Er hatte das Gefühl, dass diese Route in der nächsten Zeit noch sehr wertvoll werden konnte, falls auf den Wegen in die Schweiz mit immer mehr Schwierigkeiten zu rechnen sein würde. Seine Organisation nahm ohnehin nur ungern Flieger mit in die Schweiz, da es von da aus keine andere Möglichkeit gab, nach England zu gelangen, als wiederum durch Südostfrankreich über die Annecy-Avignon-Toulouse-Route.

Kurz nach ein Uhr morgens brach die Gruppe in Richtung der Berge auf, die allerdings immerhin noch ein ganzes Stück entfernt lagen. Im ersten Tageslicht erreichten sie eine Schäferhütte, wo sie für den steilen Aufstieg Kraft schöpfen wollten. Kaum hatten sie sich ein wenig entspannt, steckte einer der Führer den Kopf durch die Türe und rief: „Raus hier, schnell raus! Deutsche Patrouillen sind im Anmarsch!"

Hektisch stürzte die Gruppe nach draußen und folgte ihrem Begleiter. Hinter einer kleinen Erhebung, etwa hundert Meter entfernt, gab er ihnen ein Zeichen, sich im hohen Gras zu verstecken, während er nachsah, was die Soldaten vorhatten. Kurz darauf brachte er gute Nachrichten: „Sie sind bereits in Richtung Westen in die Berge weitergezogen. Sie haben die Schäferhütte zwar kontrolliert, aber nichts Verdächtiges gefunden."

Bei der nächsten Rast in den Bergen entschloss sich Jean, nach Barbazan zurückzukehren. Die anderen konnten nun auch gut ohne ihn weitergehen. Die Schneegrenze war auf 1000 Meter gesunken, und es war bitterkalt, als er die Gruppe verließ. Er wusste, er hatte nicht viel Zeit für den Abstieg, musste aber dennoch auf der Hut sein, denn er würde die gesamte Strecke am helllichten Tag zurücklegen. Weidner ärgerte sich über sich selbst, dass er darüber nicht früh genug nachgedacht hatte.

„Es war dumm von mir, so lange bei der Gruppe zu bleiben", warf er sich vor. „Wenn ich nur ein paar Stunden mitgegangen wäre, hätte ich den Rückweg im Dunkeln machen können. So aber muss ich nun ständig mit allen möglichen Wachposten und Polizisten rechnen."

Schon innerhalb von zwei Stunden beobachtete er etliche deutsche Grenzpatrouillen. Jeder Schritt abwärts erhöhte die Wahrscheinlichkeit, entdeckt zu werden. Obwohl er gültige Papiere vorweisen konnte, würden sich die Posten hier in den Bergen nicht mit einer Ausweiskontrolle zufrieden geben. Er konnte keinen hiesigen Wohnsitz angeben; und selbst wenn er es tat, würden die Einheimischen ihn ja nicht kennen, falls sie von den Posten befragt wurden.

Einige Stunden später erreichte er ein kleines Dorf, das von dichtem Baumbestand umgeben war. Jean entschied sich, im Schutz dieses Wäldchens den Abend abzuwarten und erst bei Dunkelheit nach Barbazan weiterzumarschieren.

9 Grenzzwischenfall

„Es handelt sich um zwei Personen, einen Mann namens Tony Vogel und seine Frau", erklärte Jacquet. „Sie müssen so schnell wie möglich in die Schweiz gebracht werden, weil Tony erst kürzlich aus einer deutschen Zwangsarbeiterkolonne geflohen ist, die derzeit am Atlantikwall eingesetzt wird. Wir haben keine Möglichkeit mehr, den beiden auf legalem Weg weiterzuhelfen. Kannst du dich um sie kümmern, Jean?"

„Natürlich, ich werde mein Bestes tun", erwiderte Jean, der gerade dem niederländischen Konsul in Lyon einen Besuch abstattete.

Nachdem er falsche Papiere für sie besorgt hatte, nahm er die Vogels mit nach Annecy. Unterwegs im Zug legte er sich in Gedanken bereits einen Plan zurecht, wie er das Ehepaar über die Grenze bringen würde.

„Wir werden uns hier ein Taxi nehmen", erläuterte er, als sie den Bahnhof verließen. „Ein Freund von mir ist Taxifahrer. Er wird nichts hören und nichts sehen, wenn ich ihn darum bitte – versteht ihr? Wir werden mit ihm bis zu einem Bauernhof an der Grenze östlich von St. Julien fahren. Wenn alles klappt, seid ihr noch heute Abend jenseits der Grenze in der Schweiz in Sicherheit."

Nachdem alles Nötige geklärt war, brach die kleine Gruppe in Richtung St. Julien auf. Freunden in Annecy hatte Jean noch kurz mitgeteilt, dass er etwa zwei Stunden später wieder zurück sei. So lange dauerte normalerweise die Tour von Annecy über Cruseilles nach St. Julien und dann über Collonges und Annemasse wieder zurück nach Annecy – eine komplette Umrundung des Salève-Massivs. Auf dem Teilstück zwischen St. Julien und Annemasse verlief die Grenze kilometerlang ganz dicht neben der Straße.

An der Kontrollstation Le Châble, zwischen Cruseilles und St. Julien, hielten französische Gendarmen das Taxi an. Ausgerechnet an diesem Tag schienen sie ihre Pflicht besonders genau zu nehmen. Aber die falschen Ausweise des niederländischen Paares hielten der Untersuchung stand, und der Taxifahrer durfte die Fahrt fortsetzen. Schon bald bog er auf die Grenzstraße ab, die durch Collonges nach Annemasse führte. Wenige Kilometer östlich des Städtchens bat ihn Jean, anzuhalten.

„Seht euch den Waldrand drüben auf der anderen Straßenseite genau an", wandte er sich an seine Schützlinge. „Dort verläuft schon die Grenze. Kurz hinter der ersten Baumreihe ist bereits Schweizer Boden, und an dieser Stelle ist die Grenze für euren Übertritt vorbereitet. Der Stacheldraht wurde genau gegenüber unserem jetzigen Standpunkt durchgeschnitten. Falls ihr allerdings aus irgendeinem Grund dort nicht durchkommt, kehrt zum Taxi zurück und wartet hier auf mich. Ich werde in der Zwischenzeit zu dem Bauernhaus da drüben gehen und einen Freund besuchen."

Jean und die beiden Flüchtlinge verließen gleichzeitig den Wagen. Das Ehepaar lief eilig über die Fahrbahn auf die Stelle zu, die Weidner zuvor beschrieben hatte. „Ich bin in etwa zehn Minuten zurück", informierte Jean seinen Freund im Fahrzeug. „Wenn sie es nicht schaffen, werden sie bis dahin auch wieder hier sein. Bete darum, dass keine Gendarmen kommen, während du wartest. Falls doch, steigst du besser schnell aus und tust so, als ob mit dem Motor etwas nicht stimmt."

Nach diesem guten Rat machte sich Weidner auf den Weg zu dem Bauernhaus, um mit Monsieur Lavergnat, einem Mitglied seiner Organisation, die Planung für eine Flüchtlingsgruppe zu besprechen, die am nächsten Tag an derselben Stelle die Grenze überqueren sollte.

Als Jean zum Taxi zurückkam, traf er den Fahrer allein an.

„Sie müssen gut durchgekommen sein", berichtete der. „Ich habe nichts gehört oder gesehen, seit sie zwischen den Bäumen verschwunden sind."

Zufrieden setzten die beiden Männer ihre Fahrt fort und erreichten kurze Zeit später den Kontrollpunkt zwischen Collonges und Annemasse. Jean hatte sich nicht viele Gedanken um diese Station gemacht, da sie ja beide gültige Papiere vorweisen konnten.

Kaum waren sie vor der Schranke zum Stehen gekommen, steckte schon der Wachposten seinen Kopf in das Taxi. „Und wo sind die anderen?", erkundigte er sich in gereiztem Ton.

„Die anderen – welche anderen meinen Sie?", antwortete Jean und fragte sich, wie der Beamte wissen konnte, dass ursprünglich noch weitere Personen im Auto gesessen hatten.

„Ich meine den Mann und die Frau, die sich auf der hinteren Sitzbank befanden, als Sie die Kontrolle vor St. Julien passierten.

Die dortigen Posten haben uns angerufen und mitgeteilt, es sei ein Taxi mit vier Personen in Richtung Annemasse unterwegs. So, und wo sind nun die anderen?"

Jean hatte nicht damit gerechnet, dass ihnen ein Steckbrief vorauseilen würde. Jetzt blieb ihm nur eins: so ehrlich und selbstsicher wie möglich aufzutreten.

„Ich hatte das Taxi verlassen, um einen Freund zu besuchen. Als ich zurückkam, waren sie verschwunden", versicherte er.

„Das klingt nicht sehr glaubwürdig", entgegnete der Wachmann. „Sie haben die beiden wahrscheinlich abgesetzt, damit sie sich über die Grenze davonmachen können. Los aussteigen, beide! Wir haben ein Wörtchen miteinander zu reden."

Der Beamte kassierte ihre Reise- und Ausweispapiere und schob die beiden Männer dann im Bürogebäude in getrennte Räume.

„Und jetzt zur Wahrheit: Was ist mit den beiden anderen passiert?", wandte sich der französische Polizeioffizier an Weidner. „An der Kontrollstelle vor St. Julien saßen sie ja noch mit Ihnen in dem Taxi. Als Ziel gaben Sie für alle vier Personen Annemasse an. Obwohl Sie noch gar nicht dort angekommen sind, fehlen plötzlich die anderen beiden. Wo sind sie geblieben?"

„Ich bin ausgestiegen, um meinen Freund Monsieur Lavergnat zu besuchen; und als ich zu dem Taxi zurückkam, waren sie nicht mehr da. Genau so ist es gewesen", wiederholte Jean.

„Aber warum haben Sie dann nicht länger gewartet? Warum haben Sie den Beamten nicht gleich gesagt, dass Sie ein Fluchthelfer sind? Sie erzählen doch bloß Lügen, nichts als Lügen!", insistierte der Offizier.

Nach zweistündiger Befragung wurde einer der Posten plötzlich handgreiflich; er packte Jean am Hals und begann ihn zu würgen. „Sie sollten uns besser die Wahrheit über diese beiden Personen erzählen. Sonst drücke ich solange zu, bis Sie keine Luft mehr kriegen." Seine Finger krallten sich an Weidners Kehle fest. „Und jetzt sagen Sie uns, was wir hören wollen!"

„Aber ich habe Ihnen die Wahrheit gesagt", keuchte Jean, als der Griff des Beamten ein wenig lockerer wurde. „Sie haben das Taxi verlassen; sie waren verschwunden als ich zurückkam. Ich habe sie nicht über die Grenze gebracht. Mehr habe ich nicht zu sagen."

Ein weiterer Wachposten betrat den Raum.

„Der Taxifahrer behauptet, dieser Kerl da sei ausgestiegen und zu einem Bauernhaus gegangen", berichtete er seinem Vorgesetzten und deutete auf Weidner. „Er sagt, das Paar habe das Fahrzeug ebenfalls verlassen, sei über die Straße gerannt und zwischen den Bäumen verschwunden. Er will nicht gewusst haben, wo die beiden hingehen wollten, und er habe auch nicht nachgefragt. Er hat auch nicht mitbekommen, was dieser Bursche hier in jenem Haus gemacht hat. Als er zum Taxi zurückkam, forderte er angeblich den Fahrer auf, nach Annemasse weiterzufahren."

„Das erklärt uns aber immer noch nicht, was hinter der ganzen Geschichte steckt", stellte der Offizier fest. „Also noch einmal von vorne. Warum sind Sie bei diesem Bauernhof ausgestiegen? Warum hat das Paar das Auto verlassen? Oder spielen Sie auch bloß eine Rolle und kontrollieren heimlich, ob wir unseren Grenzsektor auch fest genug im Griff haben?"

Auf diese Weise schleppte sich die Befragung eine weitere Stunde dahin. Unter dem ständigen Druck ließen Weidners Kräfte allmählich nach. Dennoch blieb sein Geist hellwach, und er hielt an seiner Geschichte fest. Er beobachtete, wie sehr es den Offizier offensichtlich beunruhigte, dass er Teil einer Schmugglerbande oder Mitglied eines Gestapo-Agenten-Teams zur Überwachung der Grenzsicherheitskontrollen sein konnte. Am Ende entschloss sich Jean, es zu riskieren.

„Sehen Sie", erklärte er dem Offizier, „die beiden stammen aus den Niederlanden. Sie sind von den Deutschen misshandelt worden. Wenn sie es über die Grenze in die Schweiz geschafft haben, freue ich mich für sie. Wie Sie in meinen Papieren sicher gesehen haben, bin ich nämlich auch Niederländer. Wie hätte ich ihnen anders helfen können, als ihnen viel Glück zu wünschen? Selbst wenn ich den beiden geholfen hätte, welchen Schaden könnten sie den Franzosen zufügen?"

„Also sind Sie ein Mitglied des Untergrunds, nicht wahr?", forschte der Offizier. „Erzählen Sie uns, dass Sie Niederländer sind, weil Sie glauben, dass Sie dann nicht unter unsere Gesetze fallen? Ich sage Ihnen eins: Diese Geschichte funktioniert nicht! Auch wenn Sie Ausländer sind, müssen Sie sich an die Gesetze in Frankreich halten!"

Das Gesicht des Polizeioffiziers war immer noch rot vor Zorn, in seiner Stimme jedoch begann ein anderer Ton mitzuschwingen, nachdem Jean sein Mitgefühl für seine eigenen Landsleute beschrieben hatte. Der Beamte stand auf, wandte sich den wartenden Wachposten zu und verschwand mit ihnen im Nebenzimmer. Allein gelassen mit seiner Ratlosigkeit, erschienen Jean die Minuten doppelt so lang.

In seiner Verzweiflung versuchte er, sich die Antworten des Taxifahrers im Laufe seines Verhörs auszumalen. Allmählich bereute er, den armen Kerl überhaupt mit hineingezogen zu haben. Er war ihm allerdings dankbar, dass er dieselbe Geschichte von der Fahrtunterbrechung bei dem Bauernhof erzählt hatte. Wie konnte er den französischen Posten bloß davon überzeugen, dass sein Bericht der Wahrheit entsprach? Und, dass er weder ein Schmuggler noch ein verdeckter Agent der Gestapo war, der ihr Pflichtbewusstsein unter die Lupe nehmen sollte? Warum hatte er nicht auch die Möglichkeit einkalkuliert, dass sich die Posten an den Straßenkontrollen die Fahrgäste eines Taxis natürlich genauer ansehen?

Erst nach einer geschlagenen Stunde kehrte der Offizier von seiner Besprechung mit den Wachposten zurück. „Also gut, mein Freund, Sie sind jetzt frei. Wir haben genug Informationen über Sie. Ich bin sicher, ein Mitglied des Untergrunds vor mir zu haben – welcher Nationalität, weiß ich allerdings immer noch nicht. Aber das macht nichts. Manchmal versuchen wir in diesem verrückten Krieg, zu viele Details über jeden Einzelnen zu erfahren; und zu guter Letzt wissen wir eigentlich gar nichts." Er begleitete Jean zur Tür.

„Ihr Taxi steht schon bereit", verabschiedete sich der Beamte lächelnd. „Auf Wiedersehen und viel Glück."

Einigermaßen überrascht kletterte Weidner in das Fahrzeug und ließ sich dankbar in den weichen Sitz fallen. „Fahr zu", begrüßte er seinen Freund, der am Steuer auf ihn gewartet hatte. Als sie die Kontrollstation endlich hinter sich gelassen hatten, drehte sich Jean noch einmal nach dem Offizier um, der immer noch in der Tür stand. Weidner salutierte und murmelte: „Au revoir, mon capitaine. Au revoir et merci beaucoup – Auf Wiedersehen, Herr Hauptmann. Auf Wiedersehen und vielen Dank."

Auf dem Weg nach Annemasse berichteten Jean und sein Freund sich gegenseitig ihre Erlebnisse der letzten Stunden. „Ich habe ihnen erzählt, du wärst im Untergrund aktiv, aber deine Arbeit diene nur dazu, Menschen zu helfen", gab der Taxifahrer zu. „Der Offizier kam ja mit seinen Posten direkt von dir zu mir. Er schien sichtlich beeindruckt, als er von deinen Hilfsdiensten erfuhr. Ich glaube, er ist ein patriotischer Franzose."

Völlig erschöpft war Jean nachts um eins wieder zurück in Annecy. Trotz der späten Stunde rief er als erstes seine besorgten Mitarbeiter an. Und bevor er sich zur Ruhe begab, kniete er neben seinem Bett nieder und sprach ein inniges Dankgebet.

10 Gefangen in Cruseilles

In dem Überlandbus, der behäbig auf der breiten Schnellstraße von Annecy nach St. Julien dahinzuckelte, war es ganz friedlich. Etwa in der Mitte der gut besetzten Reihen saß Jean Weidner und genoss froh und entspannt diesen angenehm warmen Julitag. Erst kürzlich war es seiner Untergrundorganisation wieder einmal gelungen, eine ganze Gruppe jüdischer Flüchtlinge sicher in die Schweiz zu schleusen.

Auch sein heutiges Ziel war das neutrale Nachbarland. Es ging darum, für die nächste Gruppe Unterkunft und Verpflegung zu organisieren. Annecy hatte er gerade hinter sich gelassen, vor ihm lag die vertraute Strecke über Cruseilles und St. Julien nach Collonges. Dort in der Nähe wollte er in der Nacht die Grenze überqueren. Natürlich bestand auch unter den harmlosesten Umständen immer die Gefahr, geschnappt zu werden, aber es hatte nicht den Anschein, als ob sich auf dieser Fahrt besondere Schwierigkeiten ergeben würden.

Jean fiel kaum auf, dass draußen bereits die ersten Häuser des kleinen Städtchens Cruseilles vorbeizogen, als der Bus seine Fahrt verlangsamte. ‚Wieder eine Haltestelle und wieder ein Kontrollpunkt – nichts weiter Aufregendes‘, dachte er bei sich. Ächzend schob sich das schwere Gefährt abseits der Hauptstraße um zwei enge Kurven in den Busbahnhof. Die Kleinbauern mit ihren dicken Marktsäcken drängten in den Mittelgang. Mit ihren riesigen Bündeln und Taschen stießen sie die Leute an, die im Bus sitzen bleiben wollten. Schließlich hatten sich alle hinausgekämpft, und neue Passagiere stürmten auf die freien Plätze.

Als endlich auch die letzte Reihe besetzt war, stiegen zwei französische Gendarmen in den Bus. Sie fingen an, die Reise- und Ausweispapiere jedes einzelnen Fahrgastes zu kontrollieren. Auf beiden Seiten des Ganges arbeiteten sie sich parallel von vorne nach hinten durch.

‚Das ist doch wieder bloß eine dieser vielen unnötigen Schikanen, die wir diesem Krieg zu verdanken haben‘, sagte Jean zu sich selber, als er die sich nähernden Polizisten beobachtete.

‚Na gut, ich werde jedenfalls keinen Ärger mit ihnen bekommen. Meine Papiere sind in Ordnung. Sie beweisen eindeutig, dass ich Niederländer bin, ein Geschäft in Annecy führe und berechtigt bin, mich in der gesamten Grenzzone frei zu bewegen.'

Mittlerweile waren die Beamten bis zu Jeans Sitzreihe vorgedrungen. Er überreichte ihnen seine Dokumente und lehnte sich zurück. Üblicherweise wurden seine Papiere besonders gründlich begutachtet, weil sie ihn als Ausländer kenntlich machten.

„Wohin wollen Sie fahren, Monsieur Weidner?", erkundigte sich der Gendarm.

„Nach Collonges."

„Und was haben Sie dort vor? Warum wollen Sie da hin?"

„Ich bin in der Textilbranche tätig; ich habe öfters geschäftlich in Collonges zu tun."

„Befindet sich dort Ihr Büro?", fragte der Franzose.

„Nein, mein Laden ist in Annecy, aber ich habe geschäftliche Verbindungen in Collonges."

„Ich fürchte, wir werden mit Ihnen noch ein wenig genauer über Ihr Geschäft reden müssen, Monsieur Weidner. Folgen Sie mir bitte aus dem Bus."

„Aber dann werde ich meine Termine in Collonges nicht einhalten können. Meine Papiere sind doch alle in Ordnung, wie Sie sehen."

„Es gibt da einige Dinge, die wir mit Ihnen besprechen müssen", drängte der Gendarm. „Und jetzt kommen Sie!"

Aus irgendeinem Grund war der Beamte nicht einverstanden mit seinen Papieren – oder mit seiner Geschichte. Was es genau war, konnte Weidner nicht feststellen. Während er sich von seinem Sitz erhob, um dem Gesetzeshüter aus dem Bus zu folgen, suchte er in Gedanken nach dem eventuellen Grund, der den Polizisten veranlasst haben konnte, ihm zu misstrauen. Beim Aussteigen trat auch der zweite Kontrolleur hinzu. Sie nahmen Jean in die Mitte und führten ihn quer durch den Busbahnhof, dann einige Straßen entlang bis zu der kleinen Haftanstalt von Cruseilles. Im Gefängnisbüro setzten sie die Befragung fort.

„Sie behaupten, aus den Niederlanden zu stammen, und trotzdem sprechen Sie perfekt französisch", wunderte sich einer der Polizisten. „Das passt doch irgendwie nicht zusammen."

„Doch, das passt schon", entgegnete Weidner. „Ich lebe seit zwölf Jahren in Frankreich. In dieser Zeit habe ich mir die Sprache gut angeeignet."

„Aber es ist trotzdem ungewöhnlich. Und außerdem sind Sie auf dem Weg in Richtung Grenze. Es wäre ein Leichtes für Sie, diese bei Collonges zu überqueren, nicht wahr?"

„Das mag wohl sein, aber ich habe Freunde in Collonges, die meine Identität bestätigen können. Außerdem existieren ja auch die Geschäfte, die ich dort abwickeln möchte. Den ganzen Sachverhalt könnte man im Nu klären. Wenn Sie an meiner Aussage zweifeln, brauchen Sie nur das Büro der Präfektur in Annecy anzurufen. Dort wurden meine Papiere ausgestellt. Jemand, der vorhat, sich über die Grenze abzusetzen, würde sicherlich nicht gerade eine so nahe gelegene Ausweisbehörde wählen, oder?"

Völlig ungeachtet dieser Hinweise intensivierten die Beamten plötzlich das Verhör. Sie fragten nach den verschiedensten Dingen, von denen die meisten gar nichts mit der aktuellen Situation zu tun hatten. Jeans ruhige Antworten entsprachen allerdings nicht ihren Vorstellungen. Schließlich griffen sie zur Gewalt.

„Wir werden die Wahrheit schon noch aus dir rauskriegen, und wenn wir den ganzen Tag damit verbringen. Wir wollen die Wahrheit, keine Lügen!"

Ohne Vorwarnung holte einer der Polizisten aus und traf Jean so heftig mit der Faust am Kopf, dass er fast mit seinem Stuhl umkippte. Auch der zweite Wachmann beteiligte sich an dem schonungslosen Angriff auf den Gefangenen. In blinder Wut rissen sie ihm die Kleider vom Leib und verprügelten ihn. Zugleich bombardierten sie ihn mit unzähligen Fragen. Fäuste, Stiefel und Gewehrkolben hieben auf seinen Körper ein, aber Weidner war entschlossen, keine geheimen Informationen preiszugeben, selbst wenn es ihn sein Leben kosten würde.

„Wann rückst du endlich mit der Wahrheit raus?", bedrängte ihn einer der beiden Peiniger. „Wir werden so lange weitermachen, bis du uns die Wahrheit erzählst. Wir haben deine Lügen allmählich satt."

„Telefonieren Sie doch mit der Präfektur in Annecy und fragen Sie den Sachbearbeiter, ob die dortigen Protokolle meine Geschichte bestätigen oder nicht", bat Jean inständig. „Meine Akten liegen doch in Annecy; aus ihnen ist die Wahrheit doch ersichtlich, wenn Sie mir schon nicht glauben."

„Das ist doch auch bloß wieder so ein Märchen, das stimmt doch alles gar nicht", brüllte einer der Polizisten. „Du bist nicht Jean Weidner. Wer bist du? Du kommst hier nicht lebend raus, wenn du uns nicht endlich die richtigen Antworten gibst."

Schließlich langweilte sie ihr grausames Treiben, und sie schleppten Weidner in eine Zelle. Blutend und kaum noch bei Bewusstsein, lag er zusammengekrümmt auf dem flachen Holzbrett, das in dem nackten Kerker als Bett diente. Nach drei Stunden kamen die Beamten zurück, zerrten ihn wieder aus der Zelle und schlugen erneut auf ihn ein. Zusätzlich verdrehten sie seine Arme und drohten ihm, sie beide zu brechen, wenn er nicht bald mit den passenden Aussagen herausrückte.

„Sag uns, warum du versucht hast, dich in die Schweiz abzusetzen", brüllten sie ihn an. „Gib doch zu, dass du ein Niederländer bist, der aus Frankreich verschwinden will. Du weißt doch selbst, dass das stimmt. Wenn wir dich fertiggemacht haben, wirst du dir wünschen, die Wahrheit zugegeben zu haben!"

„Ich heiße Jean Weidner, und ich bin auf dem Weg nach Collonges, wo ich viele Jahre studiert habe", wiederholte Jean geduldig.

Da die Gendarmen fest davon überzeugt waren, dass er vorhatte, in die Schweiz zu fliehen, gerieten sie nur umso mehr in Rage, weil Weidner nicht zugab, was sie ihm unterstellten.

Mittlerweile hielten sie seine Antworten nicht einmal mehr in einem Notizbuch fest, wie sie es am Anfang noch getan hatten. Es schien, als ob sie von den brutalen Methoden, mit denen sie ihren Gefangenen quälten, regelrecht besessen waren.

Nach einer Weile beendeten sie das Verhör und schleiften Weidner in seine Zelle zurück. Er nahm kaum noch wahr, was um ihn herum geschah, als der Wachmann ihn erbarmungslos auf das Brett stieß, das sein Nachtlager darstellte.

Der anfänglich so friedliche Sommertag endete für Jean in trostloser Dunkelheit. Albträume verfolgten ihn die ganze Nacht. Sein Körper war ein einziger Schmerz, und sein blutverschmierter Kopf tat unerträglich weh. In den vielen schlaflosen Minuten rasten zahllose Gedanken durch sein Gehirn – doch er fand keine Erklärung für seine missliche Lage.

„Ich muss irgendwie aus dieser Situation herauskommen", sagte er zu sich selbst, als er sich auf dem harten Brett zurücklegte. „Wenn mir nicht bald etwas einfällt, bringen die mich glatt um."

In seiner großen Not hatte er das Bedürfnis, um göttliche Hilfe zu bitten. Die ganze Nacht flehte er zu Gott und dachte sich aus, was er tun konnte, wenn die Gendarmen am nächsten Tag wieder auftauchten.

Als er das nächste Mal aufwachte, schien bereits ein wenig Sonnenlicht durch das winzige Fenster oberhalb seines Kopfes in das Verlies. Er lag auf seinem Holzbrett und dachte über diese Lichtstrahlen nach. Vielleicht waren sie ja ein gutes Zeichen, und der heutige Tag würde besser verlaufen als der gestrige. Als er sich jedoch vom Boden erheben wollte, wurde ihm klar, dass es noch geraume Zeit dauern würde, bis sich sein Körper von den erlittenen Schlägen erholt haben würde.

„Ich muss mich bewegen, damit sich meine Muskeln nicht verkrampfen", dachte er, als er sich mühsam aufrichtete. „Der Schmerz wird schneller vergehen, wenn ich mich nicht hängen lasse."

Langsam humpelte er in seiner Zelle umher und blieb ab und zu stehen, um sich eine besonders stark schmerzende Körperstelle zu reiben. Da es in seinem Verlies keinen Stuhl gab, auf den er sich hätte setzen können, blieb ihm nur die Wahl zwischen stehen, gehen oder liegen. Durch den schmalen Fensterschlitz konnte er einen Teil des Gefängnisgartens sehen.

Auf einer dieser schmerzerfüllten Runden von Wand zu Wand erspähte er durch den Lichtspalt eine Frau, die sich an einem der Beete zu schaffen machte. Als er ihr so bei der Arbeit zusah, kam ihm plötzlich eine Idee.

„Madame, Madame, ich bin hier, in dieser Zelle", rief er der Unbekannten leise zu. Daraufhin drehte sie sich zur Gefängnismauer um. „Hallo, hier bin ich", wiederholte er und bewegte seine Hand hinter dem Schlitz, damit sie erkennen konnte, woher die Stimme kam. Einige Augenblicke lang starrte sie unbeweglich in seine Richtung, wagte sich dann aber doch ein paar Schritte näher.

„Ich heiße Jean Weidner, und mein Onkel muss dringend erfahren, dass ich hier bin. Würden Sie bitte für mich Monsieur Normand auf dem Bauernhof an der Landstraße nach St. Julien anrufen und ihm mitteilen, dass Jean Weidner hier eingesperrt ist? Er weiß dann schon, was zu tun ist."

Die Frau starrte immer noch auf Jeans Zellenwand, äußerte sich aber nicht. Plötzlich drehte sie sich um und verschwand.

Was würde sie tun? Sie hatte ja nicht gesagt, ob sie nun anrufen würde oder nicht. Jetzt konnte er nur noch abwarten – und hoffen.

Also legte er sich wieder auf das Brett. Seine Glieder schmerzten und sein Magen fing an, sich vor Hunger zusammenzukrampfen. Dabei musste er dauernd über den unerwarteten Kontakt mit der Frau im Garten nachdenken. Wenn sie Monsieur Normand informieren würde, wäre ihm sicher bald geholfen. Erstens war der ein einflussreicher Mann in der Stadt, und zweitens würden die Gendarmen vielleicht zur Vernunft kommen, wenn sie erfuhren, dass Weidners Verhaftung öffentlich bekannt geworden war.

Jean musste nicht lange auf eine Antwort warten. Eine halbe Stunde nach seinem Monolog mit der Fremden im Garten hörte er das Telefon im Gefängnisbüro klingeln. Es folgte ein langes Gespräch, aber er konnte die einzelnen Worte nicht genau verstehen. Ein paar Minuten später drehte sich der Schlüssel im Schloss seiner Zellentür.

„Würden Sie bitte ins Büro mitkommen, Monsieur Weidner? Es gibt noch ein paar Dinge, die wir gerne mit Ihnen besprechen möchten", forderte ihn einer der beiden Polizisten auf, die ihn am Vortag so gnadenlos verprügelt hatten. Der Beamte sprach jetzt in einem freundlichen, angenehmen Ton.

Einigermaßen verwirrt von der plötzlichen Höflichkeit, raffte sich Jean von seinem harten Bett auf und hinkte zur Tür. ‚Was haben die vor?', fragte er sich. ‚Versuchen sie bloß nett zu sein, um mich wieder ins Büro zu kriegen, damit sie mit der Prügelei fortsetzen können?' Auf dem Weg ins Dienstzimmer hielt Jean vorsichtshalber einen gewissen Abstand zu dem Gesetzeshüter.

„Nehmen Sie bitte auf diesem Stuhl Platz; das ist der bequemste, den wir haben", bot ihm der Gendarm an. „Wir haben noch ein paar Kleinigkeiten zu klären, aber es wird nicht mehr allzu lange dauern. Trotzdem sollen Sie bequem sitzen – ist der Stuhl in Ordnung für Sie?"

Jean nickte, beobachtete den Polizisten aber ganz genau. ‚Entweder führt er etwas noch Schlimmeres als gestern im Schilde oder ein Vorgesetzter hat ihm klargemacht, dass meine Geschichte der Wahrheit entspricht. Wenn das der Fall ist, wissen die beiden ganz genau, dass sie keine Argumente gegen mich haben', überlegte Jean.

Nachdem auch der zweite Gendarm das Büro betreten hatte, fingen sie zwar wiederum mit der Befragung an, diesmal jedoch auf eine ganz andere Weise. Sie waren höflich und offensichtlich darum bemüht, einen guten Eindruck zu machen. Sie gewährten ihm ausreichend Zeit für seine Antworten und waren weiterhin außerordentlich besorgt um seine Bequemlichkeit.

„Die Geschichte mit Ihrer Fahrt nach Collonges haben wir ja jetzt abgeschlossen", räumten sie schon nach wenigen Minuten ein. „Bliebe nur noch die Sache mit der großen Anzahl von Lebensmittelkarten zu klären, die Sie bei sich trugen, als wir Sie in dem Bus antrafen. Auch hierfür haben Sie sicher eine genauso plausible Erklärung wie für Ihre Reisen. Aber wir sollten doch wenigstens kurz darüber sprechen, wenn Sie einverstanden sind, Monsieur Weidner."

Der Verlauf des Verhörs zeigte Jean schließlich, dass die Gendarmen nicht vorhatten, ihn noch einmal zu schlagen. ‚Man hat ihnen erzählt, dass meine Geschichte stimmt; und jetzt versuchen sie, sich bei mir lieb Kind zu machen, damit ich nicht an höherer Stelle über ihr brutales Verhalten Bericht erstatte', dachte er bei sich. ‚Wenn ich das Gefängnis bald verlassen will, sollte ich den Besitz der zusätzlichen Lebensmittelkarten besser zugeben und das Risiko eingehen, einem Richter vorgeführt zu werden. Aber so käme ich wenigstens aus diesem Bunker heraus. Und der Richter wird mich wahrscheinlich nur wegen jener Marken verurteilen.'

Also bekannte sich Weidner zu dem Besitz der Lebensmittelkarten. Er bat darum, vor einem Richter aussagen zu dürfen, der dann zu entscheiden habe, was zu tun sei. Die zusätzlichen Wertmarken wollte er dazu verwenden, die wachsende Anzahl jüdischer Flüchtlinge, die er und seine Freunde von Lyon zur schweizerischen Grenze schleusten, mit Nahrung zu versorgen.

‚Wenn der Richter einen freundlichen Eindruck macht, könnte ich ihm vielleicht sogar ein wenig von der Notlage der Flüchtlinge berichten, damit er die Karten nicht einzieht', überlegte Jean.

Weidners Bitte schien den mittlerweile sehr umgänglichen Gendarmen zu gefallen. „Prima!", willigte einer der beiden ein. „Das ist eine gute Entscheidung. Wir werden für morgen eine Vernehmung vor dem Richter in St. Julien vereinbaren. Bis dahin werden wir dafür sorgen, dass Sie sich in Ihrer Zelle wohl fühlen. Sie werden ein besseres Bett brauchen, ein paar Decken und natürlich eine kräftige, warme Mahlzeit!"

Im Laufe des Nachmittags und des Abends wurde Weidner im Gefängnis von Cruseilles wie ein Ehrengast behandelt. Er erhielt all die Annehmlichkeiten, die man ihm am Tag zuvor verweigert hatte, genoss schmackhafte Suppen, und weil er den Wachposten erklärt hatte, dass er sich normalerweise fleischlos ernährte, versorgten sie ihn mit ausgezeichneten vegetarischen Gerichten.

Als er an diesem Abend einschlief, war ihm vollends klar geworden, dass die Beamten sich einerseits sehr darum bemühten, ihr Gesicht nicht zu verlieren, andererseits aber auch eine Ausrede dafür suchten, ihn inhaftiert zu haben. Hierfür kam ihnen die zu hohe Anzahl der Lebensmittelkarten gerade recht.

Am folgenden Tag wurde Weidner in Handschellen in das Amtszimmer des Richters von St. Julien gebracht. Zu Beginn der Vernehmung berichteten die Gendarmen von der Festnahme des Angeklagten, wobei sie die Stunden der Folterungen mehr oder weniger übergingen. Die ungewöhnliche Menge der Lebensmittelkarten beschrieben sie hingegen in allen Einzelheiten. Anschließend wurde Jean gebeten, den Sachverhalt aus seiner Sicht zu schildern. Er beschrieb zwar seine Gefangennahme, vermied aber die Beschreibung der Prügel, die er bezogen hatte. Sein einziger Wunsch war, freigelassen zu werden, um endlich seinen Geschäften nachgehen zu können. Wenn er nun der Polizei eine brutale Behandlungsweise vorwerfen würde, musste er mit Sicherheit noch geraume Zeit auf sein Verfahren warten.

Als er mit seinen Ausführungen fertig war, sah der Richter von seinen Akten auf. „Sie geben also zu, im Besitz dieser hohen Anzahl von Lebensmittelkarten zu sein, nicht wahr, Monsieur Weidner? Das ist ein Delikt, das wir zu Kriegszeiten nicht auf die leichte Schulter nehmen können; das wissen Sie hoffentlich! Es gibt genug zu essen, aber es muss für alle reichen. Und wenn es viele Leute so machen würden wie Sie, wären die Vorräte schnell verbraucht.“

Weidner gestand, sich der Ernsthaftigkeit der Sache bewusst zu sein.

„Sie erwähnten, auf dem Weg nach Collonges zu sein“, forschte der Jurist. „Ich selbst kenne auch viele Leute dort. Vielleicht haben wir sogar einige gemeinsame Freunde.“

In der anschließenden zwanglosen Unterhaltung zwischen dem Richter und dem Angeklagten stellte sich tatsächlich heraus, dass sie in dem Städtchen gemeinsame Bekannte hatten.

„Es ist wichtig, viele Freunde zu haben“, stimmte der Richter zu. „Ich kenne sowohl direkt an der Grenze etliche Menschen als auch im Genfer Stadtbereich. So zählt zum Beispiel auch der französische Konsul in Genf, Monsieur Mondon, zu meinen engen Freunden.“

„Sie kennen Monsieur Mondon?“, freute sich Jean. „Er ist auch mit mir befreundet. Sie könnten ihn freundlicherweise anrufen und um eine Empfehlung für mich bitten. Er kennt mich seit vielen Jahren.“

„Aha, Sie kennen Mondon? Selbstverständlich, ich werde sofort mit ihm telefonieren. Dann werden wir ja sehen, was er über Sie zu sagen hat.“

Der Richter griff zum Telefon und bat um eine Verbindung mit dem Büro des Konsuls. Aus seinen Bemerkungen konnte Jean schließen, dass dieser ihm ein gutes Zeugnis ausstellte.

„In der Tat, er kennt Sie“, wandte sich der Richter an Jean, als er den Hörer auflegte. „Er sagt, Sie arbeiten für Flüchtlinge, und das sei wahrscheinlich der Grund für die zusätzlichen Lebensmittelkarten. Sie leisten da eine gute Arbeit. Und was die Anklage wegen des Besitzes einer so hohen Anzahl der erwähnten Karten betrifft – vergessen Sie das!"

„Wachen", befahl der Richter den Gendarmen, „nehmen Sie diesem Mann die Handschellen ab."

Eine Stunde später saßen Jean und die Polizisten im Bus nach Cruseilles. Diesmal war er wieder ein ganz normaler Fahrgast auf dem Weg nach Annecy, wo er sich zunächst von den Verletzungen erholen wollte, die ihm zugefügt worden waren.

11 Der Weg nach Spanien

Im November 1942 passierte eine gewaltige US-amerikanische Invasionsflotte die Straße von Gibraltar in Richtung Mittelmeer. Hunderte von Schiffen entluden ihre Truppen an den Stränden Nordafrikas. Überrascht vom Ausmaß und der Schnelligkeit der feindlichen Seestreitkräfte, schickten die Deutschen ihre militärischen Einheiten in höchster Eile quer durch das noch unbesetzte Territorium an die französische Mittelmeerküste. Tagelang erfüllte das Dröhnen von Nazi-Panzern, Truppentransportern und Versorgungsfahrzeugen jeden Winkel der ländlichen Gebiete Südfrankreichs.

Gleichzeitig mit der Aufstellung der Armee wurde ein perfektes Netz von Nachrichten- und Spionageabwehrdiensten installiert, um den bereits in beachtlichem Umfang existierenden Apparat der unter Nazi-Führung stehenden Anti-Widerstandsbewegungen noch zu erweitern.

An jeder Straßenecke, so schien es, stand jetzt ein deutscher Soldat – und jeder Häuserblock machte den Eindruck eines Gestapo-Hauptquartiers. Überall im ehemals unbesetzten Teil Frankreichs begegnete man nun der so genannten „Abwehr", der französischen Polizei, der Gendarmerie, den Gardes Mobiles (Bereitschaftstruppen der französischen Regierung) sowie der verhassten Miliz. Jede dieser Abteilungen verfolgte bei der Suche nach Mitgliedern der Résistance ihre eigene Taktik, und jede wandte ihre eigenen, ganz speziellen Methoden von Folter und Misshandlung an.

Angesichts der Naziflut in Richtung Mittelmeerküste wurde Jean Weidner schmerzlich bewusst, dass sich seine Arbeit in Zukunft bedeutend schwieriger gestalten würde. Er spürte, dass „Holland-Paris" ab sofort wesentlich vorsichtiger operieren musste. Auch konnte er nicht länger mit der gelegentlichen Protektion durch Franzosen rechnen, die er früher hin und wieder genossen hatte. Nun würden auch sicher keine weiteren Transitvisa für Niederländer ausgestellt werden, die in der Schweiz auf die Möglichkeit warteten, über den Südosten Frankreichs nach Spanien zu gelangen, um schließlich nach England zu fliehen. Die letzten Spuren der Diplomatie waren zerstört. Auch das kleinste Problem würde bald zehnmal schwieriger als vor dem Einmarsch der deutschen Truppen in Südfrankreich zu lösen sein.

Als er den an Lyon vorbei nach Süden ziehenden gepanzerten Marschkolonnen nachblickte, wusste Jean genau, dass er seine Organisation tief im Untergrund würde verbergen müssen, wenn sie überleben und weiterhin erfolgreich arbeiten sollte. Seine früheren Skrupel, in den nördlichen Teil des Landes zu reisen, weil dies illegal war, hatten sich mittlerweile zu der Überzeugung gewandelt, dass das Leben unzähliger Menschen ganz und gar von solchen „Ausflügen" abhängig war. Obwohl er früher für sich selbst nie einen falschen Namen verwendet hätte, weil er dies für absolut gesetzwidrig hielt, musste er jetzt zugeben, dass ihm nichts anderes übrig blieb, als unter irgendeinem Namen zu reisen, der ihm wenigstens Bewegungsfreiheit verschaffte – sofern er weiterhin von den Nazis bedrohte Juden oder andere Menschen retten wollte. Südfrankreich war zu einer schwer bewaffneten deutschen Festung geworden, einem tödlichen Apparat von geheimen und halbgeheimen Organisationen, deren einziger Zweck darin bestand, jegliche Bemühungen um die Rettung von Juden, flüchtenden alliierten Fliegern oder anderen Verfolgten im Keim zu ersticken.

Die Staubwolken der motorisierten Truppenverbände hingen noch in der Luft, als Jean sich entschloss, ab sofort überallhin zu reisen – ganz gleich, ob nach Toulouse, Paris oder Brüssel –, sofern dies die Fluchtmöglichkeiten der Verfolgten verbessern würde. Andere zu schicken, würde bedeuten, deren Leben vielleicht unnötigerweise aufs Spiel zu setzen, zumal er als der Kopf seines Untergrundnetzes die meisten Entscheidungen doch selbst treffen musste. Also fing Weidner an, quer durch ganz Frankreich zu reisen, um die Zusammenarbeit innerhalb seiner Organisation zu intensivieren.

Aus Annecy erreichte ihn eines Tages ein Hilferuf, der ihn veranlasste, nach Südostfrankreich zu fahren. Ein junger Niederländer hatte sich an Pastor Chapal, einen calvinistischen Geistlichen in Annecy gewandt. Er wollte von seinem vorübergehenden Zufluchtsort in der Schweiz über die französisch-spanische Grenze bei Perpignan letztlich nach England gelangen. Als Pastor Chapal davon erfuhr, dass einige Freunde dieses Niederländers dieselben Pläne schmiedeten, verwies der Seelsorger ihn an Jean Weidner.

„Ich kann für sie kochen und vielleicht ein oder zwei von ihnen bei mir übernachten lassen, aber ich kann ihnen leider keinen Weg durch Frankreich zeigen", bedauerte Pastor Chapal, als

Weidner ihn aufsuchte. „Sie brauchen Unterkünfte und klare Anweisungen, wie sie sicher durchkommen. Sobald sie mein Haus verlassen, sind sie auf sich allein gestellt – und man muss damit rechnen, dass einige dieser jungen Leute unterwegs der Gestapo in die Arme laufen, weil sie keine Ahnung haben, wie sie ihr ausweichen können. Ich habe ein paar Freunde unter den Geistlichen in anderen Städten, die vielleicht bereit wären zu helfen, aber man müsste Kontakt zu ihnen aufnehmen – und das kann ich nicht.“

Weidner nahm von dem besorgten Pastor eine Liste von Kontaktadressen entgegen und beruhigte ihn: „In ein paar Tagen müsste ich es geschafft haben, eine Route zusammenzustellen. Sobald die Pläne fertig sind, werde ich Sie informieren. Dann können Sie die Burschen guten Gewissens losschicken.“

Routiniert erledigte Jean die gefährliche Aufgabe der Kontaktaufnahme zu Geistlichen und Freunden in einigen anderen Städten. In Avignon organisierte er Übernachtungsmöglichkeiten für die Fliehenden. Nahe der spanischen Grenze lernte er Gabriel Nahas, einen jungen Medizinstudenten kennen, der sich bereit erklärte, das südliche Teilstück der neuen Strecke zu betreuen. Als Mitarbeiter in Jeans Gruppe benutzte er aus Sicherheitsgründen den Decknamen Georges Brantes.

Als Weidner nach Annecy zurückkehrte, konnte er Pastor Chapal berichten, dass die neue Fluchtroute komplett sei. Während er die genaue Streckenführung beschrieb, flammte erneut Jeans Wunsch auf, selbst nach England zu fliehen und auf seine von dort aus gegen die Nazis kämpfenden Landsleute zu stoßen; aber er durfte in dieser Situation nicht nur an sich denken. Maurice Jacquet, seit kurzem Nachfolger von Lambotte als Konsul in Lyon, hatte ihn schon offen darauf angesprochen.

„Sie leisten eine Arbeit, die wir hier im Konsulatsbüro nicht mehr offiziell durchführen dürfen“, gab er zu bedenken. „Ihre Dienste werden hier in Frankreich dringend gebraucht; es gibt viele Menschen, die nicht überleben werden, wenn Sie weggehen. So sehr Sie sich auch wünschen mögen, nach England zu wechseln, den größten Dienst erweisen Sie Ihrem Heimatland momentan, indem Sie hier in Frankreich bleiben.“ Weidner konnte den Worten des Konsuls nicht widersprechen.

Nicht nur seine eigene Situation hatte sich verändert, sondern auch die seines guten Freundes Gilbert Beaujolin. Obwohl die beiden noch immer eng zusammenarbeiteten und auch ihre wenige Freizeit miteinander verbrachten, widmete sich Gilbert mittlerweile auch anderen Dingen. In den letzten Monaten war er in das Führungsteam einer sich rasch entwickelnden Untergrundorganisation berufen worden, die sich Alliance (Bündnis) nannte. Da Weidner und Beaujolin eine lange Freundschaft verband, unterstützte die Alliance mittlerweile auch Jeans Vereinigung.

Als die jungen Niederländer die neue Route von Frankreich nach Spanien nun zum ersten Mal benutzten, ahnte Jean bereits, dass dieser Fluchtweg in Zukunft noch größere Bedeutung gewinnen würde. So wertvoll es auch sein mochte, Menschen in die Schweiz zu bringen, für diejenigen, die aktiv gegen die Besatzer kämpfen wollten, war es eine unbefriedigende Situation. Rundherum eingeschlossen von Krieg führenden Nationen, konnte die Schweiz zwar die Fliehenden aufnehmen und ihnen Schutz gewähren, ihnen aber keinesfalls einen Weg zurück in die verbündeten Staaten anbieten. Alliierte Flieger, die in den besetzten Gebieten abgeschossen worden waren, wollten natürlich nach England zurückkehren, um sich von dort aus erneut am Kampf um die Freiheit zu beteiligen. Regierungsbeamte und potentielle Kämpfer aus den von Deutschen besetzten Ländern hielten ebenfalls nichts von einer Flucht in die Schweiz. Es drängte sie, die Streitkräfte ihrer eigenen Exilregierungen aktiv zu unterstützen.

Weidner begriff bald, dass die Route nach Spanien in Zukunft so organisiert werden musste, dass sie für verschiedene Flüchtlingskategorien gleichermaßen benutzbar wurde. Das würde zwar nicht einfach werden, aber die Überquerung der Pyrenäen schien tatsächlich der einzig praktikable Weg nach Spanien zu sein, auf dem man alle möglichen Leute sicher ans Ziel führen könnte. In den Flachlandgebieten verstärkten die Nazis laufend ihre Patrouillen, denn hier versuchten viele junge Niederländer, über die Grenze nach Spanien zu fliehen. Infolgedessen würde dieses Schlupfloch wahrscheinlich schon sehr bald geschlossen werden.

Eine der schlimmsten Befürchtungen Weidners seit der Ankunft der Deutschen in Südfrankreich bewahrheitete sich bereits im November 1942. Er erhielt die Nachricht, dass Arie Sevenster, der Vertreter der Niederlande in Vichy, verhaftet worden war. Nur der Sekretär Mario Janse hielt dort noch die Stellung, doch auch sein Posten war derart unsicher, dass ihm fast keine Möglichkeit mehr blieb, Flüchtlingen weiterzuhelfen.

Wenig später wurde gemeldet, dass auch Testers, der niederländische Konsul in Toulouse, und Kolkman im Konsulat Perpignan von der Gestapo festgenommen worden waren. Das war ein schlimmer Schlag, denn speziell Kolkman war hauptverantwortlich gewesen für die Sicherheit der Niederländer, die die Annecy-Avignon-Perpignan-Fluchtroute benutzt hatten.

Die Schlinge schien sich jeden Tag ein wenig mehr zuzuziehen. Es würde wohl nur noch eine Frage von Tagen sein, bis alle Konsuln ihres Amtes enthoben waren. Wenn das geschah, mussten alle Hilfsaktionen für Flüchtlinge, und waren sie noch so bescheiden, ausnahmslos vom Untergrund übernommen werden.

Im Dezember 1942 fuhr Jean nach Toulouse, um Möglichkeiten für eine weitere Route nach Spanien auszukundschaften. Vorsichtshalber knüpfte er jedoch vor seiner Abreise von Lyon noch geschäftliche Kontakte für einen Freund, der eine große Textilfabrik besaß. Falls die Nazis ihn im Grenzgebiet südlich von Toulouse ausfragen würden, hatte er somit eine logische und wahrheitsgemäße Begründung für seinen Aufenthalt dort.

In Toulouse schaute er zunächst bei Madame Sevenster vorbei. Nachdem man ihr versprochen hatte, dass sie ihren inhaftierten Gatten ab und zu besuchen dürfe, war sie mit ihren beiden Töchtern hierher umgezogen.

„Wir sind guten Mutes", berichtete sie Jean, als sie ihn in ihrer winzigen Wohnung empfing. „Arie sitzt mit vielen anderen prominenten Franzosen im Gefängnis in Evaux-les-Bains. Natürlich geht es ihm nicht so gut wie ich es mir wünschen würde, aber man darf nicht vergessen – es ist ja schließlich ein Gefängnis. Ich denke, es ist alles in Ordnung."

Noch am selben Abend traf sich Jean mit einem Herrn namens Aarts, dem Nachfolger Testers im niederländischen Konsulat. Sie besprachen die desolate Situation der Kolkman-Fluchtroute bei Perpignan, und Jean schilderte dem Konsul seine Pläne bezüglich der neuen Strecke quer durch die Pyrenäen.

„Wenn ich mit den Vorbereitungen fertig bin, werde ich mich wieder bei Ihnen melden", versicherte Jean. „Dann können Sie anfangen, Flüchtlinge oder andere gefährdete Personen an unsere Leute in Toulouse zu verweisen. Wir werden uns sowohl finanziell als auch organisatorisch um sie kümmern, sodass es keine Probleme geben wird, sobald die Route erst einmal aufgebaut ist."

Nach dem Gespräch mit Aarts beeilte sich Jean, in die Innenstadt zurückzukehren, wo er mit Eric Ter Raa verabredet war, einem jungen Niederländer, der über die Pyrenäen nach England fliehen wollte. Gemeinsam gingen sie zu Madame Lil van Wyhe, einer Französin, die mit einem Niederländer verheiratet gewesen war. Ihr Mann war leider schon verstorben, aber Madame van Wyhe hatte wertvolle Informationen über die Reisebedingungen in den Pyrenäen. Außerdem konnte sie den beiden die Adresse eines Führers geben, der die Berge schon viele Male überquert hatte.

Als sie den Mann aufgetrieben hatten, erzählte ihm Jean, dass sie seine Hilfe benötigten, um den Weg durch die Pyrenäen zu finden. „Mein Freund hier wird in Spanien bleiben, aber ich möchte wieder zurück nach Toulouse. Wie hoch ist Ihr Preis für eine solche Tour? Ich habe im Augenblick nicht viel Geld bei mir, aber vielleicht sind Sie ja sowieso mehr an anderen Dingen interessiert." Jean schob seinen Ärmel hoch. „Diese Armbanduhr zum Beispiel ist eine der besten auf dem Schweizer Markt. Die sollte wohl für ein gutes Stück des Weges reichen."

Der Führer griff nach der Uhr. „Das ist eine wertvolle Uhr", bemerkte er anerkennend. „Ich werde sie nehmen, aber das reicht noch nicht. Ich habe ein Feuerzeug in Ihrer Tasche gesehen. Wenn Sie mir beides geben, werde ich Sie über die Berge bringen und auch wieder zurück."

Zu Kriegszeiten war die Verarbeitung von Metall zu zivilen Zwecken verboten. Daher galten Feuerzeuge als sehr wertvoll und waren extrem schwer zu bekommen. Jedes Mal, wenn Jean sich in der Schweiz aufhielt, besorgte er sich mehrere Exemplare, um sie in schwierigen Situationen als Zahlungsmittel zu verwenden.

„In Ordnung, das ist ein gutes Geschäft", willigte Weidner ein. „Das Feuerzeug gebe ich Ihnen sofort. Die Uhr werde ich noch behalten, bis wir wohlbehalten wieder in Toulouse angekommen sind. So kann ich mich nämlich darauf verlassen, dass wir die Reise ohne unnötige Verzögerungen hinter uns bringen werden, oder?"

„Wir werden flott marschieren, da können Sie ganz sicher sein. Ihre niederländischen Beine werden sich bei den Passsteigungen noch wundern. Aber das kommt später. Zuerst sollten Sie sich um Ihre Papiere kümmern. Wir müssen ein Sperrgebiet passieren, verstehen Sie? Franzosen brauchen eine Sondergenehmigung, um sich dort aufhalten zu dürfen. Für Ausländer ist es sogar noch komplizierter."

Jean befürchtete, das Sperrgebiet könnte tatsächlich zu einem Problem werden. Doch von Madame van Wyhe erfuhr er noch am selben Abend, dass die Lösung schon parat lag.

„Ja, sie verlangen wirklich spezielle Genehmigungen", bestätigte sie. „Aber ich habe einen guten Freund in der staatlichen Ausweisbehörde, der solche Papiere ausstellen kann. Ich werde ihn bitten, einen Satz für Sie anzufertigen."

„Und für meinen Freund Eric – was können wir für ihn tun?",
erkundigte sich Jean. „Er hält sich illegal in Toulouse auf, denn er
möchte weiter nach England. Können Sie auch ihm weiterhelfen?"

„Wir werden uns auch um ihn kümmern. Er wird komplett
neue Ausweis- und Reisepapiere sowie eine Durchreise-Genehmi-
gung für das Sperrgebiet brauchen."

„Aber er spricht kein Französisch, vergessen Sie das nicht.
Französische Papiere haben in seinem Fall keinen Sinn", betonte
Jean.

„Aber mein Bekannter wird schon wissen, was zu tun ist. Er
hat schon viele falsche Papiere ausgestellt. Er findet gewiss eine
Lösung," beruhigte Madame von Wyhe.

Es dauerte nicht lange, und sie kehrte mit den wertvollen Do-
kumenten zurück. „Ihr Freund ist soeben zum Mitglied der ‚Or-
ganisation Todt' ernannt worden", verkündete sie. „Das ist eine
Gruppe von Fachleuten aus allen besetzten Ländern, die von den
Deutschen in verschiedene Gebiete geschickt werden, um ihre
Kriegserfolge zu steigern. Ihr Kamerad heißt jetzt Monsieur van
Ryn."

Am nächsten Tag machten sich Weidner, van Ryn und ihr Führer André auf den Weg in Richtung Gebirge. Bis zur Grenze entschieden sie sich zunächst für die Strecke über die Stadt Foix.
Hier lebten nämlich noch einige Kunden von Weidners Textilgeschäft aus Vorkriegszeiten. Sollte er in eine Kontrolle geraten,
konnte er ihre Namen angeben. Er ging davon aus, dass sie den
Deutschen dann erzählen würden, er sei tatsächlich ein Textil-
händler auf Geschäftsreise.

Als die drei Männer am Abend mit dem Zug auf dem Bahnhof
von Foix ankamen, reihten sie sich sogleich hinter dem französischen Kontrollpunkt am Ausgang ein. Jean und der Führer legten
ihre Papiere vor und durften ohne weiteres passieren. Eric hingegen wurde aufgehalten.

„Was sind denn das für Papiere?", schnauzte ihn der französische Posten an. „‚Organisation Todt' – hab ich nie gehört. Sie
kommen mit zum deutschen Hauptquartier. Die werden ja wohl
Bescheid wissen – wenn das alles überhaupt stimmt."

Der Gendarm blieb Eric dicht auf den Fersen, nachdem sie an
der Kontrollstelle vorbei auf die Straße gelangt waren. Jean und
André folgten den beiden zwar, hielten aber großen Abstand, damit sie nicht mit dem Flüchtling in Verbindung gebracht werden
konnten. Kurz darauf betrat Eric mit dem Wachmann das deut-

sche Verwaltungsgebäude, und sie warteten auf der gegenüberliegenden Straßenseite.

„Wir werden hier eine Stunde lang warten. Wenn er bis dahin nicht wieder herausgekommen ist, müssen wir hier weggehen", teilte Weidner dem Führer mit. „Ich hoffe bloß, dass er die Deutschen von der Echtheit seiner Papiere überzeugen kann. Andernfalls wird er bald auf dem Weg ins Gefängnis sein."

Schon eine halbe Stunde war vergangen, seit Eric in dem Haus verschwunden war. Plötzlich öffnete sich die Tür, und der junge Niederländer trat heraus. Am liebsten wäre Jean über die Straße gerannt und hätte ihn umarmt, aber er wusste sich zu beherrschen. Für Emotionen war später noch Zeit. Sie folgten Eric mit dem nötigen Abstand, bis er um eine Ecke bog. Dann beschleunigten sie ihre Schritte, um auf seine Höhe zu kommen.

„Was haben die mit dir gemacht?", wollte Weidner wissen.

„Es ist nicht sicher genug, hier auf der Straße zu reden. Lasst uns erst in das Hotel gehen, so wie wir es vorhatten", unterbrach André. „Dort können wir in Ruhe miteinander sprechen."

Ein paar Kreuzungen weiter erreichten die drei Männer ihre Unterkunft, trugen sich in das Gästebuch ein und zogen sich in ihr Zimmer zurück. Dort erzählte Eric dann von seiner Nervenprobe bei den Deutschen.

„Die waren bislang noch niemandem aus der ‚Organisation Todt' begegnet", berichtete er. „Da diese aber in ihrem Verzeichnis der staatlichen Agenturen aufgelistet war, zweifelten sie ihre Existenz nicht weiter an. Und weil ich zu Hause in den Niederlanden als Ingenieur tätig war, konnte ich sie mit ein paar technischen Begriffen davon überzeugen, dass ich Fachmann bin. Dann drückten sie einen Stempel in meine Papiere, der besagt, dass sie bereits kontrolliert worden sind. Ab jetzt werde ich jeden Kontrollpunkt problemlos passieren können. Im Grunde war es also ein großes Glück, dass sie mich rausgewunken haben."

Nachdem Eric seine Geschichte erzählt hatte, machte sich André auf den Weg zu Freunden in Foix, um aktuelle Informationen über den Weg durch die Berge einzuholen. Leider brachte er schlechte Nachrichten mit.

„Die Bestimmungen für das Sperrgebiet haben sich geändert", berichtete er. „Mittlerweile dürfen sich nur noch diejenigen, die dort auch wohnen, in diesem Gebiet aufhalten. Alle anderen benötigen Sondergenehmigungen, die aber nur die Deutschen selbst ausstellen. Da würden Sie, Monsieur Weidner, keine Chance haben. Und ich auch nicht. Nur Eric kann sich in dieser Zone frei bewegen, weil seine Papiere ja jetzt von den Deutschen abgestempelt sind."

„Wir müssen da einen anderen Weg finden", dachte Jean laut. „Es ist vielleicht gefährlich, aber wir müssen diese neue Strecke unbedingt für die Flüchtlinge auskundschaften. Wir müssen sehen, wie wir weiterkommen."

„Also gut, wenn wir nicht umkehren, dann habe ich einen Vorschlag, wie es vielleicht klappen könnte", meinte der Führer mutig. „Der Fahrer des Busses von Foix nach Ax-les-Thermes am Fuß der Berge ist ein guter Freund von mir. Ich glaube, er würde uns helfen. Wenn wir ihn darum bitten, lässt er uns bestimmt auf dem Dach seines Busses mitfahren. Er wird uns zwischen dem Gepäck verstecken. Ich weiß, dass er es mit anderen auch schon so gemacht hat. Das Sperrgebiet fängt schon bei Ussat-les-Bains an, nur 15 Kilometer von hier entfernt, und es gibt eine Menge deutscher Kontrollstellen in der Gegend. Oben auf dem Bus könnten wir sie umgehen, denn die Gepäckstücke auf dem Dach werden normalerweise nicht durchsucht. Und Eric kann ja problemlos wie ein normaler Fahrgast im Bus sitzen."

„Das könnte klappen!", stimmte Jean erfreut zu. „Wir können bis Tarascon auf dem Busdach fahren, und von da aus ist es nicht mehr weit bis in die Berge. Ja, ich denke, so wird es gehen."

Noch am selben Abend begaben sich die drei Männer zum Busbahnhof von Foix, um die Fahrt anzutreten – Jean mit André auf dem Dach und Eric im Fahrgastraum. Doch als sie sahen, dass es zwischen den Bussen von französischen Gendarmen und deutschen Soldaten nur so wimmelte, mussten sie zugeben, dass es nicht möglich war, unbemerkt auf das Dach zu klettern.

„Wir werden bis morgen warten müssen und dann herausfinden, ob wir nicht an einer anderen Stelle auf den Bus klettern können", stellte Weidner fest. Auf dem Weg zurück ins Hotel schlug er vor: „Wenn wir am Nachmittag früh genug da sind, könnten wir uns vielleicht zwischen dem Gepäck verstecken, bevor der Bus an die Haltestelle fährt."

Um drei Uhr am nächsten Nachmittag sprachen Jean und André den Busfahrer in der Werkstatt an, wo die Fahrzeuge gewartet wurden. Er war ihnen gerne behilflich, gleich in der Halle den Gepäckträger auf dem Busdach zu erklettern und stapelte dann Kisten mit Handelswaren um sie herum, sodass man sie nicht mehr sehen konnte. Erst zwei Stunden später brachte er den Bus zur Haltestelle, um dort seine Fahrgäste nach Ax-les-Thermes einsteigen zu lassen.

Während die Passagiere ihre Plätze einnahmen, schaffte der Fahrer weitere Gepäckstücke auf das Dach. Unter anderem verstaute er neben den Kisten, hinter denen die beiden Männer zusammengekauert lagen, einen großen Korb mit Hühnern. Er flüsterte ihnen Mut zu und zurrte über der gesamten Ladung eine Plane fest. Wenige Minuten später verließ der Bus ratternd den Busbahnhof von Foix.

Nach einer halben Stunde wurde das mächtige Gefährt an einer Kontrollstelle zum Halten gebracht. Als die beiden Männer auf dem Dach merkten, dass es sich um deutsche Posten handelte, erstarrten sie zu absoluter Bewegungslosigkeit. Allerdings stimmten die Hühner in ihrem Käfig ein mächtiges Gegacker an. Jean konnte hören, wie der Busfahrer mit dem deutschen Polizisten sprach.

Gleichzeitig vernahmen die beiden blinden Passagiere Tritte auf der Metallleiter an der Seite des Busses. Hinter dem breiten Hühnerkäfig pressten sie sich ganz flach gegen das Dach. Plötzlich wurde die Plane zurückgeworfen, und ein deutscher Polizist brach beim Anblick des gackernden Geflügels in schallendes Gelächter aus. Direkt hinter den Tieren jedoch verharrten Jean und sein Führer regungslos, vor Angst kaum noch atmend. Der Posten gab dem Käfig einen spielerischen Schubs mit seinem Gewehrkolben, um die Hühner erneut zu einer Gackerarie zu animieren, schlug dann die Plane wieder über die Gepäckladung und zurrte sie fest.

Dröhnend ging es weiter in Richtung Gebirge. Nach zwei Stunden und diversen Stopps erklomm der Fahrer die Leiter und zog die Plane zurück.

„Wir sind jetzt in dem Ort, wo ihr aussteigen wolltet", teilte er mit. „Es gab da einige Diskussionen mit den Deutschen, bei der Kontrolle am Anfang der Fahrt. Die haben einfach nicht verstanden, was ich ihnen über die Hühner erzählt habe. Deshalb wollten sie selbst raufklettern und nachsehen."

„Da haben Sie aber Glück gehabt, und wir noch viel mehr", bemerkte Jean. „Und vielen Dank für den Transport."

Rasch stiegen die Männer vom Busdach und trafen unten wieder auf Eric. Die folgende Nacht verbrachten sie auf dem Speicher eines Freundes von André.

Früh morgens um drei Uhr brachen sie in die Berge auf, die nun in greifbare Nähe gerückt waren. Dennoch war Weidner bewusst, dass der Weg bis nach Andorra mindestens achtzehn bis zwanzig lange Stunden dauern würde. In dem Zwergstaat hatten sie vor, Vorbereitungen für die regelmäßige Durchreise von Flüchtlingen in Richtung Spanien zu treffen.

Obwohl es bei ihrem Abmarsch noch stockdunkel war, schien André genau zu wissen, wo sie entlangzugehen hatten. Bei Tagesanbruch hatten sie bereits mit den steilen Pfaden mitten in den hoch aufragenden Felsen zu kämpfen. Während einer kurzen Rast spürte Jean plötzlich, wie kalt es geworden war, und als er hinaufsah, erblickte er auf den Gipfeln vor ihnen gewaltige Schneemassen.

Nachdem sie fast vier Stunden stramm geklettert waren, gestattete ihnen der Führer eine Pause, um sich zu stärken. Während sie aßen, suchte er mit einem Fernglas die unteren Wegschleifen ab. Plötzlich drückte er es Jean in die Hand. „Schauen Sie sich die lang gezogene Kurve in Richtung Ax-les-Thermes einmal genau an. Was sehen Sie da?"

Weidner peilte durch das Fernglas und konnte drei winzige Gestalten ausmachen, die sich in der Biegung bergauf bewegten. Als er genauer hinsah, erkannte er auch die Gewehre, die über ihren Schultern hingen. „Das sind deutsche Soldaten!", rief er aus. „Es sind bestimmt Patrouillen – und sie marschieren in unsere Richtung!"

„Das ist richtig; und sie kommen direkt hinter uns her", bestätigte André. „Wir werden in den nächsten Stunden schneller gehen müssen, wenn wir sie abhängen wollen. Auch sollten wir ein waches Auge nach vorne richten. Oft kommt der Posten von der Grenze zu Andorra herunter und kreuzt den Weg der Patrouille, die von unten aufsteigt und ihn ablösen soll. Lassen Sie uns jetzt aufbrechen. Ich habe keine Lust, mit denen in Konflikt zu geraten."

Der Aufstieg wurde ab jetzt noch anspruchsvoller. Jean und der Führer hatten damit als erfahrene Bergsteiger keine Probleme, aber Eric, der nur niederländisches Flachland gewohnt war, wurden langsam die Beine schwer.

Erschwerend kamen bald Schneefelder hinzu. André führte Jean und Eric zwar so oft wie möglich um den Schnee herum, aber manchmal waren sie doch gezwungen, durch die knietiefen Wehen zu stapfen. Kälte und Nässe waren dabei fast schmerzhaft.

Nach etwa zwanzig Minuten kräftezehrenden Anstiegs blieb André in einer Felssenke stehen und hielt noch einmal mit dem Fernglas Ausschau nach der deutschen Patrouille.

„Sie haben zwar noch immer den gleichen Abstand zu uns, aber sie nehmen eine andere Route", meldete er. „Ich glaube, wir brauchen uns jetzt nicht mehr zu so beeilen."

Für Eric war dies eine sehr willkommene Botschaft, denn er hatte keine Kraft mehr. André schnappte sich den Rucksack des jungen Niederländers und warf ihn sich über die Schulter.

„Wir werden ab jetzt wieder langsamer gehen, Eric. Du schaffst es, wenn du deinen Wanderstab öfter benutzt und versuchst, nicht zu schnell zu steigen. Mach ganz gleichmäßige Schritte."

Nach einer Stunde erreichten sie einen zerklüfteten Grat, der einen weiten Blick über die kantigen Felsspitzen um sie herum freigab. Erneut suchte André mit dem Fernglas das mit Felsbrocken übersäte Terrain ab. Erschrocken ließ er sich plötzlich neben Jean und Eric auf den Boden fallen.

„Da sind noch mehr Patrouillen, und schon viel näher als die anderen", seufzte er. „Sie schauen gerade mit ihrem Feldstecher in unsere Richtung. Ich bin mir nicht sicher, ob sie mich entdeckt haben. Sie müssen in der Hütte gesteckt haben, an der wir vor einer halben Stunde vorbeigekommen sind. Wir sollten besser hier in Deckung bleiben und abwarten, was sie vorhaben. Falls sie unseren Weg einschlagen, werden wir schleunigst abhauen müssen."

Das Problem löste sich ein paar Minuten später von allein, denn André konnte beobachten, wie die deutschen Posten in die entgegengesetzte Richtung abzogen. „Es ist nicht mehr weit bis zu dem Haus eines Freundes von mir. Dort können wir übernachten", verkündete er.

Als die drei Männer nach ihrer über fünfzehn Stunden dauernden Bergtour endlich drei Kilometer hinter der Grenze zu Andorra dieses Haus erspähten, war es in den eisigen, schneebedeckten Pyrenäen schon längst dunkel geworden.

Zunächst warteten Jean und Eric in der beißenden Kälte vor dem Haus, während André hineinging und die Übernachtung regelte. Schließlich rief er seine beiden erschöpften Kameraden herein, damit sie sich am Feuer wärmen konnten. Die Nacht verbrachten die drei in einer Scheune neben dem Haus, unter dünnen Decken vor Kälte zitternd.

In der wärmenden Morgensonne besprachen Jean, André und Eric am nächsten Tag ihre weiteren Reisepläne.

„Eric, es gibt zwei Möglichkeiten, nach Barcelona zu gelangen", erklärte André. „Du kannst auf der anderen Seite von Andorra die spanische Grenze überqueren und dann den Bus nehmen, der ins Landesinnere fährt. Oder du kommst heute Vormittag mit uns nach Andorra hinein und riskierst es, von der Stadt aus den Bus zu nehmen. Beide Wege werden vermutlich in einem spanischen Flüchtlingslager enden. Von da aus wirst du nach einiger Zeit zum niederländischen Konsulat in Barcelona gebracht werden. Wenn du allerdings an bösartige spanische Posten gerätst, können sie dich auch zurück nach Frankreich schicken, wo dich unter Umständen die Gestapo ergreift. Das passiert zwar sehr selten, aber es ist durchaus möglich."

Nachdem seine Glieder noch immer von der anstrengenden Tour am Vortag schmerzten, entschied sich Eric für den Bus. „Selbst wenn es um mein Leben ginge, könnte ich nicht noch einen Tag durchmarschieren", klagte er. „Ich werde die Fahrt gleich von der Stadt aus riskieren."

Jean bat André, etwas spanisches Geld zu besorgen, damit Eric seine Busfahrkarte und sonstige Dinge auf dem Weg nach Barcelona bezahlen konnte. Anschließend wanderten die drei noch gemeinsam den Bergpfad hinunter bis in das malerische Städtchen. Am Ortsrand verabschiedeten sich Jean und der Führer von Eric.

„Ich werde für deine Sicherheit auf dem weiteren Weg beten, Eric", versprach Jean. „Wir haben alles für dich getan, was wir im Moment tun können. Aber Gott kann Dinge tun, zu denen wir nicht in der Lage sind. Ich glaube, er wird dich sicher führen."

Eilig marschierte Eric die Hauptstraße hinunter in Richtung Bushaltestelle. Zwei Stunden später sahen Jean und André auf ihrem Rundgang durch die Ortschaft den Bus in einer Staubwolke die Bergstraße hinauf verschwinden – in Richtung Spanien.

In der folgenden Nacht fanden die beiden Männer Unterschlupf bei einem spanischen Bauern. Im Laufe des Tages hatten sie sich die verschiedenen Straßen und Wege angesehen, die André als mögliche Routen durch Andorra nach Spanien vorschlug. Jetzt hatte Jean alle notwendigen Informationen zusammen, um die neue Fluchtroute über die Pyrenäen sicher aufbauen zu können. Er würde die Flüchtlinge allerdings nicht selbst begleiten, dafür kannte er sich mit den Wanderpfaden und Klettersteigen in den zerklüfteten Felsen in dieser Bergregion noch nicht genügend aus.

Bei ihrem bäuerlichen Gastgeber trafen die beiden Männer auch auf fünf spanische Schmuggler, die sich auf ihren Weg nach Frankreich vorbereiteten. Nach zähen Verhandlungen konnte André die Spanier dazu überreden, Jean und ihn in ihre Gruppe aufzunehmen. Solche Schwarzhändler wussten in der Regel sehr genau, wie man vermeiden konnte, den unzähligen Patrouillen in den Bergen zu begegnen. Deshalb war es sicherer, mit ihnen zu ziehen als allein. Um drei Uhr am nächsten Morgen brachen sie in Richtung Foix auf. Bis zum Mittag hatten sie dank ihres strammen Marsches die höchsten Gipfel bereits weit hinter sich gelassen. Noch lagen aber etliche Stunden anstrengender Klettertour vor ihnen, bis sie schließlich wohlbehalten den Stadtrand von Tarascon erreichten.

Gerade als sich Jean und André der Blick auf Tarascon öffnete, vernahmen sie zu ihrer Linken plötzlich Gewehrfeuer. Im Laufschritt kamen sie schon bald zu der Straße, die direkt in die Stadt führte. Noch aus sicherer Entfernung erkannten sie jedoch zwei deutsche Soldaten, die die Straßensperre kurz vor den ersten Häusern der Ortschaft besetzt hielten.

„An denen kommen wir nicht vorbei", flüsterte Jean André zu. „Wir sollten die Ortschaft erst links liegen lassen und dann von der anderen Seite aus hineingehen. Dort stehen bestimmt keine Wachen."

Problemlos gelangten sie dann von der den Bergen abgewandten Seite aus in das Zentrum des Dorfes. In einem Café erfuhren sie dort sogar den Grund für die vielen Patrouillen im Gebirge.

„Dreißig Franzosen sind heute Nachmittag in den Bergen unterwegs und versuchen, nach Spanien zu gelangen", erklärte einer der Männer im Café. „Die Deutschen sind fest entschlossen, sie noch vor Einbruch der Dunkelheit zu ergreifen, damit sie nicht nach Andorra entwischen können. Bei so vielen Patrouillen müsste ihnen das eigentlich auch gelingen."

Noch am selben Abend traten Jean und André den Rückweg auf dieselbe Art an, wie sie auch in Aix-les-Thermes angekommen waren – zwischen Gepäckstücken auf dem Dach eines Überlandbusses. Am nächsten Morgen stiegen sie in den Zug nach Toulouse, wo Weidner sofort nach der Ankunft Kontakt mit Gabriel Nahas aufnahm. Er beauftragte ihn, sich in Zukunft um die Pyrenäen-Fluchtroute zu kümmern. Nahas war ein sehr geschickter junger Patriot, der sich in der rauen Gebirgslandschaft gut auskannte. Er unterhielt enge Kontakte zu etlichen Führern, die die entsprechenden Gipfel regelmäßig überquerten. Außerdem war er in der Lage, schnelle und sichere Entscheidungen zu treffen – eine äußerst wichtige Fähigkeit bei der Betreuung einer Fluchtroute. Er vereinbarte mit Nahas, sich bei der Vermittlung von Flüchtlingen mit Aarts in Toulouse zu koordinieren.

Als er sich einige Tage später auf den Weg zurück nach Lyon machte, konnte Jean mit der neuen Route, die er eingerichtet hatte, zufrieden sein. Obwohl es an manchen Stellen beinahe sein eigenes Leben gekostet hatte, war es ihm doch gelungen, ein weiteres Loch in den dichten Grenzvorhang zu reißen.

12 Ein Graf auf der Flucht

Annie Langlade, bei der Jean viele Monate gewohnt hatte, stellte ihm eines Tages den Grafen François de Menthon vor.

„Seit Kriegsausbruch hat dieser tapfere Mann schon viel für Frankreich getan", erzählte sie. „Der Graf gilt als ein Pionier der Widerstandsbewegung, und vom Feind wird er bitter gehasst."

1942 war der Graf von einer Gruppe junger französischer Nazi-Sympathisanten öffentlich gedemütigt worden. Als Zeichen ihrer Antipathie hatten sie ihn in den Springbrunnen auf dem Marktplatz in Annecy geworfen. In der französischen Armee war er 1939 im Kampf gegen die Deutschen gleich in den ersten Kriegstagen verwundet und gefangen genommen worden. Nachdem ihm wenig später die Flucht in den Süden geglückt war, begann er dort in Lyon, das bald in ganz Frankreich als die „Hauptstadt der Widerstandsbewegung" bekannt wurde, Pläne zur Vertreibung der Besatzer auszuarbeiten. Als militanter Patriot avancierte er binnen weniger Monate zum Anführer einer Untergrundorganisation namens Liberté (Freiheit).

Mittlerweile bewohnte Graf de Menthon mit seiner Frau und seinen sechs Kindern ein mittelalterliches Schloss im Wald hoch über dem wunderschönen See von Annecy. Als anerkannter Professor der Rechtswissenschaften lehrte er an der Universität von Lyon und erfreute sich bei der Bevölkerung der Savoi großer Beliebtheit. Darüber hinaus leitete er um diese Zeit auch die Vereinigung der Katholischen Jugend Frankreichs.

Auf dem Höhepunkt der Untergrundaktivitäten des Jahres 1943 bat der Graf eines Tages Jean Weidner zu sich.

„Annie hat mir berichtet, dass Sie das französisch-schweizerische Grenzgebiet sehr gut kennen und selbst regelmäßig die Grenze überqueren", begrüßte er Jean. „Sie sind der Mann, der mir helfen kann. Ich muss mit den Vertretern von General de Gaulle in der Schweiz sprechen, um ein Treffen mit ihm persönlich in London zu arrangieren. Mit diesem Besuch hängen viele Dinge zusammen, über die ich jetzt nicht offen reden kann, aber ich versichere Ihnen, meine Reise ist sehr wichtig für Frankreich."

Jean beteuerte, es sei ihm eine Ehre, dem Grafen helfen zu dürfen.

Gleich am nächsten Tag machte er sich an die komplizierte Aufgabe, die Flucht eines Grafen vorzubereiten. Als erstes schickte er einen Kurier aus seiner Untergrundgruppe zu den Regierungsbeauftragten in Genf. Er wollte sich vergewissern, dass der Graf nicht mit irgendwelchen Schwierigkeiten zu rechnen hatte, wenn er auf Schweizer Boden mit den Abgesandten de Gaulles konferierte. Dann traf er sich mit den beiden Männern, die de Menthon über die Grenze bringen sollten.

„Dieser Mann ist sehr wichtig für die Zukunft Frankreichs", erklärte er ihnen. „Wir müssen garantieren, dass ihm auf dem Weg zu seinen Kontaktleuten nichts zustößt. General de Gaulle hat persönliches Interesse daran, den Grafen in seinen Stab aufzunehmen. Er muss auf alle Fälle mit de Gaulles-Vertretern in der Schweiz sprechen, damit seine Ausreise nach England organisiert werden kann."

In der Nähe des kleinen Grenzdorfes Archamps an der Straße zwischen St. Julien und Annemasse verlief unter der Fahrbahn ein kleines Flüsschen. Die Deutschen hatten die mächtige Röhre, durch die das Wasser strömte, mit Stacheldraht verbarrikadiert, weil an dieser Stelle keine weitere Grenzabsperrung zwischen Frankreich und der Schweiz vorhanden war.

„Wir werden diese unterirdische Wasserleitung für die Flucht des Grafen benutzen", entschied Weidner. „Er wird mit dem Bus bis Archamps fahren. Von da aus könnt ihr ihn bei Nacht bis zu dem Flüsschen bringen. Wenn die Straße frei ist, steigt ihr in das Wasser und durchtrennt die Drähte – aber nur so viel, dass man eben hindurchschlüpfen kann. Ihr werdet auch die Strömung kurzzeitig aufstauen müssen, denn sonst ist der Pegel in der Röhre zu hoch, um durchwaten zu können. Achtet darauf, die Metallschlingen wieder genauso hinzubiegen, wie sie vorher waren. Wenn ihr für euren Staudamm kleine Steine und Schlamm verwendet, wird er hinterher schnell wieder weggespült sein und unbemerkt bleiben."

Wenige Tage später kam der Graf in dem kleinen Dorf an und wurde von den beiden Führern, die ihn über die Grenze begleiten sollten, in Empfang genommen. Im Schutz der Nacht wagten sie sich bis zu der Röhre vor. Sie tasteten sich am Ufer des Flüsschens entlang, und einer der Fluchthelfer fing an, die verschlungenen Stacheldrähte zu kappen.

Während er sich an dem Drahtverhau zu schaffen machte, schoben sein Kollege und der Graf lose Steine in die Strömung und dichteten sie mit Erde und Schlamm ab, bis der Wasserpegel in der Röhre zu sinken begann. Sofort zwängten sie sich durch die schmale Öffnung, die mittlerweile zwischen den Drahtschlingen entstanden war. Hinter sich bogen sie die Metallstränge wieder an ihren ursprünglichen Platz, um das entstandene Loch zu kaschieren. Wenige Minuten später war die Gefahr bereits überstanden, und von Genf trennten ihn nur noch ein paar Kilometer.

Seine Geschäfte in der Schweiz hatte der Graf rasch erledigt und kehrte wohlbehalten nach Frankreich zurück. Bald darauf landete in Ambérieu, 75 Kilometer westlich von Annecy, bei Nacht und Nebel ein Flugzeug der Alliierten, um ihn nach England zu bringen. In London wurde er als Justizminister in die provisorische Regierung von General de Gaulle aufgenommen. Nach der Befreiung seines Landes nahm Graf de Menthon als offizieller Vertreter Frankreichs an den Nürnberger Kriegsverbrecherprozessen teil.

Die Familie des Grafen lebte indes in ihrem malerischen Schloss im Wald oberhalb des idyllischen Sees noch in vergleichsweise friedlicher Umgebung. So verstrichen die Monate eigentlich ohne besondere Ereignisse, bis die Nazis eines Tages eine ihrer typischen und absurden Aktionen starteten, um die neue, erstarkende Regierung von General de Gaulle unter Druck zu setzen. Sie kündigten an, alle Angehörigen von Franzosen, die ihre Dienste der de Gaulle-Regierung zur Verfügung stellten, zu verhaften und ins Gefängnis zu stecken.

Diese Androhung entwurzelte unzählige Familien, die verzweifelt in alle Himmelsrichtungen flüchteten, um ihrer Verhaftung zu entgehen. Unter den Flüchtlingen befand sich auch Madame de Menthon, die Ehefrau des Grafen. Hals über Kopf floh sie aus ihrem Schloss, konnte aber nur einen Teil ihrer Kinder mitnehmen. Für ihren Jüngsten waren die Gefahren einer Flucht zu groß. Sie hatte den Fünfjährigen bei Freunden untergebracht, aber als Mutter war ihr klar, dass sie es nicht lange ohne ihn aushalten würde. Daraufhin erinnerte sie sich an den Mann, der ihrem Gatten auf der Flucht über die Schweizer Grenze geholfen hatte.

„Würden Sie mir unter Umständen meinen Sohn bringen können, wenn ich in der Schweiz angekommen bin?“, wandte sich Madame de Menthon an Jean. „Ich weiß, dass Sie es schaffen werden. Sie haben schon so vielen Menschen geholfen. Er ist mein Jüngster – und mein Liebster!“

„Ich werde Ihnen Ihren Sohn bringen“, versicherte Weidner der ängstlichen Mutter. Dann fiel ihm ein, dass Weihnachten vor der Tür stand, und er fügte hinzu: „Zu Weihnachten werden Sie ihn wieder bei sich haben!"

Er brauchte ein paar Tage, um herauszufinden, welche Fluchtroute für den Kleinen die beste sein würde. Überall im französisch-schweizerischen Grenzgebiet herrschte kaltes, nasses Wetter, als sie an der geplanten Übergangsstelle zwischen St. Julien und Collonges ankamen. Es regnete in Strömen, und der kleine Bach, der durch das Niemandsland floss, war mächtig angeschwollen und sah gefährlich aus.

„Dies ist die einzig geeignete Stelle; sonst ist es nirgendwo sicher genug", dachte Jean beim Blick auf die trüben Wassermassen. „Der gesamte Grenzverlauf wird zur Zeit sehr stark kontrolliert."

Kurz vor Sonnenaufgang weckte Jean den Kleinen, mit dem er auf einem Bauernhof übernachtet hatte. „Wir werden immer ganz dicht beieinander bleiben; und wenn du müde wirst, kann ich dich tragen", beruhigte Jean den Jungen, als sie sich auf den Weg zum Fluss machten.

„Wir werden gleich den Fluss überqueren", erklärte er dem Kind. „Von hier aus sieht es sehr tief aus, aber ich bin schon einmal durchgegangen. Damals reichten die Wellen nicht höher als bis zu meiner Taille. Ich werde dich auf meine Schultern heben, dann bist du hoch über dem Wasser. Es wird nicht lange dauern, und wir sind in der Schweiz. Dann wirst du deine Mutter sehr bald wiedersehen. Was hältst du davon?"

Der Junge nickte heftig und strahlte über das ganze Gesicht. Weidner hob ihn hoch und setzte ihn auf seine Schultern. Der kleine Bursche griff nach Jeans Haaren und klammerte sich fest.

Behutsam tastete Jean mit seinen Füßen nach flachen Stellen zwischen den Felsbrocken, als er sich langsam vom Ufer in die Fluten wagte. Trotz der unerwartet schwachen Strömung ließ ihn die Kälte des steigenden Wassers bei jedem einzelnen Schritt schier erstarren. Schnell hatte der Pegel seine Taille erreicht, aber bis zur Flussmitte lag noch ein ganzes Stück vor ihnen. Bald berührten die Wellen sogar schon die Füßchen des Jungen. Wegen der eisigen Wassertemperatur fiel es Jean schwer, gleichmäßig weiterzugehen. Wenn er mit seinem ganzen Körper auf einmal hätte untertauchen können, wäre es leichter zu ertragen gewesen; aber die langsamen Bewegungen und das vorsichtige Tasten nach sicheren Trittstellen machten die Kälte umso schmerzhafter.

Mittlerweile reichte ihm das Wasser schon bis an die Schultern, obwohl sie immer noch nicht in der Flussmitte angekommen waren. Plötzlich schoss Jean ein quälender Gedanke durch den Kopf. Wenn das Wasser in der Mitte so tief war, dass er schwimmen musste, wie sollte er dann gleichzeitig den Jungen tragen? Nach dem nächsten Schritt überspülte das kalte Nass bereits seine Schultern und berührte schließlich sein Kinn. Langsam näherte er sich der Flussmitte; der Pegel blieb auf Kieferhöhe. Noch einen Schritt weiter und – das Wasser sank wieder bis zu den Schultern!

„Wir haben es geschafft!", flüsterte er. „Noch ein paar Meter, und wir sind am Ufer. Halt dich gut fest, wir schaffen es."

Als die kühle Wintersonne im Lauf des Tages die Wolken durchbrach, saßen Weidner und der jüngste Sohn des Grafen de Menthon bereits warm und gemütlich in einem Genfer Taxi. Ein frohes Wiedersehen zu Weihnachten rückte für Mutter und Sohn nun immer näher.

Kaum war das Fahrzeug zum Stehen gekommen, riss Madame de Menthon die Wagentüre auf und schloss das Kind fest in ihre Arme. „Du bist da! Du bist da! Du bist da!", rief sie aus, und Tränen rannen ihr über die Wangen.

Beim Anblick dieser freudigen Wiedervereinigung wurde Jean schlagartig bewusst, welches enorme Vertrauen diese Frau in ihn gesetzt hatte. Leise betete er: „Dank sei dir, himmlischer Vater, dass ich nicht versagt habe!"

Das Kind fest an der Hand, wandte sich Madame de Menthon wenige Augenblicke später an Jean: „Sie haben mehr für uns getan, als wir je wieder gutmachen können ..."

Der ungewöhnlich kalte Winter 1943 machte es fast unmöglich, die Grenze in der Gegend zwischen St. Julien und Annemasse zu passieren. Durch die starken Schneefälle in den ländlichen Gebieten war es sowohl schwierig als auch gefährlich geworden, sich im Bereich der Stacheldraht-Barrikaden zu bewegen.

Auf dem Weg zur Vorbereitung einer weiteren Grenzüberquerung saß Jean eines Abends im Zug und blickte in die trostlose, winterlich öde Landschaft hinaus. Je weiter es nach Osten ging, desto höher türmten sich die Schneemassen entlang der Bahnstrecke zwischen Lyon und Annecy. Bald verlangsamte der Zug sein Tempo, dann blieb er sogar ganz stehen. Schließlich munkelte man unter den Fahrgästen, dass die Gleise zugeschneit seien – und dass man keinen Schneepflug auftreiben könne. Tatsächlich begannen die Waggons langsam rückwärts zu rollen. Als sie wieder an Fahrt gewannen, begriff Jean, dass er dieses Mal die

Grenze zur Schweiz wohl nicht auf einem der ihm vertrauten Wege überschreiten würde. Wenn der Schnee die Züge bereits westlich von Annecy aufhielt, konnte man davon ausgehen, dass er in der Gegend um St. Julien und Annemasse für eine sichere Grenzüberquerung erst recht zu hoch lag.

Auf dem Rückweg nach Lyon entschloss sich Jean, einen neuen Weg über die Grenze auszuprobieren, den er für derartige Wetterverhältnisse schon einmal in Erwägung gezogen hatte. Er führte weiter nördlich durch ein kleines, hoch in den Bergen gelegenes Dorf in der Nähe der französisch-schweizerischen Grenze. Dort wohnte ein Freund namens Fred, der sich in den Bergen gut auskannte und als Führer fungieren könnte.

Gleich nach seiner Rückkehr bestieg Jean in Lyon einen anderen Zug, diesmal in Richtung Norden. Gegen Mittag des folgenden Tages erreichte er das Bergdorf und sprach mit seinem Freund. Weidner war davon überzeugt, dass dieser ausgezeichnete Skifahrer ihn sicher über die Berge bringen würde.

„Die Züge kommen wegen der Schneemassen nicht bis Annecy durch", erzählte er seinem Freund. „Ich muss aber dringend in die Schweiz, um die Bestätigung für eine neue Flüchtlingsgruppe zu bekommen, die Ende dieser Woche von Paris aus aufbricht. Wenn du mir den Weg zeigst, können wir doch sicherlich mit den Skiern durch die Berge fahren, oder? Ich könnte dann aus nordwestlicher Richtung in Genf ankommen." Da er selbst ein erfahrener Skifahrer war, wusste Jean genau, dass diese Route länger und anstrengender sein würde als die bisherigen. Aber er hatte keine andere Wahl; er musste die neue Liste der Flüchtlingsnamen unbedingt in der Schweiz abliefern.

Er hatte vor, den Col de la Faucille zu überqueren und dann in der Nähe von Ferney-Voltaire die Grenze zu überschreiten. Vom schweizerischen Bossy aus würde er die restlichen fünfzehn Kilometer bis nach Genf dann mit dem Bus fahren.

„Wir werden gut vorwärts kommen", stellte Fred fest, als sie sich für die Bergtour fertig machten. „Der Schnee eignet sich zur Zeit recht gut zum Skifahren, aber es ist ein weiter Weg. Wir sollten außerdem immer ziemlich dicht beieinander bleiben. Die deutschen Gebirgstruppen waren in den letzten Tagen sehr häufig in den Bergen unterwegs. Wenn sie uns entdecken, müssen wir um unser Leben laufen!"

Schon bald hatten sie das Dorf hinter sich gelassen und glitten durch die tief verschneite Berglandschaft. Bevor Jean nach einer kleinen Rast am Nachmittag wieder der Spur seines Freundes folgte, warf er zufällig noch einen kurzen Blick über einige flachere Hügel zu ihrer Linken. Da erspähte er in etwa eineinhalb Kilometer Entfernung mehrere winzige Figuren auf einer Anhöhe. Sofort schoss er Fred hinterher.

„Glaubst du, dass das Deutsche sind?", rief er ihm beunruhigt zu und wies in die entsprechende Richtung. „Ich kann sie nicht genau erkennen."

„Ja, es sind Deutsche", bestätigte Fred. „Wenn du genau hinsiehst, kannst du die Spitzen der Gewehrläufe oberhalb ihrer Helme ausmachen. So sehen nur deutsche Helme aus. Vielleicht haben sie uns noch nicht bemerkt, aber das kann sich schnell ändern. Lass uns hier abwarten, ob sie in unsere Richtung kommen."

Wenige Augenblicke später setzte sich die deutsche Patrouille in Bewegung. Hintereinander nahmen sie mit ihren Skiern direkten Kurs auf die beiden Männer.

„Sie haben uns gesehen", rief Fred aus. „Jetzt aber los! Bis zur Grenze sind es immerhin noch gute sieben Kilometer."

Nun setzten die beiden alles auf eine Karte. Mit ihrem rasanten Tempo riskierten sie auf den steilen Abfahrten Kopf und Kragen – dennoch holten die Deutschen allmählich auf. Ein- oder zweimal hörten die Fliehenden sogar Gewehrschüsse hinter sich, aber die irrsinnige Geschwindigkeit, mit der beide Gruppen unterwegs waren, verminderte die Zielgenauigkeit.

Obwohl Weidner und sein Führer ihr Bestes taten, um ihren Vorsprung zu halten, waren ihnen die Deutschen immer dichter auf den Fersen. Jean fing an, die Koordination zwischen Armen, Körper und Beinen durcheinander zu bringen und verlor ein paar Mal fast das Gleichgewicht. Fred fuhr schneller als er, hielt sich dann aber ein wenig zurück, um in der Nähe seines Freundes zu bleiben. Als sie schließlich nebeneinander dahinjagten, feuerte er Jean an, um ihm Mut zu machen.

„Es kann sein, dass wir die Grenzdrähte gar nicht zu sehen bekommen. Sie sind wahrscheinlich hier irgendwo tief unter uns im Schnee vergraben. Wir brauchen unser Tempo nur noch wenige Minuten zu halten, denn wenn wir die Grenze passieren, werden die Deutschen sofort stehen bleiben", brüllte Fred. „Die Schweizer bewachen die Grenze nämlich auch, verstehst du?"

In dem Bewusstsein, dass die Grenze bereits zum Greifen nah war, setzte Jean seine Skistöcke mit der Kraft der Verzweiflung energisch ein. Sein Gesicht war wund von der eisigen Luft. Das Innere seiner Nase und seines Rachens brannte von den heftigen Atemzügen und der übermäßigen Anstrengung.

Plötzlich gaben die Deutschen einige Schüsse auf die Flüchtenden ab. Fred wandte sich kurz um – und was er sah, ließ ihn vor Freude jubeln. „Wir sind drüben! Wir haben es geschafft!", rief er Jean zu. „Sie sind langsamer geworden, um genauer auf uns zielen zu können. Aber das würden sie nicht tun, wenn sie nicht wüssten, dass wir die Grenze bereits überschritten haben. Lass uns noch ein bisschen weiterfahren, damit wir ganz sicher aus ihrer Schussweite gelangen."

Wenige Minuten später waren sie außer Gefahr und gönnten sich dankbar eine wohlverdiente Verschnaufpause.

13 Die Gestapo

„Sie sind Jean Henri Weidner?"

„Ja."

„Gestapo. Sie werden jetzt mitkommen! Sie müssen uns einige Fragen beantworten."

„Aber was habe ich denn getan?"

„Sie kommen mit – und zwar sofort! Nehmen Sie Ihren Mantel!"

So einfach war das! Plötzlich standen sie vor seiner Wohnung in Lyon und teilten ihm mit, er sei verhaftet. Die Anklage? Es handle sich nicht wirklich um eine Anklage, räumten die Gestapo-Beamten in Zivil ein, er müsse nur ein paar Fragen beantworten. Das allein reichte 1943 in Südfrankreich schon für eine Festnahme aus.

Also marschierte Jean mit den Beamten zum Hauptquartier der Gestapo in Lyon. Dort nahm eine nervenaufreibende und zeitaufwändige Prozedur ihren Lauf. Man nahm seine Fingerabdrücke und machte Fotos von ihm, sehr viele Fotos. Anschließend hielt man seinen kompletten Lebenslauf für die Akten fest.

„Wo sind Sie geboren, Weidner?", wollten sie wissen. „Seit wann leben Sie in Frankreich? Zu welcher Religion bekennen Sie sich? Was für ein Geschäft führen Sie hier? Welche politische Einstellung haben Sie?"

Die Befragung zog sich endlos hin und wurde immer drängender. „Also, Weidner, uns interessieren am meisten Ihre Aktivitäten in den letzten Monaten. Wir wissen, dass Sie Ihren Landsleuten – den Niederländern – bei gewissen illegalen Ortsveränderungen ‚assistiert‘, und dass Sie diesen Leuten eine von der derzeitigen Regierung verbotene Unterstützung gewährt haben. Wir sind gespannt auf Ihre Erklärung zu diesem Thema", bemerkte der Diensthabende mit gelangweilter Miene.

„Ja, ich habe einigen meiner Landsleute geholfen", gestand Jean. „Hier in Südfrankreich haben viele von ihnen kein Einkommen; sie leiden Hunger, und ich habe schon immer versucht, Menschen in Not zu helfen."

„Sie haben Ihrem Konsulat hier in Lyon ebenfalls ‚assistiert‘. Was soll das? Kann der niederländische Konsul denn nicht ohne Ihre Hilfe agieren?"

„Die Erfüllung bestimmter Aufgaben bei der Betreuung der niederländischen Bürger in Frankreich ist durch neue Bestimmungen der hiesigen Regierung schwieriger geworden", entgegnete Jean ruhig. „Der Konsul, Monsieur Jacquet, hat mich deshalb gebeten, unseren Leuten in manchen Fällen zur Seite zu stehen, aber nur, um dem Konsulat die legalen Hilfsmöglichkeiten zu erleichtern."

„Dummkopf!", brüllte der Gestapo-Beamte wütend. „Erwarten Sie vielleicht, dass ich so ein dämliches Geschwätz glaube? Sie haben den Juden doch illegalen Beistand geleistet, und Ihr Konsulat hat dasselbe getan. Machen Sie mir doch nichts vor!"

„Ich kann Ihnen nur die Wahrheit erzählen", fuhr Jean fort und blickte den Franzosen offen an. „Auch Monsieur Jacquet wird keine Falschaussage machen. Er ist ein guter und ehrenhafter Mensch."

„Das werden wir ja sehen", fauchte der Beamte ärgerlich. „Und wir werden sehr schnell alles über die Aktivitäten, in die Sie verstrickt sind, herausfinden. Zunächst interessiert uns allerdings noch Ihre Beziehung zu einem gewissen Dr. Magnus. Können Sie sich daran erinnern, auch ihm ‚assistiert' zu haben?"

Jean kannte Dr. Magnus. Er hatte den Arzt im niederländischen Konsulat aufgelesen: ohne einen Pfennig und verzweifelt auf der Suche nach einer Fluchtmöglichkeit. Weidner hatte für seine Verpflegung gesorgt, ein Quartier für ihn gefunden, und wenn alles gut ging, würde er den Doktor demnächst über die Grenze in die Schweiz schleusen. Aber warum interessierte sich die Gestapo für Dr. Magnus?

„Ja, ich kenne ihn", bekannte Weidner und überlegte sich seine Worte gut.

„Sie haben ihm Geld gegeben?"

„Ja."

„Und wo befindet sich Dr. Magnus jetzt?"

„Ich weiß es nicht genau – ich nehme an, irgendwo in Südfrankreich. Ich habe ihn seit etlichen Tagen nicht mehr gesehen."

„Aber Sie wussten doch, dass er Jude ist!", brauste er auf.

„Er hat nie mit mir darüber gesprochen."

„Wie ist er nach Frankreich gekommen? Vielleicht können Sie uns das erzählen!"

„Ich habe ihn im niederländischen Konsulat kennen gelernt. Er erzählte mir, er habe keine Arbeit und kein Geld. Da habe ich ihn nicht gefragt, auf welchem Weg er nach Frankreich gelangt ist, sondern ihm erst einmal etwas Geld gegeben."

„Haben Sie ihm das Geld geliehen oder geschenkt?"

„Es war ein Geschenk – jedenfalls von meiner Seite."

„Und Sie haben Dr. Magnus nicht um ein Rezept gebeten?"

„Nein; ich habe ihm das Geld geschenkt. Er sagte nur, er benötige Hilfe."

„Vergessen wir Dr. Magnus für ein paar Minuten. Sie sind anscheinend ein sehr aktiver Mensch. Haben Sie Kontakte zu Mitgliedern des Untergrunds, also zur Résistance in Südfrankreich?"

„Ich kenne viele Franzosen", erklärte Jean. „Manche von ihnen haben tatsächlich gesagt, dass sie die Deutschen nicht mögen. Aber das haben schon viele behauptet – das heißt ja nicht gleich, dass sie alle Mitglieder des Widerstands sind. Sie wissen genauso gut wie ich, dass in diesem Land eine gewisse Unzufriedenheit herrscht."

„Sie antworten sehr geschickt", bemerkte der Beamte und erhob sich hinter seinem Schreibtisch. „Aber Ihre Schläue wird Ihnen auf lange Sicht auch nicht weiterhelfen. Unsere Methoden sind nämlich gründlich, äußerst gründlich – darauf können Sie sich verlassen. Ich gebe Ihnen den guten Rat, antworten Sie mir klar und ohne Umschweife. Wie Ihnen sicherlich bekannt ist, finden in Paris beachtliche Aktivitäten der Niederländer im Untergrund statt. Was wissen Sie über diese Aktionen?"

„Ich weiß absolut gar nichts von einer derartigen Untergrundarbeit."

„Die Namen Jacques Faber, Jules Vandame, Michael Ranault, Annette Pigot, Edmond Janzen, Helene Durand – kennen Sie irgendeinen von denen?"

„Ich habe weder von diesen Leuten gehört, noch kenne ich irgendjemanden von ihnen persönlich."

„Aha, Sie versuchen jetzt, mit uns zu kooperieren, nicht wahr, Monsieur Weidner?", grinste der Beamte hämisch. „Auf jede Frage eine negative Antwort – oder eine kluge! Sie werden bald, sehr bald bereuen, dass Sie mir nicht die Wahrheit gesagt haben." Außer sich vor Wut schlug der Gestapo-Offizier plötzlich mit der Faust auf den Schreibtisch und verließ den Raum.

Etwa zwanzig Minuten später betraten zwei andere Beamte das Zimmer und fingen mit der Befragung noch einmal ganz von vorne an: Jeans Lebenslauf, Dr. Magnus, das Geld, Jeans Arbeit für das Konsulat, seine Beteiligung an Untergrundaktivitäten, die Liste der angeblichen Widerstandskämpfer in Paris. Die Fragerei dauerte bis tief in die Nacht. Jean verteidigte sich, indem er an

seiner Geschichte festhielt, dass er nicht gegen die Deutschen gehandelt, sondern nur Menschen in Not geholfen habe. Dennoch
ließen die Gestapo-Männer ihr Opfer am Ende in die Folterkammer schaffen. Dort riss man ihm die Kleider vom Leib, fesselte
seine Hände auf dem Rücken und warf ihn in eine Wanne mit
kaltem Wasser. Ein Wachposten drückte Jeans Kopf auf den
Grund des Bottichs, bis Weidner sich in höchster Atemnot gewalt-
sam gegen den festen Griff des Mannes wehrte. Daraufhin riss
dieser seinen Kopf ruckartig aus dem Wasser.

„Also, du Sturkopf, wirst du jetzt unsere Fragen beantworten?",
schrie ihn einer der Beamten an.

„Nein", sagte Jean und schnappte nach Luft.

Wieder stieß der Posten Weidners Kopf solange unter Wasser,
bis dieser dem Ersticken nahe war, und zog ihn dann erneut reich-
lich unsanft heraus.

„Die Gruppe in Paris – du kennst sie doch?"

„Nein", keuchte Weidner.

Ein drittes Mal wurde sein Kopf unter Wasser gepresst. Zeitweise nicht mehr ganz bei Bewusstsein, kämpfte Jean im Gebet
mühsam um die Beherrschung seines Geistes, weil er keinesfalls
irgendetwas über seine eigene Organisation preisgeben wollte. Bis
zu diesem Zeitpunkt war er in seinen Antworten immer bei der
Wahrheit geblieben, aber er war nicht bereit, seine Freunde zu
verraten, selbst wenn er dafür sterben musste.

Die Quälerei ging weiter – eine Stunde, zwei, drei.

Schließlich zerrten sie ihn aus der Wanne und schleiften ihn in
eine andere Ecke ihrer Folterkammer. Hier traten sie brutal auf
den völlig Entkräfteten ein. Mehrmals versuchte er aufzustehen,
aber nur um von einem mächtigen Hieb wieder zu Boden ge-
streckt zu werden. In einer widersinnigen Demonstration von
Machtbesessenheit wurde er geschlagen, geohrfeigt und gestoßen.
Während das inquisitorische Verhör fortgesetzt wurde, schleppten
sie ihn bald darauf wieder in einen anderen Winkel des Raumes.

„Dieses Gerät hier wird Ihnen große Freude bereiten, Monsieur Weidner. Es dient nämlich dazu, das Wohlbefinden Ihrer
Beine zu steigern."

Die herumstehenden Beamten grinsten hämisch. Die Kon-
struktion auf dem Boden glich riesigen Linealen aus Metall, die
hochkant aufgestellt waren.

„Gehen Sie auf die Knie", befahl der Wachmann mit heiserer
Stimme. „Knien Sie sich genau hier hin!"

Weidner gehorchte, und die Stahlschienen bohrten sich direkt unterhalb der Knie tief in seine Beine. Unsägliche Schmerzen durchzuckten seinen Körper.

„Na, ist das nicht ein angenehmes Gefühl? Diesen Luxus gönnen wir nur Leuten wie Ihnen, die uns nicht die Informationen geben wollen, die wir brauchen. Wir haben noch mehr Annehmlichkeiten zu bieten, die Ihnen sicher auch gut gefallen werden – sofern Sie lange genug durchhalten, um in ihren Genuss zu kommen!"

Jean litt Höllenqualen. Vage war ihm noch bewusst, dass die Gestapo nicht allzu viel von ihm erfahren hatte. Dennoch vermuteten sie bei ihm irgendwelche Verbindungen zum Untergrund – und das trieb sie an. Weidner wusste genau, dass sie sich auch bei Jacquet über seine Arbeit erkundigen würden, aber er ging davon aus, dass dieser sich nicht verplappern würde. Natürlich wollte auch er keine Aussage machen, die Jacquet schaden konnte. Der Gestapo gab er nur ungenaue und allgemeine Antworten, blieb aber immer auf der Hut, keine direkten Lügen von sich zu geben. Er merkte bald, dass irreführende Antworten gelegentlich dazu beitrugen, größere Probleme zu vermeiden.

Erst um drei Uhr in der Nacht beendeten die Folterer Martyrium und Verhör. Die meiste Zeit merkte Jean schon gar nicht mehr, was eigentlich um ihn herum geschah. Er vernahm zwar die Fragen, aber sie erschienen ihm weit entfernt. Seine größte Sorge bestand darin, dass er die Kontrolle über sich selbst verlieren und dann Informationen preisgeben konnte, die auch die vielen Freunde betrafen, die seiner Organisation angehörten. Inzwischen betete er fast ununterbrochen darum, dass Gott ihm helfen möge, das Vertrauen, das andere in ihn gesetzt hatten, nicht zu enttäuschen.

Schließlich wurde er zu anderen Gefangenen in eine Zelle geworfen, wo er sich schlaflos vor Schmerzen in einer Ecke zusammenrollte und betete: „Herr, sei bei mir, was auch immer morgen auf mich zukommt. Du kennst den Ausgang der Dinge bereits von Anfang an, und du kannst jedem Menschen ins Herz schauen. Hilf mir, dass meine Motive die richtigen sind – egal, was morgen geschieht. Und wenn es dein Wille ist, dann hilf mir, diese schwere Prüfung zu überleben."

In der Gewissheit, dass sein Gebet erhört worden war, schlief Weidner kurz vor dem Morgengrauen doch noch ein.

Um zehn Uhr brachte ein Aufseher Wasser und etwas Brot. Kurz darauf wurde Weidner erneut zu dem Offizier geführt, der ihn schon am Vortag verhört hatte.

„Da wären wir also wieder, Weidner", stellte der Beamte fest, als sie sich gegenübersaßen. „Sie sehen heute aber nicht mehr so strahlend aus wie gestern. Ich hab Sie ja gewarnt, dass Sie sich mit ihren schlauen Antworten nur selbst schaden. Vielleicht können wir die Befragung jetzt etwas erfolgreicher gestalten."

Den ganzen Vormittag bis in den Nachmittag hinein hatte Jean nun die Gleichförmigkeit der Fragen, die er schon viele Male beantwortet hatte, zu ertragen. Obwohl er immer noch unter den Folgen der stundenlangen Misshandlungen litt, hatte er sich wieder ganz gut unter Kontrolle. Seine Antworten glichen weitgehend denen vom Vortag. Am späten Nachmittag ließen seine Kräfte allerdings schlagartig nach; quälende Übelkeit, der Schlafmangel und die heftigen Schmerzen brachten ihn um seine Konzentration, sodass die Fragen häufig wiederholt werden mussten, bevor er antworten konnte. Ohne Vorwarnung stand der Offizier plötzlich auf.

„Genug!", schrie er. „Ich habe genug von Ihnen gehört. Verschwinden Sie!"

Die Wachen führten ihr zitterndes Opfer zurück in die Zelle, wo Jean endgültig zusammenbrach. In seinem Kopf kreisten wirre Gedanken, und er versuchte, sich darauf zu konzentrieren, wie es weitergehen würde.

Kurz vor Einbruch der Dunkelheit erschien der Wachmann erneut in der Zellentür.

„Jean Weidner, mitkommen!"

Mühsam schleppte sich Jean hinter dem Posten her in das Gefängnisbüro. Ohne weitere Erklärungen wurden ihm dort seine Wertsachen, Papiere und Uhr ausgehändigt.

„Wir sind fertig mit Ihnen, Weidner", schnauzte ihn der Wärter an. „Sie können gehen."

Er traute seinen Ohren kaum, stolperte auf die Straße hinaus und wankte zurück in seine kleine Wohnung.

Kurze Zeit nach diesem schrecklichen Martyrium erfuhr Weidner, dass Maurice Jacquet ebenfalls von der Gestapo verhaftet und wieder freigelassen worden war. Sofort stattete er dem Konsul einen Besuch ab.

„Erinnerst du dich an Dr. Magnus, Jean?", begrüßte ihn Maurice. „Er wurde verhaftet; und beim Verhör gab er deinen und meinen Namen preis. Nach seiner Freilassung gelangte er mit Hilfe deiner Organisation in die Schweiz; aber die Soldaten, die ihn ausgefragt hatten, gaben natürlich seine Antworten an ihre Vorgesetzten weiter, und deren Bericht wanderte schließlich zur

Gestapo. Als sie den Namen Magnus lasen, erließen sie sofort Haftbefehl gegen ihn, weil in ihren Akten stand, dass er Jude war; aber zu diesem Zeitpunkt befand sich der Doktor schon längst in der Schweiz. Nachdem sie nun Magnus nicht mehr auftreiben konnten, kamen sie auf die Idee, nach dir und mir zu suchen.

Wir können jetzt beide davon ausgehen, dass über jeden von uns im Büro der Gestapo eine Akte angelegt worden ist. In Zukunft müssen wir deshalb äußerst vorsichtig sein, denn bei einem nächsten Mal werden wir nicht mehr so glimpflich davonkommen."

Nicht lange nach seinen schrecklichen Erlebnissen mit der Gestapo saß Jean in einer Straßenbahn, die ratternd durch die Innenstadt von Nancy fuhr. Plötzlich kamen die Waggons knirschend zum Stehen, und ein Kontingent deutscher Soldaten stapfte durch die Reihen. „Alle Männer unter fünfunddreißig: Aussteigen!", brüllte einer von ihnen über die Sitzbänke hinweg. „Draußen stehen bleiben und weitere Befehle abwarten."

Unter fünfunddreißig – das betraf auch Weidner, also verließ er mit den anderen den Wagen. Die „weiteren Befehle" bestanden dann aus einem einzigen Wort: „Marschieren!", kommandierte der diensthabende Offizier.

Entgegen seinem ursprünglichen Plan, in der Gegend von Nancy einige Personen zu kontaktieren, die in die Schweiz fliehen wollten, verbrachte Jean die folgende Nacht in einem deutschen Internierungslager. Aber er wusste immer noch nicht, was eigentlich los war.

Am nächsten Morgen löste sich das Rätsel ein wenig. Die jungen Männer wurden aus dem Lager geholt und mussten zur Bahnstation in Nancy marschieren. Unterwegs sprach Weidner einen Leidensgenossen neben ihm unauffällig an und wollte wissen, was denn da gespielt würde.

„Wir werden als Zwangsarbeiter nach Deutschland transportiert", flüsterte der jugendliche Kollege. „Sie trommeln alle jungen Burschen zusammen, um für ihre Kriegsproduktion zu arbeiten, damit mehr Deutsche an die Front geschickt werden können. Bis jetzt weiß noch niemand, wie lange wir weg sein oder wo wir genau hingebracht werden."

Die Gefangenen stiegen in einen bereitstehenden Zug, und bald schon schaukelten sie durch die französische Landschaft in Richtung Osten. Als er draußen die grünen Hügel vorbeiziehen sah, überfiel Jean ein starkes Unbehagen. Was er dagegen tun konnte, wusste er zwar in diesem Moment noch nicht, aber er war sich sicher, an Bord des Zuges noch einige andere zu finden, die bei einem eventuellen Fluchtversuch mitmachen würden. Denn die Zugstrecke führte zunächst in südlicher Richtung durch Frankreich, und von da aus war es nicht mehr allzu weit bis zum schweizerischen Basel.

„Aus diesem Zug entkommen? Das ist unmöglich!", protestierte der Erste, den Jean daraufhin ansprach. „Die Wachposten würden uns auf der Stelle erschießen ... wir hätten absolut keine Chance. Wenn du fliehen willst, musst du das alleine tun!"

Im gesamten Waggon bekam er dasselbe zu hören. Niemand wollte das Risiko auf sich nehmen. Aber Weidner wusste: Er musste seine Arbeit fortsetzen. Deshalb wollte er es wenigstens probieren.

Schon wenige Minuten später war es soweit: Er hatte sich neben eine der Türen platziert und hoffte nun, dass der Zug in einer der engen Kurven zwischen den Hügeln sein Tempo drosseln würde.

Tatsächlich nahm die Geschwindigkeit an der nächsten Steigung merklich ab, und als sie den lang gezogenen Bahndamm zwischen den Anhöhen vor sich hatten, konnte Jean in einer Biegung erkennen, dass der Erdwall neben den Gleisen schroff abfiel – so hatte er sich das gewünscht! Wie weit es dort hinunter ging, konnte er nicht ahnen. Aber jetzt war es Zeit zu gehen.

Entschieden stand er auf, machte einen raschen Schritt zur Tür, öffnete sie und sprang ohne zu zögern ab. Er fiel sehr tief – und dann wurde es dunkel!

Als er das Bewusstsein wiedererlangte, war es immer noch dunkel, denn es war Nacht geworden. Jede Bewegung schmerzte, doch im Sitzen stellte er erfreut fest, dass seine Knochen heil geblieben waren. Mit steifen Gliedern raffte er sich auf und stolperte den Hügel hinauf, um Abstand von den Bahngleisen zu gewinnen.

Er wanderte die ganze Nacht, und allmählich ließen auch die Schmerzen nach. Im ersten Morgenlicht erkannte Jean die ländliche Gegend in der Nähe der deutsch-schweizerischen Grenze. Nachdem er den Stacheldraht auf seine bewährte Weise überwunden hatte, vernahm er hinter sich plötzlich Stimmen.

„Jetzt bin ich in der Schweiz – und frei", dachte Jean. „Diese Leute können mich sicher zu den Behörden bringen, wo ich mich ausweisen kann, und dann geht es zurück nach Lyon."

Als die Fußgänger ihn eingeholt hatten, erklärte er ihnen: „Mir ist gerade die Flucht aus einem Zug mit Zwangsarbeitern gelungen, der nach Deutschland fuhr. Ich bin Niederländer und möchte zur Polizei, damit ich mit deren Hilfe wieder zurück nach Genf und dann nach Frankreich reisen kann."

„Ja, wir begleiten Sie gern zur Polizei", boten die Fremden an, und Weidner folgte ihnen die Straße hinunter. Trotz der langen Nachtwanderung und seines lädierten Körpers fühlte er sich sehr wohl.

Als Jean jedoch kurz vor dem Ziel ein Hakenkreuz auf der Fahne über der Polizeistation erblickte, wandelte sich seine Fröhlichkeit schlagartig in Entsetzen. ‚Wie konnte ich nur so dumm sein?‘, fragte er sich.

Die Tür der Polizeiwache öffnete sich, und heraus trat ein grau gekleideter deutscher Beamter, um den auf der Dorfstraße wartenden Fremden zu begutachten. Die beiden Männer, die Jean aufgelesen hatten, berichteten die Geschichte, die er ihnen erzählt hatte, und sofort brüllte der Beamte Weidner an: „Aha, Sie sind also ein Faulpelz; Sie wollen nicht nach Deutschland zum Arbeiten kommen, was? Gut, das kriegen wir schon hin! Morgen früh werden Sie den nächsten Arbeiterzug in Richtung Osten besteigen – und aus diesem entkommen Sie nicht mehr!"

Früh am nächsten Morgen ratterte besagter Zug mit Weidner an Bord auf deutschem Boden ostwärts, weit ins Landesinnere. Um die Mittagszeit hielten sie auf einem kleinen Dorfbahnhof. Im Vertrauen darauf, dass den Gefangenen klar genug war, wie weit sie sich schon innerhalb Deutschlands befanden, verließen die Wachposten den Zug, um sich im Bahnhofsrestaurant zu erfrischen. Als Jean sich unbeobachtet fühlte, stieg er einfach ebenfalls aus. In aller Ruhe betrat er den Bahnsteig und marschierte vorsichtig bis zum Ende des Zuges. Ab hier nutzte er den schmalen Abstand zwischen der Absperrung und den Gleisen bis zur ersten Straße, die die Schienen kreuzte. Er lief durch das kleine Städtchen, bis er ein Lebensmittelgeschäft fand. Mit seinem recht passablen Deutsch erstand er Brot und einige andere Vorräte. In einem anderen Laden kaufte er wenig später noch eine Landkarte von der Gegend, in der er sich befand. Dann machte er sich auf den Weg in Richtung Rhein, der die Grenze zwischen Deutschland und der Schweiz bildete.

Die ganze Nacht hindurch wanderte Jean der Freiheit entgegen. Bei Tagesanbruch fand er einen hölzernen Unterstand, wo er schlafen konnte. In der nächsten Nacht zog er weiter, und am folgenden Tag ruhte er sich abermals aus. Gegen Abend stieß er nach nur dreistündigem Marsch auf den ungestüm dahinfließenden Rhein.

„Dieser Fluss ist für seine ausgesprochen starke Strömung bekannt", erinnerte sich Jean, als er von dem hohen Ufer in die schwarzen Fluten hinunterschaute. „Und die Deutschen haben hier in der Nähe etliche MG-Stellungen installiert. Entweder werde ich also von dem Sog fortgerissen oder sie erwischen mich mit ihren Geschossen. Aber ich muss es versuchen. Ich muss es einfach versuchen!"

Eine Weile ruhte er sich noch aus, um für diese äußerst waghalsige Aktion Kraft zu schöpfen, dann wagte er den Sprung in die Fluten.

Die Stärke der Strömung entsprach mindestens den Warnungen, die Jean zuvor gehört hatte. Er schwamm mit energischen Zügen und stemmte sich mit aller Kraft gegen die gewaltigen Strudel; dennoch wurde er stromabwärts getrieben. Nach zehn Minuten eisernen Kampfes hatte er fast die Flussmitte erreicht, doch plötzlich geriet er in einen Strömungswechsel, und sein Kopf wurde unter Wasser gepresst. Als er wieder auftauchte, hatte er das Gefühl, von einem Blitz getroffen worden zu sein. In Wahrheit war es ein riesiger deutscher Suchscheinwerfer, der schräg über das Wasser auf ihn gerichtet wurde. Keine Sekunde später tauchte ihn ein zweiter Scheinwerfer in gleißendes Licht, und augenblicklich peitschten Schüsse über das Wasser. Um ihn herum zischte und sprudelte es wie in einer geisterhaften Klangsymphonie.

‚Sie feuern mit ihren Maschinengewehren auf mich', wurde ihm plötzlich klar. ‚Ich muss hier weg!'

Vom wilden Ringen mit den reißenden Fluten völlig ausgelaugt, steckte Jean seinen Kopf unter Wasser, um sich zu verbergen und strampelte verzweifelt weiter auf das gegenüberliegende Ufer zu. Jetzt ging es um Leben oder Tod!

Das tosende Wasser, die zischenden Geschosse, die blendenden Lichtstrahlen, das alles löste Angst und Panik in ihm aus. Weidner schlug mit seinen Armen wild auf den brodelnden Fluss ein; seine Beine traten nur noch kraftlos in die Wellen. Er drehte sich auf den Rücken und ließ sich von der Strömung tragen, dann kämpfte er sich wieder ein Stück dem ersehnten Ufer entgegen. Völlig am Ende seiner Kräfte, erreichte er schließlich die andere Seite des Flusses. Jetzt konnten ihn die MG's nicht mehr treffen. Die Suchscheinwerfer waren erloschen, und die Nacht wirkte noch dunkler als zuvor.

„Ich bin gerettet! Ich bin gerettet! Ich bin tatsächlich gerettet!", stieß Jean hervor.

14 In den Untergrund

Während des bitterkalten Winters 1943/44 lastete die zunehmende Willkür der Besatzer besonders schwer auf Frankreich. Das ganze Land war mittlerweile von der SA und den SS-Elite-Truppen in ihren schwarzen Hemden durchsetzt. Dieses vielschichtige Netzwerk des organisierten Terrors wurde darüber hinaus vom Sicherheitsdienst (SD) und der meist in Zivil auftretenden Gestapo unterstützt.

Zu dem Schrecken, der von jenen Einheiten ausging, kamen noch die Aktionen verschiedener kollaborierender französischer Polizeibehörden sowie paramilitärischer Gruppierungen hinzu, die von der Bevölkerung als Landesverräter betrachtet wurden. Unmissverständlich ließen sich die Auswirkungen des beispiellosen Zusammenwirkens von Agenten, Gegenagenten und Kollaborateuren von den angsterfüllten Gesichtern der Menschen ablesen, als der Krieg in diesen kalten, grauen Tagen seinen Höhepunkt erreichte.

Ungeachtet der zunehmenden Gewaltherrschaft der Nazis bemühte sich Weidner verstärkt darum, eine fähige Arbeitsgemeinschaft zu bilden, um den Flüchtlingen den Weg in die Freiheit zu ermöglichen. Zu Beginn des Winters waren für seine Organisation 300 Mitarbeiter tätig, die von sieben Zentralstellen koordiniert und unterstützt wurden. Die Fluchtrouten für Juden, andere bedrohte Zivilisten und alliierte Flieger, die über dem besetzten Europa abgeschossen worden waren, verliefen von den Niederlanden und Belgien über Paris nach Toulouse oder Lyon. Von diesen beiden Stützpunkten in Südfrankreich aus wurden die Fliehenden dann auf unterschiedlichen Wegen in die Schweiz oder über die Pyrenäen nach Spanien geleitet.

Weidners Agenten übermittelten jetzt auch regelmäßig nichtmilitärische Informationen, die aus anderen besetzten Ländern stammten und in den Niederlanden gesammelt wurden, an Dr. Visser't Hooft. Mitteilungen für kirchliche Gruppen, die dem Weltkirchenrat angehörten, liefen von der Hauptverwaltung in Genf ebenfalls über „Holland-Paris" zurück in die besetzten Gebiete. Der Weltkirchenrat unterstützte dank des unermüdlichen Einsatzes von Dr. Visser't Hooft und seinem Sekretär Joop Bartels auch die Flüchtlingsarbeit, und zwar sowohl durch moralischen Zuspruch als auch durch finanzielle Unterstützung.

Die Niederländische Gesandtschaft in Bern erhielt durch „Holland-Paris" Informationen über die Notlage niederländischer Flüchtlinge in Frankreich und Belgien. Bosch van Rosenthal, der zuständige Beauftragte in Bern, gewährte Jeans Organisation auf Anordnung der Exilregierung in London finanzielle Zuschüsse. Außerdem beschleunigte er, wo immer es ihm auf diplomatischem Wege möglich war, die Aufnahme der Juden in die Schweiz.

Sämtliche Aktionen des Netzes „Holland-Paris", die in militärischem Zusammenhang standen, wurden vom Büro des Generals A. G. van Tricht gefördert. Fliehenden niederländischen Militärangehörigen vermittelte der General großzügige finanzielle Unterstützung. Gleichzeitig hielt er die Verbindung zu den alliierten Stützpunkten aufrecht.

Außerdem führte „Holland-Paris" Missionen für das Internationale Rote Kreuz in Genf durch. Charles Guillon, der Leiter des von General de Gaulle eingerichteten Französischen Roten Kreuzes, bat „Holland-Paris", Kriegsgefangene in ganz Frankreich mit Verpflegung und Informationen zu versorgen. Auch die jüdische Organisation in der Schweiz – „Die Verbindung" –, die von Sally Mayer geleitet wurde, wandte sich mit der Bitte um Hilfe für ihr Flüchtlingswerk an Jeans Untergrundorganisation.

Zu Weidners Aufgaben gehörte auch das Sammeln von Informationen über die Adventgemeinden der Südeuropäischen Division der Siebenten-Tags-Adventisten. Als Gemeindeglied griff Jean den Leitern des Verwaltungsbüros in Bern, A. V. Olson und Walter R. Beach, durch die Weitergabe von Mitteilungen nach Frankreich und in andere besetzte Länder so gut er nur konnte unter die Arme. Außerdem überbrachte er Berichte von den Aktionen der Adventgemeinden in den besetzten Gebieten und beförderte Geld und Botschaften aus Bern zu den Ortsgemeinden.

Neben der Arbeit für all diese Gruppen kooperierte Weidner auch eng mit der Alliance, der Untergrundvereinigung, in der seine Freunde Gilbert Beaujolin und Annie Langlade eine so bedeutende Rolle spielten. Über Pastor Marc Boegner hielt er außerdem Verbindung zum Protestantischen Kirchenbund Frankreichs, der allen Protestanten in Frankreich, die durch den Krieg in besondere Not geraten waren, Beistand leistete. Von ihm unterstützt wurde auch Cimade, eine weitere protestantische Hilfsorganisation. Dieses Bündnis hatte Madeleine Bardot, eine tiefgläubige Christin, unter ihre Fittiche genommen. Pastor Boegner, der

Vorsitzende des Protestantischen Kirchenbundes, hatte die Cimade und alle protestantischen Geistlichen in Frankreich dazu aufgerufen, niederländischen Flüchtlingen besondere Hilfe zu gewähren.

Weidners „Zentrale" befand sich zwar in seinem Geschäftsbüro in Lyon, in der Rue du Griffon No. 13, aber dort saß er nicht sehr oft an seinem Schreibtisch. Denn entweder war er in seiner Kirchengemeinde aktiv, auf Geschäftsreise unterwegs, oder er erfüllte seine Aufgaben als Kopf seiner weitverzweigten Untergrundvereinigung.

Jean selbst zog von einem Einsatzgebiet zum anderen und bemühte sich, jedes einzelne Mitglied seiner Organisation zu motivieren und bestmöglich auf den gefährlichen Dienst vorzubereiten. Sie alle ermahnte er immer wieder, keinen zu engen Kontakt zu Freunden oder denjenigen, die sie in die Freiheit geführt hatten, zu pflegen.

„Es wird der Tag kommen", warnte er sie, „an dem ihr einmal zu oft am selben Ort gesehen worden seid, oder euer Freund euch zum falschen Zeitpunkt vergessen wird – dann wird eure Arbeit auffliegen. Es ist nicht leicht, allein zu arbeiten, aber es ist der sicherste Weg." Im weiteren Verlauf des Krieges musste auch Jean persönlich diesen Rat immer mehr befolgen. Er war ständig unterwegs und achtete ganz bewusst darauf, sich nicht zu oft bei den gleichen Personen aufzuhalten.

Im Spätsommer und Herbst 1943 unternahm er lange Reisen durch ganz Frankreich bis nach Belgien und zur niederländischen Grenze. Regelmäßig fuhr er auch weiterhin von Lyon nach Annecy, wobei er jedes Mal eine Gruppe von Flüchtlingen auf dem Weg in die Schweiz begleitete.

Eines Tages erhielt Weidner in seinem Laden in Annecy einen Anruf von einem Untergrundmitarbeiter aus Lyon. Wie es unter den Leitern des Netzes „Holland-Paris" üblich war, hatte dieser die Botschaft verschlüsselt.

„Die Gestapo ist in deinem Geschäft in Lyon gewesen, um Erkundigungen über dich einzuziehen", berichtete die Stimme am anderen Ende der Leitung. „Maurice Jacquet ist wieder verhaftet worden – und auch Paul Duvivier, der französische Generalkonsul. Du musst dein Büro in Annecy sofort verlassen, weil sie wahrscheinlich schon auf dem Weg zu dir sind!"

Keine fünf Minuten nach Beendigung des Telefongesprächs war Jean aus seinem Laden verschwunden und steuerte das Haus eines Freundes in einem anderen Stadtteil an. Eine knappe Stunde später stand bereits die Gestapo vor seinem Geschäft. Von seinem neuen Standort aus meldete sich Jean wieder bei seinem Informanten in Lyon.

„Ich werde mich nach Morzine in die Berge absetzen", erklärte er ihm. „Sag Raymonde, sie soll auch dorthin kommen und mir Bericht erstatten, was vorgefallen ist. Sie soll aber äußerst vorsichtig sein, damit ihr niemand folgt."

Im Laufe des Nachmittags empfing Weidner von Agenten de Gaulles, die in der Präfektur von Annecy beschäftigt waren, komplett neue Reise- und Personaldokumente. Die Papiere auf den Namen Jean Cartier – einer von insgesamt vierzehn, die er während dieser Schreckensjahre benutzte – waren sogar offiziell registriert, sodass Jean im Falle einer Befragung auf das Büro der Präfektur in Annecy verweisen konnte.

Noch in derselben Nacht ließ er Annecy hinter sich und fuhr in einen Wintersportort bei Morzine, hoch oben in den französischen Alpen.

Raymonde kam am nächsten Tag wohlbehalten bei ihrem Chef an. „Die Gestapo drang ohne Vorwarnung in das Büro ein", schilderte sie. „Wir alle mussten unsere Hände gegen die Wand stützen; dann durchsuchten sie uns und den ganzen Laden. Danach fragten sie jeden Einzelnen, wo du dich gerade befindest, aber keiner hat etwas verraten. In den Akten entdeckten sie dann schließlich doch die Adresse deines Geschäfts in Annecy. Der verantwortliche Offizier gab der dortigen Gestapo gleich telefonisch einen Haftbefehl durch. Deshalb befürchteten wir schon, sie hätten dich bereits geschnappt. Ich kann mir zwar nicht ganz vorstellen, warum sie Monsieur Jacquet verhaftet haben, aber wir nehmen an, dass sie hinter dir her sind, weil du Verbindungen zu ihm hast."

Jean wies die junge Frau an, nach Lyon zurückzukehren, um mehr Informationen über Jacquet zu besorgen. Keine 24 Stunden später kehrte sie schon mit neuen Meldungen zurück.

„Jacquet wurde gestern wieder auf freien Fuß gesetzt", berichtete sie Weidner glücklich. „Sie hatten ihn festgenommen, weil die Nazis seinen Namen durch die Verhaftung eines Flüchtlings erfahren hatten. Einige Untergrundleute wurden auch eingesperrt – auch sie hatten Kontakt mit Jacquet. Er hat es taktisch klug vermieden, dich mit hineinzuziehen, aber dann wollten sie plötzlich wissen, ob ihm Jean Weidner ein Begriff sei, und zeigten ihm den dicken Aktenordner, den sie bereits über dich angelegt haben.

Jacquet ist ja noch mal heil davongekommen, aber die Gestapo geht mittlerweile davon aus, dass du als ‚großer Fisch' im Untergrund mitschwimmst, und sie sind fest entschlossen, dich zu erwischen. Seit deiner ersten Verhaftung hat die Gestapo Fotos und Fingerabdrücke von dir. Ich glaube, es ist besser, wenn ich nicht mehr selbst zum Konsulat gehe. Aber Jacquets Sekretärin Renée wird mich auf dem Laufenden halten."

„Jetzt sind sie also wirklich hinter mir her!", seufzte Jean, als die beiden anschließend einen Spaziergang im Schnee unternahmen. „Zukünftig werde ich noch häufiger den Aufenthaltsort wechseln müssen. Fahr zurück ins Büro nach Lyon, Raymonde, und schließ das Geschäft dort. Beauftrage Madame Langlade und Beaujolin damit, alle Restbestände abzustoßen und die Basis in Lyon aufzulösen. Danach geh bitte nach Annecy und halte den Laden dort so lange wie möglich in Betrieb. Momentan kann ich es nicht wagen, in das Geschäft in Lyon zurückzukehren, denn sicher wird es von den Deutschen Tag und Nacht überwacht."

Am Abend brach Raymonde wieder in Richtung Lyon auf und Jean ging noch ein wenig an die frische Luft, um Kraft für seine nächste Tour in die Schweiz zu schöpfen. Angesichts der schneebedeckten Gipfel, die in der untergehenden Sonne rot erglühten, schien die Gefahr seiner aktuellen Situation dahinzuschwinden. Seine Gedanken wanderten zurück zu früheren Anlässen, die ihn nach Morzine geführt hatten. Zu Beginn des Krieges hatte er hier eine neue Fluchtroute in die Schweiz ausfindig gemacht, weil ihn ein junger niederländischer Flüchtling – ein ausgezeichneter Skifahrer – gebeten hatte, ihm den Weg über die Berge zu zeigen. Da er in diesem Wintersportgebiet zuvor schon viele Male auf Skiern unterwegs gewesen war, freute sich Jean damals, ihm von hier aus weiterhelfen zu können.

Noch bevor die deutschen Bergpatrouillen oder andere Skifahrer aufgestanden waren, hatten die beiden Männer frühmorgens das Feriendorf bereits hinter sich gelassen. Vier Stunden lang kämpften sie sich auf Skiern den Berg hinauf. Schließlich erreichten sie den Col de Joux, wo sich ihnen ein kilometerweiter Fernblick in die Schweiz bot. Tiefe Stille lag an diesem Morgen über dem Pass. Nur das leise Säuseln des Windes war zu hören. Weit unten konnten sie die Rhône ausmachen, die sich durch die weiße Landschaft schlängelte. An ihren Ufern lagen die Städtchen St. Maurice, Bex und Aigle.

Der Anblick von Aigle versetzte Jean zurück in das Jahr 1924. Die damaligen Ereignisse hatten sich ihm tief eingeprägt. Einmal in der Woche war sein Vater, ein adventistischer Prediger, in das Gefängnis von Aigle gegangen, wo ihn ein Wärter in eine der Zellen führte und einschloss. Auf diese Weise bezahlte er den von einem voreingenommenen Staat verlangten Preis dafür, dass sein Sohn an Samstagen nicht in die Schule zu gehen brauchte. Das traurige wöchentliche Ritual hatte Jean als Kind so tief beeindruckt, dass er seinen Glauben niemals auf die leichte Schulter nahm.

Auf seinem Weg durch die Dämmerung zurück zum Wintersporthotel, spürte er, dass ein weiteres Kapitel seines Lebens abgeschlossen war. Solange der Krieg noch andauern würde, konnte er nicht mehr ohne weiteres in Lyon auftauchen. Jeder zukünftige Besuch würde daher im Verborgenen oder unter totaler Geheimhaltung stattfinden müssen. Da die Gestapo in Lyon eine Akte über ihn angelegt hatte, konnte er davon ausgehen, dass jedes andere Gestapobüro in ganz Frankreich über die gleichen Unterlagen verfügte.

„Meine Reisen müssen ab jetzt noch sorgfältiger geplant und vorbereitet werden als bisher", konstatierte er. „Wie lange werde ich der Gestapo noch entwischen können?"

Früh am nächsten Morgen verließ er den Wintersportort in Richtung Schweiz. In Genf besuchte er zum wiederholten Mal Dr. Visser't Hooft, diesmal allerdings, um ihm sein eigenes Problem zu schildern.

„Vielleicht erweist sich das Ganze am Ende als gar nicht mal so schlecht, Jean", meinte Dr. Visser't Hooft. „Weißt du, ich habe eine Anfrage der niederländischen Regierung vorliegen, wonach wir nun mit der Organisation, über die wir vor einer Weile schon einmal gesprochen haben, beginnen sollen. Das heißt, wir können regelmäßige Touren von der Schweiz in die Niederlande und zurück planen, um an die Informationen zu kommen, die wir brauchen. Und nachdem du jetzt keinen Zugang mehr zu deinem Geschäft hast, kannst du ja in dieser neuen Funktion eng mit uns zusammenarbeiten und deine Flüchtlingshilfe trotzdem fortsetzen. Wir haben finanzielle Mittel für diesen Auftrag zur Verfügung gestellt bekommen – und du hast zur Zeit keine mehr. Also können wir uns in der Zusammenarbeit gegenseitig stützen.

Ich habe bereits meine Sekretäre Jan Borsum Buisman und Joop Bartels damit beauftragt, die Beschaffung von Informationen aus dem sozialen und religiösen Bereich in den Niederlanden zu organisieren und eine Kommission für die Weitergabe und den

Empfang dieser Meldungen einzurichten. Was jetzt noch erledigt werden muss, ist die Einrichtung einer regelmäßigen Verbindung in die Niederlande – und das ist jetzt dein Job!"

Jean hatte das Gefühl, dass der Plan des liebenswürdigen Geistlichen die ideale Lösung für seine gegenwärtige Situation darstellte. Sein Hauptsitz befand sich dann zwar in Genf, aber er konnte trotzdem noch zu den verschiedenen „Holland-Paris"-Gruppen reisen – und gleichzeitig mit Dr. Visser't Hooft kooperieren. Jean begriff schnell, dass die neuen Abmachungen auch eine Hilfe für seine Untergrundorganisation und die anderen Gruppen, für die er arbeitete, bedeutete und konzentrierte sich deshalb gern auf die Arbeit, die nun auf ihn wartete.

Die italienische Regierung hatte kurz zuvor die Kapitulation gegenüber den Alliierten unterzeichnet, und Mussolini war gestürzt worden. Inzwischen hatten die Deutschen alle italienischen Posten im französisch-schweizerischen Grenzgebiet ausgetauscht. Vorher hatten die Nazis nur den Grenzsicherheitsbereich unter Kontrolle; zukünftig aber würde es viel schwieriger sein, die Grenze illegal zu überqueren, denn in dem 45 Kilometer breiten Landstrich zwischen Annecy und der Grenze wimmelte es nur so von deutschen Sicherheitsbeamten. In Richtung Lyon konnte sich Jean nur noch mit äußerster Wachsamkeit und Vorsicht wagen.

Während er sich über die zukünftigen Vorhaben und die Notwendigkeit noch größerer Diskretion Gedanken machte, erinnerte sich Jean an einen Vorfall, der vor seinem Abtauchen in den Untergrund geschehen war. In sein Geschäft in Annecy war eines Tages ein Mann in französischer Polizeiuniform gekommen.

„Ich heiße Jean Massendes, Polizeiinspektor der Regierung in Vichy. Sind Sie Jean Henri Weidner?", wollte er wissen.

„Ja, ich bin Jean Weidner."

„Monsieur Weidner, die französische Gendarmerie in Annecy hat gerade einen Mann mit Namen Kanegiter verhaftet, einen Elsässer. Kennen Sie ihn?"

Kanegiter! Natürlich kannte ihn Jean. Aber was wollte die Polizei von ihm? Andere niederländische Flüchtlinge, denen er geholfen hatte, bezeichneten den Mann als zuverlässig. Aufgrund dieser Empfehlung hatte Jean ihn gebeten, ihm alle Flüchtlinge zu schicken, die sich in echter Not befanden. Um sie nun als von Kanegiter kommend identifizieren zu können, hatte ihm Jean einen kleinen Vorrat an markierten Gutscheinen übergeben, wie er sie in seinem Laden benutzte. Damit konnten sich die Flüchtlinge gewissermaßen ausweisen.

Der Polizeiinspektor wiederholte seine Frage: „Kennen Sie Kanegiter, Monsieur Weidner?"

„Es ist durchaus möglich, dass er mir bekannt sein könnte", antwortete Jean nach kurzem Zögern. „Aber wissen Sie, ich habe viele Käufer hier in meinem Textilgeschäft. Es kann schon sein, dass er einer meiner Kunden ist, deren Name mir nicht immer gleich einfällt."

„Wir glauben, dass Sie ihn sehr gut kennen, Monsieur Weidner. Kanegiter ist aufgrund seiner Untergrundaktivitäten verhaftet worden. Wir haben seine Wohnung durchsucht, und was glauben Sie, haben wir dort gefunden? Ein Notizbuch. Und in dem Heft steht die ganze Geschichte über Sie, über die Menschen, denen Sie helfen, und über das System der markierten Gutscheine, damit Sie diejenigen erkennen, die Kanegiter geschickt hat. Die Gendarmen haben diese Informationen natürlich an unser Hauptquartier weitergegeben, und mein Vorgesetzter hat mich angewiesen, der Sache nachzugehen. Ich muss also einen Bericht erstatten. Was würden Sie mir vorschlagen, da hineinzuschreiben, Monsieur Weidner?"

Absolut sprachlos darüber, dass Kanegiter so unvorsichtig gewesen sein konnte, eine Vereinbarung zu Papier zu bringen, die nur in seinem Kopf hätte existieren sollen, fiel Jean keine Antwort ein.

„Wir haben keine anderen Beweise, die unsere Funde in Kanegiters Wohnung belegen", fuhr Inspektor Massendes fort. „Aber wir werden mit Sicherheit finden, was wir brauchen – wie immer! Ich werde Sie festnehmen müssen. Und Sie werden natürlich zu einer Haftstrafe verurteilt werden. Aber da Sie schon so lange in Frankreich leben, glaube ich nicht, dass man Sie den Deutschen ausliefern wird. Und das ist Ihr Glück, wie Sie wissen."

„Wenn alles so ist, wie Sie sagen, werde ich wohl ins Gefängnis gehen müssen", stimmte Jean dem Inspektor zu. „Aber ich werde in dem Bewusstsein gehen, dass ich richtig gehandelt habe. Ich habe nur versucht, Menschen zu helfen und das zu tun, was Gott von mir erwartet."

Die beiden Männer unterhielten sich noch eine ganze Weile. Jean erzählte von der göttlichen Führung, die er in seiner Flüchtlingsarbeit zu spüren glaubte. Inspektor Massendes berichtete von seiner protestantischen Erziehung und seiner Bekanntschaft mit dem evangelischen Geistlichen von Annecy, Pastor Chapal, der ja auch ein Freund von Jean war. Im Laufe des Gesprächs gab Weidner zu, Menschen zu helfen, deren Leben in Gefahr war, dass er

Kanegiter die Gutscheine gegeben hatte, und dass er diesen Mann mittlerweile für sehr unzuverlässig hielt, weil er geheime Vereinbarungen für Flüchtlinge schriftlich niedergelegt hatte.

Während ihrer Unterhaltung wurde Weidner das Gefühl nicht los, dass Massendes irgendetwas loswerden wollte, aber er konnte sich nicht erklären, worum es ging. Stück für Stück wurde ihm schließlich klar, dass sich der Inspektor erst ganz sicher sein wollte, bevor er sich als Sympathisant des Widerstands zu erkennen gab. Weidner verhielt sich ja seinerseits gegenüber Massendes ebenfalls vorsichtig, um nicht zu früh zu viel preiszugeben. Doch nachdem der Name Pastor Chapal gefallen war, hatte er das Gefühl, freier reden zu können. Und als Massendes begriff, dass Jean ein Freund von Pastor Chapal war, fasste er ebenfalls schnell Vertrauen und offenbarte seinen Wunsch, Graf de Menthon zu treffen, um ihm Informationen über einen geheimen Polizeibefehl zukommen zu lassen, der von der Pétain-Regierung für dessen Verhaftung ausgegeben worden war.

Schon wenige Tage später konnte Jean über Gilbert Beaujolin ein Treffen zwischen Massendes und dem Grafen in Beaujolins Büro vermitteln.

15 Eisenbahnunglück

Es war Samstagabend, der 30. Oktober 1943. Auf dem Bahnhof von Lyon wartete Jean Weidner auf den Zug nach Paris, der laut Fahrplan am Sonntagmorgen um acht Uhr dort einlaufen sollte. Selten fuhren Ende 1943 noch Züge von Marseilles über Lyon bis nach Paris, und die wenigen waren ausnahmslos überfüllt. Die Armee hatte die meisten beschlagnahmt, und die Fahrpläne der übrigen wurden immer häufiger durch Sabotageakte der Widerstandskämpfer außer Kraft gesetzt.

Um überhaupt einen Zug besteigen zu dürfen, musste man sich erst einmal diverse Sondergenehmigungen beschaffen. Wenn dann tatsächlich die Waggons in den Bahnhof einliefen, gab es allerdings selbst mit gültigen Papieren und bezahltem Fahrschein keine Garantie für einen Sitzplatz. Das Aussteigen am Ende der Reise glich regelmäßig einem wahren Albtraum: Hunderte von hereindrängenden Menschen versperrten die Gänge und schoben sich in die Abteile, noch bevor die ankommenden Fahrgäste die Chance hatten, diese zu räumen. Sie stürmten durch geöffnete Fenster oder warfen sich gegen Türen. Selbst in den Toiletten quetschten sich Passagiere.

Solch eine Schlacht fand auch statt, als der Zug aus Marseilles an jenem Samstagabend um neun Uhr in den Bahnhof von Lyon einlief. Da er aus Erfahrung wusste, wie unmenschlich das zu erwartende Getümmel sein würde, hatte Jean einen Eisenbahnmitarbeiter gegen ein Trinkgeld zuvor gebeten, ihm die Position zu zeigen, wo üblicherweise die ersten beiden Waggons zum Stehen kamen. Diese waren meist nicht ganz so überfüllt, denn es war bekannt, dass man im Falle eines Anschlags im vorderen Zugteil kaum eine Überlebenschance hatte.

Jean wartete also genau an der Stelle, die ihm der Mann beschrieben hatte, und als die fauchende Maschine endlich stillstand, befand er sich direkt vor den Türen der ersten beiden Waggons. Ein paar Meter weiter hinten tobte der unerbittliche Kampf zwischen den ein- und aussteigenden Massen, doch niemand öffnete die Türen des vorderen Zugteils, und niemand sprang aus den Fenstern auf den Bahnsteig. Jean entriegelte vorsichtig die erste Tür – und blickte auf ein riesiges „Menschenknäuel" ohne auch nur eine Handbreit Platz dazwischen. Sofort lief er zum zweiten Waggon und öffnete auch dort die Tür, doch dort bot sich ihm das gleiche Bild.

„Das ist doch nicht möglich", murmelte er in das Zischen der nahen Dampflok. „Ich habe noch nie einen derart überfüllten Zug gesehen!"

Rasch lief er zum ersten Waggon zurück in der Hoffnung, die Menge möge in der Zwischenzeit ein wenig geschrumpft sein, sodass er sich noch dazuquetschen konnte. Aber als er erneut die Tür öffnete, quoll ihm ein noch ärgeres Gedränge entgegen als zuvor. Enttäuscht wandte er sich dem Gerangel um die Plätze in den anderen Wagen zu, das weiter hinten stattfand. Unterwegs entdeckte er auf dem Verbindungsmechanismus zwischen dem ersten und dem zweiten Waggon eine freie Nische. Auf dem Kupplungsstück hatten sich zwar schon einige andere eingerichtet, aber ein bescheidener Stehplatz war noch für ihn übrig. Die planmäßige Abfahrt des Zuges sollte nicht vor zehn Uhr stattfinden. Demnach musste er noch geschlagene fünfzig Minuten warten – sofern nicht irgendeine Verspätung die Sache nochmals verzögern würde. Er versuchte sich zwar in seiner ungewöhnlichen Position zu entspannen, doch die harte Eisenkupplung erschien ihm zunehmend kalt und unbequem.

Jean sagte zu sich selbst: „Eigentlich ist es ein Blödsinn, auf diese Art nach Paris zu reisen. Ich muss versuchen, doch noch einen anderen Platz zu finden."

Er sprang zurück auf den Bahnsteig und machte sich auf die Suche, doch er schien keine Chance zu haben. Erst im letzten Moment, als er fast schon aufgeben wollte, bemerkte er, dass Rangierarbeiter gerade damit beschäftigt waren, einen weiteren Waggon von einem Nebengleis heranzuschieben. Als die Männer den Waggon schließlich angekoppelt hatten, stand Jean tatsächlich direkt vor dem Einstieg. Er konnte sich in aller Ruhe einen bequemen Platz in einem Abteil in der Wagenmitte aussuchen. Keine fünf Minuten später war der gesamte Waggon gerammelt voll.

Sieben weitere Passagiere teilten mit ihm den kleinen Raum und genossen dankbar den Luxus eines Sitzplatzes. Als der Zug eine Viertelstunde später anrollte, zog Weidner seine Jacke aus, schaltete die notdürftige Beleuchtung aus und wünschte seinen Mitreisenden eine gute Nacht. Einerseits wollte er gern ein wenig schlafen, andererseits musste er sich aber auch Gedanken über die Gespräche machen, die er am nächsten Tag in Paris zu führen hatte.

Er war dort mit Herman Laatsman verabredet, dem Kopf seiner Pariser Untergrundgruppe. Dieser sollte ihn über die jüngsten Bemühungen, Flüchtlinge durch die Stadt zu schleusen, informieren. Außerdem würde er geheime Informationen in Empfang nehmen, die er in die Schweiz bringen musste. Mitten in seinen Gedanken überfiel ihn der Schlaf – jedoch nur für zwei Stunden.

Ein gewaltiger Schlag katapultierte ihn jäh aus seinem Sitz quer durch das kleine Abteil. Fassungslos starrten sich alle an. „Was ist passiert? Was ist passiert? Was ist passiert?", jammerte ein schmächtiger Mann ununterbrochen. Weidner stand auf und knipste das bescheidene Licht wieder an. Vom vorderen Zugende drang ein schwaches, zischelndes Geräusch nach hinten. Es war genau Mitternacht. Jean öffnete das Abteilfenster, lehnte sich weit hinaus und schaute forschend in die Dunkelheit. „Ich kann absolut nichts erkennen", teilte er den anderen mit. „Aber es muss irgendein Unfall passiert sein, denn die Maschine pfeift so eigenartig – als wenn große Mengen Dampf entweichen."

Ein paar Minuten später kamen einige deutsche Soldaten den Gang entlang, und Jean erkundigte sich bei ihnen, was denn los sei.

„Es hat sich ein schrecklicher Unfall ereignet", antwortete einer der Männer. „Der Zug hat eine Brücke gerammt, die von Untergrundkämpfern gesprengt worden ist. Die ersten acht Waggons liegen völlig zerstört auf den Gleisen, und viele Menschen sind verletzt. Wir befinden uns in der Nähe von Tournus, etwa 150 Kilometer hinter Lyon."

Als er von Verletzten oder gar Sterbenden hörte, wurde Jean sofort klar, dass er versuchen sollte zu helfen. Zumindest konnte er den Betroffenen ein wenig Trost spenden, wenn auch seine Grundkenntnisse in Erster Hilfe vielleicht nicht ausreichen würden. Er kletterte aus dem Abteil und suchte sich in der Dunkelheit einen Weg zur Unglücksstelle. Dort bot sich ihm ein Bild des Grauens. Die Waggons lagen kreuz und quer auf den Schienen und dem Bahndamm. Von überall her drangen Schreie durch die Nacht, und das schaurige Pfeifen der Lokomotive lieferte eine gespenstische Hintergrundmusik zu dieser entsetzlichen Szenerie.

Jean wollte etwas für die Opfer tun, wusste aber kaum, wo er anfangen sollte. Er stieg durch ein zersplittertes Fenster und fing an, die leichter Verletzten aus dem umgestürzten Waggon zu führen. Bald schlossen sich ihm weitere Helfer an, und gemeinsam konnten sie auch einige der Schwerverletzten herausheben. Während er sich auf diese Weise langsam von einem Wagen zum nächsten durcharbeitete und lindernd zugriff, wo immer es ihm möglich war, musste er hilflos an zahllosen verstümmelten Körpern vorbeigehen und war bald selbst blutverschmiert. Verbogene Metallträger, zerbrochene Glasscheiben und entstellte Leiber waren ringsum zu einer grauenvollen Masse verschmolzen.

Schließlich konnte er auch in dem Waggon, der der zweite hinter der Lok gewesen war, nicht mehr viel tun. Auf dem Weg zum ersten Wagen warf er einen kurzen Blick auf die Stelle, an der er eine Weile gestanden hatte, während der Zug im Bahnhof von Lyon wartete. Die beiden Waggons waren durch den Schub des Aufpralls ineinander geschoben worden, und die Menschen, die noch vor wenigen Stunden mit ihm dort gestanden hatten, waren jetzt wie in einem metallenen Sarg zusammengepresst – alle tot. Jean wandte sich von dem furchtbaren Anblick ab. Er war überzeugt davon, dass Gott ihn dazu veranlasst hatte, den Platz auf der Kupplung zwischen jenen Wagen wieder zu verlassen – um sein Leben zu retten!

Mindestens 250 Personen wurden im Laufe der Nacht aus den Trümmern geborgen. Erst nach fünf Stunden traf die offizielle Hilfstruppe der Eisenbahngesellschaft ein.

Nachdem nun eine bessere Ausrüstung und genügend Bahnangestellte vor Ort zur Verfügung standen, wollte sich Jean zurückziehen und beschloss, sich bei dem Leiter der Rettungsaktion abzumelden.

„Tja, mir ist das schon recht", sagte der Mann, „aber Sie werden da hinten, wo Ihr Wagen stand, keinen mehr finden. Alle Waggons, die noch auf ihren Rädern standen, sind nach Lyon zurückgebracht worden. Von dort werden sie dann nach Paris umgeleitet."

Die Worte des Einsatzleiters beunruhigten Weidner sehr. In der Aufregung des Unfalls und seiner spontanen Hilfsbereitschaft hatte er nämlich seine Jacke im Zugabteil zurückgelassen. In dem Sakko befanden sich seine Papiere und die geheimen Botschaften. Wenn diese Informationen verloren gingen, musste die Arbeit, aus der sie hervorgegangen waren, noch einmal ganz von vorn beginnen. Und in den Niederlanden wartete man bereits auf jene Meldungen – auch dort würden also die Zeitpläne durcheinander gebracht werden, ganz zu schweigen von den wertvollen Ausweispapieren und der beträchtlichen Geldsumme in der Jackentasche!

In einem Anflug von Verzweiflung machte sich Weidner auf den Rückweg durch das Labyrinth der Wrackteile. Diese Wagen konnten doch nicht einfach weg sein! Plötzlich wurde ihm übel –

weil er das Geschehene langsam begriff und sich gestattete, an die schauderhaften Dinge zu denken, die er gerade hinter sich gebracht hatte. Im ersten Morgenlicht, das sich mittlerweile über die Trümmer legte, konnte er nun deutlicher erkennen, in welcher entsetzlichen Verwüstung er in der Dunkelheit gearbeitet hatte. Er sprang vom Bahndamm hinunter, um das Blutbad hinter sich zu lassen, und rannte los. Auf der Höhe der letzten zerstörten Waggons angekommen, hielt er Ausschau, ob vielleicht doch noch welche stehen geblieben waren. Einer stand tatsächlich noch – und noch einer, und dahinter noch einer.

„Sie sind noch da!", rief er aus und stürmte weiter den Bahndamm entlang. Dann spurtete er die Böschung hinauf, schwang sich auf das erste Trittbrett und taumelte durch den schmalen Gang. Kurz vor seinem Abteil verlor er fast das Gleichgewicht, weil der Zug plötzlich einen Ruck machte. Hektisch riss er die Abteiltür auf – und vor ihm auf dem leeren Sitz lag völlig unberührt das wertvolle Jackett!

Erschöpft und erleichtert zugleich, ließ sich Jean, das Sakko in den Händen, auf seinen Platz fallen. Im selben Augenblick setzte sich der Zug mit einigen weiteren heftigen Stößen in Bewegung – zurück nach Lyon!

„Wir haben uns schon Sorgen gemacht, dass Sie vielleicht nicht rechtzeitig zurück sein würden", bemerkte einer der Mitreisenden. „Es scheint ja fast so, als ob man extra auf Ihre Rückkehr gewartet hätte."

Im heller werdenden Sonnenlicht gewann der Zug schnell an Tempo, und Jean spürte tief in seinem Innern, dass die Allmacht Gottes hier tatsächlich eingegriffen hatte.

Während eines Aufenthalts in der Schweiz im Jahr 1943 besuchte Weidner auch das Büro des General A. G. van Tricht, des niederländischen Militärattachés in Bern. Zu seiner Überraschung wartete dort etwas ganz Besonderes auf ihn. Der General hatte bereits einige Zeit zuvor Weidner gegenüber erwähnt, dass die niederländische Regierung auch seiner Familie eine finanzielle Unterstützung zukommen lassen wollte, falls ihr Sohn im Dienst für sein Land sterben sollte.

„Es liegt vor Ihnen, Jean; Ihr Offizierspatent ist eingetroffen", teilte ihm van Tricht strahlend mit. „Die Regierung in London ist hoch erfreut, Ihnen diese Ernennungsurkunde schicken zu dürfen und lässt Sie herzlich grüßen."

Er überreichte Jean die offizielle Urkunde mit den Unterschriften hochrangiger niederländischer Regierungsbeamter. „Gratulation! Sie sind jetzt ein Hauptmann der niederländischen Armee!"

Diese Ernennung rief durchaus eine gewisse Genugtuung in Weidner hervor, denn er erinnerte sich an die Zeit kurz vor dem Krieg, als er sich darum beworben hatte, seinem Land dienen zu dürfen, und abgelehnt worden war, weil er ein paar Jahre im Ausland gelebt hatte. Jetzt war er Hauptmann, voll akzeptiert aufgrund seiner Leistungen im treuen Dienst für seine eigenen Landsleute, aber auch für viele andere, denen er den Weg in die Freiheit geebnet hatte.

Beim Abschied verriet ihm der General, dass auch auf einige seiner Gefährten Ernennungsurkunden warteten. Jacques Rens, Armand Lap und Salomon Chait sollten mit dem Dienstgrad eines Leutnants geehrt werden.

16 Monate des Terrors

Nachdem mittlerweile ganz Frankreich besetzt war, legten sich die deutsche Wehrmacht und der Geheimdienst wie ein dichter Schleier über das Land, und Jean Weidners Unternehmungen wurden immer riskanter. Um eine erneute Festnahme zu vermeiden, benutzte er diverse Decknamen und ständig variierende Routen. Liebgewordene Freunde und Orte suchte er nur noch selten auf. Nach bereits vier Inhaftierungen konnte er davon ausgehen, dass seine Akte im Gestapobüro in Lyon randvoll war. Die einzige Chance, weiterhin auf freiem Fuß zu bleiben, bestand darin, jedem neuen Hinterhalt der Nazis weiträumig auszuweichen. Auch seine äußere Erscheinung hatte Jean verändert. Seine Haare kämmte er jetzt glatt nach hinten, statt sie wie früher zu scheiteln; außerdem trug er zeitweise eine Brille und ließ sich einen Schnurrbart wachsen.

Je mehr sich der Krieg zuspitzte, desto schwieriger gestaltete sich das Reisen in Frankreich und den anderen besetzten Ländern – sowohl bezüglich der körperlichen Anstrengungen als auch hinsichtlich der offiziellen Genehmigungen. Selbst ein kurzer Ausflug erforderte schon eine Sondererlaubnis. Da militärisches Personal grundsätzlich bevorzugt behandelt wurde, war es für normale Zivilisten nahezu unmöglich, auch nur von einer Stadt in die andere eine Reisebewilligung zu bekommen. Durch die zunehmenden Umtriebe der diversen französischen Widerstandsorganisationen galten Zugreisen darüber hinaus als besonders gefährlich. Beinahe täglich sprengten ihre Kämpfer irgendwo eine Eisenbahnbrücke in die Luft oder überfielen aus dem Hinterhalt Busse, Lastwagen und Autos.

Die täglich wachsende Gefährdung seiner eigenen Freiheit, verbunden mit seinem Bestreben, anderen das Leben zu retten, machten Jean mehr denn je abhängig vom Beistand Gottes. Er wechselte sogar ständig den Ort seines Gottesdienstbesuchs, denn es war ihm klar, dass die Gestapo nicht davor zurückschrecken würde, ihn auch in einem Gotteshaus zu verhaften. Immer häufiger hielt er Andacht und verbrachte so viel Zeit wie nur möglich damit, in der Bibel zu lesen, die er stets bei sich trug. Trost und Führung empfing er auch durch ein intensives Gebetsleben.

Bei einem seiner Treffen mit Dr. Visser't Hooft in Genf und General A. G. van Tricht in Bern wurde Weidner eines Tages gebeten, zusätzlich zu seinen bisherigen Aufgaben einige ganz spezielle Informationen zu übermitteln. Nicht-militärische Botschaften sollten aus den besetzten Gebieten über die Schweiz nach England weitergeleitet werden. Auch der Weltkirchenrat benötigte immer häufiger Nachrichten bezüglich seiner Mitgliedskirchen in den besetzten Ländern. Solche Mitteilungen sollte Jean in Zukunft auf seinen Reisen entlang der Fluchtrouten des Netzes „Holland-Paris" mitnehmen.

Ein junger niederländischer Ingenieur, der in der Schweiz lebte, hatte ein Verfahren entwickelt, das es ermöglichte, die oberste Schicht eines Mikrofilms vom restlichen Material abzuheben. Auf diese Weise konnten nun Hunderte von Mikrofilmbotschaften transportiert werden, wo früher nur wenige Platz gefunden hatten. Diesen Prozess ließ sich Weidner erklären; außerdem zeigte man ihm die sichersten Methoden, dieses empfindliche, aber höchst wertvolle Filmmaterial an sein Ziel zu schaffen. Ein Vertreter von General van Tricht, Monsieur J. G. van Niftrik, konstruierte gemeinsam mit seiner Frau dank ihrer handwerklichen Fähigkeiten verschiedene Gegenstände – wie einen Schlüsselbund, einen Bleistift oder eine Bürste – so, dass winzige Mikrofilmrollen hineingelegt werden konnten. Für das ungeübte Auge schienen es ganz normale Dinge des alltäglichen Lebens zu sein, doch im Inneren befanden sich Unmengen gefilmter Botschaften. In allen schriftlichen oder mündlichen Äußerungen wurden die entsprechenden Schlüssel, Bleistifte oder sonstigen Dinge immer nur als „die Objekte" bezeichnet.

Noch bevor Weidner gezwungen war, vollends in den Untergrund abzutauchen, bat ihn die junge Belgierin Fanny van Hof um Hilfe. Sie hatte von Oberst Lisbonne, dem Verantwortlichen für das Internierungslager für Flüchtlinge in Châteauneuf-les-Bains, in dem sie inhaftiert war, eine Sondererlaubnis erhalten. Mit diesem Papier durfte sie in Polizeibegleitung nach Lyon fahren, um – wie sie vorgab – einige wichtige geschäftliche Dinge zu erledigen. In der Stadt angekommen, setzte sie sich sofort mit Weidner in Verbindung. Ihr Verlobter Armand Lap, der dank Jeans Einsatz bereits sicher über die Schweizer Grenze gelangt war, hatte ihr den Tipp gegeben, dass der Untergrundchef vielleicht auch ihr weiterhelfen könne.

„Ja, ich denke schon, dass wir eine Möglichkeit finden werden, Sie in die Schweiz zu bringen", bestätigte Jean der jungen Frau.

Er sprach niederländisch mit ihr, damit ihr französischer Aufpasser ihn nicht verstehen konnte. „Als erstes werde ich Kontakt mit meinem Freund im Immigrationsbüro in Genf aufnehmen müssen, damit Sie in den dortigen Unterlagen als einreiseberechtigt erscheinen. Denn wenn Ihr Name nicht in den Listen der Wachposten an der Grenze eingetragen ist, werden Sie unweigerlich nach Frankreich zurückgeschickt. – Ich werde gleich die Aufmerksamkeit dieses Polizisten auf das Schaufenster da drüben lenken", fuhr Jean fort und deutete mit einer Kopfbewegung auf die Vitrine vor seinem Büro. „Wenn er hinüberschaut, stecken Sie bitte das Papier ein, das ich Ihnen zuschieben werde. Es handelt sich um ein gefälschtes Dokument, das Sie dazu berechtigt, ein zweites Mal von Châteauneuf-les-Bains nach Lyon zu fahren. Wir haben es für Leute wie Sie vorbereitet."

Jean sprach den Gendarmen auf Französisch an und machte ihn auf das interessante Schaufenster aufmerksam. Als der Beamte die Auslagen bewunderte, ließ Weidner das Blatt zu der jungen Frau gleiten.

„Benutzen Sie diese Berechtigung aber bitte erst in etwa einer Woche", wies Weidner Mademoiselle van Hof nun wiederum auf Niederländisch an. „Bis dahin werde ich in der Schweiz alles geregelt haben."

Acht Tage später tauchte Fanny erneut in Jeans Geschäft auf. „Ich hab's geschafft!", rief sie aus. „Das Schreiben muss echt ausgesehen haben, denn niemand hat mir irgendwelche Fragen dazu gestellt. Und was muss ich jetzt tun?"

„Morgen werden wir nach Annecy fahren", antwortete Jean. „Dort werden wir dann noch ein paar Details klären müssen."

Von Annecy aus fuhren sie gleich am nächsten Tag weiter in Richtung Cruseilles. An der bekannten Stelle, kurz vor der Ortschaft selbst, verließen sie den Bus.

„Wir müssen den Kontrollpunkt in Cruseilles umgehen, weil die Posten zur Zeit jeden Einzelnen sehr gründlich untersuchen", erklärte Weidner. „Ich kenne hier in der Nähe einen Bauern, der uns in seinem Heuwagen an das andere Ende des Ortes bringen wird. Wir verstecken uns unter der Ladung. Die Wachmänner werden kaum vermuten, dass jemand auf diese Weise versucht, an ihnen vorbeizukommen."

Jeans Plan funktionierte einwandfrei. Wenig später saßen die beiden bereits in einem anderen Bus, der über St. Julien in Richtung Collonges fuhr. Kurz vor Le Châble verließ Fanny, wie vor Fahrtbeginn besprochen, das Gefährt.

„An dieser Stelle wird ein Führer auf Sie warten und Sie an der Kontrollstelle von Le Châble vorbei nach Collonges bringen", hatte Jean ihr noch auf dem Heuwagen erklärt. „Dort werden Sie Ihren Verlobten wiedersehen. Und da er sich auskennt, ist der Weg in die Schweiz dann kein Problem mehr."

Später erfuhr Jean, dass Fannys Flucht geglückt und sie mittlerweile Madame Lap geworden war.

Henri Gazan, der Bruder von Nico Gazan, den Jean schon zuvor in die Schweiz begleitet hatte, verfügte über eine der speziellen Fähigkeiten, die in Weidners Organisation so dringend benötigt wurden – er sprach fließend Französisch. Als er gebeten wurde, sich der Gruppe als Führer anzuschließen, stimmte er sofort zu.

Jean überquerte die schweizerische Grenze in Richtung Frankreich mit Gazan mitten am Tag in der Nähe von St. Julien. Unter normalen Umständen war das nicht besonders schwierig oder gefährlich. Üblicherweise wurde die Grenze in jener Gegend nicht sehr streng bewacht, schon gar nicht während der Mittagszeit.

Kurz vor der Grenzlinie machte Jean seinen Gefährten nochmals darauf aufmerksam, sich nur ja vorsichtig zu bewegen, da sie hinter den Stacheldrähten gleich auf die Straße stoßen würden, die direkt neben dem Zaun verlief. In seiner Aufregung sprang Henri jedoch von einer niedrigen Mauer auf den Asphalt. Ein Gendarm in der Nähe bemerkte die ungewöhnliche Regung und eilte mit einem Kollegen sofort herbei, um die beiden Männer zu verhören. Da ihre Antworten die beiden Wachposten natürlich nicht befriedigten, wurden sie verhaftet.

Auf dem Fußmarsch zur Polizeistation in Étrembière wurde Weidner schlagartig klar, dass diese Festnahme für ihn mindestens den Verlust einiger wertvoller Arbeitstage, wenn nicht sogar die Auslieferung an die Gestapo bedeuten konnte. In letzterem Fall würde das unter Umständen das abrupte Ende nicht nur seiner Hilfseinsätze, sondern auch seines Lebens bedeuten. Also musste er etwas unternehmen – und zwar schnell!

Entschlossen, alles zu wagen, um nur ja dem Gefängnis zu entgehen, kniete er sich plötzlich auf die Straße, als ob er seine Schnürsenkel neu zu binden hätte. Keine drei Meter neben ihm verlief der Grenzzaun. Der Gendarm herrschte ihn an, weiterzugehen, aber Jean wartete ab, bis der Beamte so dicht an ihn herangetreten war, dass ihm kein Raum mehr blieb, das Gewehr anzulegen. In diesem Moment machte Weidner einen Satz auf die

Barrikade zu, bekam blitzschnell die obersten Stränge der groben Stacheldrähte zu fassen und schwang sich hoch. Schon während des Absprungs spürte er schmerzhaft, wie sich die Metallspitzen tief in seine Hände bohrten. Hoch oben prallte sein Körper auf das Drahtgewirr. Mit einem weiteren Griff in die Metallstacheln zog sich Jean vorwärts und landete schließlich auf schweizerischem Boden – mit zerrissenen Kleidern blutenden Händen und Armen, aber in Sicherheit! Der Gendarm brüllte dem Geflohenen durch die Drähte hinterher, als dieser sich aufrappelte und von dannen zog. Die ganze Aktion war derart schnell abgelaufen, dass der Franzose keine Zeit gefunden hatte, auch nur einen einzigen Schuss abzugeben.

Nachdem er seine Verletzungen hatte versorgen lassen, überquerte Weidner an einer anderen Stelle erneut die Grenze und gelangte unbehelligt nach Frankreich. Da er wusste, dass man in St. Julien gegen Gazan verhandeln würde, suchte Weidner dort Freunde auf, um mit ihnen zu beraten, was man für den armen Henri tun konnte.

„Der Richter und sein Assistent sind beide dem Untergrund wohlgesonnen, Jean", verrieten ihm seine Bekannten. „Warum wendest du dich nicht direkt an sie?"

Ermutigt durch diese Information, ging Jean zu jenem Beisitzer und bat ihn, dem Richter mitzuteilen, dass Gazan ein Mitglied der Widerstandsbewegung sei.

Aufgrund dieses Hinweises erklärte der Richter im Laufe der Verhandlung, er benötige zunächst genauere Details über den Zwischenfall an der Grenze. Er teilte Gazan mit, es sei ihm gestattet, sich in St. Julien frei zu bewegen, bis diese zusätzlichen Fakten gesammelt wären. Als der Angeklagte den Gerichtssaal verließ, lief er einem Gendarm in die Arme, der ihn zurück zu der Grenzstraße brachte.

„Überqueren Sie hier die Grenze", machte ihm der Polizist klar. „Ich bin Mitglied des Widerstands. Der Richter hat mich beauftragt, dafür zu sorgen, dass Sie sicher wieder in die Schweiz gelangen. Los jetzt – ich werde Ihnen über die Drähte helfen!"

Die Juden in den eroberten Ländern lebten während der Kriegsmonate zunehmend in Angst und Schrecken. So gut wie täglich wurden sie mit weiteren Einschränkungen konfrontiert. In den Niederlanden mussten zum Beispiel am 3. Oktober 1940 alle Regierungsbeamten eine Erklärung unterschreiben, die ihre arische Abstammung bestätigte. Die Einengung ihres Lebensraums nahm immer radikalere Formen an, wie die folgenden Beispiele bezeugen:

9. Januar 1941	– Kinos und Theater sind für Juden verboten.
8. August 1941	– Alle Juden müssen ihre Ersparnisse bei einer speziellen Bank hinterlegen.
11. August 1941	– Alle Juden müssen ihren gesamten Hausrat registrieren lassen.
29. August 1941	– Jüdischen Kindern wird der Besuch öffentlicher Schulen verboten.
22. Oktober 1941	– Alle Juden benötigen eine spezielle Arbeitserlaubnis.
1. April 1942	– Juden werden in öffentlichen Krankenhäusern nicht mehr behandelt.
29. April 1942	– Alle Juden müssen den Davidsstern auf ihrer Kleidung tragen.
30. Juni 1942	– Juden dürfen zwischen acht Uhr abends und sechs Uhr morgens das Haus nicht verlassen.
14. Juli 1942	– Beginn der systematischen Inhaftierung der Juden.
2. Oktober 1942	– In den Niederlanden werden die Arbeitslager geräumt. Abtransport der Juden in Konzentrationslager nach Deutschland.
13. April 1943	– Alle Juden müssen sich im Konzentrationslager Vught in den Niederlanden melden.

Die fortschreitende Zeit trieb die meisten Juden unwiderruflich ihrer Bestimmung entgegen – dem Tod! Abertausende wurden im Rahmen der ausgeklügelten Vernichtungsprogramme der Nazis gefangen genommen. Für einige – solche mit dicken Brieftaschen – gab es jedoch eine Chance auf Freiheit, wenn sich die Nazibeamten bestechen ließen. Juden, die ihre Peiniger erfolgreich „geschmiert" hatten, machten sich über Schleichwege in Richtung Süden aus dem Staub. Die meisten nahmen dabei die Dienste von Mitgliedern der Untergrundorganisationen in Anspruch. Andere versuchten es auf eigene Faust, aber die Mehrzahl von ihnen wurde geschnappt und wieder in die Konzentrationslager zurückgeschickt.

In einem speziellen Lager in Westerbork in den Niederlanden waren Hunderte von Juden untergebracht, die Anspruch auf die Staatsbürgerschaft eines neutralen Landes erhoben. Da Deutschland keinen besonderen Wert darauf legte, andere Staaten auch noch dazu zu animieren, den Alliierten beizutreten, maß man der

Nationalität jener Juden doch einige Bedeutung bei, bevor eine Entscheidung über ihre Zukunft getroffen wurde. Oftmals hing die Entscheidung zwischen der Entlassung und dem Abtransport in ein Konzentrationslager nach Deutschland allein daran, ob der betreffende Jude einen Nachweis seiner Nationalität vorlegen konnte oder nicht.

Schweizerische Freunde und Verwandte von Juden, die in diesem speziellen Lager festgehalten wurden, ihre Staatsangehörigkeit aber nicht belegen konnten, unternahmen große Anstrengungen, um ihren Lieben zu helfen. Denn wenn einem Gefangenen ein solcher Nachweis zugespielt werden konnte – so wurde jedenfalls behauptet –, würden die Nazis ihn in Westerbork behalten, in ein speziell eingerichtetes „Geisellager" nach Theresienstadt schicken oder, in Einzelfällen, sogar freilassen. Die Behandlung in diesen beiden Lagern war nicht annähernd so grausam wie in den anderen KZs, und die Todesgefahr drohte nicht so unmittelbar wie andernorts.

In der Schweiz fanden die Verwandten dieser „Sonder-Juden" oft in den Konsulatsbüros von unabhängigen Ländern Hilfe. Gegen eine „Anerkennung" – üblicherweise zwischen 100 und 500 Dollar – stellten die Vertreter solcher neutralen Nationen wie San Salvador oder Paraguay Dokumente aus, die den Anschein gültiger Staatsbürgerschaftsurkunden erweckten. Die Tatsache, dass die obersten Regierungsbeamten dieser Länder keine Ahnung von den illegalen Machenschaften ihrer Konsuln im Ausland hatten, und dass die teuren Papiere mit ziemlicher Sicherheit in den neutralen Staaten selbst gar nicht anerkannt wurden, störte die Antragsteller wenig.

Eine solche Urkunde bot immerhin die Möglichkeit, die Nazis davon zu überzeugen, den Betreffenden nicht dem Erschießungskommando auszuliefern.

Allerdings war es mit der Beschaffung eines solchen Dokuments allein noch lange nicht getan. Weitaus größere Probleme bereitete nicht selten die Frage, wie es in die Hände dessen gelangen konnte, dem es nützen sollte. Da sie mittlerweile regelmäßige Reisen von der Schweiz über Frankreich und Belgien bis zur niederländischen Grenze unternahmen, wurden Weidner und seine Agenten häufig gebeten, solche Staatsbürgerschaftsnachweise in die Lager zu bringen. Hätte man sie jemals mit diesen Urkunden erwischt, wären sie auf der Stelle erschossen worden. Andererseits konnten Menschenleben gerettet werden, wenn die Papiere an ihr Ziel gelangten.

Meistens versteckten Weidner und seine Leute diese Dokumente in einem neuen Buch, dessen Seiten noch nicht auseinander geschnitten worden waren. Wenn diese Bücher dann von Posten durchgeblättert wurden, hatte es den Anschein, als befände sich nichts zwischen den Seiten. Falls er zur Befragung an einem Kontrollpunkt aus dem Bus oder Zug aussteigen musste, ließ Weidner ein solches Buch wie zufällig auf seinem Sitz liegen, als ob er später darin weiterlesen wollte. Nicht ein einziges Mal wurden er oder einer seiner Agenten bei der Weiterleitung von gefälschten Papieren in die Niederlande erwischt.

„Ich werde Ihre Botschaft sicher ans Ziel bringen; darauf können Sie sich verlassen", versprach Jean ausgerechnet in diesen Terrormonaten dem pensionierten Außenminister der Niederlande, Minheer Jonkheer Loudon, als er das Haus des alten Herrn in Cannes wieder verließ. „Zur Zeit ist das Reisen sehr schwierig geworden, da ständig Brücken und Straßen gesprengt werden. Trotzdem sollte ich es eigentlich schaffen, Genf in zwei Tagen zu erreichen. Von dort aus geht die Nachricht sofort nach London weiter."

Jean wusste, dass die Botschaft für die niederländische Exilregierung in London äußerst wichtig und von höchster Dringlichkeit war. Doch trotz seines Bestrebens, Loudons Meldungen so schnell wie möglich weiterzuleiten, hielt Jean es für klüger, eine der weniger stark frequentierten Nebenstrecken nach Genf zu wählen. Die viel benutzten Eisenbahnrouten wurden fast täglich von den Alliierten bombardiert oder vom Widerstand gesprengt. Deshalb entschied er sich für die Nebenstrecke von Cannes über Nizza nach Digne in den Bergen. Von dort aus plante er, auf die Hauptstrecke von Marseilles nach Grenoble zu stoßen, die weiter bis nach Annecy verlief.

Obwohl die Nebenstrecken tatsächlich noch die sichersten waren, musste auch der Zug, in dem Jean saß, unterwegs etliche Male die Fahrt unterbrechen, damit zerstörte Schienen repariert werden konnten. Kurz vor der Ankunft in Digne blieb die Bahn erneut auf freier Strecke stehen.

„Weiter vorne findet ein heftiges Gefecht zwischen den Deutschen und französischen Widerständlern statt", meldete das Zugpersonal. „Die Deutschen sagen, wir sollen nach Nizza zurückfahren. Angeblich kommen wir hier nicht weiter." Diese Neuigkeit gefiel Jean überhaupt nicht.

Ein junger Franzose, der neben ihm im Abteil saß, schien Jeans Gedanken lesen zu können: „Wenn wir zurückfahren, kommen wir vielleicht trotzdem nicht durch – andernfalls werden wir unter Umständen in den Kampf verwickelt."

Weidner lächelte ihn an. „Ja, aber ich habe mich gerade entschieden. Ich werde von hier aus zu Fuß weitergehen. Ich kann es mir nicht leisten, Zeit zu verlieren, indem ich zurückfahre."

„Gut", erwiderte der Franzose, „ich komme mit."

Gemeinsam machten sich die beiden Männer also auf den Weg in die Berge. Jean wurde schmerzlich bewusst, dass sie erst wieder in Grenoble auf öffentliche Transportmöglichkeiten stoßen würden. Wenn er Glück hatte, erwischte er dort einen Bus nach Annecy. Zunächst aber lag das besagte Kampfgebiet vor ihnen.

Nach drei Stunden mühsamer Kletterei durch wilde, zerklüftete Felsen hatten sie erst fünf oder sechs Kilometer hinter sich gebracht. Erneut war Jean dankbar für seine Bergsteigererfahrung. Außerdem war er froh, dass sein französischer Begleiter mithalten konnte, als sie sich durch dichtes Gestrüpp schlugen und steile Schluchten erklommen. Unterwegs machte sich Weidner Gedanken über die Partisanen, die den Nazis gerade weiter oben ein Gefecht lieferten. Ihre größten Kampferfolge hatten sie in den Bergen errungen, aber auch im Flachland hatten sie den Deutschen schon ordentlich zugesetzt.

Im Laufe ihrer anstrengenden Klettertour erspähten die beiden Männer mehrmals deutsche Soldaten; zum Glück blieben sie selbst aber unentdeckt. Oberhalb einer der vielen Felskanten standen Jean und sein Freund plötzlich mitten im Gefecht. Das Rattern der Maschinengewehre und das Pfeifen der Geschosse zerschnitt schier die Luft.

„Runter, schnell! Komm mit!", schrie Jean.

Niedergeduckt stolperten sie davon, ohne genau zu wissen, wohin. Doch nachdem Jean festgestellt hatte, woher die Salven der Partisanen kamen, sprintete er mit seinem Gefährten genau in diese Richtung. Als die Widerständler die beiden Männer laufen sahen, ließen sie einen gewaltigen Kugelhagel auf die Deutschen los. Jean und der Franzose tauchten blitzschnell zwischen schützenden Felsblöcken unter und sahen sich bald darauf von Kämpfern dieser Partisanentruppe, die sich Maquis nannte, umringt.

Einem ihrer Soldaten über Stock und Stein folgend, fiel Jean plötzlich ein, dass er erneut seine Identität würde beweisen müssen. ‚Ich könnte ja in ihren Augen auch ein Agent der Nazis sein', dachte er. ‚Gut, ich werde ihnen von meiner Arbeit erzählen und von den Kontakten, die ich zu ihren Leuten im Savoy-Gebiet hatte. Das wird sie sicherlich dazu bewegen, uns nach Grenoble weiterzuhelfen.'

Der Kommandant zeigte sich von Jeans Ausführungen allerdings wenig beeindruckt.

„Vielleicht stimmt Ihre Geschichte ja, vielleicht aber auch nicht", entgegnete er. „Aber das soll nicht meine Sorge sein. Das klärt unser Hauptquartier. Wenn man Ihnen dort glaubt – prima; wenn nicht – na ja ..." Dann forderte er einen seiner Männer auf, den beiden Zivilisten die Augen zu verbinden.

Gleich darauf wurden sie in ein Fahrzeug geschoben und zum Maquis-Hauptquartier tiefer in den Bergen gebracht. Erst hier wurden ihnen die Augenbinden wieder abgenommen. Ringsum trugen die Männer auf ihrer Kleidung das Lothringische Kreuz, Kennzeichen der unter de Gaulle agierenden „Kampfgruppe Freies Frankreich". Die beiden Unbekannten wurden dem Kommandanten vorgeführt, und Jean erzählte seine Geschichte noch einmal.

„Wir haben keinen Kontakt zu den Maquis-Einheiten, die im Savoy-Gebiet kämpfen", hielt der Anführer entgegen, als er von seinen Verbindungen in den Norden sprach. „Wir brauchen eine andere Möglichkeit, um festzustellen, ob Sie glaubwürdig sind, bevor wir Sie gehen lassen können."

„Wie ich sehe, haben Sie hier ein Sendegerät", stellte Weidner fest. „Wenn Sie mit London Kontakt aufnehmen würden, könnte ich Ihnen versichern, dass Sie von dort eine gute Empfehlung für mich bekommen werden."

Dieser Vorschlag beeindruckte den Maquis-Chef. „In Ordnung", stimmte er zu, „aber es wird einige Stunden dauern bis unsere Anfrage aus London beantwortet sein wird. Deshalb werden Sie und Ihr Freund die Nacht bei uns verbringen. Bis morgen früh werden wir eine Antwort haben."

In der Gewissheit, dass der Funkspruch aus London dem Kommandanten gefallen würde, konnte Jean in dieser Nacht ruhig schlafen. Sein französischer Begleiter hatte sowieso keine Identifikationsprobleme, denn er stammte aus der unmittelbaren Umgebung.

Nachdem Jean am nächsten Morgen frisch rasiert sein Frühstück beendet hatte, erschien der Anführer mit der erwarteten Meldung aus London.

„Sie bestätigen Ihre Aussagen", verkündete er. „Wir haben Sie leider aufgehalten, aber wir müssen in diesen Zeiten mit allem rechnen. Ein Wagen wird Sie an die Grenze unseres Aktionsge bietes bringen. Von dort aus werden Sie von Kontaktmännern weiter bis nach Grenoble begleitet."

Als Jean eine Stunde später aus dem Fahrzeug stieg, nahmen ihn zwei Agenten in Empfang, die über deutsche Reisegenehmigungen verfügten. Die kleine Gruppe passierte etliche deutsche Kontrollpunkte, wurde aber nirgendwo aufgehalten.

In Grenoble erwischte Jean einen Bus, der zwar gerammelt voll war, ihn aber ohne Zwischenfall nach Annecy brachte. Am nächsten Tag überquerte er mit der Botschaft von Jonkheer Loudon in der Tasche die Grenze zur Schweiz.

17 Suzy Kraay

Wenige der ungezählten Helfer, die für das Netz „Holland-Paris"
arbeiteten, waren häufiger mit verfolgten Menschen oder geheimen Botschaften auf den entsprechenden Schleichwegen unterwegs als Suzy Kraay. Nachdem die schlaksige junge Frau selbst als
Flüchtling aus den Niederlanden in Paris angekommen war, hatte
sie sich an Herman Laatsman gewandt. Dieser schickte sie mit einer Empfehlung zu Weidner, und binnen kürzester Zeit fügte sie
sich perfekt in die Aktivitäten der Untergrundgruppe ein.

Mitte 1943 jedoch schien Suzy das Glück zu verlassen. Gegen
Weidners Rat versuchte sie, über die Pyrenäen nach Spanien
zu gelangen, doch schon im Vorgebirge wurde sie festgenommen
und in Gurs ins Gefängnis gesteckt. Während der langen Monate
hinter Gittern schickte ihr Jean zahlreiche Botschaften und Lebensmittelpakete, die ihr das Gefühl gaben, dass „Holland-Paris"
sie nicht vergessen hatte. Erst nach diversen Berufungsverhand-
lungen wurde sie im November 1943 wieder auf freien Fuß gesetzt.

Nach ihrer Freilassung meldete sich Suzy sofort wieder in
Lyon, der Basis aller „Holland-Paris"-Operationen. Weidner
übertrug ihr zunächst eine Aufgabe in Toulouse, die sie bestens
ausführte. Dann schickte er sie in die Niederlande, um die Flücht-
lingsfamilie Simon durch Belgien und Frankreich in die Schweiz
zu begleiten. Sie las die Simons am vereinbarten Treffpunkt auf
und machte sich mit ihnen auf die lange Reise. An der französisch-belgischen Grenze wurden sie von Zollbeamten festgehalten,
nach der üblichen Befragung aber wieder freigelassen. Suzy fuhr
mit ihren Schützlingen weiter nach Paris, dann nach Lyon, und
schließlich nach Annecy. Als sie abends dort ankamen, hatte Jean
sein Geschäft bereits geschlossen. Also übernachtete die kleine
Reisegruppe ein paar Straßen weiter in Mademoiselle Meuniers
Laden. Früh am nächsten Morgen nahm ein „Holland-Paris"-Helfer, der sich im Grenzgebiet gut auskannte, die Familie Simon in seine Obhut.

Suzy kehrte nach Lyon zurück und erhielt dort die Anweisung,
nach Paris zu fahren, um von Herman Laatsman ihren nächsten
Auftrag entgegenzunehmen.

„In Toulouse warten etliche amerikanische Piloten auf Hilfe", erklärte ihr Laatsman. „Du solltest gleich morgen aufbrechen, um sie auf ihrem weiteren Weg zu begleiten. Ich werde dich beim Frühstück mit den nötigen Finanzen versorgen, dann kannst du abfahren, wann immer du es für günstig hältst. Übernachten wirst du heute im Hotel Ibis; wir haben gute Verbindungen dorthin. Dein Name wird nicht im offiziellen Hotelregister erscheinen."

Obwohl ihr nicht ganz wohl dabei war, traf sie sich am nächsten Morgen mit dem Untergrundführer zum Frühstück und nahm das versprochene Bargeld in Empfang. Gegen ihre Überzeugung erklärte sie sich auch dazu bereit, einige Lebensmittelpakete vom Schwarzmarkt für die Piloten mitzunehmen.

Um drei Uhr nachmittags stieg Suzy in die Pariser Metro; ihr Zug nach Toulouse ging aber erst eine Stunde später. Da ihr bis zur Abfahrt also genügend Zeit blieb, entschloss sie sich, im Bahnhofsrestaurant noch etwas zu essen. Die drei Taschen mit den Lebensmittelpaketen stellte sie neben sich auf einen Stuhl. Beim Studieren der Speisekarte spürte sie plötzlich, dass rechts und links jemand an ihrer Seite stand.

„Wohin reisen Sie, Mademoiselle?", wollte einer der beiden französischen Polizisten wissen.

„Ich warte auf den Vier-Uhr-Zug nach Toulouse", antwortete sie.

„Und was befindet sich in diesen Paketen hier?"

„Lebensmittel, die ich Gefangenen im Lager südlich von Toulouse bringen will. Es ist doch nicht verboten, inhaftierten Freunden zu helfen, oder?"

„Nein", erwiderte der Beamte, „aber Sie sehen jüdisch aus. Zeigen Sie mir Ihre Papiere."

„Ich bin keine Jüdin", versicherte Suzy eilig. „Hier sind meine Ausweise. Sie belegen eindeutig, dass ich nicht jüdisch bin."

„Ja, ja, das sehe ich", bestätigte der Gendarm schroff. „Dennoch haben es Papiere in diesen Zeiten manchmal so an sich, falsch zu sein. Man kann sich nicht mehr darauf verlassen, dass sie der Wahrheit entsprechen. Aber wir werden bald wissen, ob Sie Jüdin sind. Nehmen Sie Ihre Pakete. Wir gehen zum Hauptquartier; dort werden wir bald mehr über Sie erfahren."

Ihr Einwand, sie müsse den Vier-Uhr-Zug unbedingt erwischen, beeindruckte die beiden Polizisten wenig. Sie lotsten Suzy aus dem Bahnhof und weiter die Straße hinunter. Unterwegs zog sie ein kleines Notizbuch aus ihrer Handtasche und ließ es in einem Akt der Verzweiflung auf den Bürgersteig fallen. Suzy hatte einen unverzeihlichen Fehler begangen, denn mit diesem Beweisstück hatte sie gegen die eherne Grundregel aller Widerstandsgruppen und ganz speziell des Netzes „Holland-Paris" verstoßen, niemals die Namen anderer Mitarbeiter bei sich zu tragen. In diesem Moment begriff sie, wie lebenswichtig diese Anweisung gewesen war.

„Mademoiselle haben dieses kleine Büchlein aus Versehen auf das Trottoir fallen gelassen", wisperte ein kleiner, grauhaariger Franzose höflich wenige Augenblicke später.

Einer der Beamten griff begierig nach dem Heft. „Ja, das können wir in der Tat wirklich gut gebrauchen!" Er grinste den eifrigen Herrn an: „Vielen Dank, dass Sie es für die junge Dame gerettet haben."

„Es ist ..., äh ..., es ist nichts Besonderes", stotterte Suzy und biss sich vor Angst auf die Zunge. „Es ist nur etwas, was ich nicht mehr brauche."

„Aha ..., etwas, das Sie nicht mehr brauchen! Eine Adressenliste und eine Menge anderer Informationen, wie mir scheint", stellte der Gendarm fest, als er die Seiten durchblätterte. „Ich glaube gerne, dass Sie das loswerden wollten, Mademoiselle – vor allem jetzt, wo Sie es mit uns zu tun haben."

Im Hauptquartier der Gendarmerie wurde Suzy in das Büro von Polizeichef Bissoir, dem Kopf der Brigade d'Interpellation beordert, einer speziellen Abteilung der französischen Polizei, die ihre Anweisungen direkt von den Deutschen erhielt. Dort musste sie bis halb sieben Uhr abends warten.

„Guten Abend, Mademoiselle. Wie geht es Ihnen?", erkundigte sich Bissoir, als er endlich eintraf. „Man hat mir gesagt, Sie seien eine interessante junge Dame. Ich hörte auch von einem ‚kleinen schwarzen Büchlein', das Sie dabeihatten ..."

Suzy schwieg.

„Außerdem scheint es wohl so, als hätten Sie falsche Papiere", fuhr Bissoir fort. „Zudem reisen Sie mit einem unerklärlich großen Vorrat an Lebensmitteln – illegal, nehme ich an. Und Sie behaupten, keine Jüdin zu sein, aber aus Ihren Papieren geht hervor, dass Sie aus den Niederlanden stammen. Leben Sie denn mittlerweile in Frankreich?"

„Ja", erwiderte Suzy, „ich wohne jetzt in Frankreich. Die Lebensmittel sind für Gefangene in einem Lager südlich von Toulouse bestimmt. Ich bin zwar nicht jüdisch, aber tatsächlich vor den Deutschen aus den Niederlanden geflohen. Viele Leute sind von da nach Südfrankreich gekommen, und nicht alle sind Juden. – Also, gibt es denn keine Möglichkeit, dass ich wieder freikomme?", drängte sie. „Ich sage Ihnen schließlich die Wahrheit, und ich sollte längst auf dem Weg nach Toulouse sein."

„Natürlich", antwortete Bissoir in besänftigendem Ton. „Natürlich können wir Sie wieder entlassen – sobald Sie uns die ganze Wahrheit anvertraut haben. Vielleicht erzählen Sie uns das alles ja auch nur so freimütig, weil sie in Wirklichkeit eine Agentin der Gestapo sind, die uns auf die Probe stellen soll, verstehen Sie? Falls Ihre Geschichte nicht stimmt und wir Sie trotzdem gehen lassen, haben wir bei der Gestapo schlechte Karten. Kürzlich hat ein Freund von mir eine Frau entlassen, weil er einfach annahm, sie sei ehrlich. Ein paar Tage später erfuhr die Gestapo auf geheimnisvolle Weise von dem Vorfall. Und wissen Sie, wo mein Freund jetzt ist? In einem deutschen Gefangenenlager. Also sollte ich besser ganz sicher sein, dass Ihre Darstellung stimmt, bevor ich Sie wieder auf freien Fuß setze. Und ich bin noch nicht ganz davon überzeugt, dass Sie mir die Wahrheit erzählen – zumindest nicht die komplette. Zum Beispiel, Mademoiselle, ist das wirklich Ihr richtiger Name hier in Ihren Papieren? Es scheint nicht derselbe zu sein wie der in Ihrem kleinen Büchlein!"

„Ich habe Ihnen die Wahrheit gesagt", wiederholte Suzy. „Aber ich gebe zu, dass ich einen falschen Namen gewählt habe, weil man damit leichter reisen kann. In Wirklichkeit heiße ich Suzy Kraay. Aber das ist doch nicht so ungewöhnlich in diesem verrückten Krieg. Da hat doch jeder zwei Seiten in seinem Leben – die eine ist bekannt, die andere bleibt verborgen."

„So, jetzt machen wir schon Fortschritte", stellte Bissoir fest und lehnte sich in seinem Sessel zurück. „Sie reisen also unter einem Decknamen. Das bringt uns zu einigen anderen Dingen, die uns interessieren. Es gibt noch eine Menge, worüber wir reden müssen, junge Dame, bevor Sie gehen können!"

„Aber ich sage doch die Wahrheit!", entgegnete sie ein wenig aufgebracht, da die Ankündigung eines noch ausführlicheren Verhörs in ihr ein Gefühl der Panik ausgelöst hatte. Im weiteren Verlauf des Gesprächs hörten sich Bissoirs Fragen jedoch nicht so schlimm an, und Suzy entspannte sich wieder. Sie hatte den Eindruck, dass er sie für einen Spitzel der Deutschen hielt, der die Zuverlässigkeit seiner Behörde testen sollte. Um ihn davon abzubringen, dachte sie, es sei wohl am besten, ihm klarzumachen, dass sie zur Widerstandsbewegung gehörte, ohne dabei allzu viel von ihrer Arbeit für „Holland-Paris" preiszugeben. Und überhaupt, schlussfolgerte sie, war er schließlich ein Franzose, Angehöriger der französischen Polizei. Warum sollte er nicht mit dem Widerstand sympathisieren?

„Ich werde Ihnen beweisen, dass ich die Wahrheit sage", fing sie an. „Morgen Nachmittag werden einige Männer auf dem Weg nach Toulouse durch den hiesigen Bahnhof marschieren. Es sind alliierte Flieger, die von Untergrundhelfern begleitet werden. Sie können hingehen und die Sache überprüfen. Dann werden Sie wissen, dass ich ehrlich bin."

Diese Information hatte Suzy noch kurz vor ihrem Abschied am Vormittag von Herman Laatsman bekommen.

„Sie sind uns eine große Hilfe, Mademoiselle Kraay; Sie sind uns wirklich eine große Hilfe", erwiderte Bissoir. „Wir werden über Ihren Vorschlag nachdenken. Sollten Sie wirklich Recht haben, beschleunigt das vielleicht unsere Entscheidung, Sie freizulassen."

Am folgenden Tag brachte man Suzy nach dem Mittagessen in einen großen Saal, wo fünfunddreißig französische Polizisten warteten. Einer von ihnen wandte sich der jungen Frau zu. „Wir werden die Gruppe abfangen, von der Sie unserem Polizeichef gestern berichtet haben", erklärte er. „Diese Piloten werden niemals in Toulouse ankommen!"

Suzy war entsetzt, dass ihr gestriger Hinweis auf die Flieger, die etwa um fünf Uhr an diesem Nachmittag den Bahnhof passieren sollten, unter Umständen die Festnahme bedeuten konnte. Hatte sie doch angenommen, dass der Mann, dem sie diese Information anvertraut hatte, ein Sympathisant des Widerstandes war. ‚Wie konnte er Frankreich gegenüber nur so treulos sein und die Fliehenden den Deutschen ausliefern?', fragte sie sich, als sie zitternd vor Angst an der einsatzbereiten Mannschaft vorbei in das Büro des Polizeichefs geführt wurde.

„Wir sind der Meinung, Sie sollten zum Bahnhof mitkommen, um uns die Gruppe zu zeigen, die Sie gestern erwähnten, Mademoiselle Kraay", teilte Bissoir ihr mit. „Sie können mir voll und ganz vertrauen, dass alles in Ordnung geht, solange Sie kooperativ sind. Und am Ende wird Ihre Freilassung stehen – das kann ich Ihnen versichern."

„Nein, ich werde Sie nicht begleiten. Sie haben mein Vertrauen missbraucht. Ich dachte, Sie würden nur die Glaubwürdigkeit meiner Geschichte prüfen wollen. Stattdessen schicken Sie eine Horde Polizisten zum Bahnhof. Ich werde nicht mitgehen", protestierte Suzy.

Das Gesicht des Polizeichefs lief rot an. „Sie werden also nicht mitkommen? Na schön, dann gehen wir eben allein." Rasch verließ er den Raum.

Kurz nach acht Uhr am selben Abend fand eine weitere Begegnung zwischen Suzy und dem Polizeichef statt. „Sie haben uns umsonst zum Bahnhof geschickt, Mademoiselle Kraay", eröffnete er ihr. „Da waren gar keine Flieger. Wir haben niemanden gesehen. Jetzt kann ich Ihnen natürlich überhaupt nicht mehr trauen."

Hätten sich die Reisepläne für die fliehenden Piloten nicht noch im letzten Moment geändert, wäre die Falle auf dem Bahnhof zugeschnappt. Der Führer der Gruppe, Jean Weidner, hatte sich – wie schon so oft – aus Sicherheitsgründen für eine andere Abfahrtszeit entschieden. Deshalb hatten die Männer bereits einen früheren Zug nach Toulouse bestiegen. Die Information, die Suzy Kraay dem Polizeichef gegeben hatte, war also ursprünglich durchaus richtig gewesen, sie hatte nur keine Ahnung von der kurzfristigen Änderung der Abfahrtszeit gehabt.

Während sie ihr Erstaunen darüber, dass Bissoir die Flieger nicht gefunden hatte, geschickt verbarg, gab sie zu: „An der Geschichte von der Gruppe auf dem Bahnhof war auch gar nichts dran. Ich habe sie nur erzählt, um hier rauszukommen. Aber alles andere entspricht der Wahrheit. Sie müssen mir glauben."

„Das würden wir ja gerne, Mademoiselle Kraay, aber Sie machen es uns mit all Ihren Lügen und Erfindungen immer schwerer. Wir müssen den Dingen auf den Grund gehen, sonst können wir Sie nicht freilassen."

„Ich will doch nur frei sein, um meine Aufgaben zu erfüllen", beklagte sie sich. „Ich habe nichts Böses getan. Ich sage doch die Wahrheit. Warum glauben Sie mir nicht?"

„Wie kann ich Ihnen glauben, wenn Sie mir nicht erzählen, was wir wissen wollen? Das hier ist ein interessantes Dokument", bemerkte er und blätterte in dem Adressbuch, das sie auf der Straße hatte loswerden wollen. „Bevor Sie uns nicht verraten haben, was es mit all diesen Namen und Orten auf sich hat, können wir Sie auf gar keinen Fall freilassen."

„Ich hab' von all dem keine Ahnung", murmelte die junge Frau. „Ich kann dazu nur sagen, dass ich versucht habe, Ihnen wahrheitsgetreu zu antworten, und Sie glauben mir nicht. Was soll ich da noch mehr sagen?"

„Sie haben aber einen eigenartigen Begriff von Wahrheitsliebe", entgegnete der Polizeichef. „Wir werden morgen damit anfangen, die Dinge etwas genauer herauszufinden."

Am nächsten Morgen, Samstag, den 11. Februar 1944, erschienen einige von Bissoirs Untergebenen vor Suzys Zelle. „Sie werden uns jetzt zum Hotel Ibis begleiten, Mademoiselle Kraay. Wir wollen feststellen, ob sich dort jemand an Sie erinnert", verkündete einer der Beamten.

Aber der Ausflug erwies sich für die Polizei als erfolglos. Niemand in dem Hotel gab zu, die junge Frau zu kennen. Auf dem Weg zurück in die Zelle steckte ihr ein Mann einen Zettel von Bissoirs Sekretär zu. Sie las: „Monsieur Caubo ist von der Polizei verhaftet worden. Er sitzt hier in diesem Gefängnis."

Suzy dachte eine ganze Weile über diese Worte nach. Konnte das vielleicht ein Trick sein – oder war sein Sekretär ein Sympathisant des Widerstands?"

Kurz nach dem Mittagessen holte man Suzy wiederum in Bissoirs Büro.

„So, Mademoiselle Kraay, Sie müssen mir Ihr Vertrauen schenken", begrüßte sie der Polizeichef. „Wenn Sie mir wahrheitsgemäß antworten und auf mein gutes Urteilsvermögen bauen, ist es immerhin möglich, dass wir Sie sehr bald entlassen können – vielleicht sogar schon morgen. Das bedeutet aber, dass Sie mir alles erzählen müssen, was Sie wissen. Sie können davon ausgehen, dass Ihre Auskünfte diskret behandelt werden."

„Aber Sie sind schon mit den Angaben, die ich Ihnen über die Flieger im Bahnhof gemacht habe, nicht gerade vertraulich umgegangen – auch wenn sie falsch waren", gab die junge Frau zurück. „Außerdem nehmen Sie nach wie vor an, dass ich mehr Informationen habe, als dies tatsächlich der Fall ist."

Bissoir signalisierte dem Wachposten, der neben der Bürotür gewartet hatte, die Gefangene in ihre Zelle zurückzuführen, und knurrte ärgerlich:

„Sie verfügen sehr wohl über noch weitere Informationen. Die Frage ist nur, wann wir die von Ihnen bekommen. Vielleicht morgen, oder etwa erst übermorgen. Möglicherweise auch nicht vor nächster Woche. Aber wir werden sie bekommen, Mademoiselle Kraay – verlassen Sie sich darauf!"

Am Sonntagmorgen wurde Suzy erneut in Bissoirs Dienstzimmer gebracht.

„Ich habe hier einen Brief, der anscheinend etwas mit Ihnen zu tun hat", erklärte er und hielt ihr einige Blätter unter die Nase. „Er trägt Ihre Unterschrift und ist an Monsieur Caubo, Ihren Freund bei der Bahn, adressiert. Ich möchte Sie nun bitten, mir diesen Brief vorzulesen, da er in Niederländisch geschrieben ist.

Vielleicht können wir auf diesem Weg etwas mehr über Ihren wahren Charakter erfahren."

Der Brief ließ Suzy den Atem anhalten. Nun wusste sie ohne jeden Zweifel, dass Caubo – ebenfalls ein Mitglied des Netzes „Holland-Paris" – verhaftet worden war. Sie waren wahrscheinlich zu ihm nach Hause gegangen, nachdem sie seinen Namen in ihrem Notizbuch gelesen hatten. Suzy hatte Caubo gebeten, den Brief auf seiner nächsten Dienstreise in die Niederlande ihrer Mutter zu übergeben. Das Schreiben beinhaltete keinerlei Adressen oder andere wichtige Mitteilungen außer einem Abschnitt, der sich auf die Verlegung von Suzys Vater aus dem Gefängnis in Vught nach Utrecht bezog. Bei der Übersetzung ließ sie diesen Teil aus.

„Sehr schön, das ist schon sehr gut", grinste Bissoir, als sie für ihn fertig übersetzt hatte. „Eine solche Zusammenarbeit können wir gut gebrauchen, Mademoiselle Kraay. Wenn Sie weiterhin mit uns kooperieren, gehe ich davon aus, dass Sie bald frei sein werden."

Man führte sie anschließend zwar in ihre Zelle, doch schon am späten Nachmittag saß sie erneut in Bissoirs Büro.

„Sie wissen natürlich selbst, dass es nur zu Ihrem Vorteil ist, hier in der Präfektur zu bleiben, anstatt in das Gefängnis geschickt zu werden, das von der Gestapo geleitet wird. Unsere deutschen Freunde lassen nicht so locker mit sich reden wie ich. Also, ich bin sicher, Sie wollen doch lieber mit uns hier zusammenarbeiten als dorthin wechseln zu müssen, stimmt's? – Sehen Sie hier", fuhr er fort und reichte Suzy ihre Handtasche. „Hier ist Ihr Bargeld sowie Ihre persönlichen Dinge. Wir haben Ihr Büchlein und ein paar andere Kleinigkeiten behalten, aber wir wollten Ihnen doch Ihre Handtasche zurückgeben. Die benötigt doch jede Frau, nicht wahr?"

In der folgenden Nacht versuchte Suzy in ihrer Zelle, noch einmal zu überdenken, was bis dahin geschehen war, und zu planen, was sie als nächstes tun würde. Aber sie konnte Bissoirs Informationsstand nicht exakt genug einschätzen, um eine bestimmte Taktik zu entwickeln.

‚Ich werde aus der Situation heraus entscheiden müssen', folgerte sie. ‚Wenn sie mich nicht der Gestapo übergeben, komme ich vermutlich in ein oder zwei Tagen hier raus.'

Am Montagmorgen ging es wieder in Bissoirs Büro. Diesmal gab er ihr die Lebensmittelpakete zurück, die sie bei ihrer Festnahme dabeihatte. Allerdings forderte er sie auf, eine Erklärung zu unterschreiben, dass die Vorräte als Schwarzmarktartikel zu betrachten seien.

Am frühen Nachmittag rief man sie plötzlich aus ihrer Zelle in das Büro von Bissoirs Sekretär. Dieser schloss zunächst die Türe und verriegelte sie, damit die Posten von draußen nicht unverhofft eintreten konnten. Dann wandte sich der junge Angestellte der Gefangenen zu.

„Sie müssen sich in Acht nehmen, was Sie dem Polizeichef Bissoir anvertrauen", begann er. „Er arbeitet für die Deutschen. Alles, was Sie ihm mitteilen, wird sofort weitergeleitet. Sie werden wahrscheinlich in einigen Stunden an die Gestapo übergeben; aber wenn Sie dort sind, passen Sie nur ja auf, dass Sie denen dasselbe erzählen wie Bissoir. Andernfalls wissen die sofort, dass Sie Ihre Taktik geändert haben. Ich habe Caubo auch schon gewarnt, damit er Bescheid weiß. Sie halten ihn in einem anderen Gebäudeteil hier im Hauptquartier gefangen."

„Sie sind einer von uns, nicht wahr?", stellte Suzy mit Erleichterung fest, als der Sekretär die Ausführungen über seinen Chef beendet hatte. „Es tut gut zu wissen, dass es noch ehrliche Menschen gibt, die bereit sind, anderen zu helfen. Vielen Dank für diese Informationen."

Spät am selben Abend standen die Wachen schon wieder vor Suzys Zelle, diesmal in Begleitung von sechs deutschen Soldaten und Caubo. Sie fesselten die beiden Gefangenen mit Handschellen aneinander und marschierten mit ihnen in die kalte Nacht hinaus. Nach einer knappen halben Stunde erreichten sie das Gestapo-Hauptquartier in der Rue des Saussaies. Anschließend wurde Suzy eine Stunde lang verhört, und sie wiederholte genau dieselbe Geschichte, die sie in den vergangenen zwei Tagen Bissoir erzählt hatte. Die restliche Nacht verbrachte sie im nahe gelegenen Gefängnis von Fresnes.

Am folgenden Tag wurde die Befragung im Gestapo-Hauptquartier fortgesetzt. Im Laufe des Verhörs betrat ein Offizier den Raum.

„Ich freue mich, Sie hier anzutreffen, Mademoiselle Kraay", begrüßte er die junge Frau. „Sie können uns sicher weiterhelfen. Ich habe hier etwas, das ich Ihnen zeigen möchte. Ich bin davon überzeugt, dass Sie die Identität dieses Mannes bestimmen können." Der Offizier zog ein großes Foto aus einem Buch – es war ein Bild von Jean Weidner.

„Kennen Sie diesen Mann, Mademoiselle Kraay?", wollte er wissen.

„Das kann ich so nicht sagen", gab die junge Frau zurück und musste sich sehr beherrschen, um ihr Erstaunen zu verbergen. „Es gibt viele Männer, die so ähnlich aussehen."

„Das ist richtig, aber dieser Mann hat eine besondere Bedeutung für uns – und für Sie nicht minder. Ich glaube, wir sollten zusammen in das Büro im ersten Stock gehen. Dort werden wir sehen, ob Sie nicht ein bisschen mehr über dieses Foto wissen."

Der Offizier gab den bereitstehenden Wachen ein Zeichen, die Gefangene nach oben zu bringen.

„Jetzt kommen wir mal zur Sache", erklärte er, als sie Platz genommen hatten. „Der Mann auf dem Foto ist Jean Henri Weidner. Wir wissen, dass er der Kopf einer sehr weitverzweigten Untergrundorganisation ist. Und wir wissen, dass Sie mit ihm zu tun hatten. Außerdem ist uns klar, dass Sie weder in der Präfektur noch hier bei uns die Wahrheit gesagt haben. Wir erwarten von Ihnen ab jetzt die richtigen Antworten, Mademoiselle Kraay."

‚Wie konnten die mich so schnell mit dem Namen Jean Weidner in Verbindung bringen?', wunderte sich Suzy und musterte den Offizier, der am anderen Ende des Schreibtisches saß. ‚Soweit ich mich erinnere, habe ich seinen Namen kein einziges Mal erwähnt. Ich habe zu niemandem über meine Verbindungen zu ‚Holland-Paris' gesprochen. Wie kommen die nur darauf?'

„Ich möchte Sie nur warnen: Wir haben nicht viel Geduld mit Leuten, die sich Lügen ausdenken", drohte der Gestapo-Mann. „Wir wissen zu viel über Sie und auch über ‚Holland-Paris'. Uns ist jedes Mittel recht, Ihrem Erinnerungsvermögen nachzuhelfen. – Und ...", er machte eine Pause und fuhr mit Nachdruck fort, „ich versichere Ihnen, wir haben viele Möglichkeiten!"

„Ich kann nicht bestreiten, dass ich Jean Weidner kenne", antwortete Suzy. „Im November 1943 wurde ich aus dem Gefängnis in Gurs entlassen. Von dort aus fuhr ich nach Lyon, wo ich mich an Monsieur Weidner wandte. Seit damals habe ich ihn aber nicht wieder gesehen."

„Und wie sind Sie aus der Haft in Gurs herausgekommen?", wollte der Offizier weiter wissen.

„Sie haben mich freigelassen. Ich habe etliche Berufungsanträge gestellt. Schließlich teilte man mir mit, ich könnte gehen."

„Und wohin fuhren Sie nach dem Treffen mit Weidner?"

„In die Niederlande; über Paris und Brüssel."

„So, so, in die Niederlande – und dort, nehme ich an, haben Sie nur gesessen und Däumchen gedreht, oder? Erzählen Sie mir doch keine Märchen! Als nächstes behaupten Sie noch, Sie seien nie in Ihrem Leben in Toulouse gewesen. Ihre Geschichte ist doch von vorn bis hinten erlogen. Ich habe Sie ja bereits gewarnt, dass wir hier genügend Möglichkeiten haben, Ihrem Gedächtnis auf die Sprünge zu helfen. Anscheinend werden wir einige dieser Mittel anwenden müssen. Das können Sie sich diese Nacht in Ihrer Zelle noch einmal durch den Kopf gehen lassen!"

Zurück im Gefängnis in Fresnes, dachte Suzy über die Worte des Nazi-Offiziers nach. Als sie sich vorstellte, was am nächsten Morgen alles auf sie zukommen konnte, lief es ihr kalt den Rücken hinunter. Aber wider Erwarten standen an den folgenden beiden Tagen keine Soldaten vor ihrer Zellentür. Am Donnerstagmorgen jedoch drehte sich der Schlüssel im Schloss, und Suzy wurde erneut ins Hauptquartier der Gestapo gebracht und vor denselben Diensthabenden zitiert, der sie schon drei Tage zuvor unter Druck gesetzt hatte. Diesmal waren noch zwei weitere Offiziere anwesend. Sie wiesen zunächst noch einmal auf ihre Foltermethoden hin und forderten Suzy dann auf, Ihre Lebensgeschichte zu erzählen.

„Falls Sie sich immer noch nicht besser erinnern können, sieht es für Ihren Vater schlecht aus", erklärte einer der Beamten. „Wie Sie sehen, wissen wir auch über ihn Bescheid; und ich bin sicher, Sie wollen nicht, dass ihm weiterer Schaden zugefügt wird, nicht wahr?"

Durch die Worte des Offiziers zutiefst beunruhigt, fing Suzy an, die wesentlichen Ereignisse ihres Leben aufzuzählen. „Im Oktober 1942 reiste ich von den Niederlanden nach Paris. Danach versuchte ich, über die Pyrenäen nach Spanien zu gelangen, wurde aber gefangen genommen und in Gurs eingesperrt. Nach meiner Freilassung ging ich nach Lyon, und dann zurück in die Niederlande."

Das Verhör dauerte Stunden. Um sechs Uhr abends mischten sich noch zwei weitere Gestapo-Beamte mit ihren Fragen ein.

Plötzlich platzte einer der Offiziere heraus: „Sie wissen doch ganz genau, Mademoiselle Kraay, dass Ihr Vater in Utrecht wegen seiner Aktivitäten im Untergrund zum Tode verurteilt worden ist – und niemand außer Ihnen kann das ändern. Wenn Sie endlich anfangen, mit der Wahrheit herauszurücken, können Sie das Leben Ihres Vaters retten – bedenken Sie das!"

Zu Tode erschrocken, verschlug es der jungen Frau die Sprache. Ohne weitere Fragen schickte man sie kurz darauf zurück in ihre Zelle. Schon um sieben Uhr wurde sie am nächsten Morgen wieder in das Gestapo-Hauptquartier gebracht. Die Offiziere zeigten ihr Fotos von vielen verschiedenen Personen, aber sie konnte nur ein einziges Gesicht identifizieren. Bald gesellte sich ein hoher deutscher Militäroffizier hinzu, und wenig später traten zwei weitere Uniformierte ein. Wie ein Trommelfeuer prasselten die Fragen auf Suzy nieder: „Wo hält sich Jean Weidner auf? Wo befindet sich Herman Laatsman?" Nach zwei Stunden brutalen Kreuzverhörs fingen die Männer auch noch an, ihr Opfer zu schlagen und zu treten. Das dauerte weitere dreißig Minuten, dann verschwanden sie plötzlich und ließen Suzy allein.

Aber schon bald kehrten sie zurück. Ein Offizier beugte sich über die erschöpfte junge Frau und drohte ihr: „Falls Sie glauben, wir verschwenden unsere Zeit weiterhin mit Ihren Lügen, dann irren Sie sich gewaltig! Ich warne Sie, wir fragen Sie jetzt ein letztes Mal. Wenn Sie wieder keine besseren Antworten parat haben, können Sie sich auf Schlimmeres gefasst machen! Geben Sie uns die Namen und Adressen aller ‚Holland-Paris'-Führer, dann wird Ihr Vater freigelassen. Wir kennen auch Ihre Mutter in den Niederlanden. Wenn Sie uns nicht sagen, was wir wissen wollen, können wir nicht dafür garantieren, was mit ihr geschieht. Sie haben fünf Minuten, darüber nachzudenken – dann werden wir noch einmal von vorne anfangen."

„Ich brauche keine Bedenkzeit", erwiderte Suzy. „Ich habe Ihnen bereits alles gesagt, was ich weiß, und ich verstehe nicht, warum Sie mir nicht glauben wollen."

„Na gut, wenn das Ihre Antwort ist", sagte der Offizier ungerührt und befahl den Wachen, die Gefangene in den Keller zu bringen.

Sie wurde die Treppe hinunter und einen langen Gang entlang bis vor eine der vielen schweren Holztüren geführt. Die Posten öffneten den Raum und stießen Suzy hinein.

Zunächst glaubte sie, nur in einem leeren Zimmer zu stehen. Dann fiel ihr Blick aber auf die gegenüberliegende Wand, und was sie dort zu sehen bekam, ging ihr durch Mark und Bein. An der Mauer hingen drei Männer; ihre Handschellen steckten auf schweren Eisenhaken, und ihre Füße schwebten etwa einen halben Meter über dem Boden. Sie schienen nicht mehr am Leben zu sein, denn sie bewegten sich nicht. Einem der Männer hatte man das Hemd ausgezogen, und sein zerschundener Rücken war nur noch ein Klumpen aus Blut und Fleisch.

Nach ein paar Minuten betrat ein SS-Mann den Raum, führte sie den Korridor zurück, die Treppe hinauf und wieder in ein anderes Zimmer, wo die vier Offiziere auf sie warteten.

„Jetzt haben Sie gesehen, wie es anderen ergangen ist, Mademoiselle Kraay", grinste einer der Männer. „Haben Sie mittlerweile vielleicht doch Ihre Meinung geändert?"

„Nein, ich habe nichts mehr zu sagen."

„In Ordnung. Wachen, bereitet sie vor!"

Die Soldaten rissen ihr die Kleider vom Leib, fesselten ihre Hände hinter dem Rücken und ketteten ihre Füße aneinander. Als sie versuchte, sich umzudrehen, um von den Männern wegzukommen, erblickte sie die gefürchtete „Badewanne", eine Standard-Foltermethode der Gestapo. Im nächsten Augenblick wurde sie auch schon in jenen Trog mit kaltem Wasser geworfen, derbe Hände packten ihre Haare und zwangen sie mit dem Kopf bis auf den Grund.

Die Sekunden dehnten sich zu Minuten; dann begann sie heftig zu strampeln. Im selben Augenblick tippte einer der Offiziere dem Posten auf die Schulter, und dieser zerrte ihren Oberkörper aus dem Wasser.

„Los, sagen Sie uns, wer die Führer sind! Wie lauten deren Adressen?", brüllte der Offizier sie an.

Suzy schüttelte nur ihren Kopf.

Erbarmungslos wurde sie sofort wieder unter Wasser gedrückt. Diese sich ständig wiederholende Prozedur dauerte eine geschlagene Stunde. Am Ende zogen sie Suzy aus der Wanne, warfen sie auf den Boden und verließen wutentbrannt den Raum.

Zwanzig Minuten später kehrten sie zurück und fingen an, sie zu treten. Bei jedem Versuch, den Tritten auszuweichen, wurde sie wieder zu Boden gestoßen. Während dieser ganzen Quälerei rissen die bohrenden Fragen nicht ab: „Wo ist Jean Weidner? Wie heißen die Führer von ‚Holland-Paris'? Wer sind die Mitglieder in Paris? Wie oft sind die Agenten von Paris nach Brüssel unterwegs? Wo verlaufen die Fluchtrouten?"

Ganz plötzlich hörten sie auf, und einer von ihnen wandte sich an den SS-Mann, der die Szene von der Türe aus beobachtet hatte. „Schaff sie in den Tisch-Raum!", lautete der Befehl.

Brutal stellten sie Suzy wieder auf ihre Füße und schoben sie zur Tür hinaus. Diesmal betraten sie einen Raum im unteren Stockwerk, in dem gerade andere Folterungen im Gange waren. Ein Mann lag festgebunden auf einem Tisch, und vier Soldaten schlugen mit schweren Lederriemen wild auf ihn ein. Sein Körper war blutüberströmt, und er schrie jämmerlich.

Als Suzy sich abwenden wollte, hielt der SS-Offizier ihren Kopf fest und zwang sie, hinzusehen. Kurz darauf wurde sie ohnmächtig. Als sie wieder zu sich kam, musste sie die blutige Szene erneut verfolgen. Dann wurde sie wieder in den ersten Stock gebracht.

„Als nächste sind Sie dran, Mademoiselle Kraay. Wenn sie uns aber erzählen, was wir wissen möchten, wird Ihr Vater auf freien Fuß gesetzt, Ihrer Mutter wird kein Haar gekrümmt, und Sie müssen sich nicht auf diesen Tisch legen. Aber wir werden nicht einen Moment zögern, Sie dorthin zu bringen. Letzten Endes werden wir unsere Informationen schon irgendwie bekommen. Sind Sie bereit hinunterzugehen, oder haben Sie uns doch noch etwas zu sagen?"

Angesichts der Gefahr für das Leben ihrer Eltern und der grauenhaften Folter auf dem Tisch war Suzy schlagartig am Ende ihrer Kräfte. Sie brach in heftiges Schluchzen aus, und eine nie gekannte, unbeschreibliche Angst machte sich in ihr breit. Sie fürchtete sich mit einem Mal so sehr, dass sie die Stimmen der Offiziere, die sie anbrüllten, nicht mehr ertragen konnte. Ihre Welt schien zusammenzubrechen, und sie verlor jegliche Selbstkontrolle.

„Ich sag alles! Ich sag alles! Ich sag alles!", schrie sie. „Tun Sie bloß meinen Eltern nichts! Und schlagen Sie mich nicht mehr! Ich halte das nicht aus!" Ihr Körper bebte vor Schmerz und Angst.

Die Männer führten die Gefangene an einen Schreibtisch, und ein Offizier nahm ihre Aussagen zu Protokoll. Sie gab die Namen und Wohnorte der Untergrundführer preis, berichtete über deren Gepflogenheiten und wo sie am ehesten anzutreffen waren. Sie nannte der Gestapo die Adressen von Herman Laatsman, von Jeans Schwester Gabrielle Weidner, von Mademoiselle Meunier in Annecy und von Paul Meyer, Pastor der Adventgemeinde in Lyon. Mit zitternden Lippen brachte sie weitere Namen hervor. Sie schilderte Weidners Gewohnheiten, zählte seine Freunde auf und die Orte, an denen er sich gern aufhielt. Seine Adresse kannte sie allerdings wirklich nicht, denn er lebte mittlerweile irgendwo in Genf, und während seiner Aufenthalte in Frankreich oder in den anderen besetzten Ländern reiste er ständig von einem Ort zum andern.

In dieser Nacht kauerte Suzy völlig verängstigt auf ihrem Lager im Gefängnis von Fresnes, völlig gebrochen durch die stundenlangen Folterungen.

Am Sonntag wurde sie noch einmal verhört, diesmal gleich in ihrer Zelle, aber sie hatte schon alles preisgegeben, was sie wusste. Am 28. März 1944 verlegte man sie von Fresnes in das Gefängnis von Romainville, und am 16. April wurde sie in das KZ Ravensbrück eingeliefert.

Die Gestapo hielt sich bezüglich Suzys Vater an ihr Wort: Er wurde tatsächlich aus dem Gefängnis entlassen – aber gleich am nächsten Tag wieder verhaftet! Er starb in einem Konzentrationslager.

In der qualvollen Stunde, als ihre Willenskraft unter den Drohungen und Folterungen der Gestapo zusammenbrach, konnte Suzy Kraay sich wahrscheinlich kaum vorstellen, welche Folgen ihre Geständnisse haben sollten: Fast 150 Mitglieder des Netzes „Holland-Paris" wurden festgenommen. Auf mindestens vierzig von ihnen wartete der Tod in einem Konzentrationslager.

18 Das Netz zerfällt

Als Weidner am 14. Februar 1944 von Vichy kommend Paris erreichte, empfing man ihn gleich mit der beunruhigenden Nachricht von Suzy Kraays Inhaftierung, doch zunächst war Weidner nicht sonderlich besorgt. Schließlich war es nicht das erste Mal, dass ein Mitglied von „Holland-Paris" in die Hände der französischen Polizei geraten war. Bisher hatten alle ihre Freiheit wiedererlangt. Jean ging auch davon aus, dass die reguläre Pariser Gendarmerie nicht mit den Deutschen kooperierte; auf keinen Fall würden sie also Suzy den Nazis ausliefern oder Informationen weiterleiten, die sie ihnen gegeben hatte. Er konnte nicht wissen, dass Suzy jener Spezialeinheit ins Netz gegangen war, die unmittelbar mit den Deutschen zusammenarbeitete.

Kurze Zeit später erfuhr Weidner, dass auch Caubo samt Frau und Kindern verhaftet worden war. Ein anderer „Holland-Paris"-Mitarbeiter konnte Einzelheiten berichten: „Die Polizei fand Caubos Anschrift auf einem Zettel, den Suzy bei sich trug. In seinem Haus entdeckten sie beträchtliche Mengen Lebensmittel und einige goldene Uhren. Laut Herman Laatsman befand sich in Caubos Obhut auch ein Anzug, in dem neue Ausweispapiere für dich und Jacques Rens versteckt wurden. Es ist gut möglich, dass die Polizei auch dieses Kleidungsstück beschlagnahmt hat."

Am nächsten Tag wurde Pierre, ein „Holland-Paris"-Agent, zu Caubos Adresse geschickt, um herauszufinden, ob die Gendarmen den bewussten Anzug mitgenommen hatten. Als er auf die Eingangstüre zuging, stellte sich ihm ein französischer Polizist in den Weg.

„Was wollen Sie in diesem Haus?", fuhr ihn der Beamte an.

„Ich bin mit dem Herrn, der hier wohnt, befreundet", antwortete Pierre. „Ich will ihn besuchen."

„Er ist nicht mehr da. Wir haben ihn wegen illegaler Machenschaften auf dem Schwarzmarkt verhaftet", erklärte der Beamte. „Außerdem habe ich den Verdacht, dass er einer Untergrundorganisation angehört. Wenn Sie ein Bekannter von ihm sind, gehören Sie ja möglicherweise auch dazu. Sie haben Glück, dass Sie mir begegnet sind und nicht meinem Kollegen, der gerade Mittag macht. Er ist nämlich ein ‚falscher' Franzose. Wir sind auf der anderen Straßenseite postiert, um jeden, der sich diesem Grundstück nähert, festzunehmen. Ich nehme nicht an, dass Ihnen Ihr Freund irgendetwas über seine Untergrundaktivitäten erzählt hat – falls meine Vermutung über ihn zutrifft."

„Und eine junge Frau – sie heißt Suzy Kraay – wissen Sie, was mit ihr passiert ist?", erkundigte sich Pierre, der rasch herausgespürt hatte, dass der Polizist dem Widerstand positiv gegenüberstand.

„Ich weiß nichts über sie", gab dieser zurück. „Wir sind nur für den Fall Caubo zuständig. Und jetzt verschwinden Sie hier, schnell – bevor mein Kollege zurückkommt. Er würde Sie ohne lange Diskussion sofort festnehmen, wenn er hier wäre."

Pierre beeilte sich, diese Informationen an Weidner weiterzugeben. Dieser bestellte Laatsman, Rens und noch ein paar andere Mitglieder seiner Pariser Mannschaft noch für denselben Abend zu einem Treffpunkt, um über die Inhaftierung der beiden Kollegen zu beraten.

„Caubo hat in der letzten Zeit nur begrenzt Kontakt zu anderen Gruppenmitgliedern gehabt; am meisten mit dir, Herman", konstatierte Weidner, als alle versammelt waren. „Ich bin sicher, er wird keine Informationen weitergeben, die uns veranlassen müssten, unsere Aktivitäten zu ändern."

Die anderen stimmten ihm zu, dass Caubo vertrauenswürdig sei und bei der Polizei keine entscheidenden Angaben über die Arbeit oder die Führer ihrer Vereinigung machen würde.

„Suzy ist auch sehr zuverlässig", fuhr Jean fort. „Wir können ihr vertrauen. Sie ist sehr viel unterwegs gewesen und hat niemals an der falschen Stelle einen Namen fallen lassen. Sie ist bestimmt klug genug, aus dieser Situation wieder herauszukommen. Weder sie noch Caubo werden irgendetwas sagen, was der Polizei weiterhilft. Durch die Lebensmittel, die Suzy bei sich hatte, wird es sicher so aussehen, als ob sie auf dem Schwarzmarkt tätig gewesen sei, aber auch das kann sie klarstellen. Wir werden versuchen, mehr Informationen über die beiden zu bekommen. Ansonsten machen wir weiter wie bisher."

Am nächsten Morgen brach er nach Belgien auf, um Aufträge für „Holland-Paris" in Brüssel zu erledigen. Er berichtete den Mitgliedern der dortigen Gruppe von den beiden Verhaftungen und beteuerte wiederholt sowohl Suzys als auch Caubos Vertrauenswürdigkeit.

Als Weidner am 16. Februar nach Paris zurückkehrte, befand sich Suzy noch immer in den Händen der französischen Polizei.

Er beauftragte seine Pariser Helfer, sich weiterhin um Hinweise auf den Stand der Dinge zu bemühen. Die Durchschleusung von Flüchtlingen und Fliegern von Paris nach Südfrankreich sollte allerdings nicht unterbrochen werden.

Am 23. Februar besuchte Weidner seine Schwester in Paris und hinterlegte bei ihr einige der „Objekte", die zur Tarnung geheimer Botschaften benutzt wurden – den Bleistift und die Schlüssel. Gabrielle erklärte sich bereit, die Gegenstände in ihrer Wohnung zu verstecken.

Am selben Abend erfuhr Weidner, dass Madame Caubo mit ihren Kindern von der französischen Polizei freigelassen worden war. Leider hatte Caubo angesichts seiner eigenen Notlage aber vergessen, seiner Familie eine Nachricht bezüglich seiner und Suzys Situation mitzugeben. So erfuhren Jeans Agenten in ihrem Gespräch mit den Entlassenen eigentlich nichts Neues, außer dass die Polizei den Anzug mit den Papieren für Jean und Jacques nicht gefunden hatte. Caubo hatte das Kleidungsstück einem Nachbarn anvertraut, der nach der Verhaftung alle Dokumente verbrannt hatte.

Am Freitag, den 25. Februar, trafen sich Laatsman, Nykerk, Rens, Chait und Weidner gleich mehrmals, um die aktuelle Situation gründlich abzuwägen. Schließlich kamen sie zu dem für sie logischen Schluss: „Suzy ist nun schon so lange in Gewahrsam. Wenn sie wichtige Informationen verraten hätte, wäre in der Zwischenzeit sicher schon irgendetwas passiert. Man hat sie wahrscheinlich ins Gefängnis gesteckt. Wir werden also herausfinden müssen, wo sie sich befindet und ob es eine Fluchtmöglichkeit für sie gibt."

Im Laufe des Tages traf Annette, Jeans jüngste Schwester, mit einigen Botschaften aus den Niederlanden ein. Nachdem sie ihre Aufgabe erfüllt hatte, besuchte sie ihre Schwester. Jean hatte Gabrielle zuvor bereits mitgeteilt, dass er die Nacht im Haus von Pastor Oscar Meyer, dem Vorsteher der Franko-Belgischen Union der Siebenten-Tags-Adventisten, verbringen würde. Sie allein kannte seinen Aufenthaltsort. Zusätzlich hatte er ihr zwar verraten, dass er am Samstagabend nach Brüssel aufbrechen werde, nicht aber seine dortige Unterkunft genannt.

Am nächsten Morgen entschied er sich, in einen nahe gelegenen Park zu gehen und dort in seiner Bibel zu lesen, anstatt den Gottesdienst in der Adventgemeinde zu besuchen – was er normalerweise am Samstagvormittag tat. Aber er konnte es nicht riskieren, sich in irgendeiner Kirche blicken zu lassen. Seine Anwesenheit würde mit ziemlicher Sicherheit andere Gemeindemitglieder gefährden, falls die Gestapo ihn während des Gottesdienstes verhaftete. Also zog er sich an, spazierte in die kleine Grünanlage und studierte bis etwa elf Uhr in der Heiligen Schrift. Für zwölf Uhr war er mit Gabrielle und Annette zum gemeinsamen Mittagessen verabredet.

Plötzlich kam Annette mit Tränen in den Augen hastig über das gelbe Wintergras gelaufen.

„Sie sind während des Gottesdienstes gekommen", schluchzte sie. „Sie waren im Gemeindehaus und haben Gabrielle mitgenommen!"

Ihre Worte erschreckten Jean zutiefst. Er nahm seine Schwester in den Arm, um sie zu trösten. Mit „sie" konnte Annette nur die Gestapo meinen. Wahrscheinlich wurde Gabrielle gerade in diesem Moment bereits verhört.

„Nun mal langsam", bat er seine Schwester, als sie sich ein wenig beruhigt hatte, „was ist denn genau vorgefallen? Wie ist es passiert? Erzähl mir alles, was du weißt."

„Es war kurz nach zehn", fing Annette an. „Wir saßen in der Kirche und jemand teilte Gabrielle mit, dass zwei Männer sie im Vorraum sprechen wollten. Sie stand auf und kam nicht wieder zurück. Also ging ich ins Foyer, um sie zu suchen. Aber sie war nicht da. Dann lief ich zu ihrer Wohnung. Als ich die Türe öffnete, sah ich sie dort mit zwei Männern – beide in Zivil. Sie warf mir an den Kopf, dass sie gerade in einer Besprechung mit den beiden Herren sei. ‚Warum musst du immer deine Nase in meine Angelegenheiten stecken?' schrie sie mich an. ‚Stör mich doch nicht dauernd; siehst du denn nicht, dass ich beschäftigt bin? Ich will nicht belästigt werden! Verschwinde!'

Da wusste ich, dass es die Gestapo war, denn sonst würde sie mich niemals so anbrüllen. Sie wollte mich nur retten. Also habe ich mich schnell davongemacht und bin hierher gelaufen. Ich bin sicher, dass sie mittlerweile schon mit ihr weggegangen sind."

Annettes Bericht traf Jean ins Herz. Am liebsten wäre er sofort in Gabrielles Wohnung gerannt und hätte versucht, seine Schwester aus den Händen der Gestapo zu befreien, vielleicht sogar im Austausch gegen sich selbst; aber er wusste, dass es dafür mit ziemlicher Sicherheit schon zu spät war.

„Wir müssen jetzt klaren Kopf bewahren und vernünftig handeln, Annette", warnte er seine Schwester. „Wahrscheinlich haben sie Gabrielle inzwischen mitgenommen, aber das heißt noch nicht, dass sie auch schon ihre Wohnung durchsucht haben. Das werden sie sicher bald nachholen. Wenn sie dann die ‚Objekte‘ finden, wird Gabrielle mit in unsere Arbeit hineingezogen. Also müssen wir die Beweisstücke vorher herausholen, ebenso wie die falschen Papiere, die ich für dich mitgebracht hatte, damit du in die Schweiz reisen kannst. Du rufst jetzt deine Freundin an, die in demselben Appartementhaus wohnt, und fragst sie, ob noch jemand bei Gabrielle zu Hause ist. Und erkundige dich auch, ob das Haus überwacht wird."

Annette machte sich sofort auf den Weg, um diesen Auftrag auszuführen, während Jean im Park zurückblieb. Er wusste genau, dass es überall in der Stadt gefährlich für ihn war. Irgendetwas war geschehen. Er konnte nicht genau sagen, was, spürte aber, dass er sich an diesem Samstag in großer Gefahr befand. Deshalb war der sicherste Ort in diesem Augenblick immer noch dieser kleine Park.

Annette kehrte bald mit der Information zurück, dass sich niemand mehr in Gabrielles Wohnung aufhielt und dass, soweit ihre Freundin es beurteilen konnte, auch das Gebäude nicht bewacht werde.

„Dann geh sofort wieder dort hin", wies Weidner sie an. „Sei äußerst vorsichtig, wenn du dich dem Haus näherst. Sobald du jemanden entdeckst, der auch nur entfernt nach Gestapo aussieht, geh einfach am Eingang vorbei. Wenn die Luft rein ist, schleich dich in Gabrielles Appartement und such nach den Ausweispapieren. Sie hat sie bestimmt versteckt. Und sieh dich auch nach den ‚Objekten‘ um, die ich am Donnerstagabend dort gelassen habe. Bitte deine Freundin, als Beobachterin zu fungieren, während du dich im Gebäude aufhältst. Du solltest auf keinen Fall länger als zehn Minuten dort bleiben, weil die Gestapo jeden Moment wieder vor der Türe stehen kann. Dann komm so schnell du kannst hierher zurück."

Nach einer Stunde erschien Annette wieder im Park. Triumphierend flüsterte sie, dass sie sowohl die „Objekte" als auch ihre Dokumente in Sicherheit gebracht habe.

Daraufhin gingen sie gemeinsam zu Pastor Meyer, und Jean lagerte seine Sachen dort ein; unter anderem auch eine Aktentasche mit mehr als einer Million französischer Francs. Dieser Koffer war die „Schatztruhe" des Netzes „Holland-Paris", aus der Weidner die Ausgaben seiner weitverzweigten Untergrundorganisation bestritt.

Telefonisch informierte er anschließend Salomon Chait über Gabrielles Festnahme und bat ihn, umgehend in den Park zu kommen. Anschließend regelte er Annettes Übernachtung bei einem guten Freund.

Im Anschluss an die Besprechung im Park machte sich Weidner auf den Weg zu dem Appartement seines Freundes Gilbert Beaujolin. Dieser hatte ihm erlaubt, seine Wohnung zu benutzen, wann immer er in Paris eine Bleibe suchte. Es folgte eine schlaflose Nacht.

Früh am nächsten Morgen traf Jean sich wieder mit Annette, und gemeinsam gingen sie in den Park, wo Chait und Madame Laatsman bereits auf sie warteten.

„Herman wurde gestern Morgen festgenommen!", berichtete Madame Laatsman. „Sie kamen um sieben Uhr, noch bevor wir aufgestanden waren, und zerrten ihn aus dem Haus. Anne-Marie, Okkie und Pierre sind ebenfalls abgeholt worden. Es hat eine Massenverhaftung in der ganzen Stadt gegeben, aber wie viele von unserer Gruppe dabei waren, kann ich nicht sagen."

Jean fragte sich, was hinter diesen ungewöhnlich zahlreichen Festnahmen stecken mochte. Gestern noch hatte er das Gefühl, dass Gabrielles Verhaftung aus einer erneuten Durchsicht seiner eigenen Akte bei der Gestapo resultieren konnte, obwohl er es für unwahrscheinlich hielt, dass sie den Namen seiner Schwester dort finden würden.

Aber diese vielen gleichzeitigen Polizeiaktionen mussten eine tiefere Ursache haben als nur den Blick in einen Ordner. Er ließ sich alle Namen in seiner Organisation nacheinander durch den Kopf gehen, um vielleicht auf einen Hinweis zu stoßen. Wem waren ihre Adressen bekannt? Schließlich wurde ihm die Anwort klar.

„Ich vermute, es ist Suzy", sagte er traurig zu Chait und Madame Laatsman.

Beide starrten ihn ungläubig an.

„Nur Suzy kannte die Adressen von all denen, die jetzt festgenommen worden sind", ergänzte Jean. „Von denen, die nicht verhaftet worden sind, wusste sie auch keine Anschrift. Sie muss die Namen in einem Heft oder sonst irgendwo notiert haben. Ich kann es auch kaum glauben, aber es muss Suzy sein. Sogar Gabrielles Name war ihr bekannt, denn meine Schwester hat ihr geschmuggelte Kleider aus der Schweiz besorgt."

Auch nachdem er seinen Verdacht gegen Suzy genau begründet hatte, konnten sie sich seiner Meinung noch nicht ganz anschließen. Ja, er selbst wollte eigentlich nicht recht glauben, was ihm seine Vernunft aufdrängte. Einig waren sie sich allerdings, dass irgendjemand gegenüber der Gestapo geredet haben musste. Jedes einzelne Mitglied des Netzes befand sich jetzt in ernster Gefahr; jeder konnte jeden Augenblick verhaftet werden – und das Schlimmste war, dass niemand wusste, wie viele Informationen die Gestapo tatsächlich bekommen hatte.

Immer noch schockiert von diesem jüngsten Schlag, bemühte sich Jean sofort darum, einen entsprechenden Aktionsplan aufzustellen. Er sandte Jacques Rens mit einer Meldung nach Brüssel, um die dortige Gruppe zu warnen und ihr zu raten, sich auf der Stelle aufzulösen und zu zerstreuen.

Chait sandte er nach Lyon und Annecy; Annette sollte nach Hause gehen, um dort weiteren Bescheid abzuwarten.

Weidner selbst zog sich in Beaujolins Wohnung zurück und wartete dort einige Stunden, bis seine Mitarbeiter ihm Neuigkeiten aus Brüssel und Lyon liefern konnten. Hier – mitten in Paris – war für ihn zu diesem Zeitpunkt der sicherste Ort, während die Gestapo in ganz Frankreich hinter ihm her war.

Ein paar Tage später kehrten seine Stellvertreter mit weit schlechteren Nachrichten nach Paris zurück als Jean erwartete.

„In Brüssel hatten sie schon fast die ganze Gruppe festgenommen, bevor ich dort eintraf", berichtete Jacques. „Paul, David, Hans und eine Menge amerikanische Flieger, mit denen sie gerade in Richtung Paris unterwegs waren, sind verhaftet worden. Zum Glück ist Pastor Ten Kate noch auf freiem Fuß, aber fast dreißig unserer Helfer sind verschwunden; und in den Niederlanden hat man ebenfalls einige unserer Agenten kassiert. Die Gestapo muss die Namen von zahllosen Leuten bekommen haben, deren Häuser sofort beschattet wurden; und jeder, der sich einer verdächtigen Adresse näherte, wurde festgehalten."

Ein selbstloser junger Niederländer, David Verloop, versuchte verzweifelt, seine Freunde in der Brüsseler Gruppe zu retten, indem er der Gestapo erzählte, er sei der für diese Stadt zuständige „Holland-Paris"-Führer. Andere Mitarbeiter der Organisation wollten ihn davon abhalten, aber er hörte nicht auf sie. Als die Gestapo ihn in den sechsten Stock des Gefängnisses brachte, riss er sich plötzlich von seinen Wachen los und stürzte sich das Treppenhaus hinunter in den Tod. Mit dieser heroischen Tat überzeugte er die Gestapo, dass er tatsächlich der Führer war, und dass mit ihm alle Pläne und Verantwortlichkeiten der Brüsseler Gruppe gestorben waren. Zur damaligen Zeit war Verloop, ein demütiger junger Christ, der jüngste Doktor der Philosophie in den Niederlanden.

In Lyon sah es nicht besser aus als in Brüssel. Weidners Sekretärin Raymonde, der Pastor der Adventgemeinde Lyon, Paul Meyer, und Jacquet waren festgenommen worden. Ungefähr zwanzig weitere Helfer waren spurlos verschwunden. Auch in Annecy waren einige Personen, darunter Mademoiselle Meunier, in Gewahrsam genommen worden.

In Vichy war auch Mario Janse, der Nachfolger von Arie Sevenster und letzte inoffizielle Repräsentant der Niederlande in Frankreich, im Zuge des Rundumschlags unter den „Holland-Paris"-Mitgliedern verhaftet worden. Ein paar Tage danach hielt sich Weidner in Vichy auf und erfuhr von Janses Schicksal. Noch am selben Abend verließ er die Stadt mit dem Zug in Richtung Paris. Als er nach seiner Ankunft dort auf den Bahnsteig trat, stand Janse plötzlich vor ihm – umgeben von sechs Wachposten und in schweren Fesseln. Die Blicke der beiden Männer trafen sich nur für den Bruchteil einer Sekunde, doch sie verstanden sich auch ohne Worte. „Kämpfe weiter", las Weidner in Janses Augen. „Gib nicht auf, wenn es darum geht, Leben zu retten!" Und Weidner erwiderte stumm: „Kopf hoch, Mario. Wir werden uns um deine Familie kümmern."

Diese Massenverhaftung war für das Netz „Holland-Paris" eine Katastrophe. Innerhalb eines einzigen Tages hatte die Gestapo das Herzstück der Organisation zerstört. Als Rens und Chait mit ihren Berichten über die von ihnen vorgefundenen Situationen fortfuhren, wurde Jean allmählich klar, dass annähernd 150 „Holland-Paris"-Mitglieder festgenommen worden waren. Der minuziös geplante und präzise ausgeführte Rundumschlag hätte mit Sicherheit auch ihn in die Falle locken sollen.

„Es war ein großer Fehler, Suzy so viel herumreisen zu lassen", gestand er den beiden Männern. „Die Verantwortung dafür liegt natürlich bei mir. Aber ich hatte volles Vertrauen zu der jungen Frau. Sie wurde mir von Herman wärmstens empfohlen, und sie hat ja auch gute Arbeit geleistet. Vermutlich ist sie misshandelt worden, aber ich war mir sicher, dass sie nicht einmal in der Folterkammer ein falsches Wort fallen lassen würde. Und warum sollte sie jemanden wie Pastor Paul Meyer verraten, der nicht einmal Mitglied unserer Organisation war? Er hat nichts weiter getan als etliche Juden zu verpflegen und ihnen Unterschlupf zu gewähren."

Obwohl die Gestapo die Funktionsfähigkeit des Netzes „Holland-Paris" beinahe lahmgelegt hatte, befanden sich die vier wichtigsten Köpfe der Gruppe noch nicht in ihren Händen – Nykerk, der als Ersatz für Laatsman in Paris ausgewählt worden war, Rens, Chait und Weidner.

„Auch wenn wir einen ungeheuren Rückschlag erlitten haben, können wir immer noch versuchen, die Gruppe wieder neu aufzubauen", wandte sich Jean an seine beiden Mitarbeiter. „Wir müssen aus Paris verschwinden, uns von der Schweiz aus neu organisieren und die personellen Lücken auffüllen. Der Verlust von Herman ist äußerst schmerzlich, aber wir vier können die wichtigsten Fluchtrouten noch aufrechterhalten. Es bleiben uns immer noch etwa 150 Mitarbeiter, und wir können neue Helfer anwerben. Die Organisation muss weiterlaufen, denn unsere Aufgabe ist noch lange nicht erfüllt."

Wenige Stunden später stieß Benno Nykerk zu dem Dreier-Team, und Weidner gab erste Anweisungen für die zukünftige Arbeit von „Holland-Paris".

Nykerk bekam den Auftrag, in Brüssel mit Pastor Ten Kate Kontakt aufzunehmen und alle übrigen Mitglieder ausfindig zu machen, denen man noch trauen konnte. Chait machte sich auf den Weg nach Toulouse, und Jacques brachte Annette in die Schweiz, wo er Dr. Visser't Hooft und General van Tricht Bericht erstattete. Weidner blieb einen weiteren Tag in Paris, um den Grundstock für eine neue örtliche Basis zu legen. Nach kurzen Aufenthalten in Lyon und Annecy traf er sich eine Woche später wieder mit seinen Kollegen im Restaurant La Provençale in Paris.

Annette erreichte Genf völlig erschöpft. In Folge der nervlichen Belastung durch die „Holland-Paris"-Katastrophe und die Verhaftung ihrer Schwester war sie mehrere Monate ernsthaft krank.

Die Gestapo setzte auf Weidners Festnahme eine Belohnung in Höhe von fünf Millionen französischen Francs aus, und so wurde er einer der meistgesuchten Untergrundführer Frankreichs. In ihrer Verzweiflung erhob die Gestapo sogar über deutsche diplomatische Kanäle bei der Schweizer Regierung Einspruch gegen das Asyl, das Jean dort gewährt worden war.

Kurz nachdem er in der Schweiz begonnen hatte, das Netz „Holland-Paris" wieder neu aufzubauen, erfuhr er von Gabrielles Aufenthalt im Gefängnis von Fresnes, direkt vor den Toren von Paris. Man wollte ihn damit ködern und hoffte, dass er versuchen würde, seine Schwester zu befreien. Bei dieser Gelegenheit sollte dann die Falle der Gestapo endgültig zuschnappen. Gabrielle ließ ihm aber die Nachricht zukommen, dass sie nicht gefoltert worden war und einigermaßen gut behandelt wurde. Gleichzeitig bat sie Jean eindringlich, unter keinen Umständen zu versuchen, ihr zu helfen.

In der Schweiz verbrachte Weidner lange Stunden damit, Rettungsmöglichkeiten für seine Schwester abzuwägen. Wenn er versuchen würde, ihr zu helfen und seine Pläne schlugen fehl, konnte das die Lage nur verschlimmern. Wenn sie aber nur deshalb in Frankreich festgehalten wurde, um ihn aus seinem Versteck zu locken, brauchte sie keine Misshandlungen zu befürchten, und sie würden sich am Ende des Krieges gesund und wohlbehalten wiedersehen. So sehr es ihn auch schmerzte, nicht einfach zu ihr gehen zu können, war ihm doch ebenso klar, dass er die Existenz seiner gesamten Organisation nicht für seine persönlichen Interessen aufs Spiel setzen durfte. Er dachte auch daran, sich für einen Austausch gegen Gabrielle zur Verfügung zu stellen, aber seine Erfahrungen mit der Gestapo konnten ihn kaum annehmen lassen, dass sie ein derartiges Arrangement akzeptieren würde. So sehr er auch hin und her überlegte: Es gab tatsächlich keine realistische Möglichkeit, seiner Schwester zu helfen.

19 Reise nach Toulouse

Im April 1944 erhielt Jean von Dr. Visser't Hooft klare Anweisungen für die bevorstehenden Aktionen. „Du musst ab jetzt bei deinen Operationen hier in der Schweiz äußerst behutsam vorgehen", riet er ihm. „Die Deutschen haben bei der Schweizer Regierung eine inoffizielle Protestnote eingereicht, in der behauptet wird, dass du von Schweizer Boden aus Untergrundaktivitäten organisierst. Sie sagen, dies sei eine Verletzung der Neutralität der Schweiz."

Jean begriff sofort, dass er sich noch diskretere Methoden ausdenken musste, da die Nazi-Geheimagenten ihm offenbar bis in die Schweiz folgten.

„Außerdem haben wir gerade neue Informationen aus London bekommen", fuhr Dr. Visser't Hooft fort. „Das alliierte Kommando bittet darum, einen Untergrundführer als Vertreter der unterschiedlichen Vereinigungen, die derzeit in den Niederlanden aktiv sind, nach London zu schicken. Für diese Aufgabe wurde vor Ort bereits Gerrit van Heuven Goedhart ausgewählt. Er hatte nach der Verhaftung von Frans Goedhart die Leitung des Widerstandsorgans Het Parool übernommen.

Wie du weißt, gehörte Gerrit Goedhart zu denjenigen, die uns ermöglicht haben, Informationen nach London zu senden. Jetzt bitten wir dich, dafür zu sorgen, dass er sicher von der niederländischen Grenze nach Spanien gelangt. Du wirst diese Operation sehr sorgfältig planen müssen, denn Gerrit ist ein äußerst wichtiger Mann, der auf keinen Fall in deutsche Hände geraten darf. Du wirst für ihn ausschließlich den Code-Namen ‚ZBM' (niederländisch für VIP) verwenden. Er ist einer der meistgesuchten Männer in seinem Land, und die niederländische Exilregierung setzt große Hoffnungen auf den Erfolg dieses Unternehmens. Wenn wir es schaffen, Gerrit aus dem besetzten Europa herauszubekommen, verpassen wir den Nazis damit einen kräftigen Tiefschlag, denn er wird den Bevollmächtigten in London wertvolle Informationen liefern. Für Montag, den 24. April 1944, ist bereits ein Treffpunkt an der belgischen Grenze vereinbart. Dort wird Lejeune, unser niederländischer Agent, ZBM deiner Obhut übergeben. Deine Aufgabe besteht dann darin, ihn von dort aus sicher nach Spanien zu bringen. Um die Kosten brauchst du dir bei dieser Aktion keine Sorgen zu machen."

Wie schon so oft brach Jean von Genf auf und überquerte unerkannt die Grenze mit dem Ziel Annecy, erreichte Lyon und schließlich Paris. Dort traf er sich mit Salomon Chait und Rens, um das brisante Vorhaben zu planen. Weidner beauftragte Moen, ZBM von Belgien nach Toulouse zu begleiten, und Jacques Rens übernahm es, den Untergrundführer dann über die Pyrenäen nach Spanien zu bringen.

Am 24. April standen Weidner und Moen pünktlich am vereinbarten Treffpunkt bereit, um ZBM zu übernehmen. Die Kontaktaufnahme verlief problemlos, und Jean vertraute den niederländischen Untergrundchef für die Reise nach Toulouse der Fürsorge seines Mitarbeiters an.

Kurz darauf kehrte Jean nach Genf zurück, um Dr. Visser't Hooft über den erfolgreichen Abschluss der ersten Phase der Operation Goedhart zu berichten. Diese Information wurde umgehend per Funkspruch nach London gemeldet. Gleichzeitig gab der Kirchenführer neue Wünsche der Exilregierung an Weidner weiter.

„Sie bitten dich jetzt, persönlich nach England zu kommen und mit ihnen über ‚Holland-Paris' zu sprechen. Du sollst ihnen auch die allgemeine Situation und die Stimmung der niederländischen Bürger schildern, mit denen du bis jetzt Kontakt hattest. Außerdem musst du eine sehr wichtige, höchst geheime Botschaft transportieren."

Jean erklärte sich bereit, diese Nachricht nach London zu bringen. Am 4. Mai gab Joop Bartels, der Sekretär von Dr. Visser't Hooft, Weidner letzte Anweisungen für seine bevorstehende Reise nach London. Er überreichte ihm auch zwei „Objekte" – eine große Kleiderbürste und eine Taschenlampe – zum Transport der geheimen Botschaften. Die Bürste war mit 2000 Mikrofilmen bestückt, während die Taschenlampe nur einige Ablichtungen von verschiedenen Untergrundzeitungen enthielt, die in den Niederlanden publiziert worden waren – Informationen, die die Nazis bereits besaßen. Im Falle einer Festnahme würde Jean die Taschenlampe als Köder preisgeben, als ob sie alle Informationen enthielte, die er zu übermitteln hatte. Nach der Ankunft in Toulouse, so erklärte ihm Bartels, würde man ihm noch weitere Nachrichten für London anvertrauen. Außerdem sollte er in Vichy einen Zwischenstopp einlegen, um dort finanzielle Vereinbarungen für die Fortsetzung der Flüchtlingsarbeit zu treffen.

Weidner gelangte wiederum ohne Zwischenfall über die schweizerisch-französische Grenze bis nach Annecy, wo er mit einigen seiner Helfer zukünftige Einsätze besprach. Als er am folgenden Tag mit dem Zug in Paris ankam, empfing ihn Jacques mit guten Nachrichten.

„Ich habe von Gabrielle gehört", berichtete er Jean. „Sie befindet sich immer noch in Fresnes und ist bis jetzt nicht gefoltert worden. Aber sie besteht weiterhin darauf, dass du auf keinen Fall versuchen sollst, ihr zu helfen, weil die Gestapo sie immer noch als Köder benutzt, um dich zu erwischen." Solche Neuigkeiten freuten Jean natürlich sehr. Vielleicht begriff die Gestapo ja auch endlich, dass Gabrielle dem Untergrund nicht angehörte.

Am Dienstag, dem 9. Mai 1944, traf Jean in Toulouse noch einmal mit Rens und Veerman zusammen, um letzte Vorkehrungen für die am nächsten Tag geplante Abreise von Gerrit van Heuven Goedhart nach Spanien zu treffen. Seit dessen Ankunft hatte man ihn in der Stadt versteckt halten müssen.

Zwei jungen Niederländern aus einem Flüchtlingstrupp in Toulouse wurden dieselben Informationen wie Weidner anvertraut, um sicherzustellen, dass die Botschaften ihr Ziel auch erreichten. Die beiden wollten in den von „Holland-Paris" selten benutzten so genannten ‚wagons plombes' – geschlossenen und versiegelten Güterwagen – über die Grenze nach Spanien gelangen.

Güterzüge, die zwischen Südfrankreich und Spanien unterwegs waren, wurden regelmäßig von den Deutschen kontrolliert. Anschließend versahen sie jeden einzelnen Waggon, bevor er die letzte französische Station – meist Toulouse – verließ, mit einem Bleisiegel. Den mutigen Eisenbahnangestellten, die für die Widerstandsbewegung arbeiteten, war es nun gelungen, sich das notwendige Blei und eine Kopie des offiziellen Siegels zu „besorgen". Nachdem die Deutschen ihre Sicherungen angebracht hatten, aber noch bevor die Züge den Rangierbahnhof verließen, brachen jene Untergrundhelfer die Siegel wieder auf, ließen Flüchtlinge oder Kuriere in den Waggons verschwinden und erneuerten die Plomben mit ihrem gestohlenen Material. In seltenen Fällen, wenn Flüchtlinge körperlich nicht in der Lage waren, den rauen Aufstieg über die Pyrenäen zu bewältigen, wurden sie von Jeans Leuten in jene Güterwagen gesteckt. Da die Deutschen aber mittlerweile von dieser Methode erfahren hatten, wurde sie nur noch selten praktiziert.

Die „Holland-Paris"-Führer hatten als Transportmittel für Goedhart auch die wagons plombes-Methode diskutiert, aber wegen der Gefahr einer Entdeckung durch die Deutschen sofort verworfen. Einige böse Erfahrungen überzeugten Weidner, dass der sicherste Weg für Goedhart tatsächlich nur der schwierige und anstrengende Aufstieg über die Berge sein konnte.

Nachdem der Niederländer die gefährliche Route durch die Pyrenäen erfolgreich gemeistert hatte, erreichte er schließlich über Portugal problemlos sein Ziel in England.

In London wurde Gerrit van Heuven Goedhart zum Justizminister der niederländischen Exilregierung ernannt. Nach Kriegsende war er als geschäftsführender Herausgeber der Tageszeitung Het Parool tätig – desselben Blattes, das während des Krieges im Untergrund publiziert worden war. 1947 berief man ihn bei den Vereinten Nationen in den Unterausschuss für Pressefreiheit. Am 14. Dezember 1950 wurde er als Hochkommissar der Vereinten Nationen für Flüchtlingsfragen eingesetzt, und 1955 erhielt er für die Arbeit, die diese Kommission unter seiner Leitung geleistet hatte, den Nobelpreis.

Am Samstag, den 20. Mai 1944, gesellte sich Gabriel Nahas, der sich mittlerweile auf der Pyrenäenroute sehr gut auskannte, abends im Le Club Restaurant zu Weidner, Rens und Veerman. Um das Risiko, belauscht zu werden, möglichst gering zu halten, vermieden sie es, beim Essen Jeans bevorstehende Tour über die Berge zu erwähnen. Schließlich gab es noch genügend andere wichtige Dinge zu besprechen, und die Zeit des behaglichen Zusammenseins war viel zu schnell vorbei.

Draußen vor dem Lokal standen die vier zufriedenen Männer noch eine Weile in der frischen Abendluft von Toulouse und blickten zuversichtlich in die Zukunft – doch diese sollte zunächst ein abruptes Ende finden.

„Hände hoch!", brüllte jemand gerade in dem Moment, als sie sich auf den Heimweg machen wollten. „Hände hoch oder wir erschießen euch wie wilde Hunde!"

Augenblicklich rissen die vier Männer ihre Arme hoch. Als er sich umsah, konnte Jean fünf Gestalten in Zivilkleidung erkennen; jede war mit einer Pistole bewaffnet.

Die Untergrundführer wurden mit immer noch erhobenen Händen gegen eine Wand geschoben und nach Waffen durchsucht; dann fing einer der Männer an, ihre Papiere einzusammeln. Als er in Nahas' Manteltasche griff, fielen ihm die Ausweise, die er den anderen bereits abgenommen hatte, auf den Gehsteig. Während er sich bückte, um die Dokumente wieder aufzulesen, stieß sich Nahas von der Wand ab und rannte so schnell er konnte die Straße hinunter.

„Erschieß ihn, erschieß ihn! Er entkommt!", brüllte der Anführer der Truppe. Noch am Boden nach den verstreuten Papieren fischend, richtete der Mann sofort seine Pistole auf den Fliehenden, aber das Schießeisen gab keinen Laut von sich.

„Mein Revolver ist verstopft ... äh, vielleicht eine Fehlzündung oder sowas", stammelte er hilflos und ließ die Waffe sinken. Nahas war längst verschwunden.

„Der ideale Zeitpunkt für eine kaputte Pistole!", stieß der Anführer wutschnaubend hervor. „Los, schaffen wir wenigstens die anderen ins Hauptquartier!"

Sie legten ihren Gefangenen Handschellen an und lotsten sie die Straße hinunter. Einen Pistolenlauf im Rücken, versuchte sich Jean unterwegs darauf zu konzentrieren, wer diese Männer sein konnten. Als er das Symbol an dem Gebäude erblickte, zu dem sie gebracht wurden, war ihm sofort klar, dass es sich um den Hauptsitz der Miliz handelte. Diese spezielle Polizeitruppe empfing ihre Befehle direkt von Joseph Darnand, einem Kollaborateur in Vichy. Kein Mitglied der französischen Regierungsspitze, weder Marschall Pétain noch Pierre Laval, hatte Vertrauen zu Darnand. Im Januar 1944 verschaffte ihm seine Zusammenarbeit mit den Nazis jedoch einen Kabinettsposten: Er wurde zum Polizeichef für ganz Frankreich ernannt, zugleich zum Kommandanten der Miliz, die nun schon seit geraumer Zeit allein seinen Befehlen gehorchte.

Die Miliz agierte völlig unabhängig von den regulären französischen Polizeieinheiten. Sie galt nicht wirklich als Teil der deutschen Gestapo, wurde aber oft als französische Gestapo bezeichnet, weil sie dasselbe Ziel verfolgte und dieselben Methoden anwandte. Außerdem arbeitete sie eng mit den Nazis zusammen, um die Widerstandsbewegungen zu zerschlagen.

Die drei Gefangenen wurden zur Befragung in getrennte Räume gebracht.

„Welche Freude, Sie hier begrüßen zu dürfen, Monsieur Dupont", begann der Vernehmungsbeamte, als Jean in dem ihm zugewiesenen Zimmer Platz genommen hatte. „Wir haben Sie überall gesucht, und hier – im Herzen von Toulouse – haben wir Sie nun endlich gefunden."

Jean war von dieser Anrede etwas irritiert. Soweit ihm bekannt war, hatte er für seine Arbeit niemals den Namen Dupont als Pseudonym verwendet. Die Papiere, die ihm die Miliz-Männer vor dem Restaurant abgenommen hatten, waren zwar tatsächlich auf einen falschen Namen ausgestellt, aber sie waren von de Gaulle-Agenten in der französischen Passbehörde angefertigt worden und in ganz Frankreich offiziell registriert. Jacques und Paul hatten ähnliche Dokumente.

„Dupont? Ich kenne keinen Dupont. Ich bin nicht Monsieur Dupont, glauben Sie mir!"

„Ach, sind Sie nicht?", antwortete der Beamte. „Sie tragen einen Schnauzbart – Monsieur Dupont ebenfalls. Ihre Gesichtszüge gleichen denen von Monsieur Dupont. Alles deutet darauf hin, dass Sie Monsieur Dupont sind, aber Sie streiten es ab! Hier, schauen Sie sich dieses Foto an. Sind Sie das vielleicht nicht, Monsieur Dupont?"

Jean betrachtete das Bild, das ihm der Beamte reichte. Ja, er musste tatsächlich zugeben, dass er aussah wie der Mann auf dem Foto. Um seine wahre Identität zu verschleiern, hatte er sich nämlich in den Wochen zuvor einen Schnauzer wachsen lassen und sich angewöhnt, eine Brille zu tragen. Durch diese Veränderung seines Äußeren hatte er unwissentlich erstaunliche Ähnlichkeit mit dem Abgebildeten angenommen.

Im weiteren Verlauf des Verhörs bestand der Miliz-Beamte darauf, dass Jean jener Dupont sei, und Weidner bestritt es weiterhin. Aus den ihm gestellten Fragen konnte er schließen, dass Dupont der junge Führer einer Untergrundbewegung war, der etliche Mitglieder der französischen Gestapo umgebracht hatte. Er war bereits gefasst und sogar gefoltert worden, hatte aber in einen anderen Teil Frankreichs fliehen können. Nach seinem Ausbruch wurde seine Beschreibung im ganzen Land verbreitet und der Befehl zu seiner sofortigen Festnahme herausgegeben.

Das Eintreten eines zweiten Beamten unterbrach die Befragung. „Ihr Freund Jacques hat uns bestätigt, dass Sie Dupont sind", behauptete er. „Was haben Sie dazu zu sagen?"

„Gar nichts – außer, dass das unmöglich ist, weil ich nicht Dupont bin", gab Jean zurück.

„Also, mir reicht's jetzt!", brüllte der Vernehmungsbeamte. „Wir werden Ihnen einen kleinen Vorgeschmack unserer elektrischen Möglichkeiten geben. Vielleicht hilft Ihnen das, ein wenig klarer zu denken!"

In einer Ecke konnte Weidner die Stromkabel der berüchtigten Miliz-Foltermethode erkennen, die mit der Badewannen-Quälerei der deutschen Gestapo kombiniert wurde. Die Beamten stießen ihn quer durch den Raum und zogen ihm seine Kleider aus.

Dann wurden die elektrischen Drähte an empfindlichen Körperteilen befestigt. Kaum hatten sie den Schalter umgelegt, durchzuckte der heiße, brennende Strom seinen Körper und verursachte ihm unsägliche Schmerzen.

„Wartet mal", meldete sich einer der Beamten plötzlich zu Wort. „In dem Bericht, den wir bekommen haben, steht, dass Dupont auf seinen Schultern frische Wunden tragen soll. Dieser Kerl hier hat aber nicht einen einzigen Kratzer. Am Ende ist er vielleicht wirklich nicht Dupont. Lasst uns in Vichy anrufen. Die haben dort die Originalunterlagen."

Wenige Minuten später kehrten sie zurück. „Tja, Vichy sagt, wenn Sie keine frischen Wunden auf Ihrer rechten Schulter haben, dann sind Sie nicht Dupont", bestätigte einer der Franzosen. „Also, dann sind Sie tatsächlich nicht Dupont, und wir müssen Sie gehen lassen."

Die Handschellen wurden Weidner abgenommen; er zog sich wieder an und wandte sich zum Ausgang.

„Halt, einen Moment noch!", hielt ihn einer der Beamten auf, als er schon fast draußen war. „Wir kennen ja immer noch nicht Ihren wirklichen Namen."

Jean versuchte nun unter allen Umständen zu vermeiden, auf diese Frage eine direkte Antwort geben zu müssen. Natürlich war er keineswegs bereit, seinen richtigen Namen preiszugeben, denn damit hätte er sich in eine weit schlimmere Lage gebracht, als wenn er tatsächlich Dupont gewesen wäre. Aber gerade sein Widerstand weckte bei den Miliz-Beamten tiefstes Misstrauen. Daraufhin ergoss sich erneut ein Schwall von Fragen über ihn, aber seine Antworten waren stets ausweichend.

„Wir haben viele Möglichkeiten, Ihren Namen herauszubekommen, auch wenn Sie nicht kooperieren; das wissen Sie hoffentlich!", informierte man ihn.

„Ja, das weiß ich", stimmte Jean zu. „Aber ich habe keine Lust, Ihnen meinen Namen zu nennen. Ich habe nichts Falsches getan. Sie haben gesehen, dass ich nicht Dupont bin, warum lassen Sie mich dann nicht einfach gehen?"

„Oh nein – nicht bevor Sie uns Ihren Namen verraten haben! Wir wollen Ihren Namen haben!", beharrte der Beamte. „Wachen, bringt ihn zur Wanne!"

Sogleich fingen die Angesprochenen wieder an, ihn auszuziehen.

‚Jetzt ist es soweit', dachte Jean. ‚Jetzt geht es wieder in diesen Trog!'

Aber genau in dem Moment, als sie den Untergrundführer in das kalte Wasser werfen wollten, stürmte ein weiterer Bediensteter in den Raum.

„Natürlich ist das nicht Dupont!", stieß der Mann hervor. „Er heißt Jean Weidner. Hier ist die Akte über ihn. Auf dem Foto hier trägt er keinen Schnauzbart, aber man kann genau erkennen, dass es Weidner ist! Das ist Jean Weidner, der Kopf des Netzes ‚Holland-Paris'. Diesmal haben wir einen wirklich großen Fisch gefangen!"

„Ausgezeichnet! Ausgezeichnet!", lobte der diensthabende Offizier, nicht ohne einen Hauch von Triumph in der Stimme. „Tja, Monsieur Weidner, Sie bereiten uns ein großes Vergnügen. Wir wollten eigentlich Dupont haben, aber jetzt sind wir natürlich um ein Vielfaches glücklicher, Jean Weidner persönlich erwischt zu haben. Und nun werden Sie uns erzählen, wo Sie hier in Toulouse wohnen!"

Da sich in der Unterkunft der drei „Holland-Paris"-Führer noch wichtige Dokumente befanden, wollte Jean die Adresse natürlich nicht angeben.

„Nein, das werde ich nicht tun", erklärte er.

„Gut, dann ruhen Sie sich erst noch ein wenig aus", grinste ihn der Offizier hämisch an. „In der Zwischenzeit werden wir uns erkundigen, was Ihren Freunden in den anderen Zimmern dazu einfällt."

Daraufhin begaben sich die Uniformierten in den Raum, wo Jacques gerade verhört wurde. Sie täuschten ihm vor, Weidner habe alles gestanden. Da Rens wusste, dass Jean zu diesem Zeitpunkt unter einem Decknamen agierte, glaubte er tatsächlich an ein Geständnis.

Nachdem die Beamten weitere Fakten über seinen Chef erwähnten, die sie aus ihren Ordnern erfahren hatten, war Jacques vollends davon überzeugt, dass Jean wirklich geredet hatte. Als sie ihm nun die unvermeidbare Frage nach der Bleibe der Untergrundführer stellten, gab ihnen Rens in der Annahme, nur noch zu bestätigen, was Weidner ohnehin schon preisgegeben hatte, eine wahrheitsgemäße Antwort.

Unverzüglich führte man die drei Gefangenen zu ihrem Quartier. Jean begriff rasch, dass einer seiner Kollegen die Anschrift verraten haben musste.

„Nehmen Sie alles mit, was Sie für eine Übernachtung brauchen, denn Sie werden zunächst im Gefängnis bleiben", lautete die Anweisung, als sie den Raum betraten.

Jean packte seinen Rasierer und ein paar Kleidungsstücke in eine kleine Reisetasche. Er war nahe daran, die Bürste mit den Mikrofilmen ebenfalls zu verstauen, entschied sich jedoch blitzschnell dagegen. ‚Wenn ich sie mitnehme, werden sie im Gefängnis vermutlich alles gründlich durchsuchen‘, dachte er bei sich. ‚Lasse ich sie hier, werden die Filme zwar vielleicht nie nach England gelangen, aber sie fallen wenigstens nicht der Miliz und der Gestapo in die Hände.‘

Ohne das leiseste Zucken im Gesicht wandte er sich von dem „Objekt" auf dem Tisch ab. „Wir haben alles Wichtige", meldete er. „Wir sind fertig."

Zurück im Miliz-Hauptquartier wurden die drei Männer in getrennten Zellen untergebracht. Am nächsten Morgen zitierte man Jean erneut vor die französische Gestapo, um das Verhör fortzusetzen.

„Hauptmann Weidner, wir kennen Ihre Geschichte. Wir wissen alles über Sie und Ihre Organisation. Ihre Institution lässt eine Menge französische Staatsbürger für sich arbeiten. Manche wurden bereits bei der Massenverhaftung im Februar festgenommen, aber viele sind immer noch tätig. Wir möchten, dass Sie uns die Namen dieser Leute nennen. Uns interessieren keine Niederländer oder Belgier – nur die Franzosen."

„Ich weiß schon, was Sie wollen", antwortete Weidner. „Doch wenn ich Ihnen die Namen dieser französischen Helfer preisgebe, sind sie Ihrer Willkür ausgeliefert. Einigen droht nach der Verhaftung die Folter; viele werden nach Deutschland oder Polen abtransportiert. Und manche werden auch gleich umgebracht. Unsere französischen Mitarbeiter vertrauen mir. Sie wissen, dass ich niemals ihre Namen weitergeben würde, weil mein Gewissen mir das verbietet. Sie können mir die Zunge abschneiden, die Augen auskratzen – was auch immer –, aber die Namen werden Sie nicht erfahren. Ich werde diese Menschen nicht im Stich lassen."

Während er sprach, spürte Weidner plötzlich eine innere Sicherheit, dass Gott ihm die Kraft verleihen würde, jeder Art von Folter, die vielleicht auf ihn zukommen würde, standzuhalten.

Erneut wurde er entkleidet und zu der bewussten Badewanne geführt. Diesmal erwartete ihn die Kombination aus Wasserfolter und Elektroschocks. In einem verzweifelten Versuch, der Wanne noch einmal zu entgehen, wandte sich Jean an den Beamten.

„Ich möchte gerne mit Ihrem Vorgesetzten sprechen", bat er. „Ich habe ihm etwas mitzuteilen, das ich Ihnen nicht sagen kann – es ist nur für seine Ohren bestimmt."

„Sie wollen mit unserem Chef Marty sprechen?", fragte der Miliz-Mann mit selbstgefälliger Miene zurück. „Der ist viel zu bedeutend, als dass er ausgerechnet für Sie Zeit hätte."

„Gut möglich – aber ich habe eine Mitteilung, die ich nur ihm machen werde", gab Weidner zurück. „Er wird erfahren wollen, was ich ihm zu sagen habe. Fragen Sie ihn; er wird mir zuhören."

Schließlich erklärte sich der Beamte einverstanden. „Gebt ihm seine Kleider wieder zurück; dann sehen wir weiter", befahl er den Wachen.

Dann wurde Jean in seine Zelle zurückgebracht.

Zwei Stunden später führten sie ihn in Handschellen über endlose Korridore zu einem riesigen Amtszimmer, in dem der Miliz-Chef Marty residierte.

Jener Mann war, wie Weidner später feststellte, einer der schlimmsten Kollaborateure in ganz Frankreich. Er hatte sich von einem landesverräterischen Posten zum nächsten hochgearbeitet und gegenüber seinen französischen Mitbürgern stets einen falschen Schein gewahrt, während er fleißig von den Nazis Aufträge empfing. Trotz alledem war er aber immer noch ein Franzose und sollte sich als Bürger seines Landes einen Rest von Ehrgefühl bewahrt haben. Genau an diesem Punkt wollte Weidner ihn packen.

„Sie haben darum gebeten, mich zu sehen?", brummte Marty mit mürrischer Miene. „Was wollen Sie?"

„Sie wissen, dass Ihre Leute mich festgenommen haben", begann Weidner. „Und Sie wissen auch, dass ich der Kopf einer Fluchthilfeorganisation bin. Es ist außerdem eine bekannte Tatsache, dass kein Mitglied meiner Gruppe jemals Gewalt anwenden würde. Wir haben nie einen Menschen getötet; keinen Franzosen, keinen Deutschen – niemanden. Wir lieben unsere Heimat und wollen einfach nur frei sein. Aber die Deutschen haben mein und Ihr Land gegen unseren Willen besetzt. Sie verhaften Menschen, deren einziges Vergehen darin besteht, nicht so zu denken wie unsere Feinde. Aber was noch schlimmer ist: Sie sperren viele Leute ein, nur weil sie Juden sind. Ich fühle mich verpflichtet, gefährdetes Leben zu retten. Auf dieser Grundlage ist meine Institution entstanden.

Wir wollen Frankreich keinen Schaden zufügen, aber wir müssen Ihr Territorium durchqueren, um in der Schweiz oder in Spanien unsere Freiheit wiederzuerlangen. Unsere Konsulate sind geschlossen worden; daher können wir uns keine Durchreisegenehmigungen besorgen. Also müssen wir im Verborgenen arbeiten. Ihre Männer haben uns nun festgenommen und wollen von uns die Namen und Adressen der Menschen erfahren, die uns helfen. Gebe ich diese aber preis, so droht ihnen der Kerker. Jene französischen Bürger zählen aber auf uns. Es wäre unerträglich für mich, sie zu enttäuschen und ihr Vertrauen zu missbrauchen.

Den Berichten, die Sie über mich erhalten haben, können Sie entnehmen, dass ich noch nie – auch nicht unter Folter – gesprochen habe. Auch jetzt werde ich nicht reden, selbst wenn Ihre Männer mich umbringen. Ich bin, wie Sie wissen, ein Hauptmann der niederländischen Armee, und Sie sind ein französischer Offizier. Wenn ich nun Sie verhaftet hätte und Sie bitten würde, mir die Namen Ihrer Agenten zu nennen, würden Sie es tun?"

Marty verharrte einige Minuten gedankenversunken.

„Ich verstehe, was Sie meinen", brach er schließlich das Schweigen. Er schwenkte seinen Sessel in Richtung Tür und befahl: „Wachen, nehmt diesem Hauptmann die Handschellen ab!" An Jean gewandt, versicherte er: „Ich werde Ihnen keine weiteren Fragen stellen, und ich werde auch meine Männer anhalten, Sie nicht mehr zu belästigen."

„Ich hoffe, Sie halten es jetzt für angebracht, mich zu entlassen", drängte Weidner in der Hoffnung, dass seine Worte den Miliz-Chef überzeugt hatten, ihn wieder auf freien Fuß zu setzen. „Und außerdem hoffe ich, dass Sie die Deutschen nicht über meine Verhaftung informieren, denn die haben mich zum Tode verurteilt und suchen mich überall."

„Ich persönlich wäre ja froh, Sie freilassen zu können", räumte Marty ein. „Aber das darf ich nicht. Ich kann zwar Leute verhaften, aber zu ihrer Entlassung benötige ich die Genehmigung meines Vorgesetzten Darnand in Vichy. Ich werde ihm aber einen vertraulichen Bericht zukommen lassen und vorschlagen, Sie wieder gehen zu lassen. Ich bin sicher, er wird meine Empfehlung annehmen, und in ein paar Tagen sind Sie ein freier Mann."

Marty rief die Beamten herein, um ihnen seine Entscheidung mitzuteilen. Er untersagte ihnen ausdrücklich, Weidner ohne besonderen Befehl nochmals in die Folterkammer zu bringen.

Im späteren Verlauf des Tages erschien einer der Polizisten, die Jean vor dem Restaurant verhaftet hatten, vor seiner Zelle. „Sind Sie ein Protestant?", wollte er von Weidner wissen.

„Ich bin Siebenten-Tags-Adventist", antwortete der Untergrundführer. „Aber was steckt hinter Ihrer Frage?"

„Hm – ich habe diese Bibel in Ihrer Jackentasche gefunden", bekannte der Wachmann. „Ich bin selbst Katholik, und ich weiß, dass Protestanten mehr in der Bibel lesen als wir. Ich habe großen

Respekt vor Leuten, die in der Heiligen Schrift forschen. Während meiner Zeit an der Universität in Montpellier traf ich einige Protestanten, die regelmäßig in ihrer Bibel lasen; und ich habe sie wegen ihrer moralischen Werte sehr schätzen gelernt."

Als er das hörte, war Jean natürlich froh, dass er ständig eine Bibel bei sich hatte. Das handliche Büchlein hatte ihm Gabriel Nahas in dem Restaurant geschenkt, vor dem sie dann verhaftet worden waren.

Der Posten vor der Gittertür nannte ihm sogar seinen Namen: René Brunner. Die beiden Männer unterhielten sich sehr lange, und Brunner brachte viele seiner persönlichen Probleme zur Sprache. Immer wieder kamen sie auf religiöse Fragen, wobei Brunner aus Jeans Ratschlägen offensichtlich neue Kraft zu schöpfen schien.

Kurze Zeit nachdem Weidner aus Martys Amtszimmer wieder in seine Zelle zurückgebracht worden war, erfuhr er aufregende Neuigkeiten, als Jacques allein zu ihm hereingeführt wurde.

„Wo ist Paul Veerman?", erkundigte sich Jean bei den Aufsehern, in der Befürchtung, ihm könnte etwas zugestoßen sein.

Die Wachposten verwiesen auf einen der Beamten, der mit hochrotem Kopf berichtete: „Also, äh, ... das ist ein kleines Problem. Wissen Sie, wir waren so mit Ihnen beiden beschäftigt, dass wir Monsieur Veerman für einen Augenblick ganz vergessen haben. Und irgendwie ... ist er dann entkommen. Wir sind sehr hinter ihm her, denn falls die Gestapo ihn in der Stadt aufgreift, erfährt sie von Ihrer Verhaftung, und dann können wir die Deutschen nicht davon abhalten, auch Sie mitzunehmen."

Jean hielt nicht allzu viel von der Logik des Beamten, aber er machte sich Sorgen, dass Marty vielleicht sein Vorhaben, Vichy zu kontaktieren aufgeben würde, falls er von Veermans Flucht erfuhr. Gleichzeitig konnte er nicht umhin, stille Freude über das Glück seines Freundes zu empfinden.

Brunner kehrte bald darauf zu der Zelle zurück, um Jean zu fragen, ob er eine Ahnung habe, wo Veerman hingegangen sein konnte.

„Wir müssen ihn wiederfinden, sonst sieht es schlecht für euch beide aus", erklärte er. „Wenn Sie mich begleiten und mir bei der Suche behilflich sind, werde ich Ihnen nicht folgen, wenn Sie in ein Gebäude hineingehen – vorausgesetzt, Sie versprechen mir, nicht abzuhauen."

Jean war bereit, auf Brunners Vorschlag einzugehen. Er hatte zwar keine Hoffnung, Veerman dazu überreden zu können, in das

Miliz-Hauptquartier zurückzukehren, aber er sah in dieser ungewöhnlichen Absprache eine Chance, anderen Untergrundhelfern in Toulouse mitzuteilen, in welcher Lage sich ihre Führer gerade befanden.

Ein Glücksgefühl durchströmte Jean, als er für kurze Zeit wieder ins Sonnenlicht treten durfte. Einen Häuserblock von der ersten Adresse entfernt, die er aufsuchen wollte, bat er Brunner, stehen zu bleiben.

„Hier werde ich es als erstes versuchen", erklärte er. „Bleiben Sie bitte hier, und wenn ich den Block ein Stück entlanggegangen bin, drehen Sie sich bitte um. Ich werde Sie beobachten; und wenn Sie in meine Richtung zurückschauen, werde ich das Haus gar nicht erst betreten. Halten Sie Ihr Wort, dann stehe ich auch zu meinem!"

Während Jean sich entfernte, sah er, dass der Miliz-Beamte sich wirklich von ihm abgewandt hatte. Rasch ging er zu der Wohnung von Abbé de Stegge, einem katholischen Priester, der „Holland-Paris" unterstützte. Der junge Geistliche hatte tatsächlich Informationen über Veerman.

„Er hat sich in das Appartement geschlichen und die ‚Objekte' mitgenommen", berichtete der Seelsorger. „Dann übergab er sie einem jungen Niederländer, der mittlerweile die Berge hinter sich haben wird. Zurzeit sitzt Paul im Zug in Richtung Schweiz, um Dr. Visser't Hooft von eurem Schicksal zu berichten."

Als Jean das Gebäude wieder verließ, stellte er fest, dass Brunner immer noch mit dem Rücken in seine Richtung am anderen Ende der Straße auf ihn wartete. Er hatte tatsächlich Wort gehalten. Als nächstes besuchte Jean einige andere „Holland-Paris"-Mitglieder und schilderte allen die jüngsten Vorfälle. Schließlich erstattete er Brunner Bericht.

„Ich kann nichts mehr tun. Veerman hat Toulouse bereits verlassen", erklärte er.

Die langen Stunden in der Gefängniszelle wurden immer wieder von den Schmerzensschreien aus der Folterkammer unterbrochen. Brunner kam auf seinen Kontrollgängen häufig vorbei, um den Gedankenaustausch mit Weidner fortzusetzen.

Eines Morgens erschien ein unbekannter Beamter vor der Zellentüre. „Es tut mir Leid", begann er, „aber Darnand hat Ihre Entlassung verweigert, Monsieur Weidner. Vichy hat außerdem die deutsche Gestapo über Ihre Anwesenheit hier informiert. Sie kommen morgen und holen Sie ab. Die Vorbereitungen für Ihre

Hinrichtung laufen bereits. Wenn Sie Ihrer Familie noch einen Brief schreiben oder irgendwelche Vollmachten erteilen wollen, sollten Sie das heute erledigen. Hier sind Bleistift und Papier. Ich bedauere, keine besseren Nachrichten für Sie zu haben."

Jean und Jacques waren gleichermaßen schockiert. Sie hatten geglaubt, Martys Fürsprache in ihrer Angelegenheit würde in Vichy wohlwollend entgegengenommen werden und ihre Freilassung bewirken. Aber das Gegenteil war geschehen. Sie hatten nur noch einen einzigen Tag zu leben.

Kurz darauf kam Brunner zu ihrer Zelle. „Ich habe gerade von den schlechten Nachrichten gehört. Es tut mir so leid für Sie. Wenn ich nur irgendetwas tun könnte."

„Sie wissen doch, dass der Krieg bald zu Ende sein wird, Brunner", begann Weidner. „Die Alliierten werden demnächst in Frankreich landen und von dort aus in Europa vorrücken. Nach Kriegsende wird man Sie und alle anderen Mitglieder Ihrer Truppe verhaften, und Sie werden keine Möglichkeit zur Flucht haben – wohin auch? Mit Sicherheit wird man Sie dann erschießen, weil Sie so viele Menschen auf dem Gewissen haben. Ich möchte Ihnen nun einen Vorschlag machen: Helfen Sie uns, von hier zu fliehen, und kommen Sie mit uns in die Schweiz. Das ist ein neutrales Land; niemand kann Ihnen dort etwas anhaben oder Sie vor Gericht bringen. Ich werde mich in der Schweiz für Sie einsetzen und Ihnen Starthilfe für ein neues Leben geben. Sie wären gerettet – und wir auch."

Die beiden Verurteilten warteten mit quälender Ungeduld auf Brunners Antwort.

„Es tut mir Leid, aber das kann ich nicht tun", lautete sein Entschluss. „Ich war von Anfang an bei dieser Einheit, und ich werde ihr bis zum bitteren Ende treu bleiben. Was auch immer auf mich zukommt – dann soll es eben so sein."

In seiner Verzweiflung versuchte es Jean auf einem anderen Weg. „Aber wir wollen nicht von der Gestapo erschossen werden. Dann müssen wir eben allein versuchen zu entkommen. Trotzdem benötigen wir dazu dringend Ihre Hilfe."

„Also gut, was wollen Sie von mir?", flüsterte der Beamte.

„Zunächst müssen wir sofort in den dritten Stock des Gefängnisses verlegt werden. Von da aus können wir das Büro erreichen, dessen Fenster zur Straße hinausgeht. Wir werden versuchen, denselben Fluchtweg zu benutzen, den Paul Veerman gewählt hat. Dazu brauchen wir dann noch die Zellenschlüssel, um heute Nacht die Tür diese Nacht aufzuschließen."

„Wahrscheinlich kann ich dafür sorgen, dass ihr in den dritten Stock umziehen könnt", erklärte Brunner. „Aber die Schlüssel kann ich euch nicht geben, weil nur der Gefängniswärter welche besitzt."

„Na gut, aber dann besorgen Sie uns doch bitte wenigstens ein paar Werkzeuge, damit wir das Schloss aufbrechen können", flehte Jean. Der Beamte dachte kurz darüber nach und stimmte schließlich zu.

„Es wird nicht allzu schwer sein, das Schloss zu knacken, denn die Zellen in den unteren Etagen sind nicht für gefährliche Insassen vorgesehen. Aber macht euch nicht vor zehn Uhr abends ans Werk. Bis dahin werden die Wachen jede halbe Stunde zu euch hineinschauen. Ihr könnt sie zwar nicht sehen, aber sie euch. Und lasst euch nur ja nicht zwischen zehn Uhr abends und sechs Uhr morgens auf der Straße blicken. Während dieser Zeit herrscht Ausgangssperre, und man würde euch sofort aufgreifen. Versucht es am besten kurz nach sechs Uhr morgen früh. Und viel Glück", fügte er hinzu, als er die Zelle verließ. „Möge Gott euch beistehen!"

Kurz danach wurden Weidner und Rens in eine Zelle im dritten Stock verlegt.

In den folgenden Stunden wandte sich Jean erneut im Gebet an Gott und bat um seine Hilfe bei dem Versuch, ihrem Todesurteil noch einmal zu entgehen. Er erinnerte sich an die wunderbare biblische Geschichte von der Befreiung des Petrus aus einer Gefängniszelle. Genauso stand ihm aber auch das Schicksal von Johannes dem Täufer vor Augen, der unter ähnlichen Umständen sein Leben verloren hatte.

Etwa eine Stunde nachdem die nahe Kirchturmuhr an diesem Abend zehnmal geschlagen hatte, machten sich Weidner und Rens mit dem Werkzeug, das Brunner ihnen besorgt hatte, an der Zellentür zu schaffen. Innerhalb einer Stunde war sie geöffnet, und Weidner trat leise hinaus, um den Gang zu kontrollieren. Rechts neben der Tür erblickte er einen Wachposten – schlafend auf dem Boden. Zwischen seinen Beinen lag ein Maschinengewehr. Jean verschwand wieder in der Zelle, und beide zogen ihre Schuhe aus. Nachdem sie die Zellentüre von außen sorgfältig verschlossen hatten, schlichen sie auf Zehenspitzen an dem schlafenden Wächter vorbei. An der nächsten Ecke stießen sie auf einen weiteren Posten – auch dieser schlief fest. Auf leisen Sohlen stahlen sie sich in den nächsten Korridor und fanden dort schnell das richtige Büro, das tatsächlich offen stand. Vorsichtig machten sie die Türe hinter sich zu, steuerten auf das Fenster zu und schoben es auf. Auf der Straße tat ein Wachposten seinen Dienst.

Jetzt konnten sie nichts weiter tun, als abzuwarten, bis der Soldat, der gemächlich seine Runden drehte, verschwunden war. Weidner und Rens wussten beide zu genau, dass sie während der Sperrstunden auf der Straße keine Chance hatten. Die nächsten fünf Stunden, die sich nur mühsam dahinschleppten, waren wohl die längsten ihres Lebens. Jederzeit bestand die Gefahr, dass einer der schlafenden Posten in der Nähe ihrer Zelle aufwachen und Fluchtalarm geben konnte.

Endlich schlug die Turmuhr sechs. Jean wartete noch einige Minuten, bevor er das Fenster wieder öffnete. Als der Wachmann auf seiner Runde am weitesten entfernt war, zwängte sich Jacques hindurch, ließ sich in voller Länge von der Fensterbank herunterhängen und dann auf die Straße fallen. Ohne im Halbdunkeln irgendetwas erkennen zu können, landete Weidner wenige Augenblicke später ebenfalls auf dem Gehsteig. Bei dem Aufprall durchschoss ein stechender Schmerz seine Beine, aber alle Knochen blieben heil.

Augenblicklich standen sie auf ihren Füßen und rannten wie besessen die Straße hinunter. Nach etwa dreihundert Metern bogen sie um eine Ecke und verlangsamten ihr Tempo zu einer normalen Schrittgeschwindigkeit. Es kostete sie einige Mühe, sich unter Kontrolle zu halten und tatsächlich nur gemächlich durch die Stadt zu spazieren. Eine halbe Stunde nach ihrem geglückten Ausbruch erreichten sie das Appartement von Abbé de Stegge, wo sie auf Moen und drei Männer trafen, die sich ebenfalls auf der Flucht vor den Deutschen befanden.

Nach dieser kurzen Begegnung machten sich Weidner und Rens rasch auf den Weg zum Grundstück von Maurice Lejeune, um dort in einem geheimen Bunker zu verschwinden.

Am 1. Juni 1944 erhielten Weidner und Rens ihre neu angefertigten Ausweispapiere. Einer ihrer Mitarbeiter in Toulouse brachte sie dann mit seinem Wagen nach Carcassonne. Von dort ging es mit dem Zug nach Annecy weiter. Am Freitag, dem 2. Juni 1944, erreichten sie schließlich Genf – fast einen Monat nach ihrer Verhaftung in Toulouse.

20 Flug nach London

Als Weidner und Rens nach ihrer Flucht aus dem Gefängnis in Toulouse wieder in Genf ankamen, empfing sie eine spannungsgeladene Atmosphäre. Die Schweizer Großstadt war wegen der nahe bevorstehenden Invasion der alliierten Truppen in Frankreich wie elektrisiert. Für Jean und seine Gruppe bedeuteten diese letzten Tage des Wartens äußerste Nervenanspannung – niemand wusste, was der nächste Tag bringen würde, aber jeder wusste: „Bald ist es soweit!"

Seit Monaten schon hatten die „Holland-Paris"-Leute schwer leiden müssen. Eine ganze Reihe von ihnen war mittlerweile in Konzentrationslagern verschwunden, und von einigen wusste man, dass sie nicht mehr am Leben waren. Doch mit jeder Minute rückte nun der Tag näher, an dem die Armee der Alliierten den Kontinent stürmen und die Herrschaft der Nazis brechen würde.

Die Landung der Alliierten setzte dem sinnlosen Morden und dem entsetzlichen Elend allerdings keineswegs über Nacht ein Ende. In der Zeit zwischen ihrem Eintreffen und der Befreiung von Paris und Brüssel – etwa drei Monate später – geriet die Situation in Frankreich und den anderen besetzten Ländern immer mehr aus den Fugen. Einige Gebiete wurden direkt von den Alliierten befreit; andere, wie zum Beispiel die Gegend um Annecy, konnten dem Feind durch gemeinsame Aktionen mehrerer Untergrundorganisationen entrissen werden. Die fortdauernden Bombenangriffe sowie diverse andere Geschehnisse verwandelten die besetzten Gebiete während jener Monate in ein wahres Irrenhaus, dessen „Insassen" ständig zwischen Orientierungslosigkeit, Freudentaumel und Todesangst schwankten.

Jean und Jacques übernahmen nach ihrer Rückkehr in die Schweiz gemeinsam mit Moen und Armand Lap noch einmal die Führung des Netzes „Holland-Paris". Sie schickten ihre Agenten kreuz und quer durch ein unbeschreibliches Durcheinander von schon befreiten und noch besetzten Gebieten. Reisen waren mittlerweile fast nur noch per Fahrrad oder sonstiger, meist sehr zeitaufwendiger Fortbewegungsarten fern der üblichen Verkehrslinien möglich. Die Verbindung zwischen Brüssel, Paris, Toulouse, Lyon und der Schweiz konnte „Holland-Paris" dennoch – wenn auch nur notdürftig – aufrechterhalten.

Paul Veerman war bei der Erledigung eines Auftrags in Belgien von den Nazis verhaftet und nach Deutschland deportiert worden. Er hatte zwar zunächst aus dem deutschen Lager fliehen können, wurde aber kurz vor der Schweizer Grenze erneut aufgegriffen. Auch andere Mitglieder von Weidners Organisation saßen mittlerweile in Haft. Monsieur Mohr, Leiter des Niederländischen Roten Kreuzes in Paris, Baron Brantsen sowie Benno Nykerk waren in Paris festgenommen worden. „Holland-Paris" begann ein zweites Mal zu zerfallen, aber der Sieg der Alliierten schien greifbar zu sein, und die Aufgabe der Organisation war beinahe erfüllt.

Anfang August 1944 startete Weidner einen zweiten Versuch, nach London zu gelangen, denn die niederländischen Regierungsbeauftragten in England drängten auf ein Treffen mit ihm, um Informationen über die Situation ihrer Konsulate und Botschaftsbüros zu erhalten. Außerdem wollten sie mit ihm Hilfsmöglichkeiten für Mitarbeiter besprechen, die sich während des Krieges treu und selbstlos in den Dienst von „Holland-Paris" gestellt hatten.

In der Nähe von Paris bat er Mitglieder des französischen Untergrunds um Hilfe, da diese mit englischen Agenten zusammenarbeiteten, die per Fallschirm in Frankreich gelandet waren.

„Ja, vielleicht können wir Ihnen helfen", antwortete einer der Briten mutig. „Wir werden heute Abend Funkkontakt mit London aufnehmen. Von dort wird man uns sicher einen Vorschlag machen können."

Am nächsten Morgen war die Antwort aus England bereits da. Nur wenige Tage später sollte ein britischer Flieger eintreffen, der Weidner zusammen mit einigen anderen nach London mitnehmen konnte.

Einige Nächte später holte ihn ein Wagen vor dem bescheidenen Untergrundlager, in dem er sich versteckt hielt, ab. Etwa um zwei Uhr morgens fuhren sie in dunklem Gelände auf ein scheinbar verlassenes Bauernhaus zu.

„Das Flugzeug wird bald da sein. Der Himmel ist in dieser Nacht mit Maschinen übersät, und eine davon ist für uns bestimmt", erklärte man Jean.

Tatsächlich füllten ganze Schwärme metallener „Vögel" das nächtliche Firmament, und fast ununterbrochen war das Dröhnen der in großer Höhe fliegenden Bomber auf ihrem Weg nach

Deutschland zu vernehmen. Am Rande des kleinen Feldes gaben Lichter hin und wieder Signale, die schließlich von einem einzelnen Flugzeug beantwortet wurden, als es auf der schmalen Lichtung zur Landung ansetzte.

„Lauf jetzt mit den anderen auf das Feld hinaus", forderte einer der Begleiter Jean auf. „Wenn die Maschine unten ist, wird sie ein paar Kisten mit Gewehren und Munition abwerfen; danach springst du schnell an Bord. Außer dir wollen noch drei Kameraden mitfliegen, ihr müsst euch also beeilen. Der Flieger darf nicht länger als fünf Minuten am Boden sein."

Das kleine Flugzeug streifte fast die Baumkronen, und schon rannte Jean los. Kaum war die Maschine zum Stehen gekommen, öffnete sich die Tür, und mehrere Kisten fielen nacheinander auf die Graspiste. Als er sicher war, dass keine weiteren Behälter mehr folgten, schob sich Weidner in die winzige Kabine. Die drei anderen Männer drängten sich ebenfalls sofort hinein. Die Luke wurde zugeschlagen, und schon wenige Minuten später waren sie nur noch ein Lichtpunkt am Nachthimmel – mit Kurs auf London.

Die Sicherheitskontrollen für alle Personen, die aus Frankreich nach England einreisen wollten, waren in diesen letzten Monaten des Krieges äußerst streng. Bevor man den Ankunftsort verlassen konnte, musste man in der Regel mehrtägige Abfertigungsformalitäten über sich ergehen lassen. Weidners Mission hatte sich jedoch bereits im Voraus herumgesprochen, und so hatte er die Überprüfung durch den Flughafensicherheitsdienst bereits nach wenigen Minuten hinter sich.

Anschließend wurde er ins Mayfair Hotel in der Londoner Innenstadt gebracht, wo er sogar noch ein wenig Schlaf fand. Am Vormittag empfing ihn dann der Gesandte der Niederlande hochoffiziell in seinem Amtszimmer.

„Sie haben Ihrem Land einen großen Dienst erwiesen", begrüßte ihn der Diplomat, als Weidner ihm vorgestellt wurde und ihm die Dokumente überreichte, die er aus Frankreich mitgebracht hatte. „Über die ständige Verbindung mit Dr. Visser't Hooft haben wir bereits viel von Ihren mutigen und selbstlosen Einsätzen zur Rettung Ihrer Landsleute oder zum Transport lebenswichtiger Informationen gehört. Die Niederlande sind sehr stolz auf Ihr Beispiel, Mijnheer Weidner!"

In den nächsten Tagen begegnete Weidner vielen Personen, denen er auf ihrem Fluchtweg durch Frankreich zur Seite gestanden hatte. Inzwischen saßen sie in den Regierungsbüros, die auf seinem Besuchsprogramm standen.

Als Gerrit van Heuven Goedhart, der mittlerweile das Amt des Justizministers der niederländischen Exilregierung innehatte, davon erfuhr, dass Jean sich in London aufhielt, bat er ihn sofort zu sich und nahm sich Zeit für einen langen Erfahrungsaustausch.

Der niederländische Außenminister E. N. van Kleffens bat um einen vollständigen Bericht über Weidners Arbeit während des Krieges. Auch der Geheimdienst der Niederlande forderte eine solche Ausarbeitung an. So wanderte Jean im Laufe einer Woche von einer Behörde zur anderen, um die jeweils gewünschten Informationen zu liefern.

Während seines Aufenthalts in London nahm Weidner in einer nahe gelegenen Basis der Royal Air Force auch noch Unterricht im Fallschirmspringen. Einige seiner Gastgeber vermuteten nämlich, es könne eventuell erforderlich werden, dass er mit dem Fallschirm abspringen musste, wenn er nach Frankreich zurückkehrte. Für diesen Fall wollten sie ihn gut vorbereitet wissen. Trotz diverser blauer Flecke und einem heftigen Muskelkater überstand er die intensive Kurzschulung, die auch mehrere Sprünge in die englische Landschaft umfasste, ohne Unfall oder Schaden.

Doch der Krieg auf dem Kontinent schritt schneller voran, als viele geglaubt hatten, und die niederländische Regierung entschied, dass Jean in der Uniform eines Hauptmanns der Armee seines Heimatlandes in eines der bereits befreiten Gebiete zurückkehren sollte. Man stellte ihm einen Diplomatenpass aus und gab ihm den Auftrag, in Zusammenarbeit mit den Sicherheitsabteilungen der amerikanischen und britischen Streitkräfte die Bevölkerungsbewegungen in den erst kürzlich befreiten Gebieten zu beobachten.

Wenige Tage bevor er London wieder verließ, erlebte er noch eine aufregende Überraschung. General van't Sant, der Privatsekretär von Königin Wilhelmina der Niederlande, war am Telefon.

„Mijnheer Hauptmann", fing er an, „Königin Wilhelmina hat von der Arbeit gehört, die Sie während des Krieges geleistet haben. Sie bittet um Ihren Besuch. Eine Privataudienz wurde bereits für Sie arrangiert."

An diesem Nachmittag fuhr Jean für zwei Stunden zu dem bescheidenen Heim der Königin am Londoner Stadtrand. Nachdem er vorgestellt worden war, schickte sie ihren Privatsekretär fort und widmete Jean ihre ganze Aufmerksamkeit.

„Nun, Mijnheer Hauptman", forderte sie ihn auf, „erzählen Sie ganz genau, was Sie wissen und was Sie getan haben – ohne Umschweife! Ich will jede Möglichkeit nutzen, direkte Informationen über unser Volk zu erlangen."

Als er von all den Grausamkeiten berichtete, die er gesehen hatte, traten der Königin mehrmals die Tränen in die Augen. Jean spürte deutlich die Liebe, die diese gütige Monarchin für ihre Untertanen und für all jene empfand, die unter dem Krieg schwer zu leiden hatten.

Nicht lange nach seinem Besuch bei der Königin landete Jean an Bord eines britischen Bombers in Brüssel. Die Stadt war erst wenige Tage zuvor befreit worden. Nun stand Jean einer neuen Herausforderung gegenüber: der Aufgabe jenen zu helfen, die zu Kriegszeiten anderen geholfen hatten – den Mitgliedern des Netzes „Holland-Paris" selbst. Bald schon traf er Jacques und Moen sowie einige andere Mitarbeiter seiner Organisation. Außerdem erfuhr er, dass Arie Sevenster, den Jean besonders ins Herz geschlossen hatte, freigelassen worden war.

Während viele ihre Freiheit zurückgewannen, blickten andere nach wie vor einer ungewissen Zukunft hinter Gittern – oder Schlimmerem – entgegen. Das betraf Mademoiselle Meunier, Paul Meyer, Benno Nykerk, Jeans Schwester Gabrielle und viele andere. Was war aus ihnen geworden? Welches Schicksal erwartete sie?

21 Das Ende des Krieges

Als er die Militärtransporter Richtung Niederlande durch Brüssel rollen sah, überkam Jean ein heftiges Verlangen, endlich wieder mit seiner Familie vereint zu sein. Seit Jahren hatten sie sich nicht mehr gesehen, obwohl seine Eltern damals in Den Haag lebten, kaum mehr als 220 Kilometer Luftlinie von Brüssel entfernt. Aber es würde nicht mehr lange dauern – da war er ganz sicher! Paris war am 25. August 1944 befreit worden und Brüssel am 3. September. Wenn die Alliierten ihren rasanten Zeitplan weiterhin einhielten, würde er seine Familie noch vor Oktober besuchen können. Die Zweite Britische Armee unter dem Kommando von General Bernard Montgomery stand sogar schon vor Nijmegen in den Niederlanden bereit, um Arnheim am Niederrhein zu stürmen. War erst einmal diese Stadt mit ihren strategisch wichtigen Brücken genommen, konnte man in Kürze auf die Befreiung der restlichen Niederlande hoffen.

Aber der Zeitplan funktionierte nicht. Am 17. September fiel die Erste Luftlandetruppe unter dem Kommando des amerikanischen Generals Brereton mit 1.544 Flugzeugen und 478 Segelfliegern auf der rechten Rheinseite bei Arnheim ein, um Montgomerys Regiment einen Weg zu bahnen. Britische, polnische und amerikanische Fallschirmjäger bildeten einen immensen Truppenverband, der buchstäblich den Himmel über der niederländischen Stadt verdunkelte. Ihr Vorstoß besetzte einen fast 70 Kilometer breiten Landstreifen. Den Fluss entlang konnten zwar einige Brücken genommen werden, aber in der direkten Umgebung von Arnheim geriet die Lage außer Kontrolle, als sich durch Regen und Nebel die Sichtverhältnisse erheblich verschlechterten.

Angesichts dieser gigantischen Luftlandeoperation sandte der Befehlshaber der deutschen Truppen, die die Stadt besetzt hielten, eine Eilmeldung an das Hauptquartier West des deutschen Generalstabs. In der Funkantwort hieß es, dass sich bereits zwei Panzerdivisionen – die neunte und zehnte des zweiten SS-Panzerkorps – zur Unterstützung auf dem Weg nach Arnheim befänden. Im Morgengrauen des 18. September bezogen diese Truppen mit ihren gewaltigen Tiger-Panzern Stellung in und vor der Stadt und begannen, das tags zuvor von der Luftlandetruppe gewonnene Festungsterritorium Stück für Stück wieder zurückzuerobern. Am 25. September musste der Oberbefehlshaber der Alliierten einräumen, dass die Operation jenseits des Rheins mit zu hohen Verlusten verbunden war, und entschied sich, alle Truppen, die noch in Arnheim standen, zurückzuziehen. Diese stießen schließlich mit 2.200 alliierten Soldaten zur Zweiten Britischen Armee bei Nijmegen; jenseits des Flusses hatten sie jedoch 7.000 Kameraden zurücklassen müssen – getötet, verwundet oder vermisst.

In einem zermürbenden, aber nutzlosen Kampf lagen sich die beiden verfeindeten Verbände nun gegenüber. September, Oktober, November und Dezember verstrichen, aber die Alliierten kamen in den Niederlanden keinen Schritt voran. Während des ganzen langen Winters hatten die Briten keine Chance, über den Fluss vorzudringen, weil die Deutschen sich derartig gut verschanzt hatten, dass sie sogar dem wiederholten alliierten Bombardement und Artilleriebeschuss standhalten konnten. Selbst das Frühjahr 1945 änderte an der festgefahrenen Situation nichts. Da es nun für die verbündeten Armeen tatsächlich leichter zu sein schien, geradewegs in das Herz Deutschlands vorzustoßen, wurde Arnheim für zweitrangig erklärt, und sie marschierten kurzerhand in Richtung Osten.

Die Gerüchte von dem rasanten Befreiungszeitplan der Alliierten hatten sich durch die Untergrundkämpfer natürlich wie ein Lauffeuer verbreitet. An jenem 17. September 1944, der später als der „verrückte Dienstag" in die Geschichte einging, wimmelte es auf den Straßen der niederländischen Städte vor neugierigen und erwartungsvollen Menschen. „Sie werden bald hier sein!", riefen sie sich gegenseitig zu. „Sie sind nicht mehr weit weg; jetzt kann es nicht mehr lange dauern!"

Voll Vertrauen in die Unbesiegbarkeit der alliierten Kriegsmaschinerie ergoss sich der gesamte Untergrund aus Bunkern, Kellern und anderen Verstecken hinaus in die strahlende Herbstsonne. Siegessicher packten sie ihre leichten Waffen aus und eröffneten den Nahkampf gegen die Nazis. Die Alliierten jedoch blieben wie angewurzelt jenseits des Rheins stehen.

In jenen langen, bitteren Tagen der Enttäuschung musste die niederländische Bevölkerung unaussprechliche Qualen erdulden. Voller Wut über die bevorstehende Niederlage, übten die Nazis gegenüber den unglückseligen Mitgliedern des Untergrundes, die sich voreilig selbst enttarnt hatten, eine beispiellose Tyrannei.

Die unvorhergesehene Verzögerung der Befreiung bereitete Jean Weidner zunehmend Sorgen, denn bereits seit Monaten hatte er nichts mehr von seinen Eltern gehört. Er wusste nur, dass auch sie unter dem Nazi-Terror und ständigen Nahrungsmangel litten. Während in seiner Heimat die unglaublichen Brutalitäten überhand nahmen, machte er sich an die große Aufgabe, seine Organisation und sein Land auf die vor ihnen liegende schwierige Zeit vorzubereiten. Nach seiner Landung blieb er nur noch zwei Tage in Brüssel, bevor er nach Paris abreiste, wo er seinen Hauptstützpunkt einrichten sollte. Da er bereits erfahren hatte, dass Paris befreit worden war, hoffte er nun, Gabrielle sei wieder frei und hielte sich jetzt bei irgendwelchen Bekannten auf. Doch diese Hoffnung verwandelte sich rasch in eine herbe Enttäuschung als er in der französischen Hauptstadt eintraf.

Einen Tag vor der Ankunft der amerikanischen Truppen in Paris hatten die Deutschen alle Gefangenen in die letzten Züge gezwängt, die die Stadt in Richtung Osten verließen. Auf der Suche nach irgendeiner Information über seine Schwester spürte Weidner schließlich jemanden auf, der Gabrielle gesehen hatte, als sie in einen Gefangenenwaggon kletterte.

„Sie schien voller Mut und Zuversicht zu sein", erfuhr Jean. „Sie war stets ein Trost für die Menschen um sie herum. In dem Augenblick, als sie in den Zug stieg, steckte sie mir diese Notiz zu."

Jean faltete das winzige Stück Papier auseinander und erkannte die Handschrift seiner Schwester. Tränen traten ihm in die Augen, als er die liebevollen Worte las, die die junge Frau an ihre Familie geschrieben hatte. Am Ende der Botschaft standen in Großbuchstaben die Worte: „MUT! ES LEBEN DIE ALLIIERTEN!"

Doch wohin hatte man Gabrielle gebracht? Was war mittlerweile mit ihr geschehen? Ständig kreisten Jeans unruhige Gedanken um diese Fragen. ‚Wenigstens war sie gesund, als sie Paris verließ', dachte Jean bei sich. ‚Die große Frage ist nur, wie lange wird der Krieg noch dauern?'

Ungeachtet der privaten Sorge um seine Schwester hatte Weidner nun äußerst umfangreiche Pflichten zu erfüllen, von denen das Leben zahlloser Menschen abhing. Zu seinen Aufgaben gehörte es, den Familien derer unter die Arme zu greifen, die wegen ihrer Arbeit für „Holland-Paris" ermordet oder festgenommen worden waren. Um den französischen Mitgliedern seiner Vereinigung beizustehen, arbeitete er eng mit Agnes Bidault zusammen, der Präsidentin von COSOR, einer Organisation zur Rehabilitierung französischer Untergrundkämpfer. Agnes war die Schwester von Georges Bidault, dem Präsidenten des Nationalrats der Résistance, in dem sich sämtliche Untergrundorganisationen Frankreichs zusammengeschlossen hatten. Für die Versorgung der niederländischen Untergrundhelfer war – stellvertretend für ihre heimische Regierung – nach der Befreiung des Landes eine Behörde namens Stichting 40-45 (Stiftung 40-45) zuständig. Informationen, die belgischen, englischen oder amerikanischen Untergrundmitarbeitern zugute kommen sollten, leitete Jean an die entsprechenden Behörden der jeweiligen Staaten weiter.

Bei seinen Bemühungen, Hilfe für jene zu erwirken, die den Juden und alliierten Fliegern geholfen hatten, blockierte ein Labyrinth von Bürokratismus praktisch jeden größeren Schritt nach vorne. Es war eine schwierige und frustrierende Arbeit, die eine äußerst taktvolle und diplomatische Vorgehensweise erforderte.

Außerdem verlangte die niederländische Regierung von Jean eine exakte Aufstellung der einzelnen Aktivitäten seiner Landsleute, die im Krieg in Frankreich gelebt hatten, und parallel dazu einen Bericht über die Leistungen des niederländischen Untergrunds in Frankreich. Zusätzlich wurde er damit beauftragt, alle Bürger der Niederlande zu erfassen, die sich in Frankreich aufhielten und bei den niederländischen Behörden in ihrem Gastland einen Pass beantragt hatten.

Für diese neue Aufgabe setzte er alle noch zur Verfügung stehenden Mitglieder des Netzes „Holland-Paris" ein und verteilte bewährte Agenten über ganz Frankreich, um bei allen Antragstellern Sicherheitskontrollen durchzuführen. Tausende von Niederländern wurden so überprüft, und viele von ihnen verhaftet, weil sich gezeigt hatte, dass sie gefährlich eng mit den Deutschen zusammengearbeitet hatten. Andere hatten abscheuliche Kriegsverbrechen begangen.

Dieses umfassende Kontrollprogramm war kein leichtes Unterfangen, aber Jean fühlte sich dazu verpflichtet, denn in einer ganzen Anzahl aufgedeckter Fälle hatte eine Person eine andere fälschlicherweise bezichtigt, ein Nazi-Kollaborateur zu sein, um nach der Verhaftung des Betreffenden dessen Geschäft oder Besitz übernehmen zu können. Um diese Dinge aufzuklären, bediente sich Weidner einer perfekt funktionierenden Organisation, deren Mitarbeiter allerdings nicht Faust und Folter, sondern ihren scharfen Verstand einsetzten, um bei ihren Befragungen den Tat-

sachen auf die Spur zu kommen. Erklärtes Ziel all seiner Bemühungen war „die Wahrheit und nichts als die Wahrheit".

Auf Wunsch der britischen und amerikanischen Regierungen
legte er eine Liste mit den Namen derjenigen vor, die im Auftrag
von „Holland-Paris" alliierten Fliegern geholfen hatten. Aufgrund
dieser Angaben empfingen viele der Genannten später von den
Alliierten entsprechende Ehrungen. Jean setzte sich auch hart-
näckig dafür ein, dass die während des Krieges Deportierten wieder an ihre ehemaligen Arbeitsplätze zurückkehren konnten.

Damit Jean seine neuen Aufgaben bestmöglich erfüllen konnte,
verliehen ihm seine Auftraggeber den Status eines Diplomaten.
Nun reiste er mit einem Diplomatenpass und in der Uniform eines Hauptmanns der niederländischen Armee im gesamten befreiten Europa umher. Es war ein eigenartiges Gefühl, nun auf
diese Weise die schweizerische Grenze zu überschreiten: in einem
bequemen Wagen an den Kontrollpunkten vorbeizurollen, den
Diplomatenpass zu zücken und mit allem Respekt empfangen zu
werden. Noch wenige Wochen zuvor hatte er dieselbe Grenze
ganz anders überquert – in einer mondlosen Nacht, und der Tod
hatte schon auf der Lauer gelegen.

Durch die Vielseitigkeit seiner neuen Aufgaben vergingen die
Tage für Jean wie im Fluge. Dennoch erwachte er jeden Morgen
mit der quälenden Frage nach dem Verbleib seiner Schwester und
anderer „Holland-Paris"-Mitarbeiter. Schließlich beauftragte er
zwei Männer, den alliierten Truppen ostwärts zu folgen. Sie sollten einerseits von Untergrundkameraden berichten, die aus Konzentrationslagern befreit wurden, und andererseits – wenn irgend
möglich – herausfinden, was mit Gabrielle geschehen war.

Am 4. Mai 1945 kapitulierten die deutschen Streitkräfte in den
Niederlanden. Postwendend fuhr Jean am nächsten Tag nach Den
Haag, in die Columbusstraat 13 – zu seinen Eltern.

Als sich die Tür öffnete, stand seine Mutter vor ihm.

„Jean! Jean! Jean!", rief sie aus, als ihr Sohn ihr in die Arme fiel.

Beiden liefen die Tränen über das Gesicht, und sie hielten sich
fest umschlungen. Als Jean endlich Worte fand, waren es Worte
voller Sorge, denn er konnte nirgends seinen Vater entdecken.

„Wo ist Vater? Was ist ihm zugestoßen?"

„Es ist alles in Ordnung. Er ist nur ein paar Minuten nach
draußen gegangen. Er wird gleich zurück sein", beruhigte ihn
seine Mutter. Dann erkundigte sie sich ängstlich: „Wo ist Annette? Und was ist mit Gabrielle?" Ihre Stimme zitterte.

„Annette geht es gut; sie ist in der Schweiz. Sie wird wohl auch bald nach Hause kommen können."

Noch während Jean sprach, ging die Türe auf, und das Familienoberhaupt betrat den Raum. Wieder flossen Tränen, als Jean seinen geliebten Vater in die Arme schloss. Er bemerkte, dass beide Eltern entsetzlich abgemagert waren. In den letzten Wochen vor der Befreiung hatten sie nur noch von schmalen Brotrationen gelebt. In ihrer Umgebung waren viele den Hungertod gestorben. Jean wurde klar, dass auch sie in diesem Krieg ein schweres Schicksal erlitten hatten.

Kaum hatte er seinen Vater begrüßt, drängte seine Mutter nach weiteren Informationen über die Mädchen.

„Wo ist Gabrielle?", wiederholte sie mit zunehmender Furcht in der Stimme.

„Wie ich euch ja schon über den Untergrund mitgeteilt habe, ist sie aus Paris weggebracht worden", begann Jean schweren Herzens. „Aber als sie aufbrechen musste, war sie noch guten Mutes und bei stabiler Gesundheit. Das ist erst wenige Monate her, und ich bin sicher, dass es ihr soweit gut geht", fuhr er fort. „Wir müssen nur geduldig auf ein Lebenszeichen warten. Ich bemühe mich ständig um neue Meldungen. Sobald ich etwas erfahre, werde ich es euch wissen lassen."

„Wir haben sie seit Weihnachten 1943 nicht mehr gesehen", erinnerte sich seine Mutter und senkte traurig den Blick.

Kurz nachdem Weidner wieder in Paris eingetroffen war, erreichten ihn bereits die ersten Nachrichten über „Holland-Paris"-Mitglieder, die in deutsche Konzentrationslager abtransportiert worden waren. Gleichzeitig kehrten die ersten seiner Untergrundkameraden in die französische Hauptstadt zurück. Das Pariser Hotel Lutetia wurde zum Auffanglager für ehemalige Häftlinge, die häufig ein jämmerliches Bild abgaben. Manche waren bis aufs Skelett abgemagert.

Eines Tages betrat Mario Janse, der letzte diplomatische Vertreter der Niederlande in Vichy, Jeans Zimmer. Er war in Begleitung von Herman Laatsman, dem früheren Leiter der Pariser „Holland-Paris"-Gruppe.

„Hallo, Jean!", begrüßten ihn die beiden Männer, als Weidner ihre ausgestreckten Hände ergriff. Sie sprachen seinen Namen ganz ruhig aus, fast schon andächtig; und er wusste, dass sie genauso froh waren, zurück zu sein, wie er sich freute, sie wieder zu sehen. Aber sie hatten zu viele Grausamkeiten gesehen und zu lange in Leid und Qualen ausgeharrt, um nun in lauten Jubel auszubrechen. Natürlich empfanden sie auch Freude; aber es war ein stilles Glück: „Wir sind wieder da; wir sind gerettet!" Damit war alles gesagt. Die beiden Heimkehrer waren nur noch ein Schatten ihrer selbst, und in ihren Worten schwang tiefe Trauer. „Kolkman, Testers, Mohr, Baron Brantsen – sie sind alle tot", berichteten sie betroffen. „Die Teufel in Mauthausen haben sie umgebracht."

Unter den Zurückgekehrten befand sich auch Maurice Jacquet, der in Lyon nach Suzy Kraays Geständnis verhaftet und nach Mauthausen verschleppt worden war. Er hatte im Konzentrationslager schwer gelitten und sah alles andere als gut aus. Auch Paul Veerman, Weidners bewährtem Stellvertreter, gelang die Rückkehr nach Paris.

Eine weitere freudige Begegnung fand im Hotel Lutetia statt, als Anita, Miss Roume und Raymonde Pillot, Jeans treue Sekretärin, zur Tür hereinkamen, und endlich trafen auch Informationen bezüglich seiner Schwester ein. Madeleine Billot wusste zu berichten:

„Ich war mit Gabrielle in Ravensbrück. Schon dort wurde Gabrielle unter die Aufsicht einer anderen Gefangenen namens Eva Amstela gestellt. Diese war zum ‚Kapo' ernannt worden und leitete das Arbeitskommando. Eva wollte auf diese Weise aber nur ihr eigenes Leben retten. Sie wies deiner Schwester eine Tätigkeit zu, bei der sie mit starken Säuren hantieren musste, deren Dämpfe sehr gefährlich für ihre ohnehin schon geschwächten Lungen waren. Auch ihr Einwand, dass eine solche Arbeit ihre Gesundheit zerstören würde, nutzte nichts. Von da an ging es mit ihren Kräften rapide abwärts. Danach wurden wir nach Königsberg verlegt. Während der ganzen Zeit bezeugte Gabrielle auf wunderbare Weise ihren Glauben an Gott. Als die russische Armee im Februar dem Lager in Königsberg immer näher rückte, entschieden die deutschen Wachposten, sich aus dem Staub zu machen. Bevor sie aufbrachen, steckten sie noch die Baracken und das Krankenlager in Brand – ohne die Häftlinge vorher zu warnen.

Gabrielle konnte zwar in letzter Sekunde noch gerettet werden; aber sie war einfach schon zu krank. Selbst in ihren letzten Stunden galt sie als Vorbild für Zuversicht und Rücksichtnahme. Sie hatte die Befreiung noch miterlebt und war darüber sehr froh. Ihre letzten Worte waren geprägt von Liebe und Zuneigung für ihre Familie und ihre Freunde – insbesondere für dich, Jean. Sie starb in den Armen ihrer Freunde; und wir haben sie in der Nähe des Lagers beerdigt."

Weidner war wie gelähmt von diesem Bericht. In der folgenden Nacht lag Weidner lange wach und ließ seinen Tränen freien Lauf. „Warum hat Gabrielle sterben müssen?", fragte er sich immer wieder. „Sie hatte doch keinen Anteil an dem, was wir getan haben." Er machte sich selbst für ihren Tod verantwortlich; doch im selben Moment wusste er auch, dass das nicht stimmte, und dass sie es selbst auch nicht so gesehen hatte. Jean hatte durch seine Arbeit Hunderten von Menschen das Leben retten können. Mit Sicherheit hatte Gabrielle niemals ihrem Bruder die Schuld für ihre Verhaftung in die Schuhe geschoben.

Am nächsten Morgen reiste er sofort in die Niederlande, um seinen Eltern von der Tragödie zu berichten. Er hatte keine Ahnung, wie er ihnen die traurige Nachricht beibringen sollte; denn er fürchtete, der Schock könnte allzu groß sein. Zunächst erzählte er seinem Vater, dass Gabrielle schon seit Februar schwer krank sei, und dass es kaum noch Hoffnung für ihre Genesung gäbe. Erst ein paar Stunden später rückte er dann mit dem Rest der Wahrheit heraus

Trotz ihres Schmerzes nahmen seine Eltern die Nachricht ruhiger auf als Jean erwartet hatte. Doch sowohl Jean als auch seine Eltern schöpften Mut aus ihrer festen Glaubensüberzeugung, dass Gabrielle am Tage der Wiederkunft Jesu Christi wieder zum Leben auferweckt werden würde, wie es in der Heiligen Schrift vorhergesagt wird.

Zurück in Paris, erwarteten Jean weitere schlechte Nachrichten. Pastor Paul Meyer aus der Adventgemeinde Lyon war im Konzentrationslager Dachau gestorben. Benno Nykerk, dessen Reise von Brüssel nach Lyon Jahre zuvor der eigentliche Auslöser für das großangelegte Konzept des Netzes „Holland-Paris" gewesen war, stand ebenfalls auf der Liste der Opfer eines solchen Todeslagers, und auch Caubo sowie Mademoiselle Meunier lebten nicht mehr. Insgesamt hatten etwa vierzig Mitarbeiter von „Holland-Paris" ihren Einsatz für das Leben anderer mit dem eigenen Tod im Vernichtungslager bezahlt.

Jeans enger Freund Gilbert Beaujolin überlebte die Zeiten des Terrors, obwohl die Gestapo einen hohen Preis auf seinen Kopf ausgesetzt hatte. Nach dem Ende der Feindseligkeiten nutzte er seinen Einfluss, um dafür zu sorgen, dass die Leistungen der französischen „Holland-Paris"-Mitarbeiter auch angemessen gewürdigt wurden. Unter anderem erreichte er, dass die Untergrund-mitarbeiter offiziell als Angehörige der Armee anerkannt wurden, wodurch ihnen entsprechende Beihilfen zustanden. Jean Weidner wurde für seinen außerordentlichen Dienst zum Ehrenmajor der französischen Armee ernannt. Belgien und die Niederlande übernahmen ebenfalls die finanzielle Verantwortung für die „Holland-Paris"-Mitarbeiter aus beiden Ländern.

Kurz nachdem er seinen Eltern die traurige Nachricht von Gabrielles Tod überbracht hatte, erfuhr Jean, dass Suzy Kraay freigelassen worden war und nun wieder in den Niederlanden lebte. Diese Meldung löste in ihm eine Welle widersprüchlicher Gefühle aus, denn tief in seinem Herzen war er absolut davon überzeugt, dass Suzy für die Massenverhaftung von „Holland-Paris"-Mitgliedern im Februar 1944 verantwortlich gewesen war. Herman Laatsman und einige andere Mitarbeiter teilten diese Auffassung allerdings nicht.

„Sie war immer vertrauenswürdig", behauptete Laatsman mit Nachdruck. „Warum sollte sie sich plötzlich geändert haben? Sie war auch vorher schon in schwierige Situationen geraten und hatte immer einen klaren Kopf bewahrt."

Die einzige Lösung bestand darin, sich Suzys Version der Geschehnisse persönlich anzuhören. Noch am selben Tag, als sie von Suzys Rückkehr erfuhren, machten sich Weidner und Salomon Chait auf den Weg nach Amsterdam. Sie trafen sie zu Hause an.

„Jean, ... Salomon, ... ich – – –", Suzys Stimme versagte vor Verblüffung, als sie die Tür öffnete.

„Du kommst jetzt mit uns", befahl Jean, während sie die beiden nur noch anstarrten. „Ich muss dich verhaften. Es wird angenommen, dass du eine gewisse Verantwortung für die Festnahme vieler ‚Holland-Paris'-Mitarbeiter trägst. Pack die Sachen ein, die du brauchst; wir werden zur Polizeiwache gehen."

Auf dem Revier bat Jean seinen Kollegen, Suzy zu vernehmen. Er befürchtete, seine eigenen Gefühle könnten ihn negativ beeinflussen, wenn er sie selbst befragte. Es dauerte nicht lange bis Suzy zugab, bezüglich der damaligen Geschehnisse tatsächlich die Rolle gespielt zu haben, die Weidner vermutet hatte. So war die Befragung mit Suzys Geständnis rasch abgeschlossen.

„Du solltest jetzt wieder nach Hause gehen, Suzy", riet ihr Weidner. „Bis wir entschieden haben, was weiter mit dir geschehen soll, wirst du unter Hausarrest gestellt."

Jean sprach mit Chait noch einmal kurz über Suzys Geständnis und fuhr dann wieder zu seinen Eltern. Es musste eine Entscheidung über Suzys Zukunft getroffen werden, und er wollte sich Rat bei ihnen holen, denn schließlich war es ja ihre Tochter, die aufgrund des Verrats der jungen Frau sterben musste.

Sie hatten lange und ausführlich über Suzys Fall gesprochen, als Jeans Vater schließlich seinen Standpunkt darlegte.

„In diesem Krieg ist so viel Schlimmes geschehen. An allen Fronten hat es Leid und Tod gegeben. Auch unsere eigene Familie ist davon nicht verschont geblieben. Und jetzt stehen wir vor Suzy, die so viel Kummer verursacht hat, weil sie versagt und ihre Freunde verraten hat. Sie hat einen schweren Fehler begangen, und das ist sehr ernst zu nehmen. Aber der Krieg ist vorbei, das Blutvergießen hat – Gott sei Dank – ein Ende gefunden, und ich möchte nicht dazu beitragen, dass die Gräuel des Krieges weiter fortgesetzt werden. Ich glaube, wir sollten der jungen Frau vergeben und ihr mitteilen, dass wir nicht vorhaben, sie für das, was sie unserer Familie angetan hat, anzuklagen. Gabrielle können wir nicht mehr lebendig machen, aber es könnte passieren, dass wir die Folgen einer Verurteilung dieses Menschenkindes unser Leben lang bereuen."

„Ich bin bereit, das so zu akzeptieren", entgegnete Jean, „aber die Entscheidung über Suzys Zukunft können wir nicht allein treffen. Die anderen Mitglieder der Organisation haben da auch noch mitzureden."

„Das stimmt, aber du kannst ihnen mitteilen, dass wir unsere Entscheidung bereits getroffen haben", erwiderte sein Vater. „Wenn sie das wissen, kommen sie vielleicht zu einem ähnlichen Resultat."

Ein paar Tage später erläuterte Weidner seinen „Holland-Paris"-Kollegen in einer Aussprache, zu welchem Entschluss er gemeinsam mit seinen Eltern bezüglich Suzy gekommen war. Nach kurzer Diskussion waren sie sich einig, dass sie alle sich dieser Meinung anschließen wollten. Weidner machte sich daraufhin auf den Weg zu Suzy und teilte ihr mit, dass sie wieder frei sei. Er informierte sie gleichzeitig über den einstimmigen Beschluss all derer, die sie freigesprochen hatten.

Kurz darauf stattete Jeans Vater Suzy einen Besuch ab, und in einem ermutigenden Brief brachte er seine Hoffnung zum Ausdruck, dass sie in Zukunft ihr Leben der Unterstützung Hilfsbedürftiger widmen möge. Etliche Monate später verfasste Suzy folgendes Schreiben an Mutter Weidner:

Liebe Frau Weidner,

mir fehlen die Worte, um meine Gefühle richtig auszudrücken. Deshalb habe ich auch so lange gezögert, Ihnen diesen Brief zu schreiben. Ich fürchte, dass es für Sie schmerzlicher ist, ihn zu lesen, als es für mich war, ihn zu schreiben. Ich trage die Schuld an Ihrem großen Kummer. Wenn ich nicht die Verpflichtung empfinden würde, Ihnen auf irgendeine Weise mein Mitgefühl zu zeigen, hätte ich Ihnen diese Zeilen erspart.

Ich habe Ihrem Gatten schon so gut ich konnte geschildert, wie sich alles zugetragen hat. Ich kann nicht verstehen, wie ich so etwas tun konnte. Ich hoffe, Sie glauben mir, wenn ich Ihnen versichere, dass ich mir bis heute nicht erklären kann, wie es dazu kommen konnte. Als mir die Gestapo am nächsten Tag meine Aussage vorlas, konnte ich nicht glauben, dass ich meine Freunde verraten hatte. Dass nun gerade Ihre Familie, der ich so viel zu verdanken habe, so hart betroffen ist, bereitet mir mehr Kummer als der Tod meines eigenen Vaters im Konzentrationslager.

Das lange Jahr, das ich selbst in einem Vernichtungslager verbracht habe, war leichter auszuhalten als der eine Augenblick, in dem ich vor Ihrem Sohn für das, was ich getan hatte, Rechenschaft ablegen sollte. Er hatte so großes Vertrauen in mich gesetzt und hat sich so sehr für andere eingesetzt. Wie oft habe ich mich gefragt: Warum bin ausgerechnet ich zurückgekommen? Nach allem, was geschehen ist, erkenne ich wenig Sinn darin, dass ich noch lebe. Vielleicht ist es möglich, unsere Fehler und Missgriffe materiell wieder gutzumachen, aber man kann diejenigen, die mit ihrem Leben dafür bezahlt haben, nicht zurückbringen.

In den sieben Monaten, seit ich wieder in den Niederlanden bin, habe ich nichts getan. Ich habe keinen Mut und kein Selbstvertrauen, irgendetwas anzufangen. Obwohl Sie nichts von mir gehört haben, waren meine Gedanken sehr oft bei Ihnen. Ich habe mich nicht gemeldet, aber denken Sie bitte nicht, ich hätte Sie vergessen – ich habe sehr viel über Sie nachgedacht.

Was es für mich bedeutete, dass mich Ihr Gatte besucht hat, können Sie wahrscheinlich kaum ermessen. Ich war tief gerührt. Durch ihn weiß ich mittlerweile genau, warum ich zurückkommen musste. Das Vertrauen, das er in mich setzte, hat mich wieder ins Leben gerufen. Mir ist klar geworden, dass es meine Pflicht sein wird, zu beweisen, dass ich dieses Vertrauens auch würdig bin. Vielleicht klingt es nicht sehr trostreich für Sie, aber ich muss Ihnen sagen, dass durch Ihre Einstellung jemand, der völlig verzweifelt und am Ende war, wieder Mut gefasst hat.

Liebe Frau Weidner, ich weiß, dass ich niemals gutmachen kann, was ich Ihnen angetan habe, aber ich habe mehr Gefühl als Sie denken. Und falls es Ihnen nicht zu schwer fallen sollte, wäre ich Ihnen sehr dankbar

218

für eine kleine Nachricht, dass Sie diesen Brief erhalten haben. Abschließend wünsche ich Ihnen von ganzem Herzen, dass Gott Ihnen in diesem neuen Jahr die Kraft verleihen möge, Ihr Schicksal zu tragen.

Hochachtungsvoll
Suzy Kraay

Nach Abschluss der Diskussion über Suzys Zukunft machte sich Weidner in Paris wieder an seine Arbeit. Während er sich weiterhin darum bemühte, die tragischen Hinterlassenschaften der jüngsten Vergangenheit zu ordnen, bestimmten mehr und mehr Berichte über Kriegsverbrecherprozesse die Schlagzeilen der Tagespresse.

Im Prozess gegen Polizeichef Bissoir, der für Suzys Folterungen verantwortlich gewesen war, wurde Jean als Zeuge berufen. Er schilderte die Konsequenzen der inquisitorischen Befragungen und die daraus resultierende Festnahme zahlreicher „Holland-Paris"-Mitarbeiter. Schließlich wurde Bissoir zu lebenslänglicher Zwangsarbeit verurteilt. Dem Todesurteil entging er nur durch Protektion von höherer Stelle.

Eines Tages erfuhr Weidner auch vom Beginn des Prozesses gegen die Beamten des Miliz-Gefängnisses von Toulouse, wo er als Häftling festgehalten worden war. Die Zeitungsberichte riefen eine Menge Erinnerungen an die Folter und die Tage des Terrors in ihm wach. Außerdem fiel ihm der junge Miliz-Beamte René Brunner wieder ein, der Jacques Rens und ihm zur Flucht verholfen hatte.

Er fühlte sich verpflichtet, zu Brunners Gunsten auszusagen oder zumindest zu erklären, dass er ihm sein Leben verdankte. Also wandte sich Weidner telefonisch an Brunners Rechtsanwalt und erkundigte sich, ob er helfen könne.

„Natürlich freut es mich, dass Sie den Mut haben, zu Gunsten eines Falles auszusagen, der nicht sehr beliebt ist", versicherte der Anwalt. „In dieser Geschichte kann es allerdings auch gefährlich für Sie werden, falls Ihre Zeugenaussage nicht deutlich genug als rein humanitärer Akt verstanden wird. Ich bin sehr in Sorge, denn Brunner dürfte wohl das Todesurteil drohen. Was uns am meisten nützen würde, wäre eine Einflussnahme auf höherer Ebene. Falls Sie irgendeine Möglichkeit haben, mit einem der oberen Richter zu sprechen, würde uns das am ehesten weiterhelfen."

Der Bitte des Juristen entsprechend, nahm Jean mit einigen Bekannten Kontakt auf, die mit dem französischen Justizminister in Verbindung standen. Über jene Freunde brachte er die Geschichte von Brunners Hilfeleistung in Umlauf. Gleichzeitig versuchte Weidner auch auf einem anderen Weg, dem Angeklagten behilflich zu sein. Er wandte sich an General Charles de Gaulle, der zu jener Zeit der gefeiertste Kriegsheld Frankreichs war. Der General war Jean mehrfach begegnet.

Als der Tag der Urteilsverkündung für die Miliz-Beamten von Toulouse gekommen war, wurden der Gefängnischef Marty und seine Kumpane zum Tode verurteilt und schon wenige Tage später hingerichtet. Nur Brunner kam mit 20 Jahren Zwangsarbeit davon. Später erhielt Jean einen ergreifenden Brief von dessen Eltern, in dem sie ihre Dankbarkeit für seine Fürsprache zu Gunsten ihres Sohnes zum Ausdruck brachten.

In der Folgezeit erlebte Jean neben der täglichen Arbeitsroutine immer wieder Zeremonien, in deren Verlauf Hymnen erklangen und Dankesworte für seinen selbstlosen Einsatz zur Rettung anderer gesprochen wurden. Jede neue Auszeichnung kam für ihn unerwartet, er hatte niemals Ruhm für seine Taten angestrebt.

Kurze Zeit nach der Befreiung von Paris wurde er nach Versailles eingeladen, wo er General Eisenhower, dem Oberbefehlshaber der alliierten Truppen, begegnete, der in bewegenden Worten seine Hochachtung für Jeans Arbeit zum Ausdruck brachte. Später wurde er im Ehrenhof hinter dem Invalidendom gemeinsam mit zehn anderen Helden im Namen der französischen Regierung zum Mitglied der Ehrenlegion ernannt. Kurz darauf erhielt er das Croix de Guerre (Kriegsverdienstkreuz) sowie die Verdienstmedaille der Widerstandsbewegung Résistance.

1947 versammelten sich etwa hundert der mehr als tausend Juden aller Nationalitäten, denen Jean die Flucht vor den Nazis ermöglicht hatte, in Amsterdam, um ihn zu ehren. Jeder Einzelne von ihnen steuerte eine beträchtliche Geldsumme bei, damit Weidners Name im „Goldenen Buch von Jerusalem" verewigt werden konnte. Ihm zu Ehren wurden dort auch etliche Bäume gepflanzt.

Vor dem niederländischen Parlamentsgebäude in Den Haag wurde zu seinen Ehren wenig später eine besondere Zeremonie abgehalten. In Anwesenheit hoher Regierungsbeamter seines Heimatlandes empfing er aus den Händen des US-Militärattachés die Freiheitsmedaille mit der Goldenen Palme.

Die dazugehörige Widmung lautete: „Dem Hauptmann Jean Henri Weidner, Staatsbürger der Niederlande, für außergewöhnliches Heldentum, vollbracht mit beachtlichem Mut und außerordentlicher Tapferkeit im Dienste der alliierten Nationen seit November 1944. Während dieser Zeit wurden über die ausgedehnten internationalen Fluchtrouten des von ihm organisierten und geleiteten Netzes ‚Holland-Paris' 112 amerikanische und andere alliierte Flieger erfolgreich aus den Niederlanden, durch Belgien und Frankreich über die Pyrenäen bis nach Spanien geleitet. Als großer Patriot und Verkörperung des Geistes des Widerstands hat Hauptmann Jean H. Weidner für seinen unbeugsamen Mut, seine ausgezeichnete Führerschaft und seinen unschätzbaren Beitrag zur Verteidigung der Freiheit die tiefste Dankbarkeit und höchste Bewunderung aller freiheitsliebenden Völker verdient. 16. Mai 1946."

In der Britischen Botschaft wurde Weidner der Orden des Britischen Empire verliehen, und auch sein eigenes Land ließ ihm hohe Ehrungen zuteil werden. Anlässlich eines Besuches in der Niederländischen Botschaft wurde ihm in Paris im Namen der Regierung der Niederlande der Orden von Oranien-Nassau, eine der höchsten niederländischen Auszeichnungen, verliehen. Bei einer anderen Gelegenheit empfing ihn die Königin gemeinsam mit anderen Mitarbeitern des Netzes „Holland-Paris" in ihrem Palast in Het Loo.

Während einer weiteren Feierlichkeit in der Niederländischen Botschaft in Paris überreichten ihm Königin Juliana und Prinz Bernhard ein weiteres Ehrenzeichen, das ihn tief bewegte, weil er es zu Ehren seiner Schwester Gabrielle entgegennahm.

Ein paar Jahre nach Kriegsende gaben Mitglieder des niederländischen Parlaments eine offizielle Publikation heraus, in der alle Aktionen zugunsten der Niederlande aufgeführt wurden. Gemeinsam mit Dr. Visser't Hooft wurden Weidner in diesem Werk größte Opfer und wertvollste Verdienste um sein Heimatland bescheinigt.

Der Text einer weiteren amtlichen Belobigungurkunde der amerikanischen Regierung zu Ehren Weidners lautete: „Der Präsident der Vereinigten Staaten von Amerika hat mich beauftragt, Herrn Hauptmann Jean H. Weidner die Dankbarkeit und Wertschätzung des amerikanischen Volkes für seinen heldenhaften Einsatz zur Unterstützung der Rettung alliierter Soldaten vor dem Feind zu übermitteln. Dwight D. Eisenhower, Oberbefehlshaber der Streitkräfte der Vereinigten Staaten in Europa."

Nachdem die Umgewöhnung vom Kriegsalltag zum friedlichen Leben allmählich abgeschlossen war, konnte Jean schließlich noch ein Projekt verwirklichen, das ihm besonders am Herzen lag: Auf dem bescheidenen Gedenkfriedhof von Senlis, etwa 45 Kilometer nordöstlich von Paris, wurde in der Mitte einer schmalen Parzelle, in der etwa hundert niederländische Soldaten begraben lagen, ein Gedenkstein errichtet. Er trägt die Namen niederländischer und alliierter Staatsangehöriger, die bei Hilfsaktionen für die Sache der Alliierten in Frankreich umgekommen waren. In den weißen Marmor eingraviert wurden auch die Namen von Jeans Schwester Gabrielle, Paul Meyer, Caubo, Benno Nykerk und vielen anderen geschätzten Kameraden. Dieses Ehrenmal hatte für Jean persönlich eine viel größere Bedeutung als irgendeiner der glänzenden Orden, die an seine Brust geheftet worden waren.

Die weltweite Beachtung und Würdigung dessen, was Jean Weidner während des Zweiten Weltkrieges geleistet hatte, blieb auch in den folgenden Jahren unvermindert aktuell. Die Regierung von Polen ehrte ihn mit der Verleihung der Polnischen Widerstandsmedaille, in Jerusalem überreichte ihm Gideon Hausner, der als Ankläger des berüchtigten Adolf Eichmann Weltruhm erlangte, im Auftrag der israelischen Regierung die „Medaille des Gerechten Heiden", und 1993 wurde Jean als eine von sieben Persönlichkeiten in Nordamerika gebeten, bei der Eröffnung des United States Holocaust Memorial Museum in Washington, D.C., eine Kerze zu Ehren der Befreier der Juden anzuzünden.

1993 wurde Jean auch der höchste Orden Belgiens, die Offiziersmedaille des König Leopold-Ordens, zuerkannt, und im selben Jahr ernannte ihn der französische Staatspräsident Francois Mitterand zum Offizier der Ehrenlegion. Das Atlantic Union College in Massachusetts (USA) verlieh Jean die Ehrendoktorwürde der Rechte und gründete das John Henry Weidner Center for Cultivation of the Altruistic Spirit. Diese Einrichtung beherbergt nicht nur Jeans umfangreiche Aufzeichnungen, sondern bietet auch Kurse, Vorträge, Konzerte, Ausstellungen, gemeinschaftliche Darbietungen und kreative Aktivitäten an, um den Teilnehmern den Wert von Mitgefühl und Selbstlosigkeit verständlich zu machen.

Die La Sierra University in Riverside/Californien führt alljährlich eine Vorlesungsreihe durch, die das Leben und den selbstlosen Einsatz Jean Weidners nicht in Vegessenheit geraten lässt.

22 Nachwort

Im Laufe der Nachkriegsjahre gewann Jean Henri Weidner allmählich immer mehr Abstand zu den Zeiten, in denen er Tag und Nacht auf seinen Fluchtrouten unterwegs gewesen war, um das Leben seiner Mitmenschen zu retten. Inzwischen war er wieder zu einem ganz normalen Staatsbürger geworden, der sein friedliches Dasein in Pasadena und später Monterey Park, Kalifornien (USA), genoss. Als Inhaber einer Reformhauskette und eines Produktionsunternehmens musste er hart arbeiten. Gleichzeitig nahm er sehr aktiv am Gemeindeleben der Adventgemeinden von Pasadena und Temple City teil. Darüber hinaus pflegte er lebhaften Kontakt zu vielen seiner Kameraden aus dem ehemaligen Netz „Holland-Paris". Er heiratete eine temperamentvolle Dame namens Naomi, die er im White Memorial Medical Center in Los Angeles kennen gelernt hatte.

Obwohl er keinerlei Wert darauf legte, im Zusammenhang mit seiner ungewöhnlichen Rolle während des Zweiten Weltkrieges besondere Aufmerksamkeit zu erregen, wurde der Schleier des Verborgenen durch zahlreiche Anfragen immer mehr gelüftet. Man bat ihn, bei kirchlichen Versammlungen, in Synagogen, vor Bürgervereinen sowie in Funk und Fernsehen zu sprechen. Im Frühjahr 1963 lenkte der American Jewish Congress die Aufmerksamkeit von Millionen Südkaliforniern auf Jeans Aktivitäten während der Kriegszeit. Auf der Suche nach Personen, die während des Zweiten Weltkriegs Juden geholfen hatten, stieß der regionale Leiter dieser Organisation, Haskell Lazere, auf Berichte über Weidner. Im Rahmen einer öffentlichen Zeremonie, an der zahllose Würdenträger teilnahmen, ehrte ihn der American Jewish Congress daraufhin mit einer ungewöhnlichen Plakette. Ihre Widmung lautete: „Jean H. Weidner – ‚Mehr als auf alles andere achte auf deine Gedanken, denn sie bestimmen dein Leben.' (Sprüche 4,23 GN) Für die heldenhafte Befreiung Hunderter von Juden aus dem besetzten Europa während des Zweiten Weltkriegs. Für außergewöhnliche Tapferkeit im Dienst für die Menschheit. (...) Für das beispielhafte Ausleben der edelsten Grundsätze der Nächstenliebe, Gerechtigkeit und Rechtschaffenheit. (...)"

Obwohl er stets einen vollen Terminkalender hatte, nahm er sich immer wieder Zeit für seine früheren Mitarbeiter, zum Beispiel für Raymonde Pillot, seine ehemalige Sekretärin, die gute Seele von „Holland-Paris", die inzwischen geheiratet hatte und Mutter von Zwillingen geworden war. Auch Annie Langlade, Beaujolins Schwester und eine sehr gute Freundin Weidners, überstand den Krieg unbeschadet. Maurice Jacquet, mit dem Jean bis zu dessen Verhaftung so eng zusammengearbeitet hatte, wurde nach dem Krieg zum Generalkonsul der Niederlande in Lyon ernannt. Er starb 1961 an den Folgen der Qualen, die er im Konzentrationslager hatte erleiden müssen.

Jeans Schwester Annette war mit der Zeit über den Verlust von Gabrielle hinweggekommen und heiratete einen Zahnarzt. Sie blieb in der Schweiz und wurde zweifache Mutter. Auch Jacques Rens gründete eine Familie, wurde Vater von vier Kindern und ein erfolgreicher Geschäftsmann. Paul Veerman, einer der ehemaligen Stellvertreter Jeans, hatte später ebenfalls geschäftlichen Erfolg und eine Familie mit zwei Kindern.

Salomon Chait machte nach dem Krieg als Geschäftsmann Karriere. Während des Krieges war er ein selbstloser, aber auch sehr mutiger Führer gewesen, der immer das Wohl der anderen im Sinn hatte. Das lebhafte Interesse an seinen Mitmenschen, und besonders an denjenigen, mit denen er für den Untergrund gearbeitet hatte, blieb ihm erhalten. Er besuchte regelmäßig „Holland-Paris"-Mitglieder in Lyon und Brüssel, überall in den Niederlanden oder wo immer sie mittlerweile lebten.

Arie Sevenster trat in den Ruhestand, nachdem er als Gesandter der Niederlande in Prag und anschließend als Generalkonsul in Genua seinem Land lange genug gedient hatte. Gilbert Beaujolin war aufgrund einer erfolgreichen Karriere als Geschäftsmann zu erheblichem Wohlstand gelangt, bevor er Anfang 1994 starb.

Herman Laatsman leitete die Niederländische Botschaft in Brüssel, und Mario Janse übernahm die diplomatische Vertretung seines Heimatlandes in Bern. Dr. Gabriel Nahas machte sich später als Forscher in den USA einen Namen.

General A. G. van Tricht avancierte nach dem Krieg zum Repräsentanten der niederländischen Armee im Kreis der Vereinigten Generalstabschefs der Alliierten in Washington, D.C., bevor er sich in seiner Heimat zur Ruhe setzte. Obwohl Dr. Visser't Hooft als Generalsekretär des Weltkirchenrats bereits in den Ruhestand getreten war, blieb er weiterhin tatkräftig und aktiv. Für seine tapferen Einsätze während des Krieges wurde auch er durch die Regierung der Niederlande hoch geehrt.

Für seine selbstlosen Bemühungen um seine Landsleute wurde auch Pastor Marc Boegner von der niederländischen Regierung mit dem Orden von Oranien-Nassau belohnt. Außerdem wurde er zu einem der vierzig Mitglieder der Académie Francaise ernannt – die höchste Auszeichnung, die einem Franzosen widerfahren kann.

Auch alle anderen überlebenden Mitglieder von Jeans Untergrundorganisation empfingen für ihren unermüdlichen Eifer in den Tagen des Terrors von ihren jeweiligen Regierungen volle Anerkennung und umfangreiche Ehrungen.

Jean selbst empfand nach all den Kriegsabenteuern, in denen er viele Male dem Tod so knapp entronnen war, jeden neuen Tag als eine von Gottes Gnade gewährte, zusätzliche Möglichkeit, etwas Besonderes für seinen Schöpfer zu tun. Er hatte das Empfinden, dass er diese „hinzugefügte Zeit", wie er sie nannte, dazu verwenden sollte, sich um das Wohlergehen anderer zu kümmern.

„Bei meiner Arbeit mit meinen Freunden und in meinem Dienst für Gott bin ich sehr zufrieden", stellte er einmal fest. „Es macht mich glücklich, dass ich in der Vergangenheit nach besten Kräften helfen konnte und dass ich durch den Glauben an den Gott, der niemals einen Fehler macht, eine Zukunft vor mir habe."

Am Samstag, den 21. Mai 1994, ist Jean Henri Weidner – ein „gerechter Heide", Menschenfreund und Gotteskind – in seinem Haus in Monterey Park, Kalifornien, gestorben. Die Nachricht von seinem Tod verbreitete sich wie ein Lauffeuer über die großen Nachrichtenagenturen in aller Welt.

„Sein Mut brachte ihm in Frankreich, Belgien, Großbritannien und den Vereinigten Staaten hohe Auszeichnungen ein – und ein Kopfgeld in Höhe von fünf Millionen französischen Francs, ausgesetzt von der Gestapo", resümierte das Magazin „Time" in einem Nachruf.

An dem Gedenkgottesdienst zu Ehren Jean Weidners in der Adventkapelle von Temple City nahmen am Samstag, den 28. Mai 1994, nicht nur Hunderte seiner Freunde, sondern auch diplomatische Vertreter der Niederlande, Frankreichs, Belgiens und Israels teil.

Im Rahmen der Gedenkfeier zitierte Jeans Biograf aus dem Hörspiel „Fragments" von Milton Geiger, einer Bearbeitung der

Erstausgabe dieses Buches für den Rundfunk, die mehrfach in ganz Nordamerika ausgestrahlt wurde. In diesem Hörspiel legt der Autor Jean Weidner Worte in den Mund, die auf poetisch-liebenswerte Weise die Lebensphilosophie dieses außergewöhnlichen Menschen in Worte zu fassen:

„Ich glaube an den Menschen. Ich kann gar nicht anders, weil ich an einen Gott glaube, der selbst so sehr an die Menschheit glaubte, dass er sie erschuf und bis heute Geduld mit ihr hat. Keine Grausamkeit und kein Wahnsinn vermag jemals den Glauben des Menschen an sich selbst zu zerstören, der getragen wird vom grenzenlosen Vertrauen zu seinem Schöpfer."

Stadt Genf mit dem Salève-Massiv. Im Hintergrund der Mont Blanc.

Die Schnellstraße zwischen St. Julien und Annemasse.

Colonel Frank M. S. Johnson, Militärattaché der Vereinigten Staaten, verleiht Weidner anlässlich einer Zeremonie im Binnenhof, dem Sitz der Niederländischen Generalstaaten in Den Haag, die Freiheitsmedaille mit Goldener Palme.

Auf Skiern reiste Weidner zwischen den abgelegenen Bergdörfern entlang der französisch-schweizerischen Grenze oft am sichersten.

Weidners echte Reiseerlaubnis aus dem Jahr 1942. Wenige Monate nach Ausstellung dieser Genehmigung musste er im Untergrund verschwinden. Danach lauteten sämtliche Papiere auf falsche Namen.

„Seminaire Adventiste du Salève", wo Weidner vor dem Krieg zur Schule ging.

Weidner und einige Mitarbeiter aus dem Verwaltungsbüro der Franko-Belgischen Union der Siebenten-Tags-Adventisten in Paris bereiten sich darauf vor, die Stadt noch vor der Ankunft der nahenden deutschen Armee zu verlassen.

Typische Grenzsicherung aus Stacheldraht zwischen St. Julien und Annemasse. Dutzende Male kroch Weidner auf Händen und Knien über ähnlich verbarrikadierte Grenzlinien.

Der See von Annecy mit einem Teil der Stadtansicht.

Ein typisches Straßenbild in Annecy, wo Weidner sein Geschäft hatte.

Gabrielle Weidner kurz vor ihrer Verhaftung.

Ein Gedenkstein in Senlis bei Paris zu Ehren niederländischer Untergrundkämpfer, die Frankreich unterstützt haben. Namentlich erwähnt werden dort auch Gabrielle Weidner, Benno Nykerk und Paul Meyer.

Königin Juliana und Prinz Bernhard der Niederlande gratulieren Weidner bei einem Empfang in Paris.

Weidner nimmt für seine Dienste während des Krieges in Los Angeles ein sondere Würdigung des American Jewish Congress (AJC) entgegen.